Walther Menhardt

Die Gegenwart Uhlings

Walther Menhardt

Die Gegenwart Uhlings

Projekte-
Verlag

**EDITION
AMMONIT**

Impressum

1. Auflage
© Projekte-Verlag Cornelius GmbH, Halle 2010 • www.projekte-verlag.de
Mitglied im Börsenverein des Deutschen Buchhandels

Satz und Druck: Buchfabrik Halle • www.buchfabrik-halle.de
Titelbild: Moje Menhardt

ISBN   978-3-86237-229-4
Preis: € 15,00 (D) / € 15,45 (A)

Alte Geschichten erzählen uns von Mut, von Zorn und Blut, von Lust und Gold.

Er aber, Uhling, hatte nicht die Kraft des Zorns. Er ging über die Brücke, abends, als alle gingen.

Er weckte kein Blut mit dem Schwert; sein eigenes Blut war still. Nur wenn er wanderte, wurde es warm. Er liebte seine Gedanken und er erdachte das Gerät Psyris.

Ermelinde, die gerade, zielgerichtete, schritt von ihm fort.

Ich, Uhling, kann mein Kind nicht mehr retten, und ich kann die Kohorten nicht hindern, die Elektroden von Psyris zu missbrauchen. Denn meine Gegenwart wird stumm.

- 1 -

Es glitzert eine feine grüne Linie. Eine Kante ist es. Eine glitzernde metallische Kante und ein weißer Winkel, aber grauweiß im Dunklen.

So also: eingeliefert. Sie mussten es ja tun. Wenn einer immer wieder schwindlig wird. Neben dem Schreibtisch werde ich gelegen sein und Monique wird sich mit Schreck über mich gebeugt haben.

Das grüne Licht im Fensterwinkel. Draußen ist es dunkel. Ein Reflex des kleinen grünen Lichts an einem der Geräte, die mich jetzt verwalten. Ein stetes Licht, also laufen meine Funktionen noch.

Als lebendige Szene: das erschreckende Luftholen Moniques. Ja, so muss sie auf mich geblickt haben. Niemand sonst – vielleicht die Mutter; aber das ist anders: Mutter zu Sohn. Monique zu mir, das ist Mensch zu Mensch. Niemand sonst war jemals so für mich, so für mich da. Sicher nicht Lindis, Ermelindis, die Aufrechte. Monique wird sich ans Herz gegriffen haben. So spielt sich das nun einmal ab: man greift sich ans Herz. Und sie wird sofort die Rettung gerufen haben. Das Notwendige begreift sie schneller als andere. Und dann haben sie operiert, wie schon Wochen angekündigt. Herausgeschnitten oder abgesaugt. Anstelle der Zyste habe ich jetzt eine leere Stelle im Hirn, angefüllt mit einer Flüssigkeit ohne Sinn und Zweck. Man sagt, die Funktionen des Gehirns seien über weite Bereiche verteilt, so dass ein Eingriff oft keinen sichtbaren Schaden bringt. Schlechteren Empfang hat mein Apparat vielleicht, leichten Nebel. Aber wenn ich Nebel habe, ich selbst werde ihn nicht sehen.

Die Fenster gehen sicher nach Osten, Nordosten? Ich sehe jetzt mehr, nicht nur den Winkel des Fensters. Die Augen können jetzt in die Breite sehen. Zwei Fenster sind es. Der Himmel wird heller, dunkelgrau. Streifenwolken über einem helleren Grau, Grüngrau. Es muss drei Uhr morgens sein, vielleicht halb vier. Im Fensterwinkel immer noch der Reflex des Lämpchens. Reflexe glitzern auch am dünnen, glasklaren Schlauch der Infusion. Der Himmel wird weiter. Immer noch düster, aber das Licht steigt.

Jetzt kommt eine Schwester. Sie sieht, dass ich wach bin. Ihre Hand wehrt ab. Wahrscheinlich soll ich nicht sprechen. Ich will gar nicht sprechen. Sie hantiert an den Schläuchen der Infusion. Vielleicht muss ich, nach Vorschrift, anders eingestellt werden; wieder schlafen. Sie wirft mir noch einen Blick zu, korrekt, arbeitsmäßig. Neben mir stehen zwei leere Betten. Das Licht ist stärker geworden. Jetzt graugelb, und ein Streifen graurosa. Das greift an wie je: der Morgen. Um diese Zeit greift die Sehnsucht an. Was soll das bei mir, Sehnsucht. Das Gefühl ist stark, so als wäre ich stark. Jetzt beginnt aber die neue Formel der Infusion zu wirken. Ich muss nach Plan schlafen. Keine Sehnsucht und keine Angst. Wenn wir nur ein Mittel hätten, die Elmire aufzuhalten. Dieses süffisante, fremde Lächeln, das sie haben!

– 2 –

Es muss jetzt heller Vormittag sein. Die Fenster sind riesige, blendende Flächen. Unter den Fenstersimsen laufen Kabelkanäle mit weißer Abdeckung. Der obere Teil mit Telefon- und Datensteckdosen, der untere Teil mit Gerätesteckdosen. Die Fenster sind ja verzerrte Rechtecke, aber das Gehirn rechnet um. Die Fenster sind Rechtecke. Oh, an dem kleinen Tischchen sitzt Albert. Wie dunkel das Zimmer ist gegen die Helle von draußen. Das Bett an der Tür ist jetzt auch belegt. Albert sitzt und schaut mich an. Warum kommt er nicht ans Bett? Wir wissen beide, wie es steht. Ein Leben lang Freunde und Feinde. Will er nicht reden? Er denkt, ich bin zu schwach. Ich will ja auch nicht sprechen. Er sitzt so ernst da. Fast immer hat er gute Laune gehabt, präpotent hat er geschmunzelt. Einfach angegrinst hat er mich, nachdem er mir das erste Patent gestohlen hatte. Sein Grinsen hat meinen Protest mühelos erstickt, und so brachte uns das Patent zusammen; zum Streiten kam es kaum. Der Hypnomat war für uns beide das Leben. Dann kam das Prägen mit Psyris. Albert sieht mich an und weiß nicht, was er denken soll. Sein Schmunzeln hat ausgelassen.

„Der Kanzler ist in Schwierigkeiten", sagt er jetzt. Ja, der Kanzler hat sich auf zu viel eingelassen. Wir ja auch, damals, als wir um alles in der Welt Monique wiederherstellen wollten. Der Kanzler liebt den Kitzel der Grenze. Albert spricht nicht. Er glaubt, ich höre nicht. Wahrscheinlich sehe ich apathisch aus. Albert blieb mit seinen Kuren immer auf der sicheren Seite. Freilich, viele kommen auch ohne Not zum Psycho-Lifting. Wie zum Face-Lifting: einfach kesse Fröhlichkeit implantieren lassen.

Jetzt kommt Monique. Warum so spät? Geduckt geht sie an Albert vorbei, wirft ihm seitwärts einen Blick zu mit der Andeutung eines Grußes. Ein weiterer Grund für Albert, nicht zu schmunzeln, nicht zu grinsen. Sie wird wahrscheinlich immer vermindert bleiben. Aber was wäre sie ohne Psyris?
Sie setzt sich in die Ecke am Fenster. Sie spricht nicht, ich spreche nicht, Albert spricht nicht. Sie denken, ich bin zu schwach. Der andere Patient drüben schläft.
Jetzt geht Albert. Monique ist ihm zu nah. „Ich schau bald wieder vorbei", sagt er.
Ich bin so schwach, dünn wie ein Handtuch. Aber wenn meine Augen Monique sehen, kommt doch etwas Flüssigkeit in die Augenwinkel. Kraft für etwas Feuchte, nicht genug für eine Träne. Monique schaut mich groß und ernst an. In dem Blick ist nichts Verkrüppeltes. Niemand hat mir so viel Wärme gegeben. Auf Gehsteigen hält sie sich verschreckt, etwas vornüber gebeugt, nah an den Fassaden der Häuser. Ihr Haar war damals brünett, dunkel mit einem rötlichen Schimmer. Jetzt ist es schwarzgrau. Kurz trägt sie es, ein etwas langer Pagenschnitt. Vor den Ohren schwenkt das Haar nach vorn, die Spitzen schwanken ins Kinn.
Sie trägt dunkle Kleider, Kittel möchte man sagen. Aber irgendwo lebt noch ein Rest ihrer Persönlichkeit, ihrer Fröhlichkeit. Der dunkelgraue Stoff ihres Kleides trägt nicht weiße Pünktchen oder ein Allerweltssternchenmuster. Nein, sie hat gedacht und gefühlt. Alte Gefühle müssen gesprochen haben, aus der Zeit, als sie ihren Willen noch hatte: auf dunklem Grund trägt der Stoff markante schmale weiße Streifen mit beinahe mikroskopisch kleinen roten Rhomben. Mikrosko-

pisch klein ist ihre Seele heute. Damals, im Restaurant, war sie ein explosives Mädchen. Ja, Mädchen! Achtundvierzig Jahre alt war sie. Aber sie agierte wie eine verwöhnte, prätentiöse, glamouröse Zwanzigjährige. Sie bestellte und bestellte um. Es ging ihr zu langsam. Sie schüttelte ihr langes Haar ärgerlich, mit der Botschaft an alle an den Tischen ringsum, dass die Leute dieses Restaurants ungeschickt und träge seien. Alle sollten das wissen.

Sie war mein erster „Fall". Mein Fach war ja Regel- und Steuertechnik, bis dahin. Nur über die Hypno-Technik bekam ich mit „Fällen" zu tun. Im Restaurant dort saß sie am zweiten Tisch rechts vor mir. Sie war nicht schlecht anzusehen. Sie hatte nicht die idealen, sparsamen, schön-scharfen Züge von Lindis, Ermelindis, Erml, nein, Monique hatte weiche, mollige Linien, und zu den brünetten Haaren hatte sie zwei glitzernd schwarze Augen. Ihre Schultern trug sie ebenmäßig, und, ohne es zu wissen, muss ich wahrgenommen haben, dass sie körperlich mächtiger war als ich. Dies gab sicher schon meinem bloßen Hinschauen einen zögerlichen Unterton. Aus keinem Hinschauen lässt sich das Urteil der Übermacht oder eben der mangelnden Stärke herausblenden. Das Urteil wird in jedem Fall durch uralte Routinen automatisch gebildet.

Sie saß am zweiten Tisch, rechts gegenüber, und erregte Aufmerksamkeit. Sie wurde lauter. Eigenartig. Ja, das Benehmen war unangenehm, aber mein Gefühl war nicht, gestört zu sein, nein, ich empfand für sie, das laute, prätentiöse Mädchen von achtundvierzig Jahren: Peinlichkeit. Sie selbst sollte vor der eigenen Peinlichkeit bewahrt werden. Das brachte mich zu mehr als gelegentlicher Aufmerksamkeit über Messer und Gabel, und so sah ich, dass ihre Hände sich in ungewöhnlicher Weise bewegten. Sie nahm das Messer und verschob es, sie nahm die Gabel, tat, als wolle sie etwas vom Teller nehmen, aber legte die Gabel wieder zurück, sie beugte sich vor, dass ihr üppig rollendes Haar wie ein Vorhang um den Teller fiel, sie warf sich auf ihrem Stuhl wieder zurück. Ich dachte nicht nach, ich ging zu ihr hin und setzte mich an ihren Tisch, ich setzte mich, sicherlich um durch Danebenstehen nicht noch mehr Aufmerksamkeit aufkommen zu lassen, noch mehr Blicke auf sie zu lenken. In diesem Augenblick lehnte sie sich wieder vor und ich sah, wie sich in ihren Augen Tränen bildeten. Und sie sagte zu mir, so als wären wir Freunde seit jeher, Freunde aus Kindestagen: „Ja, ich sehe, ich muss wieder kapitulieren, es ist stärker." Und sie suchte schnell und unsicher in ihrer Tasche, öffnete eine kleine Dose und nahm zwei Pillen. Bevor diese Medizin, oder was es sein mochte, noch wirken konnte, war sie schon ruhig, aber wie geschlagen, und demütig. Die Wirkung musste sie schon kennen; sie nahm die Wirkung vorweg. Ich saß am Tisch einer fremden Frau, einer Frau in Not. In meinem Rücken stand auf dem anderen Tisch mein halb abgegessener Teller. Die Frau war plötzlich gar nicht fremd. Sie zwang sich einen kurzen, lächelnden Blick ab. Ich saß am Tisch einer Frau, die zugleich verzweifelt und wütend war, die mir zulächelte. „Ich muss nachhause gehen", sagte sie, stand auf und ging unsicher. Ich warf Banknoten hin.

Ach, jetzt kommt wieder die Schwester. Sie wird sicherlich Monique verjagen. Warum spricht sie nur so leise zu Monique. Ich habe doch kein Ohrenweh. Ist man irgendwo krank, dann wird man rundum als krank gesehen. Jetzt steht Monique auf und geht. Sie schaut zu mir, kommt aber nicht. Die Schwester hantiert an der Infusion, um mich abzuschalten. Warum spricht Monique nicht zu mir? Sehe ich so aus, als könne ich nicht hören? Ein Wort täte gut. Ich spüre schon die neue Rezeptur der Infusion. Bald werde ich kontrolliert einschlafen. Ich habe Angst. Ängste. Was wird aus Monique? Ja, ich bin auch egoistisch. Ich bin egoistisch, weil sie mir Freude bereitet. Freude bereitet, so als könnte mir, der ich hier wie ein totes Handtuch liege, ein Körper Freude bereiten. Aber unterstellen wir einmal, ich käme jemals hier wieder heraus. Ich liebe Monique – in Eigenliebe –, weil ich ihr helfe, weil ich sie halte, weil sie, sozusagen, mein hilfebedürftiges Kind ist. Ich liebe Monique, weil sie weise ist und mir Dinge sagt, die ich mit meinem so geübten Denken nicht denke. Ich liebe Monique, weil ich in ihrem Körper aufgehen kann, konnte. Ja, sage doch einer der Apostel oder ihrer Nachfolger, der Körper sei das Niedrige und der Geist das Hohe. Nützten doch viele Verkünder selbst ihre Körper weidlich zur Freude aus. Wer hat denn angefangen mit den Verteufelungen des Körpers? Solche, die ordentlich geteufelt hatten.

Augustinus: In den Bekenntnissen:

„Denn einst in jungen Jahren entbrannte ich vor Gier, am Niederen mich zu sättigen, und ich trieb es bis zum Verwildern im Wechsel tagscheuer Liebesfreuden. Da schwand meine Schönheit dahin, und in Fäulnis ging ich über in Deinen Augen."

In seines Gottes Augen.

Der Dichter sagt aber auch:

„Doch – alles, was dazu mich trieb,
Gott! war so gut! ach war so lieb!"

Gretchen, von inniger Liebe zur Sünde geführt, wurde erst im Tod gerettet.
Augustinus jedoch schenkt sich eine Welt des gütigen Wunders und lässt sich im Diesseits retten:

„Ich will Dich lieben, Herr, Dir danken, Deinen Namen preisen, dass Du mir so viel Böses und Ruchloses, das ich getan, vergeben hast."

Monique ist warm. Die Umklammerung: Zuweilen die Freude über eine blank leuchtende Unendlichkeit wie das strahlende Nichts an der Grenze des Ozeans am Morgen; die Umklammerung ist feste Wärme des Körpers, ein fester Punkt der Orientierung, eine Feste, die Schutz und Zuflucht gibt; die Wärme der Brust löscht die Irritationen aller Fragen, die Frage des Sinns stellt sich nicht wie bei zögerlichen Schritten auf dem Wege, sondern der Sinn steht am Anfang und dann fängt das Leben an; die Umklammerung spendet Zuneigung und Zutrauen; es geht nicht um die Ehrung eines Siegers, eines erfolgreichen Machers, eines weisen Richters; es geht um den Ort, wo das Ich ist; nicht um das Großhirn, das Funktionalität liefern muss, nicht um die Ebene darunter, die Ehre und Akklamation braucht; es geht um das ganz alte Ich, es sitzt vielleicht unten im Stammhirn, das Ich, das weint und lacht. Monique bringt ihre Liebe diesem, meinem untersten Ich. Nach der Verstümmelung ihrer Kapazitäten blieb ihr gerade das ursprünglichste Ich, das, wo Liebe, Hoffnung und Zutrauen sind. Sie hat unendliches Zutrauen zu mir. Nie hat jemand – ja, vielleicht die Mutter – nie hat jemand mich so vorbehaltlos geliebt. Sicher nicht Lindis.

Jetzt werden die Farben dunkel. Die Infusion wirkt. Wenn nur die Elmire nicht wie eine Wolke über uns alle kommen! Aber sie jubeln ihm ja zu, ihrem Elmar! Jetzt hat er den Regulator der Schulbücher umschmeichelt, eingeschmeichelt, und dann mit dem unglückseligen Gerät verprägt.

3

Er hieß Uhling.

Er ging über die Brücke, abends, als alle gingen.

Um diese Zeit greift die Sehnsucht an. Das Blut ist steif noch, dumpf, vom Gewirr des Belanglosen auf dem Tisch, und der Lärm und das Gerede klingen nach. Die Brücke führt über den Strom. Schwer quirlt er, und dunkel im kalten Wind. Beim Gang über die Brücke lösen sich die Glieder. Das Auge findet die Linie der schwarzen, hochragenden Pfeiler, die die Brücke tragen. Es freut sich über die Ferne, die es tags vermisste.

Knapp überm andern Ufer, durchs Gestänge der Brücke, leuchten die Farben des Abends. Darüber ist der Himmel dunkel und kalt. Der kalte Wind und die Farben bringen einen Schauer über den Körper. Besinnung kommt, Traurigkeit und Sehnsucht. Die Sehnsucht spricht vom Anfang und Ende des Lebens. Sie reißt den bangen Willen in gewaltigem Bogen über den trockenen kleinen Tag.

Auf der Brücke zieht jeden Abend der Strom der Schritte aus dem Konzern, dessen Fassaden auf den Fluss gerichtet sind. Sie kommen über Treppenhäuser oder aus den Lifts. Lächelnd und grüßend. Oder hastig, mit Augen, die lediglich auf den Ausgang gerichtet sind. Sie überqueren die Straße zum Gehsteig auf der hochgelegenen Uferböschung und gehen die wenigen Schritte zur Brücke. Neben ihnen rollt der Verkehr; sie wollen hinüber, zu den kleinen Häusern des Dorfes am anderen Ufer. Es sind pausbackige Mädchengesichter darunter; sie haben den Tag im Büro gelacht und volle Kraft für den Abend. Es sind etwas verhärmte, ernste Werkmanngesichter dabei: wie jeder, so hatte dieser Tag Verantwortung verlangt; es waren verästelte Verantwortungen, widersprüchliche Anforderungen. Es geht eine etwas übergewichtige Frau in der Menge, guter Stoff und Schal. Das Gesicht ist dick gefurcht.

Man möchte meinen, sie sei übellaunig, ja bissig. Aber wenn sie grüßt, leuchtet ihr Gesicht in einer warmherzigen Freundlichkeit auf, und über den Tag hin war sie in den Gängen und Kubikeln der Firma ein Trost und eine Mutter für viele. Wahrscheinlich geht sie in den Abend, um noch andere zu bemuttern.

Und über die Brücke geht Uhling. Er ist schlank und aufrecht. Er hat einen etwas asketisch-linkischen Gang. Obwohl er nicht alt ist, blieb von seinem Haar über der Stirn nur ein Flaum. Uhling ist intelligent. Er hat den Tag über Probleme bearbeitet, Lösungen gesucht. Er hat sich nicht zurückgelehnt, um den Überblick der Muße kommen zu lassen. Erst der kühle Wind, der durch das Geländer der Brücke streicht, weckt ihn aus der Kette der Überlegungen. Erst der kühle Wind vom Wasser her und das verquirlte Spiegelbild des Abendhimmels über dem dunkelnden anderen Ufer haben Zugriff auf den Bereich der Sehnsucht, jener das ganze Leben darstellenden Plattform, die Unendliches und Wunderbares liebt und auch fordert. Auf diesen Schritten, während die Schritte der anderen auf das Pflaster der Brücke schlagen, wird die Diskrepanz erschreckend deutlich, die schier unüberwindliche Distanz zwischen den Zielen, die, sozusagen, mit dem Leben vereinbart waren, und dem Abrollen des heutigen Tages. Uhling hatte von seiner Arbeit nicht aufgeblickt. So war es ihm auch mit dem Patent ergangen. Er hatte überlegt und versucht und formuliert und besser formuliert. Albert, zunächst sein Partner, wurde ungeduldig. Uhling liebte Genauigkeit. So meldete Albert, aus Ungeduld, das Patent an: Den Hypnomaten.

Einer wie Uhling arbeitet gewissenhaft und fleißig. Er klammert sich mit erschöpfendem Eifer an die Ausschlachtung aller Konsequenzen des Problems. Man sieht es an Uhlings Gang, an dem geneigten Kopf. Der Geist ist scharf trainiert. In Fachkreisen ist er hoch geschätzt. Einer wie Uhling gehört zu den Stützen der technischen Entwicklung.

Albert hatte sein Patent.

Das war Uhlings Art, und so lief sein Leben. An einem Sommertag war Uhling aus seinen Gedanken und der glücklichen Müdigkeit nach einer Wanderung plötzlich in menschliche Verzweiflungen gezogen worden. Die Karte dieses Waldstückes, mit Steinbruch, Weg und Straße unterhalb, blieb ihm immer scharf. Wie so oft, war er mit dem Wagen losgefahren, allein, war in ein kleines Tal gefahren und hatte dort einen schon geläufigen Steig genommen. Beim ersten Anstieg durch den Wald kam er außer Atem, und er liebte dieses Bewusstwerden des Körpers. Auch nachdem der Atem sich beruhigt hatte, spürte er gerne das Blut in den Adern klopfen und ging immer so schnell, dass dieses Klopfen nicht aufhörte. So kam er über den Wald und auf den Gipfel. Die Klarheit der fernen Sicht vermischte sich mit einer Klarheit, dem Gefühl einer Klarheit, in den Problemen, die er bearbeitete. Das war die Glücklichkeit Uhlings.

Der Abstieg ging zügig. Auf den sonnigen Wiesen lag der Nachmittag schwer; im Wald stand mildere Luft. Der Weg oder eher Pfad führte in Windungen hinunter. Quer über den Weg Wurzeln, zwischen denen Feuchtigkeit stehen geblieben war. Mit diesem Bild fing Uhlings Erinnerung jeweils an. Ein Aufschrei und das Aufschlagen von Stein auf Stein, Nachschieben von Geröll. Dann irgendwelche menschlichen Laute. In Uhling mischte sich zur Reaktion des Schrecks das Gefühl ungebührlicher Störung. Ja, das wusste er rückblickend in späteren Jahren: Die erste Reaktion war: Störung seines Tages, Störung seiner Gedanken. Dann freilich lief er in die Richtung des Steinschlags. Nur fünfzig Meter weiter vorn öffnete sich der Waldweg links zu einem Steinbruch. Uhling lief auf dem unebenen Weg und spürte die Schritte ungewohnt bewusst, unsicher. Zwei Menschen lagen auf dem Geröll, zwischen größeren Brocken. Sie lebten. Uhling war in die Ge-

genwart gerissen. Lästig. „Aber Du hast jetzt Verantwortung."
Sein Unbewusstes tat mehr als er, es jagte den Herzschlag
hoch. Über den Körper des Mädchens liefen kleine Bewegungen. Das Bein lag so, wie ein Bein eigentlich nicht liegen
kann. Die Augen waren geschlossen. Ihr Vater, vielleicht ihr
Vater, schaute Uhling an. Er musste große Schmerzen haben.
Auf der Wange hatte das Mädchen ein Muttermal. Das störte die Wange. Die war im Übrigen glatt. „Rufen Sie Hilfe!",
kam es von dem Mann, mit Mühe artikuliert. Uhling war nur
da gestanden. Er schaute den Weg vor und zurück, aber das
war unnötig, er kannte den Weg. Der Weg machte, bergab,
eine Kehre und dann noch eine, dann kam die Straße. Immer
mehr Blut auf den Steinen. Schnell! Aber mit logischen Mitteln fand Uhling keinen Weg zur Schnelligkeit. Einen von
beiden schon mitnehmen hinunter zur Straße? Uhling ging
zum Mädchen. Der Mann wäre auch nicht schwerer gewesen. Wie fasst man einen Menschen an, einen Menschen mit
schlaffen, verdrehten Gliedern, und glitschig von Blut. Im
Hochheben kam die Wange mit dem Muttermal nahe. Beim
unsicheren Stand auf dem Geröll, mit unsicher gehaltener
Last, eine erschreckend persönliche Nähe. Die schreckliche,
und neue, und fordernde Situation brachte Uhling zum Zittern. Aber die große Anstrengung lag wie eine Sicherheit über
diesem Zittern. Er trug das Mädchen auf den Armen vor sich.
Schneller könnte er sein, hätte er sie auf der Schulter. Es kam
Uhling aber grob vor, einen bewusstlosen Menschen über die
Schulter gekippt zu tragen, so, dass Oberkörper und Kopf
herunterpendeln. Und das Mädchen mit seinen schlaff aus-
weichenden Gliedern auf die Schulter zu bekommen, hätte
viel Zeit gekostet. Das Mädchen hinuntertragen kostet Zeit,
auf ein Auto warten kostet unbestimmte Zeit, zurück zum
Mann kostet Zeit. Uhling wusste – aufgrund welcher Indi-
zien, das konnte er sich jetzt nicht fragen –, dass Zeit für das
Mädchen und für den Mann sehr wichtig war. Es empörte

ihn, dass er vor das Problem der Zeit gestellt war. Er zog sein Gesicht zur Grimasse, denn es konnte, es sollte in seinem Leben keine Situation ohne Lösung geben.

Uhling sah auf den Weg, der vom Steinbruch in einigen Windungen zur Straße hinunter führte. Oft hatte er von dieser Stelle, vom Steinbruch, ein Abkürzung quer durchs Gebüsch und die jungen Buchenstämme hinunter genommen. Mit dem Mädchen auf den Armen schaute Uhling auf den Weg und auf die Einstiegstelle zur Abkürzung, auf die eine Möglichkeit und auf die andere. Nun vermischte sich das Bild des sicheren Weges mit einem Zorn über die Zeitnot. Er brach mit seiner Last in das Gebüsch ein während irgendwo hinten in seinem Inneren noch das Bild des gut gangbaren Weges blieb. Er streifte durch das wuchernde Gebüsch. Auf den Beinen des Mädchens hinterließen die Zweige Spuren, die rot wurden. Da er das Mädchen auf den Armen hatte, und wegen der dicht belaubten Zweige, sah Uhling wenig vom Weg. Der Gedanke an Zeit überblendete alle anderen Empfindungen. Der Gedanke, Zeit zu verlieren, etwa durch Stolpern, dröhnte und jagte. Und er stolperte. Er fiel, mit dem Mädchen auf den Armen, seitwärts. Der Fall wurde vom Gebüsch gebremst, das Problem aber war sein rechter Fuß. Die Schärfe des Schmerzes drang im Augenblick nicht zu ihm durch. Aber die Kraft im Fuß ließ aus.

Und weil die Kraft fehlte, und weil es auf dem abschüssigen, verwachsenen Pfad schwer war, das bewusstlose Mädchen wieder zu heben, verging viel Zeit. Der Schmerz im Fuß wäre ohne das Mädchen – und den Mann oben – überwältigend gewesen, hätte nach Uhlings Urteil unter anderen Umständen bis zur Ohnmacht geführt, jetzt aber wirkte eine Automatik, die bei jedem Schritt, bei jedem Stich, der aus dem Fuß in das Bein und in den ganzen Körper fuhr, nur darauf achtete, dass das Bein überhaupt standhielt und nicht unbeherrschbar einknickte. In den durcheinander schießenden Fantasien, während Uhling sich zur Straße hinunterkämpfte, hatte er ein selbstherrliches Gefühl, weil er dem Schmerz standhielt und nicht weiter Zeit verlor; zugleich aber fühlte er sich betrogen, von den Umständen betrogen, denn die sicher zersplitterten Knochen seines Fußes nahmen bei jedem Schritt weiteren Schaden.

Er stand an der Straße und schaute nach einem Wagen aus. Das Mädchen lag neben der Straße im Gras. Er hatte ihr noch einen zweiten Sturz zugefügt. Seinetwegen hatte sie neue, blutige Kratzer. Er feixte so, dass bei geschlossenem Mund die Wangen in Strähnen hochgezogen waren. Wie konnten in seinem Lebensablauf solche Umstände eintreten, ihm passieren? Auch die Entscheidung, die Abkürzung zu benutzen: seine Entscheidung, aber die falsche! Ihm passiert! Das Muttermal hob sich über die sehr blasse Wange.

Der Autofahrer begriff sofort und telefonierte nach der Rettung. Das Mädchen lag still. Über alle Kleidungsstücke war Blut verschmiert. Die Rettungsleute beugten sich über das Mädchen und taten alles zügig. Im Wagen hantierten sie mit Geräten und Schläuchen. Einer telefonierte. Uhling lag, wo das Mädchen gelegen war, neben der Straße, jetzt durch den Stich aus dem Fuß fast betäubt, das Knie des verletzten Beins hochgezogen und krampfhaft mit den Armen umfasst. Der Rettungswagen fuhr mit schnellem Türenschlagen ab.

Ein zweiter Rettungswagen kam. Die Männer gingen mit einer Bahre den Waldweg hinauf. Wann hatte er oben im Wald den Steinschlag gehört?

4

Heiß bis in die Ohren, so heiß eben ein so Schwacher werden konnte, kam er aus seinem Traum der Vergangenheit. Draußen war es noch dunkelgrau. Auf verchromten Haken und über Kanten glitzerte das grüne Licht des Gerätes. Allerdings nicht an den gewohnten Stellen. Auch der Ausblick war anders. Die Schattierungen der noch nachtdunklen Wolken zogen von links nach rechts über das Fenster, weit draußen hinter dem Fenster. Wie Rußschwaden auf etwas hellerem Hintergrund. Er spürte den Schimmer eines Lächelns auf seinem Gesicht, bei der Betrachtung des jungen Uhling, der den Tag der beiden Toten als seinen eigenen Schicksalstag gesehen hatte. Die fundamentale Wichtigkeit seines jungen Ichs wirkte jedoch immer noch: Zwar konnte er, der alte Uhling, sehr wohl zugeben, dass das Schicksal der beiden Sterbenden an jenem Tag das schrecklichere war als seines, aber der Schutz des eigenen Ichs ist irrational: Ihm, dem jungen Uhling, war Unrecht widerfahren, denn warum musste er denn auf dem Abkürzungsweg stürzen, und warum mussten die beiden Verunglückten sterben, ehe sie ins Spital gebracht wurden. Und so wie der junge Uhling damals gefeixt hatte, eine Gesichtsverzerrung aus Verzweiflung und Beleidigtsein, so lief auch jetzt, allerdings schwach nur, ein Verzerren über das Gesicht des Mannes auf dem Krankenbett.

Ich, Uhling, liege hier in einem solchen Maße kraftlos, dass schon das Heben eines Fingers allen Willen erfordert. Dabei ziehen doch dort die Wolken im Wind. Ob es ein frischer Morgenwind ist? Würzig wie damals, als ich jeden Morgen über die Brücke ging? Das alte Dorf in meinem Rücken, mit kleinen, schäbigen Häusern hinterm Uferdamm, dazwischen einige neue, doch lustlose Bauten. Vorn, am anderen Ufer, die nüchternen, aber anspruchsvollen, lang-hingestreckten Gebäude des Konzerns. Dazwischen die Brücke. Die waagrechten und kreuzweisen Gestänge des Geländers wanderten im Gehen vorbei und unten, durchs Gestänge unten, das Wasser des Stroms. Es brach sich drin, im halben Morgenlicht, das schon graublau auf dem Wasser lag, das Reihenmuster der Lichter des Konzerns. Sich verwandelnde, sich schlängelnde Bruchlinien der Spiegelungen zogen mit dem Wasser. Etwas stromauf, wo die Spiegelungen des Konzerns fehlten, und das Wasser durch die Entfernung ruhiger aussah, fing sich mehr Licht vom Horizont, schon heller, grau-gelblich, graugrün, graurosa. Und es kam ein Wind durchs Gestänge der Brücke und um die Pfeiler der Brücke, der angriff, mich damals angriff. Und ich musste, ich wollte auch – es war immer um die Mitte der Brücke – tief einatmen, glücklich, weil die Welt und die Zukunft unendlich waren.

Hier ziehen die Wolken, und die Welt ist unendlich klein, ein Kubikel mit Apparaten und grünen Punktlichtern. Aber der Wind draußen, wenn ich ihn auch nicht fühlen kann, und die Wolken, greifen mich wie eine weite Hoffnung an. Wie kann nur Das-drinnen-in-mir so Aberwitziges und Täuschendes, so eine Irreführung zu Hoffnung produzieren. Ich kann doch meine Hand nicht heben. Kann denn Das-da-drin nicht zur Kenntnis nehmen, dass ich liege und wo ich liege!

Von der Brücke, durchs anthrazitdunkle Gestänge blickte ich oft, am Morgen, zurück aufs Dorf. Das Ufer stieg zunächst nur wenig an, zu einer weiten Wiesenfläche, die nur bei hohem Wasser überflutet wurde. Dahinter der Damm und die erste Zeile der bescheidenen Häuser. Es war das Dorf von Ermelinde, Ermelindis, Lindis, Erml. Sie war die Urzelle alles Hohen und Hellen. Auch sie ein Stück Leben, das entglitten ist.

***

Er war damals abends vom Konzern gekommen und joggen gegangen. Der Tag hatte erneut nur Wut und Frustration gebracht. Denn Uhlings Arbeit war immer noch nicht definiert. Das Zimmer hatte drei Schreibtische. Uhling saß dem Fenster gegenüber. Die Zimmerkollegen sah er vor sich, im Profil vor dem Fenster. Das eine Profil, links, behäbig über die Arbeit gebeugt, wie man neben dem Kaffee die Zeitung liest. Das andere rechts, bei einem aufgeregten Telefonat in ruckartigen Positionsänderungen, Profiländerungen, schwarz vor dem hellen Fenster. Nach dem Telefonat, das äußerst wichtig geklungen hatte, eine dem Anschein nach prekäre Situation betreffend, lehnte der Mann sich hämisch grinsend zurück. Welche Art von Menschen! Wo sind Zonen in diesem schimmernd-zukunftsträchtigen Gebäude, in denen gedacht und erfunden wird, in denen intelligente Produkte entstehen? Uhling sollte die neue Prozessregelung einführen. Die Grundidee – die Idee seiner Diplomarbeit – hatte den Konzern begeistert. Drüben, in den langen Hallen standen die Chromstahl-blinkenden Installationen. In Strängen liefen die Rohre, peinlichst sauber, sie teilten sich, nach oben, zur Seite und geradeaus verzweigt, rechtwinkelig im Zickzack erreichten sie ihre Destination. Dort, an zylindrischen Behältern mit flachkuppeligem oberem Abschluss und Boden endeten die Rohre, oben als Zuleitung, unten als Ableitung, aber auch in mittleren Positionen. Dazwischen führten schwächere Leitungen Additive. Die Rohre endeten in Sechskantüberwurfmuttern, durch die sie sicher und dicht mit den Anschlüssen der Behälter verschraubt waren. Die Sechsfachflächen der Muttern widerspiegelten das weiße Deckenlicht in der Farbe des Chromstahls. Vor und nach den Behältern oder auch mitten in langen Laufstrecken der Leitungen saßen Messinstrumente und zeigten Zahlen oder Symbole, oder es zweigte nur ein Kabel von einer Mess-Stelle ab, das die Information anderswo zur Wirkung brachte. Für Uhling waren dies nicht optische Elemente in einer sauber blinkenden Welt, für Uhling sprachen die Zahlen und Symbole in vertrauten Idiomen. Jeder Blick auf die Anzeigen, jeder Wechsel der Werte, rief Erinnerungen an Überlegungen, Konstruktionen und an Planungen auf. Auch – lächerlich und inkonsequent – tauchten Bilder von Situationen auf: der verschüttete Kaffee neben der Tastatur, der Zeigefinger über der Enter-Taste nach einem Planungsschritt.

Uhling war durch die Räume der Installationen geführt worden, deren Regelsysteme er neu konfigurieren, verknüpfen sollte. Aber noch fehlte die Organisation. Er hatte einen Sitzplatz, aber keinen Arbeitsplatz. Sein Terminal war noch nicht zu allen Bereichen freigeschaltet. Es fehlten Unterschriften. Gespräche konnten nicht stattfinden: „Dringendes" wurde vorgeschützt, Urlaube, Dienstreisen. Die Silhouette vor ihm rechts, der Schattenriss vor dem hell blendenden Fenster, der Mann mit dem beinahe immer hämisch verzogenen Gesicht, hatte nur ein kurzes, glucksendes Lachen für Uhlings Wut. „Daraus wird nie etwas", und seine Hand schien eine Mücke zu verjagen. „Wenn sie da mit Ihren neuen Theorien eingreifen, steht das Werk erst einmal Monate still, das lassen die nicht zu". Beim Wort „die" zeigte der Daumen des Mannes über seine Schulter in Richtung des Korridors, in Richtung anderer Räume, in denen offenbar Entscheidungen fielen oder Entscheidungen hintertrieben wurden. Die Wochen vergingen, ohne dass Uhling seine Arbeit beginnen konnte. Er saß an seinem Tisch, er las in Büchern, sein intelligenter Kopf leicht schräg, auf dem Gesicht Beleidigung und Trotz, fremd in dem Zimmer mit den zwei Männern, einer schwarz vor dem hellen Fenster links, einer vor dem gleißend weißen Fenster rechts.

Das Dorf am Strom hatte einen kleinen Park zustande gebracht, und einen Jogging-Parcours. Uhling lief und unterdrückte die Wut mit physischer Aktivität. Er wich einer älteren tapferen Dame aus, die auch ihre Kreise zog. Eigentlich wich er dem Hund aus, mit dem sie lief. Der Hund hätte ausweichen können – aber Uhling wich aus. Dabei trat er im Laub und Gras neben dem Weg auf einen alten Fahrradkotflügel, und dieses krumme Blech schnellte hoch und schnitt mit einer Kante durch seine Wade. Uhling saß im Gras und wischte mit seinem Taschentuch über die Wunde, dabei wurde nur das Blut weiter verschmiert; die Wunde blutete nach. Er hörte schon ihre letzten Laufschritte bevor sie bei ihm war. Sie beugte sich zu ihm. Groß war sie, vielleicht größer als er. Und sie war eine geschmeidige Gestalt. Das musste er unbewusst, schon bevor er aufblickte, wahrgenommen haben. Sie schaute nicht beunruhigt oder betroffen auf das Blut, nicht mit Stirnfalten oder hochgezogenen Augenbrauen. Sie schaute, wie man schaut und stehen bleibt, um eine besondere Blume zu betrachten. Sie beugte sich über das Bein. Uhling hatte den Eindruck, sie hätte ihn selbst, sein Gesicht, gar nicht angesehen. Sie hatte Verbandzeug in einer umgeschnallten Tasche und die Wunde war im Handumdrehen versorgt.

So ereignete sich der Anfang: Sie, die hohe Gestalt, hatte sich zu ihm gebeugt und hatte ihm geholfen. Und auch später gelangte er nie dahin, der Gebende zu werden. Sie immer einen Schritt voraus. Als sie sich über seine blutige, aber lächerliche Wunde beugte, war ihre körperliche Nähe ein urplötzlicher Einbruch in Uhlings Gedanken. Die Funktion der Krankenschwester ist prekär, denn indem sie dem Patienten nahe kommt, ihn berührt, durchbricht sie den Freiheitsabstand um seine Person. Begegnungen außerhalb des Freiheitskreises sind unverbindlich, ein flirtendes Lächeln im Vorübergehen. Respektabstand wird verlangt, wie etwa die nur bis auf einen Schritt erlaubte Annäherung an den König im Schachspiel. Innerhalb dieser Zone hinterlässt die Annäherung unwiderrufliche Spuren. Während sie sich – Ermelindis – über seinen Fuß beugte, kniete sie mit dem linken Knie im Gras, mit dem rechten Bein war sie in Hockstellung, und Uhling sah das feine Muskelspiel auf der Wade, während sie hantierte. Ihr Gesicht war ruhig, aber Uhling meinte doch die Freude über diese Unterbrechung ihres Laufes zu sehen, und er sah auch die mühelose Professionalität ihrer Handgriffe. Dies also war der leuchtende Beginn des Lebens mit Lindis. Schade.

Nun liegt Uhling in diesem Kubikel – oder ist es ein anderes? – in diesem Kubikel mit Apparaten und grünen Punktlichtern. Die Erinnerungen an Hoffnung und Zuversicht werden wachgerufen durch den Himmel weit draußen hinter den doppelt verglasten Fenstern. Das Bett ist leider so niedrig eingestellt, dass es nur Himmel gibt. Berge, Hügel sollten zu sehen sein. Nun kommt wieder die Kontrolle der Geräte. Die Infusion wird neu eingestellt. Warum sagen sie nicht „Guten Morgen!"? Ich sehe doch aus den Augen. Oder sind meine Augen zu kleine Schlitze? Dies ist ein anderes Zimmer, komfortabler, nur ein Fenster, ein überbreites, nur ein Bett, mein Bett.

Hier kommt Dagmar. Durfte sie denn so früh in die Abteilung? Sie hat geweint. Wie schön dieses Mädchen mit Tränen ist! Ihr Kummer wird mein wirkliches Ende sein. Meine Tochter. Wenn sie nur meine Tochter wäre! Sie ist auf den Kanzler so fixiert. Diese Scheinautorität fasziniert sie. Der bärig-dicke Wichtigtuer. Sicher zahlt er mein Zimmer hier, um mich gut zu stimmen. Was habe ich denn noch zu sagen. Seltsam, ich will gar nicht sprechen. Jetzt spricht Dagmar zu mir.

– 5 –

Im Lauf all der Jahre, in die Uhling zurückblickte, hatte es viele Vorfälle mit dem Kanzler gegeben. Uhling und der

Kanzler wussten voneinander viele Einzelheiten. Ungebildet, aber wissbegierig war der Kanzler. Immer quirlig, draufgängerisch, lachend. Ja, wirklich schätzen konnte Uhling den Kanzler nicht, da er so viel Unheil gestiftet hatte, aber um seine sanguinische Lebenskraft und seinen Charme beneidete Uhling ihn. Das jüngste Unheil, das der Kanzler geschehen ließ, das er antrieb, das war sein Griff auf Dagmar. Was Dagmar drohte, diese Obsession für den rücksichtslosen, dickleibigen Charmeur, das war für Uhling die schrecklichste Angst in seiner Schwäche und Hilflosigkeit. Dagmar, seine Wahltochter und Ziehtochter. Noch nicht mündig fürs Leben, aber so viel Leben in sich.

Seinen Rufnamen – oder Titel – hatte der Kanzler in der Zeit bekommen, als er seine LKW-Flotte aufbaute und sein Olympia-Team ins Leben rief. Im Taufschein stand Anton, aber Anton durfte ihn niemand mehr nennen. Wie war ihm nur Dagmar über den Weg gelaufen? Ja, die Kraft und der Charme und die Macht sind schon anziehende Eigenschaften. Und auch seine Rücksichtslosigkeit. Rücksichtslosigkeit bekommt auf dem Papier schlechte Noten, aber Rücksichtslosigkeit, insbesondere mit Erfolg gepaart, fasziniert, bedeutet Stärke. Und wie sah Dagmar seinen alten schweren Körper? Allerdings bewegte er sich immer noch schnell wie ein Boxer, zumindest in der Gestik.

Die Eltern Antons hatten eine Tankstelle. Schon der kleine Anton war ein Bündel von Lebendigkeit, bullig gebaut und rauflustig. Aber gutmütig. Ein Haufen von Freunden hörte auf ihn. Seinem Vater genügte ein eher bescheidenes Leben. Wenn er die Zapfhähne abends geschlossen hatte, zog er sich mit seinem Cello in die Werkstatt zurück. Der werdende Kanzler aber verlängerte die Öffnungszeiten der Tankstelle noch während er in die Schule ging, und so bald wie möglich ließ er alle Schule und Ausbildung links liegen. Statt dessen kaufte er sich einen alten Lieferwagen und machte eilige Zustellungen zu allen Tages- und Nachtzeiten. Bald folgte ein neuer, großer, schöner, chromblitzender LKW.

Der brachte ihn auf die großen Straßen über den Kontinent. Er nahm so manchen Mann mit, der am Straßenrand stand und den Daumen hochhielt, und so manche Frau und so manches Mädchen, und an vielen Orten hatte er seine Vergnügungen. Mit mühelosem Geschäftsgeist, mit ständig nachsprudelnder Energie kämpfte er um Erfolg und Verdienst und hatte seinen Spaß daran. Aber seine Augen waren schnell und wach, und er sah Städte, Gebäude, Lebensweisen. Von seinem komfortablen Hochsitz am Lenkrad sah er die vorbeiziehenden Hochhäuser, Bahnhöfe, Kirchen, ebenerdige Büroanbauten und Lagerhallen. Die Unterarme ruhig auf dem beinahe waagrechten Lenkrad, fühlte er sich wohl, im Hintergrund der schon erlebte Erfolg. Die dort hinter den Verglasungen an ihren Schreibtischen saßen, sah er wie fahle Geister, emsig, funktionierend, trainiert, nützlich. Er saß in seinem eigenen LKW, hatte Spaß und dachte an den zweiten großen Wagen, vielleicht einen vierachsigen.

Das änderte sich alles, als da ein Mädchen, eine junge Frau, an der Straße stand, schwarzer Rucksack über eine Schulter gehängt, Hand zum Anhalten erhoben. Obwohl er schon so viele mitgenommen hatte und obwohl der Abstand doch eigentlich noch zu groß war, um einen Menschen zu beurteilen, kamen seine Reaktionen viel schneller als sonst; er bremste hart und nicht ausgewogen. Vielleicht hatte etwas, eine Eigenart in ihren Bewegungen, ihn aus der Gleichförmigkeit am Lenkrad geweckt. Sie war, im Hochhalten des Daumens, zurückgeschritten, wie Anhalter es tun, um den Blickkontakt zu verlängern. Als sein LKW stand, hatte sie den Daumen noch den Bruchteil einer Sekunde oben und schaute durch die sicherlich spiegelnde Frontscheibe des großen Lasters, aber nicht mit ängstlich verkniffenen Augen sondern neugierig, und wie einer, der seiner Wege sicher ist. Die Bewegung der Rückwärtsschritte, ein Schwall schwarzer Haare um das Gesicht und ein selbstbewusster Körper: Das war das Bild. Anton, der spätere Kanzler, dachte, nein, er empfand: Was kommt jetzt? Er legte sich schräg, um die rechte Tür zu öffnen. Während er sich so schräg streckte, machte er sich seine Anstrengung zum Vorwurf, denn wann hatte er das sonst getan? Sie stieg die Tritte des Lasters herauf. Sie saß im Beifahrersitz: „hallo!". Der Kanzler hielt die rechte Hand auf dem Schalthebel und ließ die Schaltung eine Sekunde im Leerlauf. Sie hatte ein blaues und ein braunes Auge. Oder ein grünes und ein braunes Auge. Er holte die Routine zu Hilfe, legte den ersten Gang ein, fasste das große, glatte, griffige Lenkrad mit beiden Händen, Fäusten, und begann, den Wagen in den Verkehr einzugliedern. Wenn er im sicheren Gefühl seines Körpers ruhend am Lenkrad saß, war es nicht seine Gewohnheit, den Kopf schnell hin und her zu wenden. Nur die Augen schauten: Auf die Straße vor ihm, in den Rückspiegel, zum Straßenrand. Aber das Mädchen, die junge Frau, machte es sich auf dem Sitz rechts bequem, und da drehte er den Kopf kurz nach rechts, den Blick aus dem Augenwinkel auf sie gerichtet, dann wieder sofort zurück zur Straße. Für seine Verhältnisse eine linkisch kurze Bewegung.

„Wo willst du hin?", fragte er. Jetzt mit dem Blick geradeaus. „Wo fährst *du* hin?" Das Du, das sie sagte, enthielt eine Betonung, es klang wie ein Vorwurf, dass er sofort mit Du begonnen hatte.

Unterwegs fragte sie nach den Gegenden und nach Städten. So wie er mit geringfügigen, beiläufigen Bewegungen an seinem großen Rad saß, schwer im bequemen Sitz, war deutlich, dass ihm die Strecke gewohnt war. Aber es kamen nur spärliche Antworten. Das Radio lief mit Gerede und bedeutungsloser Musik. Dass es lief, war, sozusagen, eine Nachlässigkeit. Die Fragen nach abzweigenden Straßen und nach Ortsnamen konnte er wohl beantworten. Aber das

Mädchen, die junge Frau, verwendete befremdende Wörter: Das war nicht seine Sprache. Wörter, deren Klang er wohl irgendwann ins Ohr bekommen hatte. Davon geblieben aber war nur ein Gefühl, nicht ein Begriff. Auf Fragen in solchen Wörtern konnte er nicht antworten, und in dieser Situation, das Mädchen lächelnd, verschmitzt lächelnd rechts neben ihm, kamen ihm auch keine anderen Worte, Floskeln des Ausweichens, Überspielungen.

„In der Schule hast du geschlafen!?"

„Ich bin so schnell wie möglich davon, aus dem Mief."

„Und dann ?" – „Gearbeitet!"

Er schlug mit der flachen Hand auf die schwarzgraue Kunststofffläche neben den Armaturen. „Meiner!", sagte er. Aber flach war diese kräftige Hand nicht. Und noch einmal drehte er den Kopf aus der Richtung der Fahrbahn, nach rechts, zur jungen Frau. Er hatte das ruhige Lächeln des Besitzers, allerdings mit dem Schimmer einer Verunsicherung. Die Augen waren etwas verengt. Des Mädchens zwei Augen, das grüne und das braune, schauten lustig, belustigt, mit wohlwollendem Spott wie unter Freunden.

Er richtete den Blick wieder auf die Fahrbahn, und er wollte tief Luft holen, tat es aber nicht, und er wollte sich aufrechter setzen, und tat es auch nicht. Vom Straßenrand aufgelesen und mitgenommen, und dann lachte sie ihn an, lachte ihn aus. Das ihm, in seinem selbst erworbenen, tonnenschweren Gefährt! Keine Reaktion zeigen!

Sie fuhren die lange Strecke. „Was machst du, wenn du nicht in deinem Brummer sitzt?"

Als er sagte „Kugelstoßen", wurde ihm wieder angenehm warm, warm wie in einem Zuhause. So konnte er sich wieder eine Zeitlang auf seinem gut justierten Fahrersitz wohl und sicher fühlen. Die Hände, die Arme auf dem großen Lenkrad. Vor ihm fuhr ein großer PKW, vor dem PKW ein Laster, das gleiche Fahrgestell wie sein eigener. Der PKW setzte zum

Überholen an, gleich musste er das Manöver aber wieder abbrechen. Lauter Anfänger. Oder Nervöse. Dort die Fabrik mit dem unfertigen Anbau, schon seit einem Jahr. Hier das Lagerhaus, fünfzehn oder zwanzig LKWs, alle parallel, an die Laderampe rückgesetzt. Schön. Aber er war an solchen Wagen auf seinen Fahrten vorbeigezogen und hatte gesehen, dass sie billige Reifen fuhren. Er wollte den CD-Spieler einschalten und hob die Hand schon vom Lenkrad, aber er zog die Hand wieder zurück. Die junge Frau könnte eine Bemerkung über seine Musik machen. Wie ist das denn möglich! Keine Freiheit im eigenen Fahrerhaus!

Sie war ja nicht so dünn wie die Modelgören auf den Dessousplakaten, und es tauchte ein solches Plakat vor seinen Augen auf, über die Betonplatten und Rillen der Autobahn projiziert, und es entfuhr ihm ein Lacher wegen der Kümmerlichkeit der Schenkel. Dieser Lacher war eine neue Peinlichkeit, und sein Blick wanderte wieder, aus dem Augenwinkel, rechts zur jungen Frau. Dort schauten ihn wieder die zwei verschiedenen Augen an, lustig an, und fragend. Den Lacher konnte er nicht leugnen. Stumm darüber hinweg? Sie schien ja unkompliziert und direkt. Also!

Geradeaus schauend, auf die Straßenfläche, sagte er: „Ist ja dumm, aber ich musste plötzlich an so ein Dessousplakat denken" – und es entfuhr ihm unkontrolliert noch ein Lacher – „die Modelgören mit den Insektenbeinen!" Und sein Blick machte wieder eine schnelle Exkursion nach rechts und zurück zur Fahrbahn. Auf ihrem Gesicht hatte er ein amüsiertes Lächeln gesehen. Aber was weiter sagen? Sie schien ja ein guter Kumpel. Aber was sagen?

Seiner Verlegenheit kam eine Tankstelle zu Hilfe. Früher als nötig bog er von der Straße ab und zu den Zapfsäulen. Als er zur Kasse kam, stand sie schon dort, als dritte in der Reihe, eine Getränkedose und eine glitzernde Packung in der Hand. Er stellte sich hinter sie, neben sie. Wahrscheinlich war es sein Fehler, dass er sich zu nahe stellte, und seine massige, trainierte Körperlichkeit, wenn auch vielleicht unbewusst, zu sehr wirken ließ. Jedenfalls: als sie gezahlt hatte, bedankte sie sich schnell und unvermittelt fürs Mitnehmen, verabschiedete sich ohne Erklärung und war auch schon durch einige Schwingtüren verschwunden. Er suchte hinter der einen und anderen Tür, vergeblich.

Wenn er in den nächsten Wochen durch die Straßen irgendeiner Stadt ging, kam es immer wieder vor, dass er Leute reden hörte. Er hörte Sätze, Satzfetzen, Wörter. Bisher hatte er nie andere Leute gesehen, gehört. Seine Augen hatten sich ohne sein Zutun einen Weg durch die Menge auf dem Gehsteig gebahnt, seine Gedanken waren bei seinem schönen großen Wagen oder auf dem Sportplatz. Jetzt hörte er die Leute reden, vor allem blieb sein Ohr bei Wörtern, die er nicht kannte, die nur einen nebligen Klang hatten. Und dann trat immer wieder dieses verschmitzte Lächeln vor ihn, dieses halb gutmütige Lächeln des grünen und des braunen Auges, dieses doch geringschätzige, bedauernde Lächeln.

Auf den Gehsteigen standen Gestelle mit billigen Hosen, Körbe mit billigen Socken und auch Wellpappekartons mit alten Büchern. Vor einer Buchhandlung standen diese Kartons. In der Zeit, als er die Schule so schnell verließ, waren Buchhandlungen das Symbol dieser Bleichgesichter, die ein künstliches, hyperkompliziertes Leben führen, ohne wirkliches Tun, ohne Zugreifen. Er hatte getan und geleistet. Aber jetzt stand er, nicht vor der Buchhandlung, sondern vor der Auslage neben der Buchhandlung. Und sein Körper vollführte Scheinhandlungen, er ging hin und her, er ging an der Buchhandlung vorbei und wieder zurück zu anderen Geschäften. Bisher waren seine Wege geradlinig gewesen: von hier zum Ziel. Und die Augen in seinem leicht rosigen, vor Kraft und Zielstrebigkeit schwitzenden Gesicht hatten nur geradeaus geschaut.

Er sah seitwärts, auf die Kartons, und er sah „Lederstrumpf", „Der Dreißigjährige Krieg", „Ägypten", und dann sah er „Lexikon", einen dicken, blauen Band mit altem Leinenrücken. Und er ging wieder hin und her, an den Geschäften vorbei. Ein Lexikon, ein unverfängliches Buch. Er wunderte sich später, wieso er mit dem abgegriffenen Buch in den Laden und zur Kassa gegangen war, denn er erinnerte sich nicht an einen Beschluss, über die Schwelle der Buchhandlung zu gehen.

In der Zeit des Lexikons war er in der Stimmung eines Gejagten. In dem zerschlissenen blauen Leinenband standen Wörter über Wörter. Einige Punkte sicherer Realität fand er schon. Das Wort „Rad" fand er, „Lenkung" wurde kurz erklärt. Aber unzählige Wörter, Namen, auf die verwiesen wurde, kannte er nicht, und ärger noch, die Worte der Erklärung führten nur in weiteren Wortnebel. Er schmiss das Buch hin und nahm es wieder. Er las Zeitungen, er hörte den Sprechern im Radio zu. Die gescheit klingenden Vorträge spät in der Nacht, während er am Lenkrad saß, waren wieder nur Wortnebel.

Was sollte das:

„... Entbegrifflichung der Seinsmodalitäten und deren Interdependenzen mit dem Seienden ..."

Er zweifelte an sich und er hasste. Auf den großen Straßen fuhr er, „eigentlich ein Sieger" in seinem schönen Wagen, „eigentlich".

Da stand sie wieder! Am ausgestreckten Arm die Hand mit dem hochgereckten Daumen. Sie hatte den Arm schon hochgehalten, bevor sie den Wagen erkannte. Als er wusste, dass sie es war, meinte er ein Hochheben beider Arme wahrzunehmen, nicht nur den Arm mit dem hochzeigenden Daumen streckte sie noch höher, auch den anderen, der noch durch eine Tasche beschwert war, hob sie an. Er hatte das Gefühl eines „jauchzenden" Hochhebens – woher hatte er nur solche Worte. Aber das Hochheben war vielleicht nur ein Bild aus ihm.

Unglaublich schnell saß sie, dachte er, auf dem Sitz rechts, nicht nah bei ihm, sondern in die Ecke gedrückt, aber sie lachte ihn an, wie wenn man sich nach langen Vereinbarungen endlich sieht.

„Was hast du gemacht?"

„Kreuz und quer über den Kontinent gefahren."

Dann griff sie nach dem dicken blauen Buch, das hinter die Windschutzscheibe geklemmt war. Sie nahm es und blätterte darin. Sie las dies und das, wahrscheinlich nur um Zeit zu gewinnen. Und ihm passierten wieder diese Blicke aus dem Augenwinkel auf die junge Frau.

„Wie kommst du zu dem Buch?"

„Das war in so einem Karton mit alten Büchern."

Zögernd kam diese halbe Antwort, begleitet von unnötigen Bewegungen: Seine rechte Hand glitt vom Lenkrad herab auf seinen Schenkel und strich hin und her, hin und her.

Über die Kilometer entwickelte sich ein Roulettespiel mit dem Lexikon. Irgendwo aufschlagen, irgendein Wort vorlesen. Sie schien gut aufgelegt. „Belutschistan" kam vor oder „Belisar" oder „Toscanini". Sie las die Wörter und die Erklärung, und wenn sie mehr wusste, kam sie ins Erzählen. Jedes Mal, wenn sie ein neues Stichwort vorlas, erwartete er anschließend die Prüfungsfrage oder auch nur Stille – als Aufforderung zu sprechen. Aber das Mädchen sprach selbst. Oder sie sagte „Weiß ich nicht" und blätterte weiter. Dass sie überhaupt nicht versuchte, ihm Verlegenheit zu bereiten, wunderte ihn, überraschte ihn, freute ihn. Die meint es gut mit ihm. Über tausend Dinge redeten sie. Und wenn sich eine Pause ergab, wurde das Lexikon wieder aufgeklappt. Eine neue Sache, dieses Reden.

So einfach und frisch war das Leben damals, hatte das Leben damals begonnen. Jetzt saß er, Herr über eine Flotte von Wagen und über Viele, vor den raumhohen Scheiben in einem schwarzen Lederdrehsessel und hatte Schweiß auf der Stirn.

Anders war das damals. Der Körper war hundert Prozent fit, stark, schnell, am Lenkrad zugleich gelassen, die Ruhe des Erfolgs in den Gliedern. Und dann stand immer wieder, unabgesprochen, in unregelmäßigen Intervallen, aber doch immer wieder, dieses Mädchen mit dem grünen und dem braunen Auge an der Straße. Und sie nahm jeweils wieder das blaue Buch vom Armaturenbrett. Dort lag auch eine Straßenkarte und ein Scheibenwischtuch. Und sie trieben wieder das Lexikonspiel. Bereits eine Routine, eine Brücke, die noch dünn hinwegtäuschte über schon lang vorhandene Einverständnisse. Eine Brücke, die noch aufrecht erhalten wurde aus dem Widerstreben, ein Stück Souveränität aufzugeben.

Er fuhr bis spät in den Abend und bog dann unvermittelt ab auf eine Landstraße und zu einem Motel.

„Wir brauchen ein Zimmer", sagte er an der Rezeption.

„Zwei Zimmer", sagte sie.

Ihm war, als hätte er einen Schlag bekommen, auf den Bauch, auf die Schultern, einen körpergroßen Schlag, eine körpergroße Ohrfeige. Ihm war übel und heiß. Aber da stand sie neben ihm und schaute zu ihm auf, nicht verschlossen, nicht stumpf, nicht abweisend, nein, lächelnd wie nach einem gegen einen Freund gewonnenen Schachzug. Im Gang zu den Zimmern hörte er ihre Schritte hinter sich. Wie war er nur in diese Abhängigkeit gekommen? Bisher war nur er. Er hatte gearbeitet. Er hatte sich amüsiert. Er war am Sportplatz, von den anderen umringt.

Sie standen vor ihren Türen, und er musste breitbeinig stehen um sicher zu stehen. Das Licht im Gang war schäbig graugelb. Der Teppichboden hatte alten Zigarettenrauch aufgesogen. Dieser Geruch alten Zigarettenrauchs blieb für ihn immer ein Markstein. Sie drückte auf die Klinke ihrer Tür, bis die Tür aufging.

„Wie heißt du?", fragte er.

„Ilona."

Indem er sich etwas vorbeugte und zu Boden sah, als wäre ein schwerer Entschluss gefordert, sagte er:

„Und ich bin der Anton."

In seinem Zimmer lag er herum und hörte aus der Ferne den Verkehr auf der großen Straße. Das grüne und das blaue Auge. Schnelles Aufsteigen, als wäre der Sitz im LKW nicht hoch. Der schräg hochgestreckte Arm, den Daumen oben. Der gerade gestreckte Arm, noch als sie ihn erkannt hatte, und der Wagen schon stand. Dann schnelles Hochsteigen. Der verächtliche Blick. Lehrerinnenblick: Dummer Kerl! Das ihm, in seinem Wagen!

Er warf sich hin und her, über beide Hälften des Doppelbetts. Nein! Sie hatte „Lexikon" gespielt. Wie Kinder Fangen spielen, gutmeinend schadenfroh. Er sprang aus dem Bett und stand vor dem mannshohen Spiegel. Nur das hässlich weißblaue Licht einer Lampe im Vorhof drang herein. Er sah die Umrisse einer schweren, unbeholfen, beinahe tollpatschig dastehenden Gestalt. Die Stirn unter vorfallenden Strähnen in dicken Runzeln, ein nicht lesbarer Blick.

Angeschaut hatte sie ihn. Noch dort drüben im Gang, vor ihrer Türe hatte sie ihn angeschaut. Einfach mit weiten Augen zu ihm aufgeschaut. Nicht lächelnd, aber auch nicht hämisch, und nicht abweisend. Abweisend war nur die Hand auf der Klinke. Und mit dem Bild der zwei verschiedenen Augen, darüber der Strubbel schwarzer Haare, warf er sich wieder aufs Bett. Dort aber konnten nur die Fingernägel das Leintuch kratzen. Fortwährend schauten ihn die Augen an, ruhig. Er sah keine Mitteilung darin. In anderen Fällen, in lustvollen Überwältigungen hatten ihn nie Augen angeschaut, weder in Träumen noch in Wirklichkeiten. Wie bunte Luftballons im Wind stiegen die Abenteuer auf und zogen hin. Dahinter aber von Horizont zu Horizont das Gesicht der jungen Frau, des Mädchens Ilona.

Er stand auf. Das Licht schaltete er nicht an. Es lagen nur Lichtstreifen der blassen Hoflampe auf der rauweißen Wand und auf dem Teppich mit seinem alten Geruch. Er ging auf den Gang. Es gibt unterschiedliche Wichtigkeiten.

Es ist wichtig, zu tun, was richtig genannt wird. Es ist wichtig, sich danach zu richten, was der andere sagt, was vereinbart ist, auch stillschweigend, durch das Schließen einer Tür. Aber er ging den Gang entlang, denn wichtig war nur die Bereinigung, die Bereinigung der Undeutlichkeit, der Unordnung zwischen ihr und ihm, die entstanden war, als sie in der Türe stand.

Die Tür war verschlossen. Aber der Schlüssel drehte sich und sie schaute ihn wieder an. Einen Augenblick lang spürte er Schwindel kommen, dann war alles nur warmer Wirbel. Ein bunter Wirbel, obwohl auch dieses Zimmer nur dämmrig von den bläulichgrauen Streifen des Hoflichtes erleuchtet war. Die vielfache Überlegenheit seiner Kraft erlaubte ihm, zärtlich zu siegen. Aber zugleich mit der Freude an der Übermacht, die sein Selbstbewusstsein wieder aufkeimen ließ, kam eine schreckliche Angst, es könnte da eine Wertschätzung fehlen, es könnte das bunt-wirbelige Fest nicht abgrundernst begriffen sein, es könnte dies nicht sein Eintritt in die Heimat sein. Von dieser Heimat hatte er nichts gewusst.

Als sich eine Hand leicht auf seinen Rücken legte, meinte er, er sei auf der Welt angekommen.

Es kam in jenen frühen Tagen zunächst eine Zeit, in der beide wie besessen vergnügt arbeiteten. Ein festgefügtes Paar. Sie, Ilona, wurde von der reisenden Vertreterin für Restaurantbesteck, die sich von LKWs mitnehmen ließ, um Benzin zu sparen, zur resoluten Chefin einer Agentur für alles, was der Gast im Restaurant braucht: Teller, Gläser, Kerzen, immerwährend Blumen, alte Stiche über der Täfelung; Lieferung binnen 24 Stunden.

Und er, er ließ einen zweiten LKW laufen und weitere, und fuhr nicht mehr selbst. Er entwickelte sich zum Kanzler einer Flotte. Viel Zeit verbrachte er bei seinen Kugelstoßern. Ruhe, dann kurze volle Kraft in einem Wirbel, und der Stoß. Das entsprach seiner Körperlichkeit. Er kümmerte sich um die Jungen, er packte Waden und Füße und setzte sie in den richtigen Winkel. Hunderte Male ließ er sie das Umsetzen vom rechten auf das linke Bein wiederholen: niedrige Haltung, gesperrte Gelenke. Auch sein Team von Kugelstoßern nannte ihn Kanzler. Wie schön war es mit den jungen, lachenden, groben, ungeschlachten Burschen. Ehrgeiz auf Leistung. So einfach und schön: Training, Anspannung, Stoß, die Weite des Wurfs.

Ein festgefügtes Paar wurden Ilona und der Kanzler, ihre Quirligkeit und sanguinische Arbeitslust fand Bewunderung; manche meinten, ihre Freude sei zu grob und ungestüm.

***

Jetzt saß der Kanzler in seinem schwarzen Lederdrehsessel und schaute, Kopf auf die geschlossene Hand gestützt, Ellenbogen auf der Tischkante, über die schwarze Fläche seines Schreibtisches. Immer hatte es, in allen Situationen hatte es immer Auswege gegeben. Mit seiner Kraft und seinem frechen Willen.

Das Telefon schlug an. Die Telefoneinheit stand rechts. Aber die rechte Hand hielt ein Schriftstück. So griff die linke Hand zum Hörer, aber nicht nur die linke Hand: der linke Arm und seine linke Seite. Der ganze Körper drehte sich, damit die linke Hand rechts das Telefon ergreifen konnte. Früher hatte er sich, trotz seiner, wie gesagt wurde, bärigen Form, aus der Hüfte oder aus der Schulter gedreht. Jetzt schmiss er seinen Körper mit einer Art Wut herum, indigniert über die Welt. Zornige Energie hatte er noch genug für den Ruck zum Telefon.

Nach kurzen Worten saß er wieder in Gedanken, diesmal zurückgelehnt, an seiner übergroßen, schwarzgläsernen Tischplatte auf Aluminiumgestänge. Rechts, die Wand entlang, eine schwarze Konsole mit Akten belegt; darüber, wie hätte sie fehlen können, die Karte des Kontinents mit dem Netzwerk der Verbindungen, das seine LKWs befuhren. Ihm gegenüber aber, rechts und links der schwarzen Tür zum Korridor, meisterliche, überlebensgroße Fotos seiner Kugelstoßer: Die in der Konzentration aufeinander gepressten Lippen, die Hand mit der Kugel, vor dem Losschnellen in der Grube zwischen Schlüsselbein, Hals und Trapecius liegend. Dieses Team, das war sein Leben, ja, ein Teil seines Lebens, dort war sein Geld hingegangen. Für diese Burschen, Freunde, Söhne, hatte er alles Erdenkliche getan. Eben auch zweifelhafte Spielereien, die ihn jetzt in die Enge trieben, die auch schon Opfer gekostet hatten. Wenn seine Erinnerung den Tod von Hubert streifte, mitten unter irgendeiner Tätigkeit konnte das sein, dann verzerrte sich sein Gesicht zu einer Grimasse, als könne er mit dieser Verzerrung die Erinnerung löschen, als wäre die Erinnerung überwunden, wenn sein Gesicht sich wieder, vielleicht mit Hilfe eines Darüberstreichens der Hand, in die normalen, dicken Falten legte, in die inzwischen feisten Falten. Hubert war ein guter Kugelstoßer gewesen, aber er hatte immer und immer wieder die volle Drehung verpasst. Hubert war so ein – man wollte sagen – „rechtschaffener" Bursch. Seine Seele war gut und einfach. Und deshalb lernte er schwer. Trotz aller Geduld des Trainers wurde der Abstoß nicht stabil.

Da hatte der Kanzler ihn ganz privat zu sich genommen. Er ließ ihn rufen, und da stand der athletische, einfache junge Mann mit seinen stark entwickelten Trapezmuskeln, die gleich unter dem Ohr anzusetzen schienen und von dort zur

Schulter herüberzogen. Hubert blieb an der Tür des großen Raumes stehen. Rechts und links der Tür an den weißen Wänden die schwarzen Konsolen, darüber die übergroßen Reproduktionen der Fotos vom Sportplatz. Der Kanzler, bei all seiner Schwere, kam schnell aus dem Sessel, um den Schreibtisch mit der gläsernen Platte, und grüßte Hubert, ein Sportplatzkamerad den anderen. Er legte seinen rechten Arm um Huberts Schultern. „Hubert, schau ...“

Dass Hubert ein ganz großes Talent sei, sagte der Kanzler, dass er absolut Weltspitze sein könnte, dass da nur eben dieser Knoten in seinem System sei, der ihn immer und immer und immer wieder über den Abstoßbalken kippen lasse. „Hubert, du musst den rechten Fuß weiter hinten setzen. Hubert, es gibt da eine Möglichkeit, schau ...“ Er öffnete die Tür und nahm Hubert durch sein Vorzimmer mit zum Lift, der ins letzte Stockwerk führte, immer den Arm über Huberts Schultern.

Vor dem Lift stand er Hubert gegenüber. Die Hand mit den starken Handballen sprach bei den überzeugenden, überredenden Worten mit. Auf der Stirn schwitzte der Kanzler. Er schwitzte oft. Hubert stand unwillig, unschlüssig. Der Kanzler rief den Lift mit seinem Schlüssel und sie fuhren hinauf. Dort traten sie in eine Landschaft von grau-cremefarbenen Tischen, Maschinenkästen, Ablageflächen, Tastaturen, hinter denen aber, in drei Himmelsrichtungen, durch die Totalverglasung eine sonnenschimmrige Welt von Quadertürmen, Straßenschnitten, und jenseits auch, im Dunst verblasst, niedriges Hügelgelände zu sehen waren.

Der Kanzler führte Hubert in diese Räume seiner Logistik. Der Kanzler stand hier selbst gerne und schaute, denn dieses System, das er mit seiner Findigkeit aufgebaut hatte, war die Basis seines Aufstiegs. Seine Lastwagen wurden schneller umdirigiert, hatten weniger Leerkilometer als andere. Der Kanzler öffnete die Tür zu einem Innenraum. Dort saß sein

Chefprogrammierer. „Du, Nico, wir müssen den Sattel aktivieren". Nico saß an seinen Konsolen und Tastaturen, schaute zum Kanzler auf, schlank, noch jung, etwas geduckt, sehr zuvorkommend. Er schaute zu Hubert, zum Kanzler. Der Kanzler öffnete den Safe, nahm den Hypnosesattel heraus und reichte Nico das Kabelende mit dem vielpoligen Stecker. Hubert stand unschlüssig und ablehnend da, aber zu unsicher, um seinem Kanzler etwas abschlagen zu können. Der Kanzler ließ ihn den Oberkörper frei machen.

Die Oberseite des Hypnosesattels war eine graue Gummifläche, die Unterseite aber glitzerte wie ein Paillettenhemd. Eine Unzahl von Elektroden bildete ein Netzwerk, ein Muster wie Eidechsenhaut oder Schlangenhaut. „Hubert, Du willst doch an die Spitze. Du bist ja auch Spitze, aber seit zwei Jahren trittst Du immer und immer wieder über den Balken!" Er legte Hubert den Sattel über die Schultern. Der Lappen schmiegte sich auch noch an den Hals bis unter die Ohren. Der Kanzler ging zurück zur Tür und drehte den Schlüssel um. Dann stellte er sich neben Hubert und fasste ihn fest um die Taille, wie man sich neben einen stellt, dem man einen Tanzschritt beibringen will. Der Cheflogistiker schaute fragend und der Kanzler nickte.

„Komm Hubert, komm!"

Nur in flüchtigen Momenten waren dem Kanzler Reflexionen gekommen: Was wiegt es, das Bewusstsein eines anderen auszuschalten? Ihm fremde Gedanken einzureden während er wehrlos ist? Er wird aufwachen und meinen, es seien seine eigenen Gedanken. Das ist heimlicher Austausch von Zahnrädern, heimlicher Austausch von Überzeugungen, die Änderung einer geliebten Gewohnheit, ohne zu wissen, dass ein anderer die Änderung dekretiert hat. Eine Verletzung der Person, die gravierender sein kann als der Austausch eines Herzens.

Der Hypnosesattel begann die Programmroutine mit der Diagnose. Millimeterweise wurde die Haut des Schultergürtels und des Halses kartografiert, nach elektrischen Potentialen, Temperaturen, Reaktionen auf Reizpulse. So wurde die individuelle Reaktionskarte von Hubert angelegt. Zu spüren gab der Sattel beinahe nichts, Wärme vielleicht, wie von einem Windhauch, da und dort ein Kribbeln, wie von Insektenbeinen. Nach der Diagnose waren im Programm die Aktionspunkte für die nun folgende Reizüberflutung festgelegt. Auch diese Reizüberflutung lief ruhig, fast unmerkbar ab. So wie traditionellerweise der Hypnotiseur die Induktion ruhig, aber durch oftmalige Wiederholung erreicht. Messmer, Ahnvater der Hypnose, verwendete monotones Streichen, etwa über die Hand. Auch der Blick auf eine sich langsam drehende Spirale kann Induktion herbeiführen. Oder die Vorstellung von Schwere, von angenehmer Wärme.

Im System des Hypnosesattels wurden ausgesuchte Punkte, Nervenenden oder Nervenabschnitte, die während der Diagnoseperiode ermittelt worden waren, mit Zyklen feiner Impulse beaufschlagt. Durch den ständigen Fluss der Signale wurden die Nerven für andere Signale, Gefühle unpassierbar, und es stellte sich umgehend ein tief hypnotischer Zustand ein.

Der Kanzler hielt Hubert fest neben sich. Die Sonne zeichnete das Fenster auf den Boden vor Hubert. „Schau, hier ist der Abstoßbalken und hier die Mitte des Kreises. Nach dem Angleiten musst du den Fuß weiter hinten setzen!" Und er nahm Huberts rechten Fuß und setzte ihn. Dann wurde Hubert aus der Hypnose entlassen.

Der gewünschte Erfolg stellte sich ein. Hubert kippte nach dem Stoß nicht mehr aus dem Kreis. Aber dann kam er bei einem Verkehrsunfall ums Leben. Der Fahrer hatte nur immer wieder in Unverständnis den Kopf geschüttelt. Das war doch ein sportlicher junger Mann. Er war durch den Verkehr gesprintet und hätte längst am Gehsteig sein müssen. Plötzlich stellt er am Zebrastreifen seinen Fuß quer und stolpert. Der

Kanzler natürlich, konnte sich den Grund für die plötzliche Fehlfunktion von Huberts Motorik denken. „Komm, Hubert, komm", hatte er gesagt, und sein Schützling Hubert hatte ihm vertraut. Wenn diese Erinnerung kam, schickte der Kanzler sie weg, indem er mit der flachen Hand übers Gesicht strich.

Jetzt stand er selbst, der Kanzler, auf dem Spiel. Denn er hatte nach Huberts Unfall seine Hände nicht von den Manipulationen gelassen. Im Gegenteil, er hatte sich noch schärfere Mittel verschafft. Jetzt stand sein Olympiateam drüben schon unter Hausarrest. Dopingkontrolle war eingeleitet: Verdacht auf Psychodoping. Eine Frage kurzer Zeit nur, bis die Spur zu ihm, zum Kanzler gefunden sein musste. Dass er hier saß, in seinem schwarzglänzenden Büro, war gar nicht mehr die Wirklichkeit. Dutzende Situationen aus seinem Leben stiegen vor ihm auf, in denen er in die Enge getrieben war. Als erste Reaktion hatte er immer Trotz und Siegessicherheit gehabt: Mir unterläuft kein Versagen.

Die starke Glasplatte seines Schreibtisches empfand der Kanzler als kalt. Oft hatte die Platte angenehme Kühlung gegeben. Unten bewegten sich die LKWs nach dem logistischen Plan. Dem Schreibtisch gegenüber, rechts und links von der Türe sah der Kanzler seine Schützlinge in ihren besten, präzisesten Bewegungen.

Nach Huberts Tod hätte er aufhören sollen. Aber Aufhören gegen den eigenen Wunsch und Willen war nicht seine Lebensart. Die Unheimlichkeit des Werkzeugs Psyris hatte zu großen Reiz.

– 6 –

Monique wird das Bett höher stellen lassen. Dann sehe ich nicht nur Himmel, sondern auch Berge, Hügel. Das ist ein anderes Zimmer! Wieso dieses komfortable Zimmer? Albert könnte das zahlen, aber so ist nicht seine Denkweise.

Jetzt spricht Dagmar zu mir. Wie ich dieses Kind liebe! Ein Bruchstück der Liebe zu Lindis. Warum Lindis damals weggegangen war! Ja, mein Ungeschick! Meine ständige Unbeholfenheit! Durchs Fenster musste ich sehen, wie sie fortging. Unten am Gehsteig auf der anderen Seite ging sie. Aufrecht trug sie ihre Schultern, eine hohe Gestalt. Hier ihr Kind Dagmar, eine Gertengestalt. Nicht mehr ein Kind. Wen hat Lindis, Ermelindis, an sich herangelassen, dass sie dieses Kind bekam? Mich hat sie damit aus der Ferne zum Vater gemacht. Jetzt ist Dagmar bei mir mit ihrem Jammer. Das Gesicht ist etwas schmäler als das ihrer Mutter. Sie ist verzweifelt. Sie hadert mit der Konstruktion der Welt. Eine geschwungene Gerte ist ihre Gestalt, eine schwingende Gerte. Trotz ihres Jammers. Welche Lieblichkeit umgibt diesen Hals. Diese Arme, die sie einmal kreuzweise auf ihre Brust presst, den Schmerz hineinzudrücken oder wegzudrücken, oder die sie dann wieder zum Gesicht hebt, damit die flachen Hände Tränen wegwischen können. Zu mir kommt sie, zu ihrem Vater, Wahlvater, mehr Vater als ihre Mutter zu ihr Mutter ist. Zu einem nichtsnutzen Vater kommt sie. Was wird sie wohl sehen, wenn sie zwischen ihren Tränen noch klare Augen hat: Da liegt einer, papierdünn unter der Decke. Schaut er sie überhaupt an? Sie wird es nicht wissen, denn meine Augen sind nur Schlitze und meine Mimik ist zu schwach für einen Gruß, und sei es nur Grüßen durch Hochziehen der Augenbrauen.

„Ilona will nicht begreifen, dass Anton, dass Anton und ich zusammen gehören!", sagt sie. Alle sagen „Kanzler", sie nennt ihn Anton.

Und sie denkt sicher, diese Worte seien ein sinnloser Ausbruch, weil sie meint, ich könne nicht hören. Doch hören kann ich gut, noch gut. Und ich kenne die herzzerreißende Geschichte meiner Tochter, für die ich nichts, jetzt nichts tun kann. Vor meiner Einlieferung, als dieses Bett noch nicht mein ganzer Lebensbereich war, haben wir täglich stundenlang gesprochen.

Jetzt hat Monique gesehen, dass meine Augen kurz zum Fenster abgewandert sind. Monique ist nicht auf sich eingestellt, sie ist auf mich eingestellt. Aus der Ecke beim Fenster, wo sie verkauert sitzt, schaut sie zu mir und verfolgt die kleinste Bewegung, die kleinste Veränderung in meinen beinahe geschlossenen Augen. Sie denkt, als wäre sie in mir, sie fühlt, als wäre sie in mir. Sie weiß, dass ich zu niedrig liege und nur den Himmel sehe, nicht die Berge. Jetzt kommt sie und macht sich am Bett zu schaffen, an dieser Maschine aus Hebeln und Klemmen, die in alle Richtungen verstellbar ist. Jetzt hebt sie die Liegefläche an, und es ist wie das Auftauchen aus dem Meer: über der Wasserfläche liegt eine Insel. Durch das Fenster draußen sehe ich Dächer, Kirchtürme und die wellige, diesig-grüne Linie der hügeligen Berge. Nie hat jemand so für mich gesorgt wie Monique. Jetzt sitzt sie wieder wie unansprechbar und unzurechnungsfähig-stumm in ihrer Ecke. Aber sie weiß sicher um meine Dankbarkeit.

Ein hoher Ausblick bringt immer ein weites Gefühl im Innern. Das ist auch ein physisches Gefühl. In alten Gedichten steht: Es weitet sich die Brust. Für meine Person zum aberen Mal so lächerlich. Meine Brust ist eingefallen und bewegt sich kaum zum nötigsten Atmen. Aber die Vorstellungswelt, die Gedankenwelt – die unzensurierte Sprache würde sagen: die Seele: Die Seele ist unbelehrbar, sie glaubt immer noch, die Brust weiten zu können. So viele Dächer und Türme hat die Stadt. Fleckig-rostbraune Dächer: Das sind alte Ziegeldächer. Und die grünen Kuppeln: kunstvoll gefalzte Kupferblecharbeit. Manche auch aus grün lackiertem Eisenblech, glattfarbig. Große Kastenbauten, weiß und dunkel. Dazwischen Schlote mit Flugwarnlicht. Und dahinter – jetzt steigt schon

wieder Liebe und Freude und Sehnsucht auf – dahinter die Berge, sanfte Berge, grün und freundlich. Gestaffelt.
Die herzzerreißende Geschichte meiner Tochter. Das lila-braune Kleidchen steht ihr gut. Gut zu den graublauen Augen. Weiche Augen hat sie. „Erlkönig hat mir ein Leids getan": Das hat ihr der Kanzler angetan.

„Du liebes Kind, komm, geh' mit mir!
Gar schöne Spiele spiel' ich mit dir;
Manch' bunte Blumen sind an dem Strand, …"

Zahlt er mir das Sonderzimmer, um mich gut zu stimmen? Um mich gut zu stimmen, oder aus Verbundenheit über das ganze Leben, trotz aller Differenzen? Wie Erlkönig hat er sie in seinen Bann geschlagen. Was sieht sie in diesem inzwischen schwerfälligen, übergewichtigen, schwitzenden Alten? In allem mein Gegenteil. Als Gorilla wäre er ein Silverback. Ja, er ist erfolgreich und befehlsgewohnt. Er befehligt seine LKW-Fahrer und seine Kugelstoßer. Der mächtige und immer noch quirlige und immer witzig-aufmüpfige Mann. Hat sie eingefangen, wahrscheinlich ohne allzu viel eigenes Zutun. Sie traf ihn im Zeitpunkt, in dem bei ihr die Liebe erstmals aufbrach. Vielleicht traf sie ihn auf irgendeiner Straßenkreuzung. Vielleicht warteten sie beide auf das Grün einer Ampel. Vielleicht erwähnte sie meinen Namen. Dann schaute der Kanzler freilich noch ein zweites Mal auf das Mädchen. Die Liebe ist wie das Küken in der Schale. Das Küken ist schon voll entwickelt, schon beinahe selbstständig lebensfähig. Die Liebe in der noch geschlossenen Schale ist schon groß und in freudiger Erwartung und sehnsuchtsvoll und hingebungsvoll und mitleidenswillig. Dann kommt eine Woche, ein Tag, an dem die Schale bricht. Und das erste, was Dagmar mit ihren neuen Augen sah, war der Kanzler. Alle Kräfte ihrer noch nicht verwendeten Liebe umklammerten den Kanzler.

Er war ja immer ein Bündel Leben gewesen, ein lustvoller Draufgänger, lachend, aus seiner Kraft schöpfend. Aber auch verschmitzt lächelnd während des Zuschlagens, ja er konnte auch mit einem Auge zwinkernd über sich selbst lächeln. Aber Selbsterkenntnis hinderte ihn nicht, Unsinn zu machen, wenn der Unsinn ihn reizte, Spaß machte. Der Kanzler lebt, und nur im Hintergrund irgendwo denkt er. Er eilt mit seinem Leben voraus, und hinter ihm hetzt die Schar der von ihm verachteten Reflexionen und vernünftigen Gedanken. Diese Berater hinken seinen Entscheidungen chancenlos nach. Sie werfen einander hochgezogene Augenbrauen zu und formulieren hastend neue Beratungsworte. Wenn dem Kanzler Unsinn Spaß macht, so ist Unsinn der Sinn des Lebens. Was bin ich mit meinen Gedanken? Immer standen sie meinem Leben im Wege. Oder sind Gedanken auch Leben? Ich liebe sie ja. Aber. Vielleicht so: Die Gedanken sind ein Leben der zweiten Etage. Vielleicht so: Die Gedanken kommen nach dem Verlassen des Paradieses.

Die Rechnung ist für den Kanzler ein Leben lang aufgegangen. Zeit seines bisherigen Lebens. Jetzt bräuchte er sein beratendes Denken. Aber da scheint kein Rat zu sein. Er ist in der Enge. Die sich auf Psyris eingelassen haben, fühlen sich jetzt in der Enge. Wie Könige gaben sie sich. Und die Menge fühlt sich bedroht. Ist sie vielleicht auch. Ich hätte Psyris nicht veröffentlichen sollen. Den Hypnosesattel habe ich, haben Albert und ich, für medizinische Zwecke entwickelt. Die Idee entstand ja in den ersten Wochen mit Lindis. Was für eine missionarische Freude hatte Ermelinde an ihren Plänen. Jeder Mensch hat einen Anfangszustand, in dem Körper und Geist – Seele, was immer – in Ordnung sind. Dieser Zustand wird durch den Ablauf des Lebens gestört. Die Menschen lassen sich ihren Zustand stören. Viele Haltungsschäden, krumme Rücken, sind nur schlechte Gewohnheit, viel Vergrämtheit nur schlechte Gewohnheit, Nachgiebigkeit.

An der Wand mir gegenüber lehnt Dagmar. Ich habe ja immer diese Wand gegenüber, denn ich liege immer auf dem Rücken. Dagmar lehnt wie eine Welle an der Wand. Links in der Fensterecke kauert Monique. Von Monique hält Dagmar immer etwas Abstand. Vielleicht ist es die Scheu der Jugend vor allem, was nicht ganz gesund ist, was abweichend ist. Vielleicht nimmt sie mir aber auch die Verbindung zu Monique übel. Wo ich doch gar nicht ihr leiblicher Vater bin. Ermelinde weigert sich immer noch, den richtigen – was ist richtig? – den richtigen Vater zu nennen, obwohl Dagmar jetzt weiß, dass dieser Vater existiert. Umso mehr hält sie sich an mich, hängt sie an mir. Das tut gut, aber ich biete so wenig Hilfe. Sie will, dass ich ihr Vater bin und zu ihrer Mutter Ermelinde gehöre. Deshalb rückt sie immer etwas von Monique ab.

Sie lehnt an der Wand in ihrem hellblauen Kleidchen, lila ist auch dabei, braun.

„Ilona erzählt ihm nur prahlend von ihrer Gastrofirma, badet sich vor ihm in ihren Erfolgen. Sie weiß doch gar nicht, was für ein Mensch Anton ist."

Tausendmal hatte sie mir das schon gesagt, als ich noch aufrecht war. Jetzt erwartet sie keine Antwort mehr von mir, zumindest keine gesprochene. Sie sagt es mir noch einmal, damit ich es endlich glaube und akzeptiere.

Ach ja, Anton, der Kanzler, das ist einer, der viel erzählen kann, zehntausend Geschichten. Das ist einer, der intensiv gelebt hat, und immer noch intensiv lebt. Mit Hunderten LKW-Fahrern hat er zu tun gehabt, hat sie beschimpft, gelobt, ihnen geholfen, hat mit ihnen über ihre Kinder und Frauen gesprochen, ihnen Rat gegeben, auch in der Not einen heimlichen Kredit gegeben, hat sie rausgeschmissen. Mit seinen Kunden hat er gefeilscht und die Konkurrenten aufs Eis geführt, bis in den Ruin: auch das für ihn ein Spitzensport. Auch Spitzensport führt bisweilen in den Ruin. Wenn einer viele Jahre einsetzt, um an die Spitze zu kommen und sich dann die Schulter verletzt, dass er der Kugel nicht mehr den Schub geben kann, dann ist er erledigt, verliert den Kreis, in dem er geliebt, auch gehasst, gefeiert wurde, muss neu anfangen, als ein Unbekannter, da und dort hin Geschickter; Anfänger.

Zehntausend Geschichten kann der Kanzler meiner Dagmar erzählen. Eine reiche Seele hat er, sagt meine Dagmar. Es stimmt ja, er ist kein nüchterner Arbeiter, hat immer einen Hauptgedanken dahinter, ein Ziel, einen Wunsch, einen Herzenswunsch. Altes Wort. Aber das, was man das Herz nennt, steuert ihn. Heute vielleicht das limbische System. Die Routinen seiner Großhirnrinde funktionieren gut, aber seine Gefühle und Wünsche greifen ständig ein. Er will „Der Große" sein, er will Macht, damit er tun kann, was er will. Er liebt aber auch seinen Spaß ganz für sich selbst. Er spielt seine Tricks und freut sich, dass sie gelingen, niemand braucht es zu wissen. Sein feistes Gesicht wird dann von einem Augenzwinkern beherrscht, für das man ihn lieben muss.

Und auf so einen trifft Dagmar. Gerade noch war sie ein Kind. Jetzt ist die Schale aufgebrochen und sie sieht die Welt, und vor ihr steht dieser umtriebige, quirlige, schmunzelnde Mann, der eine ganze Welt beinhaltet. Die Freunde, mit denen sie aufgewachsen ist, sind Grünlinge, sie haben selbst gerade erst die Augen aufgemacht. Sie haben tolle Wünsche, aber können über nichts berichten. „Anton hat eine unendlich reiche Seele", sagt Dagmar. Das Wort nimmt man in Dagmars Alter nur in den Mund, wenn die eigene Seele übergeht. Natürlich, der Kanzler hat eine verwirrende Vielfalt von Facetten. Und wenn ich Dagmar beschworen habe, von ihm zu lassen: Das muss für sie ganz undenkbar sein; so als würde sie freiwillig einen üppigen Urwald voller Wunder und Orchideen verlassen und für immer in eine öde Savanne gehen.

Der Kanzler redet mehr denn je. Vor dieser arglosen und staunenden Zuhörerin kann er reden und reden, sagen, was andere missverstehen würden, was andere nicht hören dürfen. Auch, was für andere zu zart wäre. Denn: Er kann grob und rücksichtslos und gefinkelt sein, aber auch unerwartet zart einem Menschen zugetan. Seinen Zöglingen etwa. Er kann Dagmar von Situationen mit vielen Wenn und Aber erzählen und von ihr kommt ein Urteil zurück, ein einfaches, von der Basis des soeben erst gewordenen Menschen. Und ihre schlanke Eleganz, ihre Schönheit macht das Urteil noch gültiger. Das Urteil eines Alten, das durch viel zu viele Erfahrungen und Rücksichtnahmen verzerrt ist, sollte immer durch ein Kind geprüft werden. „Er braucht mich", ist Dagmars Konsequenz daraus.

Zu ihrer Mutter, Ermelinde, Erml, Lindis, geht sie wohl kaum mit ihrem Jammer, mit ihrer Anklage gegen die Welt. Lindis ist grob und scharf geworden: Aus! Schluss! Kein Wort mehr, keinen Blick mehr. Türenschlagen. Als Ermelinde von dem Streit zwischen Ilona und dem Kanzler hörte, von Beulen und Kratzern zwischen den Temperamenten, und das wegen Dagmar, da hatte sie für Dagmar nichts anderes als Türenschlagen.

Damals flüchtete Dagmar zu mir. Damals sprach ich noch. Ich ging noch aufrecht. Zwei Wochen ist es her. Sie hatte überhaupt kein Verständnis für Ilona und noch viel weniger für ihre Mutter. Jedermann musste doch sehen: Sie und der Kanzler, das ist die richtige, die echte Einheit. Jedermann musste doch sehen, auch Ilona doch. Von Religion oder Vorbestimmung darf man Dagmar nicht viel reden. Aber in diesem einen Fall, in ihrem Schicksalsfall, da war für sie im Weltgefüge plötzlich etwas festgeschrieben: Sie und der Kanzler. Ja, der Mensch hat diese Möglichkeit der Prägung, der fixen Idee. So wie die berühmte Prägung der Küken auf die Stimme der Mutterhenne. Fatale Fixierungen sollte man lösen können. Das ist ja auch eine der Möglichkeiten von Psyris: solche Fixierungen zu exorzieren. Katastrophal nur, dass durch eine falsche Handhabung auch die ganze Seele gelöscht werden kann.

Irgendwo gibt es einen Komplex von Nervenbahnen, der nur darauf wartet, feste Verbindungen zu legen, feste Verbindungen der Liebe, der Furcht, der Überzeugung. Es ist schon gut, dass jeder sein festes Netzwerk von Gleisen hat. Sonst wäre man ja orientierungslos wie in einem Schwarm von Fragezeichen, in einem Mückenschwarm von Freiheiten. Beinahe den ganzen Tag fahren wir auf diesen Gleisen. Man kann ja nicht an jeder Straßenecke den Standpunkt zu allen Fragen der Welt neu bestimmen. Bekehrung nennt man den Wechsel von Gleisen. Aber dazu braucht es schweres Gerät. Wie soll Dagmar von ihrem Gleis der Liebe und Bewunderung abgesetzt werden, und wohin? Sie sieht ja außerhalb ihrer Obsession nur Wüste oder triste Wiesen.

Ilona und der Kanzler! Wir hatten doch gute Abende nach den Kongresstagen!

Jetzt geht Dagmar wieder. Sie ist enttäuscht. Ich bin ihr keine Hilfe. Sie weiß, dass ich sie auch jetzt lieb habe, in meiner nicht zu besiegenden Schwäche. Aber vielleicht hat sie gar keine Zeit für solche Gedanken. Ihr Gefühl sieht das anders: Ich habe sie böswillig verlassen. Denn, was für sie weltwichtig sei, sei für mich nur lästig. Vielleicht hat sie auch in meiner Mimik gelesen, dass ich immer noch nicht einer Meinung bin, mit ihr und ihrem Kanzler. Meine Mimik ist sicher für einen Fremden starr, tot, leer, unlesbar. Aber Dagmar kennt mich, sie sieht sicher Mikrometerveränderungen hoch auf den Wangen, auf der Stirn, an den Mundwinkeln. Sie kennt mich, denn ich war bisher ihr einziger Partner für wesentliche Gespräche. Sie hat gesehen, dass ihr Kanzlergleis für mich immer noch Unheil ist. Jetzt streckt sich ihre Hand schon nach der Türklinke, aber sie blickt zurück, auf mich. Enttäuscht, beinahe zornig. Diese elastische, schlanke Gestalt in dem lila Kleidchen. Beinahe ein Symbol des Lebens für mich hier.

Nun kommt Monique auf mich zu. Etwas mit dünnen schwarzen Kabeln bringt sie ans Bett. Sie kommt sonst gar nicht zu mir, an mein Bett, meine Liegestatt. Sie ist nur gegenwärtig, auf dem Stuhl dort in der Ecke. Kopfhörer sind das und ein kleines Gerät. Sie kommt jetzt, weil es spät ist und sie gehen will, oder weil die Schwestern sie nicht länger lassen. Ich habe hier wahrscheinlich den Ruf, dass ich nicht ansprechbar bin. Sie beugt sich über mich und will mir die Kopfhörer überstülpen. Ihre Augen sind ganz groß über mir. Ihre Augen sind ganz dunkel. Oder vielleicht nicht dunkel, sondern sie scheinen aus Ernst dunkel. Die Augen sind dunkler als damals, als sie mir im Restaurant schräg gegenüber saß, strahlend. Und dann ihren Anfall hatte. Das Weiß der Augen ist leicht grau geworden, und aus der Nähe sieht man feine Äderchen. Ihre Augen sind besonders weit. Vielleicht will sie in meinen Augen etwas finden. Ich weiß nicht, ob meine Augen einen Ausdruck haben. Ich kann mich selbst nicht mehr beurteilen. Weniger als man das ohnehin je kann. Wenn ich reglos liege, fühle ich mich frisch und so, als könnte ich aufspringen. Aber die Hand nur einen Zentimeter zu heben, ist schon mehr, als ich leisten kann. Ich weiß nicht, ob meine Augen lebendig ausschauen oder apathisch, unansprechbar. Monique fragt in meine Augen hinein. Jetzt hat sie eingeschaltet. Schöne Klänge. Monique denkt unentwegt daran, mir Liebes zu tun. Das kann sie, da ist sie stark und umsichtig. Oh! Da kommt „Ave Maria". Warum sie gerade das ausgesucht hat!? Ja, wohlklingend ist die Musik. Und jetzt bringt mein Körper die Stärke auf, ergriffen zu sein. Es fühlt sich an wie eine übermenschliche Anstrengung zum Glücklichwerden. Es überrennt meinen Körper, dass es sogar dunkel wird. Ja, aber denkt Monique nicht daran, wie ich an solchen heiligen Texten herumargumentiere? So einem wie mir können doch nur sofort Bilder von der Auferstehung der Knochen kommen. Die Steine der Gräber öffnen sich und die Knochen werden zu Leibern versammelt. Das darf, so will es der Text, nicht ein tröstliches Gedicht sein, das darf keine Symbolik sein.

Die Wiederkunft des Fleisches ist kategorisch als Glaube befohlen. So wie die Unbeflecktheit als Voraussetzung für Heiligkeit. Wer kam denn auf die Idee, die Zeugung eines neuen Lebens als Befleckung zu bezeichnen. Wie alt ist diese Idee? Sie kann doch nur von einer verkrümmten Seele stammen. Freilich, eine göttliche Zeugung sollte nicht körperlich sein. Aber Befleckung! Das klingt nach Dreck und Widerlichkeit. Hätten Ermelinde, Lindis, und ich ein Kind gehabt, wäre es dann aus Widerlichkeit geboren? Sie wird doch kommen!? So gerade konnte sie stehen. Sie stand links neben mir, das Gesicht zu mir gewandt. Sie, Ermelinde, lächelte, herausfordernd, ja und, vielleicht, etwas geringschätzig. Dieses Ave Maria verflüssigt meinen Körper. Was ich denke, ist nicht von Bedeutung. Diese sogenannt vernünftigen Gedanken sind weggewischt. Es kommen in großem Licht die Bilder von Trauer und Herrlichkeit. Es sind ja nicht Bilder, es sind Gefühle mit Bildern, es sind Seelenzustände, die aus ihren Winkeln hervorgerufen werden: Trauer, Liebreiz, Mütterlichkeit, Herrlichkeit. Ein Verlangen, eine Sehnsucht dorthin. Eine Sehnsucht nach Heiligkeit. Aber! Der Gedanke an Heiligkeit ist doch nichts für mich, Uhling!

Jetzt ist das Haus ruhig geworden. Habe ich geschlafen? Die Lichter sind aus. Irgendwo sitzt eine Nachtschwester an einer Lampe und liest, oder sie telefoniert mit dem, bei dem sie sein möchte, oder mit dem sie gestritten hat. Oder sie schläft, bis jemand sie wach läutet. Ich habe ja in diesen Gängen viele Kollegen, in vielen Stockwerken. Andere sind vielleicht mit ihrem Gebrechen in Unfrieden, empfinden Übelkeit, Schmerzen, vielleicht schreckliche Schmerzen. Ich brauche die Nachtschwester nicht. Solange ich nicht versuche, die Hand zu heben, bin ich stark und frisch. Nur die winzigen

Lämpchen an den Monitoren leuchten. Und am blanken Aluminiumrahmen des Fensters wird der grüne Punkt im Reflex zu einem feinen grünen Strich. Heute glänzt ein zweiter Strich an einer anderen Facette des Fensterrahmens, rot. Das Gerät mit dem roten Punktlicht muss heute in einem anderen Winkel zum Fenster stehen. Das Fenster ist dunkel. Aber heute liege ich höher. Ich sehe auf die Berge, die Hügel hinüber. Dort blinzeln vereinzelte Lichter. Vielleicht einsam stehende Straßenlampen an Kreuzungen. Tote Insekten im Glasschutz. Oder ein Wirtshaus, mit Weinseligkeit. Der Himmel ist dunkelgrau. Wirklich dunkel wird der Himmel ja nie, schon gar nicht über dieser großen Stadt. Das Licht der Stadt kommt aus den Wolken, besonders aus den Wolkenrändern, als rosa Schein. Die Wolken ziehen. Sie sind nicht ganz dicht. Durch Lücken ist manchmal ein Stern zu sehen. Was geht mich, wenn ich hier so kraftlos liege, dass ich meine Hand nicht heben kann, ein Stern an. Aber ich weiß schon, für die Seele, oder was es auch sei, gilt der Zustand nicht, die Seele bleibt übermütig, hoffärtig, unrealistisch, und lässt sich von Himmel und Stern fangen und sehnsüchtig machen. Ich habe doch kein Recht auf Sehnsucht.

Ermelindis hatte Sehnsucht. Vielleicht hat sie die Sehnsucht immer noch. Für sie war es ganz selbstverständlich, dass sie Menschen helfen wollte. Woher kommt diese Selbstverständlichkeit? Ein anderer lebt nur dafür, wunderbare Gebäude zu machen und ein anderer, nur um zu erfahren, woher die Sterne kommen. Jedes Leben richtet sich nach diesem eigenen Sinn. Es wird allerdings vom allgemeinen Sinn des Lebens geredet. Lindis will Menschen aus ihren schlechten Gewohnheiten helfen. Das kann die Verkrümmung der Wirbelsäule sein oder eine Verkrampfung des Magens oder Wetterfühligkeit oder die Scheu vor einem Menschen. Lindis will all diese Verkrampfungen lösen und den psychophysischen Urzustand herstellen. Orthothymie nennt sie das. Bei einem Apparat würde man „Reset" sagen, auf den Anfangszustand zurücksetzen. Aber die meisten Krämpfe sind nicht sichtbar, zumindest lange nicht. Lindis will, dass ihre Patienten selbst nach ihren Verkrampfungen suchen.

Wenn ich bei mir selbst mehr gesucht hätte, wo wäre ich dann? Auch in diesem Haus? Es ist dunkel und still. Nein, das Haus ist in der Dunkelheit doch tätig. Es klickt dort leise, es surrt etwas kurz draußen in den Gängen. Es fließt Sauerstoff in den Leitungen. In wie vielen Räumen tropfen die ausgeklügelten Flüssigkeiten! Seit sie mir etwas aus dem Kopf geschnitten haben oder herausgesaugt haben, brauche ich offenbar solche Tropfen. Jeder, der in diesem Haus liegt, bekommt wahrscheinlich seine maßgeschneiderten Tropfen.

Ermelinde sprach nur vom „richtigen" Zustand des Menschen, sie stellt sich einen Zustand vor, in dem alles in Ordnung ist, wie beim Neugeborenen – beim glücklich Neugeborenen. Magen, Gelenke, Leber, aber auch die Hoffnung und die Freude in Ordnung. Bei vielen ist die Freude nicht in Ordnung. Sie können die Freude nicht verwenden. Wann wir wohl wissen werden, wie die Freude zustande kommt? Meine Freude ist in Ordnung. Verrückt! Ich welkes Blatt unter dem Leintuch! Ich habe Angst um Dagmar; ich, dass der Kanzler mit seinem Unglück andere mitreißen wird; ich bin traurig, in welchem Zustand Monique festgefahren ist – nur eine Facette der Liebe ist ihr geblieben. Viele Gründe gegen die Freude. Aber jede Angst vertrocknet nach einiger Zeit, die Gedanken wandern mit den Augen zu den dunklen Fenstern, hinter denen die Nachtwolken hängen. Dann ist das Gefühl der Freude da. Eine grundlose Freude. Aber das macht dem Gefühl nichts. Der Körper ist so geschaltet, dass die Freude immer wieder nachgefüllt wird. Ein Stück Orthothymie würde Lindis sagen. Und wenn ich das Wort Hoffnung denke, dann kommt sogar das Gefühl Hoffnung. Lächerlich für mich. Ich hoffe ja nicht auf ein besseres Leben. Trotzdem wird mir noch

Hoffnung zur Verfügung gestellt. „Hope against hope" ist ein gutes Wort.

Wir gingen damals viele Stunden auf der Uferpromenade und über das Dorf hinaus das Ufer entlang. Ich sehe Lindis neben mir; dahinter das Wasser, herbstlich war es, die Gräser ließen ihre Blätter schon welken, dazwischen noch einzelne Blüten. Das Wasser schimmerte in einer schwachgelblichen Sonne, gefallene Blätter kamen, zogen auf dem Wasser. Ermelindis schien immer größer als ich zu sein. Sie war beinahe so groß. Das Licht des Flusses schien durch ihr sehr helles Haar und ihre Augenbrauen glänzten in diesem Licht.

Sie sprach so viel von den Gefühlen des Körpers, auf die man hören sollte. Von irgendwelchen Körpern sprach sie, vom Körper an sich. An ihre eigene physische Existenz, oder an die meine, neben ihr, dachte sie nicht. Schien sie nicht zu denken. Sie sprach auch nicht zu mir, sie sprach, sozusagen, zur Welt, zu einem anonymen Auditorium.

In meinem Zentrum war nichts Anonymes, es war Lindis mit Seele und Leib. Das, was sie sagte, nur irgendwo im Hintergrund. Für sie war ich es, der Hintergrund. So schien es, ich wollte es nicht glauben, ich war gepeinigt, schwindlig, erstickt. Doch war ich damals froh, glücklich. Wie passt das ins Konzept der Orthothymie? Wir lebten aneinander vorbei. Später lebten wir auch aneinander vorbei. Das Wichtigste und das Schwerste, sagt Ermelinde, ist es, Fehleinstellungen zu finden. Die Menschen wissen nicht, dass sie nicht zentriert sind, dass sie nicht, sozusagen, in der Normaleinstellung sind. Sie wachen jeden Tag mit verkrampftem Gesicht auf und überfahren den Krampf mit Kaffee und Zeitung.

Sollte ich auch meine Sehnsucht nach Ermelinde, dort an der Uferpromenade neben mir, überfahren? Gehört nicht auch die Sehnsucht zur Orthothymie? Zumindest damals gehörte sie das. Orthothymie heißt ja nicht ein Zustand wunschlosen

Strebens, auch stürmische Sehnsucht ist ein Baustein. Ich war immer zu wenig stürmisch.

Lindis ging neben mir, und ihre Augen wanderten über die Gegend. Mit diesen Blicken allerdings, suchte sie ihre Gedanken, nicht das Wasser des Flusses oder die Blumen. „Ich habe eine Frau gesehen", sagte sie, „die Frau ging unsicher, mit einem Stock, und sie war so außerordentlich vorgebeugt, dass ich befürchtete, sie müsse vornüber fallen, wenn sie den Stock hob, um ihn einen kleinen Schritt vorzusetzen. Es drängte mich, zu ihr zu gehen. Ich hielt mich natürlich zurück und berührte sie nicht. Sie war ja augenscheinlich schon geübt, so gebückt in kleinen Schritten zu gehen. Sie bemerkte mich aber. Und sie schaute mich aus einem vielfach gefurchten Gesicht mit wasserhellen Augen freundlich an. Ich weiß gar nicht, wie sie es fertig brachte, aus dieser gebückten Haltung zu mir aufzuschauen, sie muss über ihre Schulter heraufgeschaut haben."

Lindis war sichtlich froh über ihre Gedanken an diese Frau. Und sie schien auch froh über den Herbst, über das Herbstlicht, und froh, vielleicht, ich glaube, glaubte, über unsere Nähe, meine Anwesenheit. Aber meine Gegenwart war nur ein Hintergrund, eine Unterlage, ein Wasserzeichen auf dem Papier ihres Bewusstseins.

Und Lindis sagte: „Wie kann nur eine so gebrechliche, dünne, gekrümmte Gestalt so freundlich aufschauen! Hier ist etwas nicht Endgültiges! Sie weiß es selbst nicht."

Ermelinde war damals zwanzig Jahre alt, aber sie sprach wie eine erfahrene Ärztin. „Diese Frau", sagte sie, „ist jetzt kleinmütig und vergrämt, ständig. Das muss man ändern können. Sie selbst kann es nicht."

Ermelinde sprach neben mir, als wir an einem Sonntagmorgen sehr früh an den Fluss gingen. Es war gerade erst hell geworden. Nebel zogen über den Fluss; in Ermelindes Haar saßen Tautropfen, Nebeltropfen. Der Nebel lag nicht in dahinziehenden Schichten auf dem Fluss, er tanzte. Über der weiten Fläche des durch seine Bewegung geäderten Flusses tanzten Nebelpyramiden, Nebelbäumchen, Nebelzwerge, jeder auf einem kleinen Flecken Fluss ein Nebelkönig, Flussflecken als chaotisches Schachfeld verteilt. Ermelinde sprach, berichtete über das Leben der Frau. Bei der oder jener Gelegenheit hatte sie die Frau angesprochen, auf einer Parkbank an der Uferpromenade hatte Ermelinde sich neben sie gesetzt, im Supermarkt ihr zugenickt. So brachte sie die immer vergrämt dreinschauende, kleinmütige Frau zum Erzählen. Nicht vergrämt war die Frau; sie war ihren Verlusten ergeben, ihrer Traurigkeit ergeben.

Die gekrümmte Frau musste, als sie noch gerade ging, ein liebenswertes Mädchen gewesen sein; zugleich scheu und zuneigungsbereit, zugleich zurückhaltend und vertrauensvoll.

Das meinte Ermelinde gesehen zu haben, wenn es ihr gelungen war, einen Blick aus dem vorgebeugten Gesicht zu bekommen. Die Frau schien zunächst beschaulich ihren Traurigkeiten nachzusinnen; in großer Einsamkeit. Dann aber gab sie Ermelinde ein treuherziges Lächeln, und das war so frei von mutlosen Gedanken, als könne sie generös Freundschaft und Stärke verschenken. Ermelinde rätselte über diesen, wie es schien mühelosen Wechsel, und sie meinte zu spüren, dass der gebrechliche Gang und die jämmerliche Krümmung des Rückens nicht notwendig seien. Deshalb suchte sie das Gespräch.

Als die gekrümmte Frau ein heiteres Mädchen war, gefiel ihr ein junger Mann, weil der sich als so ein Tausendsassa gab. Bei jeder Begegnung kam er mit einer Überraschung: „Gehen wir ins Theater!", „Gehen wir ins Stadion!", „Gehen wir zum Kirchtag in Hinterunteroberndorf!" Ganz ungewöhnlich war für sie solches Ausgehen. Sie war fasziniert, sie fühlte sich geschmeichelt, sie lachte über ihre eigene leichtsinnige, neu entstehende Lebenslust; und sagte sich, sie müsse davon lernen.

Aber sie hielt die Ruhelosigkeit nicht aus, diese fröhliche Eile. Sie fühlte sich verwirrt, aus ihrer Besinnlichkeit genommen. Sie wollte im Schein ihrer Lampe ein Buch lesen. Es kam dazu, dass sie sagte: „Geh du alleine!" So nahm dann ihr erster Versuch, am Leben Teil zu haben, ein Ende.

Es war ihr, als hätte sie sich an einem Ast festgehalten, in einem reichen Baum, aber hätte zu bald verzagt, und losgelassen. Weitere Erlebnisse des Nachlassens folgten: Sie studierte und schrieb ihre Arbeit mit viel Liebe zur Sache und vielen nächtlichen Überlegungen. Der Professor nahm das Manuskript, telefonierte während er blätterte, und fand kein gutes Wort, nicht einmal für den Fleiß. Sie schrieb nicht weiter.

So lastete auf der Frau nun eine lange Reihe von Verzagtheiten, und jede hatte sie mehr gebeugt.

Mich interessieren Menschen nicht so sehr. Ich habe Bedauern, aber es hält nicht an, ich denke wieder über anderes nach. Ermelinde wurde durch ihr Bedauern in Fieber versetzt. Sie wollte diese Frau zurückholen, in den „richtigen Zustand", wie sie formulierte.

Ermelindes Denken hat immer schon um das Mitleid gekreist. Mitleid ist das falsche Wort. Es geht bei Ermelinde viel weiter, es geht in die Schattierungen des Zustands. Mitleid hat bald jemand, wenn es um sichtbares Leiden geht. Auch ich. Ich hätte damals im Steinbruch! Aber Ermelinde wollte auch dann helfen, wenn jemand nur ungeschickt mit seiner Seele umging. So ein Gegensatz zu ihrem Umgang mit mir! Mit so viel konsequenter Energie, vielleicht könnte man auch Hingabe sagen, ich weiß es nicht, mit so viel Energie kämpfte sie um das Wohlsein anderer Menschen, zu mir war sie zwar freundlich, lange Zeit, aber unpersönlich, eigentlich hart.

„Das Problem ist", sagte Ermelinde, „dass die Menschen ihre Leiden nicht kennen, und dass man die Defizienzen auch oft nur schwer erkennen kann. Wenn die Leute nach ‚Dienstschluss' aus den Lifts kommen und durch die Glasdrehtüren auf die Uferstraße strömen, dann hat man wahrscheinlich im Hintergrund, wahrscheinlich nur als schwache Wahrnehmung hinter den eigenen, aktuellen Gedanken, dann hat man im Hintergrund das Gefühl, da strömen Leute, bei denen alles in Ordnung ist, ja, vielleicht müde, verärgert, aber nicht Fälle für Pflege." Ermelinde sah überall sofort Menschen, die Hilfe brauchen.

Wenn Ermelinde in einer Schlange stand, vor dem Check-in zu einem Flug, sie war groß, aufrecht, mit hellem Gesicht – und, das war halt so bei mir, oder ist es: hoheitsvoll – dann wanderte ihr Blick von einem Gesicht zum anderen, und man sah wie sie überlegte. Sie schaute auf die Augen, die Mimik, die Haltung der Schultern. „Manchmal sehe ich nur", sagte Ermelinde, „dass etwas nicht in Ordnung ist, und ich weiß nicht, was. Es müsste gelingen in die Menschen hineinzuschauen, und zwar besser als sie selbst das können oder wollen."

Eines Tages kam Lindis voll von neuen Ideen. Sie hatte eine Hypnosevorlesung besucht, eine Einführung. „Das ist es!", sagte sie. „In der Hypnose können sie nicht mehr vortäuschen, wie gesund sie sind!"
Sie redete wie ein Wasserfall, sie schleppte viele Bücher an. Wir mussten uns ans Ufer des Flusses setzen und Bücher über Hypnose lesen. Man konnte dem Patienten, oder wie soll man sagen: dem Hypnoseobjekt, Aufträge geben. Zum Beispiel den Auftrag geben, reihum an alle Teile seines Körpers zu denken und aufzuspüren, ob alle Funktionen gesund sind. Ermelinde las vor: Es gab einen Fall, da wurde auf diese Weise ein Dünndarmgeschwür entdeckt, das weder Arzt noch Patient erwartet hatte. Man könnte dem Patienten befehlen, in Hypnose Protokoll zu führen. Ein Gesundheitsstatus von innen! „So komme ich an die Fehlstellen, die Verknotungen!" Ermelinde saß am Ufer, die Hände um die hochgezogenen

Beine verschränkt. Aber ihr Rücken war hoch aufgerichtet, überaus gerade, und der Kopf hochgerichtet. Sie blickte weit über den Fluss, weit wie Leute blicken, die Visionen haben, Vision empfinden. Beinahe arrogant. Nach einigen stillen Minuten nickte sie, so als würde sie ‚Ja!' sagen. Mehrmals nickte sie, und dann schlug sie zur Bestätigung noch mit der Hand auf den Grasboden der Uferböschung. Damit hatte sie ihren Weg eingeschlagen.

Ich muss schon zugeben, dass Albert seinen Anteil hatte am Hypnomaten. Die Zwei, Ermelinde und Albert, sprachen Stunden und Stunden über Hypnose, ich als Regeltechniker hörte da nur so beiläufig hin.

Aber Albert verwendete ein Vokabular, das mich doch zum Zuhören brachte, er sprach von Inhibitorfunktionen und neuronalem Overflow. Für Ermelinde ging es darum, die Hypnose sicher zu handhaben, und auch radikal. Die Suszeptibilität ist von Patient zu Patient unterschiedlich und wechselt auch mit dem jeweiligen Gesamtzustand. Ermelinde wollte, dass der Patient ein Protokoll seines Zustandes liefert. Eigentlich wollte sie das auf Knopfdruck haben. Auch alle Ängste, seelischen Ausweichmanöver, verkrampfte Gedanken beim Aufwachen: All das sollten die Patienten in Hypnose liefern.

Albert ist so ein Mensch, dessen Gesicht, meint man, nie aus der Ruhe kommen kann. Bis auf ein Schmunzeln, eine leicht ironische Betrachtung für alle Situationen. Dies ist meist seiner Ruhe beigemischt. Ich weiß, wenn ich Albert sprechen sehe, meist nicht, ob er es ernst meint, aber ich weiß, dass er ernst sein kann.

Bei Ermelinde ließen die Gespräche keine Ironie zu. Sie wurde ungehalten, wenn Albert witzelte. Gegen mich stichelte er, ich könne doch sonst alles regeln und steuern mit meinen elektronischen Netzen. Und in eben seiner Art des Umspringens von Witz auf Ernst begann er, mir neuronale Verknüpfungen zu erklären. Er zwang mich zu denken, und wenn wir keinen Ansatz fanden und nicht recht weiter wussten, bestand er immer wieder darauf: Es muss möglich sein, mit meinen Mitteln der Steuertechnik Hypnose einzuschalten. Sie tun es ja auch bisher mit Manipulationen von außen, mit suggestiver Musik, mit Projektion faszinoser Geometrien, mit Handauflegen. Das musst du mit deinen Elektroden auch können, und exakter. Ich muss zugeben, ohne Albert wäre diese Entwicklung nicht in Gang gekommen.

Zuerst hatte der Hypnosesattel nur vier Elektroden, im Nackenbereich und über den Schulterblättern. Jetzt hat er über hundert.

Der Hypnomat lässt sich ja ganz gut verwenden, aber er hat auch viel Unfug gebracht. Gefährlicher ist Psyris. Ich hätte Psyris nie veröffentlichen sollen. Die Elmire nehmen immer mehr Positionen ein.

Es ist der Nachtschwester nicht recht, dass ich hier liege und wach bin. Dabei sind mir meine Gedanken so lieb. Aber sie sieht, dass ich wach bin, auf ihren Monitoren. Jetzt kommt sie und ändert wieder die Zusammensetzung meiner Flüssigkeiten. Ich weiß ja schon, wie dieser Schlaf kommt, der verordnete. Zuerst erschrickt man. Das Bewusstsein wird hellwach, weil es sich sträubt, eingeschränkt zu werden. Aber es wird überwältigt, von einem schwül-warmen Nebel. Eigenartig, ausgerechnet der Schlaf, das Einschlafen, bringt Bewusstsein. Wie ein Wecker, der mit der Farbe Schwarz läutet. Eine Warnung: Die Tür zu Deinen Gedanken geht zu! Jetzt beginnt Traurigkeit. Weigern gibt es nicht. Aber es kommt die Erwartung eines angenehmen Ausruhens. Ich muss mit meinem Erinnern warten, bis der Nebel abkühlt und mich wieder frei gibt. Das wird ein, zwei Stunden vor Tag sein.

Und es kommen noch Bilder. Ich war damals jeden Sommer in den Bergen.

Das Mädchen im Steinbruch hätte ich nicht bewegen sollen. Zuerst die Rettung rufen! Und dann habe ich sie noch fallen gelassen! Ich war damals jeden Sommer in den Bergen. Es ist dies die Welt der Tätigkeiten, die selbstverständlich sind; des hartgespannten Steigens, des Richtung suchenden Umschauens, des Dürstens und des Quellentrinkens, der stummen Ausdauer, der Heiterkeit in der gewonnenen Höhe. Hier entspringt im Gemüt das Fundament drängender Tätigkeit.

***

Robert Uhling ging auf diesen Wegen mit dem Schritt des gewohnten Wanderers, nicht schnell, aber stets gleichmäßig und nie nachlassend. Er trug eine dunkle Bundhose und halbhohe Schuhe, die leicht waren und trotzdem bis zum Knöchel Halt gaben. Seine Daumen hatte er in die Träger des Rucksacks eingehängt, und sein Blick folgte ruhig den näherkommenden Dingen des Weges, einer querlaufenden Stufe im Gestein, einem Polster Moos.

Roberts Nacken, der schmal, aber sehnig aus dem offenen Hemd heraufkam, war gerötet vom Steigen und von der Sonne. Es gab viel Frische und jugendliche Zähigkeit in seinem Gesicht, auch Eigensinn und Trotz, wie sie zu diesem Alter gehören, wenn es Neues und Eigenes zu tun die Absicht hat. Der Eigensinn in Roberts Gesicht hatte allerdings eine Andeutung von enger Verschlossenheit.

Roberts Schuhe waren von den langen trockenen Wegen in der Sonne mit Staub bedeckt. Beim Trinken des Wassers sprangen Tropfen darauf, die sich dunkel in den Staub mischten.

Das Trinken aus der heißen hohlen Hand, das plötzliche Verhalten in Ruhe, wenn der monoton wandernde Blick sich an dem hellen Rieseln des Wassers fängt, ist eine immer einmalige, eine stets richtige Handlung. Es ist eine der bereits vorbereiteten Handlungen, die durch den äußeren Anlass nur beleuchtet werden. So ist der Kuss, auch der erste, nur die Bestätigung eines schon Gewussten.

Es gibt eine lange Reihe solcher Handlungen, Basishandlungen, die bereits vorbereitet zur Verfügung stehen, und den Menschen geleiten wie der sichere Hund den Blinden. Für den Wanderer ist die Orientierung eine dieser aus alten Zeiten weitergereichten Tätigkeiten. Kommt einer an eine Wendung des Weges, so spannen sich seine Sinne, er wird hellwach, die Gestalt des Landes breitet sich unwillkürlich vor dem inneren Auge aus, und er nimmt seine Richtung. In gleicher Weise wendet sich ohne sein Zutun das Trachten des Mannes auf die Frau, und er findet sich in der Umarmung beheimatet.

Die Handlungen des Verstandes sind keine Basisroutinen, sie sind Überbau, sie benötigen den sicheren Kranz des Lebendigen: Blut, Schweiß, Durst und weite Blicke. Nur von diesem Fundament aus kann der Geist vordringen. Er ist darin verankert, so wie das Fernrohr tonnenschwere Verankerung braucht.

Diese Basis lag damals fest in Robert Uhling. Und wenn er an den Rechner ging, blieb sie, damals, stets wie selbstverständliche Sicherheit in seinem Rücken.

– 7 –

Elmar war einer der Studenten rund um Ermelinde, so wie Albert oder Atarax. Alle spielten sie Nonchalance. Sie wandten einige Mühe auf, diese Attitüde zu präsentieren und ihre sehr dezidierten Ziele, seien sie idealistischer Art, sei es das Arrivieren, sei es das Erreichen eines genüsslichen Lebens, für sich zu behalten.

Die Studenten, für die Ermelinde einen Kristallisationspunkt gebildet hatte, blieben auch während ihrer Karrieren und Lebensaktivitäten miteinander verbunden, in Freundschaften oder in Aversionen. Alle betätigten sich, mehr oder weniger fachgerecht, auf dem Feld der Psychotherapie. Albert entsprach es, dass er aus seinem Beruf kein aufregendes Ereignis machte. Er tat, was er gelernt hatte und scheute auch nicht neue Erkenntnisse aus Fachzeitschriften oder aus dem Kollegenkreis. Aber er betrieb seine Therapien als Handwerk. In einer Richtung allerdings ging er über den Rahmen der ärztlichen Hilfeleistungen hinaus: Psycho-Lifting wurde Mode. Und das machte ihm Spaß, und das meinte er verantworten zu können. Und wenn die Patienten bei ernsten Problemen die sparsamen Zahlungen der Krankenkassen beklagten, beim Psycho-Lifting wurde nicht viel über Monetäres gesprochen. Man lässt sich die Nase richten, man lässt sich die Wangen hochziehen, die Brust maßschneidern, die Lippen aufblasen: Jetzt kam das Psycho-Lifting. Wenn man seinen Freunden einen falschen Körper vorspielt, warum nicht auch eine falsche Fröhlichkeit schneidern?

Es kann ja für beide Teile angenehm sein, mit fröhlichem Gehabe aufeinander zuzugehen. Der lustlose Partner ist hinter einer Maske von sprühendem Temperament verborgen, jeder freut sich, ihn zu sehen und er selbst erntet Zuspruch und Freundschaften.

Die hypnotisch aufgepflanzte Heiterkeit wirkt wie eine zweite Seele in der Brust. Sie kann in Widerspruch kommen mit der vielleicht tristen Gefühlslage, die das limbische System vorgibt. Das führt zu Zerrissenheit. Die verordnete Heiterkeit überfährt die Trübsal, aber aus dem Hintergrund meldet sich immer wieder plötzlich eine Bangigkeit so als stünde ein Unglück bevor.

Und doch wurde Psycho-Lifting zu einer Epidemie. Denn die einen spielten damit wie mit einer Partydroge, die anderen retteten sich mit dieser Hilfe einen freundlichen, lebendigen Umgang. Die Chirurgie kann Verletzungen im Gesicht wieder unsichtbar machen, das Psycho-Lifting kann einer kleinlauten Seele diktieren, sich leutselig und überschwänglich zu empfinden. Das pflanzt sich in die Mimik fort, und so gelangt, wer ein Mauerblümchen wäre, oder ein schüchterner Knabe, ins Zentrum einer Gesellschaft.

Etwas stereotyp wurde die Gesichtermenge auf manchen Feiern und Kränzchen, deren Teilnehmer vorwiegend mittleres Alter hatten. Der Kenner konnte sehen, wer sich von welchem Therapeuten die Psyche hatte liften lassen. Denn jeder Therapeut hatte so seine Sprüche, wenn er bei tiefer Hypnose die Befehle zur Lebensfreude gab. Die konnten lauten: „Wenn ich eintrete und einen Bekannten sehe, freue ich mich jauchzend und sage: ‚Wie schön, Sie wieder zu sehen!‘", oder: „Wenn ich eintrete, und jemand grüßt mich und fragt, wie es geht, dann hebe ich beide Hände und rufe aus: ‚Oh, ich hoffe es geht Ihnen so gut wie mir!‘"

In solchen Gesellschaften waren Parolen dieser Art oft mehrmals zu hören. Für den Beobachter konnte dies so merkwürdig sein wie der Anblick mehrerer Damen im gleichen Kleid. Der eingepflanzte Frohsinn brachte, wenn er auch nicht tief reichte, durchaus eine Verbesserung oder Erleichterung in solche Gesellschaften. Es wären sonst zu viele Gesichter zu sehen, die ihre Lebendigkeit der Jugend verbraucht und nichts anderes an die Stelle gesetzt hatten.

Das Unterbewusstsein kann den Menschen funktionieren lassen – auch ohne dieses übergestülpte, phantasierende, rechthaberische Bewusstsein, das zu jedem gehörten Wort gleich an Konsequenzen denkt und zu jeder wahrgenommenen Situation gleich Zukunftsszenarien entwirft. Das Unterbewusste hört naiv, gutgläubig.

Die Hypnose umgeht das Bewusstsein, diesen türstehenden Manager, und lässt einen gesprochenen Satz direkt ins Unterbewusste fließen. Dort wird der Satz geglaubt. Reicht man Salz und sagt dazu, das sei Zucker, so wird gehorsam Zucker geschmeckt. Sagt man, die Hand spüre nichts mehr, so wird sie stumpf.

Hypnose macht es den Dieben leicht. Legion sind die Berichte von Hypnotiseuren, die die Gunst ihrer Patientinnen stehlen. Sie aktivieren die Lust zum Abenteuer, die doch in jedem Individuum irgendwo steckt. Und danach geben sie ihren professionellen posthypnotischen Befehl, alles zu vergessen. Prozesse sind schwer zu führen.

Die üblichen Wege der Einleitung zur Hypnose wirken nur beschränkt. Nicht alle Klienten lassen sich durch sanfte Worte oder optische Verwirrspiele in ihr Unbewusstes schalten. Mit dem Hypnomaten war dies möglich, deshalb wurde er ein beliebtes Instrument. Sein Elektrodenfeld spürte die empfindlichen Punkte und Linien und gab ein entsprechendes, komplexes Signal. So wurde in eine totale Trance geschaltet und der Therapeut bekam leichtes Spiel.

Eine Korrektur der eingepflanzten Suggestionen ist problematisch. Die Direktive muss im exakten Wortlaut zurückgenommen werden. Zu heilloser Verwirrung des Patienten kommt es, wenn ein anderer Therapeut, in Unkenntnis, versucht, neue Direktiven zu geben.

Trotz seines therapeutischen Geschäfts mit Psycho-Lifting blieb Albert der biedere unter Ermelindes Bekannten aus der Studentenrunde. Atarax nützte alle Möglichkeiten aus und liebte Suggestionen zum Orgiastischen.

Ganz anders Elmar. Elmar, Außenseiter mit ernsten Augen schon in der Bank des Hörsaals, sah diese Fröhlichkeiten mit Widerwillen und entwickelte bald fanatischen Hass auf Spielbeliebigkeiten. Wenn er in eine Ausstellung kam und dort Objekte eines zwecklos irrenden Geistes sah: ein Fahrrad mit quadratischen Rädern, einen an die Decke geklebten Stuhl, dann überkam ihn gleichsam heilige Übelkeit. Diesen Leuten, meinte er, sei die Kategorie des Ernstes verloren gegangen, deshalb sei ihnen auch das strebende Element der Sehnsucht unbekannt. Elmar fühlte sich zu missionarischer Tätigkeit getrieben.

Elmar war seiner Zeit voraus. Nicht viel. Denn an vielen Punkten entwickelte sich eine Abscheu vor orientierungslosem Baden im Grotesken.

Seine Klientel fand er unter denjenigen, die meinen, zu wenig Konzentration aufzubringen; deren Unglück es ist, ein Ziel nicht zu erreichen; die meinen, von einem Vorhaben zu leicht abzugleiten. Diese Patienten führte er in Hypnose zu Bereichen von Zuversicht und Entschlusskraft, die er in den meisten Fällen zu finden verstand. Den Hypnomaten setzte er oft ein. Er wusste zwar um eventuelle Schwierigkeiten wegen der sehr harten Trance, die das Gerät bewirkte, das Wichtigste aber war ihm, seine Patienten mit Tatkraft und Zuversicht zu entlassen. Das entsprach nicht dem noch in den Medien gepflegten Hang der Zeit nach schwebender Beliebigkeit, aber er fand viel Zuspruch.

Die Zeit hatte den Firnis eines fröhlichen „anything goes". Diese grinsende Glücklichkeit nützte sich jedoch ab und schlug da und dort um in Widerwillen, auch Ekel. Es kursierte unter der Hand die Parole „Schafft die Spaßgesellschaft ab!". Die Sehnsucht wuchs: nach einem Leben als ernster Sache, mit einem Glück, das aus Plan und Tätigkeit entsteht. Mit der Möglichkeit, über Rätsel der Welt zu staunen.

Die Zeit hatte eine Unruhe, wie sie vor dem Umbruch von Paradigmen entsteht. Ähnlich brüchig muss das Verständnis der Welt im Römischen Imperium gewesen sein, als Christus predigte. Das Gefühl war erstickt in den Demonstrationen der Macht, der Starrheit, der Brutalität im Spiel, der Inflation der Götter. Nun sprach einer vom persönlichen Bezug zum Himmel, und die alten Götter fielen wie Dominosteine.

Allerdings trennten die Nachfolger des Predigers nicht Weizen von Spreu und vernichteten die alten Refugien der Weisheit brachial. Was die Liebe zur Erkenntnis in Jahrhunderten gesucht, erdacht und formuliert hatte, wurde kurzweg für Teufelszeug deklariert und in Vergessenheit gedrängt. Das neue Aufklaren der Gedanken dauerte lange. Die etablierten Nachfolger des Predigers rückten auch wieder ab vom Bild des einzigen Gottes und konstruierten erneut Halbgötterscharen in streng definierten Kategorien. Und zwischen die arme Seele und ihren Gott setzten sie die Halbgötter und sich selbst als notwendige Vermittler. So übernahmen sie die Handhabungen der Macht.

Zur Zeit Uhlings und Elmars ist dieser Glaube schon alt. In der Erinnerung lag der Heiland noch als Kind auf Stroh. Jetzt liegt das Kind im klimatisierten Kubikel. Ernst und Not fehlen in vielen Lebensläufen. In der alten Zeit zielte die Hoffnung von der Not auf Spärliches. In der neuen Zeit siedelt die Not nur in schlecht wahrgenommenen Randgebieten. Aber die Hoffnung ist eine eingeborene Kraft. Sie wendet sich an. So selbstverständlich wie ein junger Hund das Spielen nicht lassen kann. In Ermanglung von Not und Ernst richtet sich die Hoffnung auf beliebige, auf spielerische Ziele. Alles, was die Seele aufregt, wird gesucht: Trance durch psychosomatisch wirkende Rhythmen, Trance durch Übungen, Trance durch chemische Formeln. In unaufhörlichen Spaß katapultieren. Sich durch manipulierende Erlebniswelten, Erlebnisfahrten, Erlebnisurlaube geleiten lassen. Zerstreuung ist die Devise. Zerstreuung scheint das An-sich-Gute. Konzentration ist Borniertheit, Sturheit, dumme Lebensverschwendung, bedauerlicherweise manchmal notwendig.

Elmar sah ministerielle Erlasse, in denen spielerischer Unterricht dekretiert wird. Als wäre der Schüler durch Ernst überfordert. So wird der Ernst in der Zeit der Prägung ausgetrieben. Der Durst nach Ernst und Wichtigkeit und Verantwortung wäre zu Beginn so groß gewesen.

Elmar untersuchte mit widerstrebendem Interesse die neu aufblühenden Kulte. Er ließ sich die Trance des Rhythmus erleben. Er studierte den Kult des Rhythmus. Die Woofer der Lautsprecherbatterien klopften Schallwellen auf seine Brust. Er musste lächeln, denn es kamen ihm Bilder von Gorillas, die mit Fäusten auf ihre Brust trommeln, so dass es imposant dröhnt. Die Glitzer- und Glanzlichter im Saal stachen mit spitzen Kaleidoskopvariationen in die Augen und versuchten, den Geist in glanzvolle Verwirrung zu heben. Mehrmals fühlte sich Elmar minutenlang angenehm überflutet und getragen. Aber die emotionale und geistige Konstitution Elmars war dergestalt, dass er sich nicht in Stimmungen und Gefühle fallen lassen konnte, jedenfalls nicht für längere Zeit. Er war auch nicht fähig, und das bedauerte er beinahe, gefühlsmäßigen Gleichklang mit anderen Personen entstehen zu lassen oder gar zu genießen. Bei Analysen seiner Persönlichkeit wäre ihm ein zu hoher Selbstbezug und ein Mangel an Kontaktfähigkeit attestiert worden. Er hatte deshalb auch eine Härte und eine Eigenwilligkeit in seiner Person, die ihn von Jugend an immer wieder in schwierige und peinliche Situationen brachten.

Die glänzenden Augen im Saal und die zu Hunderten hochgereckten Arme, die sich wie Schwanenhälse im vorpulsierten Rhythmus wiegten, die Handgelenke hin und her knickend, und die Hautnähe dieses Geschehens mit Menschengeruch und Gekreisch, ernüchterte Elmar vollkommen. Mit trockenen Augen sah er um sich und betrachtete den Kult und die Gleichschaltung. Wenn die Menge zu Ovationen aufstand, saß Elmar auf seinem Stuhl dazwischen und schaute aus seinem nicht großen Gesicht verschreckt neben sich hinauf. Er war ja nicht schmächtig, aber sicher nicht breit und groß gebaut, und sein Kopf schmal, und alles, was Farbe geben konnte, dunkelbraun: das ziemlich kurz geschnittene Haar, die deutlichen Augenbrauen und die Augen. Die Augen schauten meist wie abwesend auf einen Gegenstand. Etwa die niedrige Begrenzungsschiene der Bühne oder oben, die geschwärzten Kühlrippen eines Scheinwerfers. Da rechts und links seine Nachbarn, Nachbarinnen standen und mit dem Rhythmus gingen, sah er doch rechts und links zu ihnen auf und stand zögerlich auf, wie im Bethaus ein Besucher, der nicht zur Gemeinde gehört.

Sie waren im eigentlichen, wörtlichen Sinne außer sich, außerhalb der jeweiligen eigenen Grundeinstellungen ihrer emotionalen Konstitution, und hatten dem Fluidum des Saales die Lenkung ihrer Emotionen übergeben. Elmar verließ dieses Ereignis verstört.

Er bekam die Vision einer unentwegt grinsenden Gesellschaft, getragen von vorbereiteten Erlebnissen, jedes versehen mit Kitzel und ausgesprühten Frischearomen: Das Lächeln, das Grinsen, das von Rhythmuspulsen getragene Schweben muss eine nicht unterbrochene Kette sein. Niemand darf in Ernst fallen. Ernst ist Verbohrtheit, ist Verkrampfung, ist Autismus. Kommt eine Zeit des hysterischen, süffisanten Grinsens?

Elmar glaubte zu spüren, dass die Zeit vor einer Änderung stand, vor einem Kippen, und er freute sich über jeden Patienten, der seine Anschauungen begierig aufsog. Dass das Establishment des schrankenlosen Spielens wie eine Reihe von Dominosteinen zusammenstürzen könnte, das wagte er allerdings nicht zu hoffen.

Dies änderte sich, als Uhling, Jahrzehnte nach der Entwicklung des Hypnomaten, über die Möglichkeit eines Gerätes schrieb, das er Psyris nannte. Uhling berichtete, der Umgang mit dem Kind, das er anvertraut bekommen hatte, habe ihn zu neuen Gedanken gebracht.

Und Psyris, eine potenzierte Weiterentwicklung des Hypnomaten, kann auf der Ebene von Hoffnung und Sehnsucht wirken. In der Hypnose werden, mühsam tastend, Sachverhalte geöffnet, verändert, geschlossen, eventuell vorgetäuscht. Die Hypnose greift nicht auf die Person, sondern auf das, was die Person erlebt oder erlitten oder verängstigt hat. Psyris hingegen, so dachte sich Uhling, sollte zugreifen können auf diejenigen Elemente des Charakters, die schon vor dem Erleben ausgeprägt sind, auf deren Grundlage das Leben erst beginnen kann: Die Neugierde, die Hoffnung, das Mitleidsvermögen, die Verschlagenheit, die Selbstzufriedenheit. Uhling machte nur rudimentäre Versuche an sich selbst und wünschte dann, er hätte nicht voreilig darüber geschrieben.

Als Elmar die Schrift über Psyris in die Hand bekam, sah er die Chance, das Paradigma der Welt wieder in Ordnung zu bringen. Er perfektionierte Psyris, er lockte prominente Personen in seine Behandlung, und er prägte Gemüt mit Tatkraft, Klarheit, Härte. Diese Personen waren die Kernzellen. Andere folgten willfährig. Jetzt überzieht ein Netzwerk die Länder. Es sind Stationen der Korrektur.

– 8 –

Die Nächte lag Uhling teils in taubem Dunkel, teils in Träumen, teils in wachen Wanderungen durch seine Zeiten. Die Träume waren gutmütig, wohlwollend. Sie ließen Versagen und Kränkungen aus. In den wachen Träumen kamen wohl Bitterkeit und eine Lebenswut der versäumten Schritte. Aber er hielt die Erregung niedrig. Es gelingt mit den Jahren besser. Verlor er diese Zügel, dann zeigten die Monitore drüben bei den Nachtschwestern spitze Signale und sie kamen mit neuen Mitteln, die Lebendigkeit der Träume zu beschränken.

Uhling lag still; auf dem Rücken. Man hätte denken können, seine Hände wären vor der Brust gefaltet, aber sie lagen seitlich. Nur das Notlicht erleuchtete den Raum, aber die Kanten von Uhlings Schädel wurden trotzdem markant. So sah wohl Monique Uhling, wenn sie im Morgengrauen kam. Was dann wohl in ihrem Denken vor sich ging? Nein, ihr Denken war zerstört. Aber sie fühlte sicherlich mit Trauer, auch vielleicht mit Angst, sicher mit doppelter Zuneigung, dass jetzt nicht nur sie ein menschliches Stückwerk war, sondern auch Uhling, auf den sie doch bauen musste.

Monique war noch nicht gekommen. Wie konnte ein Raum für Uhling besser sein? Sauber der Boden, die Wände, die verchromten Rohre des Betts. An der Wand hinter seinem Kopfende die Versorgungen. Stecker für Signalleitungen, für das Telefon, für Sauerstoff. Der Telefonstecker war nicht besetzt. So nah war Uhling nicht an der Welt.

Uhling dachte an Schnee. Es gab eine Szene, da fuhr er durch den Schnee zu einer Zementfabrik. Optimierung der Produktionssteuerung. Das Werk lag in einer Ebene. Wo diese Ebene endete, konnte man nicht sehen. Feiner Schnee wehte. Hinter dem Schnee hätte die Ebene auch unendlich sein können. Der Schnee spielte in pfeilschnellen Mäandern über die weiß verdeckten Äcker. Ein Schneepflug mochte die Straße vor wenigen Stunden geräumt haben. Inzwischen hatte der Wind Wechten über die Straße gebaut. Er, Uhling, hatte bremsen müssen, die Wechten vorsichtig durchstoßen. Die Wärme des Wagens betonte die unerbittliche Einsamkeit. Durch den Schnee erschien eine lange Reihe von Weiden. Sie waren gestutzt und knorrig wie in alten Bilderbüchern. Sie hatten Arme und Köpfe in schrulligen Verrenkungen. Sie waren Kobolde. Sie waren kicherndes Leben im Eis.

Uhling sah eine Variante: auch Schnee-Ebene, aber begrenzt durch niedrige Hügel, Tannen an ihren Flanken. Die Äste trugen Schnee. Und in der Mitte der Ebene, auf halber Strecke zwischen der Straße und den Hügeln ein Bauernhaus, schüchtern, von einigen Büschen unzulänglich beschützt. An

der Straße kam ein Feld näher, auf dem die vergilbten Rohr-
stangen ehemaliger Sonnenblumen aus dem Schnee ragten.
Einige trugen noch die großen Scheiben der Samenkörbe.
Warum nicht geerntet?

Weit zurück lag nächtlicher Schnee. Halbwüchsig war er, und
folgte einem, Freund oder Onkel genannt, zu einem Jagd-
haus, irgendwo oben. Es gab keinen Weg, nur weiße Wellig-
keit über den ganzen Abhang. Es war Nacht, aber der Mond
schien gleißend hell. Sie stiegen mit Skiern auf. Die vereinzelten Bäume zogen mit den Schritten still vorüber. Der Schnee
hatte große Kristalle. Vielleicht Raureif auf Schnee. Die Kristalle glitzerten wie Blinklichter, vom Mond kalt entzündet.

Zurückdenkend sah Uhling das Mondlicht unendlich sauber,
und den dunkelblauen, eher schwarzen Himmel hinter den
Sternen als blankes, makelloses Schwarz. Das junge weiße
Kristalltuch des Schnees symbolisierte selbstverständlich die
Sauberkeit schlechthin, und die Schuldlosigkeit. In der Erinnerung spürte Uhling auch seine Augen blank, ruhig auf-
nahmebereit und ohne Bedarf an Zwinkern. Auch das Blut:
Uhling bezweifelte die Aufrichtigkeit der Erinnerungsbilder,
er ließ sie aber sich weiter entwickeln und sah sie mit einem
symbolischen Belächeln. Auch das Blut, das in diesem halbwüchsigen Uhling pulste, war sauber. Es hämmerte zwar hart,
weil der Jäger vor ihm zügig stieg, aber fließen konnte es glatt
und sauber. So war damals der Ausblick: Die Welt ist glatt
und rund und leuchtend. Ich bin unterwegs in der Welt.

In mir war Gleichgewicht, und zwischen mir und der Welt
herrschte Gleichgewicht. Ermelinde nennt das Orthothymie,
den Soll-Zustand von Leib und Seele. Den will sie wiederherstellen. Manchmal gelingt ihr ein Zurechtrücken.

Als der Professor im letzten Jahr zu mir freundlich war,
meinte ich noch, das Gleichgewicht sei selbstverständlich.
Das Verhältnis zwischen mir und der Welt habe ich mis-

sverstanden. Ich sah mich im Zentrum. Gelobt, hochqualifiziert: ein Recht auf Glück. Der liebe Professor meinte es ja ehrlich mit seinem Versprechen auf Karriere. Ich muss in dieser Zeit einen selbstgefälligen Schritt gehabt haben. Als dann die Verzögerungen kamen, wurde ich ungehalten, beleidigt, zornig wie ein Kind. Ich glaube, ich stampfte sogar mit dem Fuß auf den gepriesenen Teppich meiner Eltern. Meine Mutter wollte ja mit mir fühlen, aber sie gab sich den Ruck, dem großen Sohn etwas zu sagen: dass es nicht gut sei, weinerlich dreinzuschauen. Ich aber fluchte weiter, leiser vielleicht. Auch als ich schon im Konzern am Fluss saß, sahen meine zwei Kollegen vor dem grellen Fenster sicher in meinem Gesicht eine gewisse Beleidigung, vermengt mit Distanz, weil mir doch anderes zustand. Der Professor hatte versprochen.

Der Fluss rückte mich damals zurecht. Der feuchtkalte Wind vom Wasser herauf, durchs Gestänge der Brücke, machte den Ärger so klein und belanglos. Die Welt konnte wieder saubere Heimat sein. Und ich war beinahe wieder sauber. Später gab es einiges, das kalter Wind nicht mehr verwehen konnte. Warum? Warum diesem Kitzel nachgeben und Psyris veröffentlichen? Jetzt kommt diese Methode über uns.

Aus meinem kindischen Trotz hat mich Ermelinde herausgeholt. Gern sage ich „Lindis". Ich sage nicht, ich denke nur: „Lindis". Das ist so hell. Als sie da am Radweg neben mir hockte und meine lächerliche Wunde verband, hatte ich zum ersten Mal das Gefühl eines „Du". Bis dahin waren andere Menschen sozusagen Korrespondenten gewesen. Das Lächeln von Lindis, spöttisch aber spielerisch, klinkte sich sofort in mein Bewusstsein. Danach war ich wiederhergestellt. Im Gleichgewicht. Natürlich nicht im Gleichgewicht, weil ich ja nichts mehr anderes denken konnte als Lindis. Aber menschlich gesehen ist man schon dort, wo der Mensch hingehört:

aus der Nüchternheit hinausgestreckt über die Ungewissheit der anderen Person. Ich bin später dann abgestürzt, oder eher: Lindis ist mir lautlos entglitten. In mir ein Dröhnen, das jetzt, hier, noch nicht abgeklungen ist.

Damals stellte sie mich wieder her. Meine Kollegen sahen wahrscheinlich nicht mehr den verzogenen Schmollmund und die dünkelhaften Augenbrauen eines, der sich für Besseres bestimmt schätzt. Ich begann ehrlich um meine Arbeit zu kämpfen. Mit Bitten, um vorgelassen zu werden beim Obersten, über Gespräche mit der allerobersten Sekretärin des Obersten: dass der Computer zwar ein Gehalt zahle und dass ich auch einen Schreibtisch hätte, aber eben noch keine Arbeit.

Die Gespräche mit Ermelinde, Lindis, waren demgegenüber konkretes Leben. Es waren therapeutische Ideen und Wünsche, für mich aber handfest nach dem ergebnislosen Warten im Konzern. Natürlich sah ich einen Satz, den Lindis sprach, ungefragt als Fundament.

Das Fundament habe ich verloren, fahren gelassen. Aus Ungeschick ist es mir entglitten. Nur selten noch sah ich Ermelinde. Aber sie blieb doch das Fundament. Sehen musste ich sie nicht. Ich ertappte mich, bei den so vielen Umständen, die die Jahre an mich heranbrachten, bei den so vielen gelegentlichen, vielleicht auch wichtigen Konfrontationen mit Menschen, ich ertappte mich dabei, mit Ermelinde zu sprechen, mit der Instanz Ermelinde. Warum sage ich „ertappte"? Warum soll man nicht den Rat seines Fundaments einholen? Auch als mir die Gedanken zu Psyris kamen, war Ermelinde mein Mentor. Allerdings: Ohne es zu bemerken, betrog ich mich und ließ den Mentor Dinge sagen, die ich hören wollte. Ermelinde verabscheute Psyris. Wütend, verachtend.

Ich ließ Ermelinde, die Instanz Ermelinde, neben mir sitzen, während mir die Gedanken zu Psyris kamen. Wenn Lindis von ihrer Idee sprach, den Menschen in seinen richtigen, eigentlichen, in seinen Grundzustand zurückzusetzen, dann kam mir immer die Brücke in den Sinn. Ich wusste, dass die Brücke mich verwandelte. Von einem frustrierten, von der Welt beleidigten Menschen zu einem mit Sehnsucht. Wer Sehnsucht hat, ist gesund. Der Wind und die Kälte und die mäandernden flüssigen Spiegellichter auf dem Wasser konnten mich so verändern. Durch die Kälte und Feuchte auf der Haut und durch den Wind, der wechselnd darüberstrich, wurde mein sogenanntes Inneres verändert. Ich wurde, wie man so sagt, ein anderer Mensch. Die Poesie der Gemütsverfassung wurde durch den Wind manipuliert. Von dramatisch zu elegisch, von zornig zu glücklich, von gramvoll zu unternehmend. Während der Gespräche mit Ermelinde, als wir am Ufer saßen und auf das still vorbeifließende Wasser sahen; die Schatten der Bäume und Gebüsche ragten schon weit über das Wasser, weiter draußen auf dem Strom glänzten die flüssigen Reflexe von Hügeln und Häusern, die noch im Sonnenlicht lagen; während ich die Instanz Ermelinde aus der Erinnerung geholt hatte und neben mir am Wasser sitzen ließ, schnappte dann die Idee. Es war die Idee des Steuerungstechnikers, der vom Wind angerührt wurde: Wenn ein Hauch die Haut reizt, dann kann das auch ein elektrischer Impuls. Ermelinde saß – die Instanz Ermelinde - mit angezogenen Beinen am Ufer, während die Idee in allen möglichen Varianten aus mir heraussprudelte. Meistens war sie in unseren Gesprächen der begeisterte, gebende Teil gewesen, diesmal meinte ich, selbst der Inspirierte zu sein. Aber die in meinen Gedanken neben mir sitzende Ermelinde schien gar nicht zuzuhören, oder zwar zuzuhören, aber mit großer Reserve.

Ich tat nichts mit Psyris. Ich schrieb nur darüber. Das hätte ich lassen sollen. Ich konnte es nicht lassen.
Elmar und Atarax realisierten Psyris und sie setzen Psyris für ihre jeweiligen Zwecke ein. Andere folgten. Als Monique im-

mer wieder in ihre spastischen Krämpfe fiel und ein Arzt um den anderen nur jeweils betäubende Pillen und Spritzen zu geben wusste, rief ich in meiner Verzweiflung Elmar und Atarax zu Hilfe. Beide kamen. Auch Ermelinde kam.

Es war ein trübes Consilium. Was wir mit Psyris taten, war kein Spiel, kein heiteres und kein bösartiges. Psyris sollte heilen. Aber: Psyris konnte zwar ein gesundes Temperament umpolen, zerstörte Bahnen konnte Psyris nicht wiederherstellen.
Diese Behandlung endete schmählich und traurig. Es war seltsam, mit Ermelinde zusammen in einem Behandlungsraum zu sein. Elmar und Atarax arbeiteten mit dem Gerät. Erml und ich sahen zu, schon mit wenig Hoffnung.

Da saß Ermelinde, ich kannte doch jede Bewegung des Fußes am übergeschlagenen Bein, die Bewegungen des Handgelenks und der Finger, wenn sie zu ihrer Handtasche griff. Ihre ganze Körperlichkeit und zugleich ihre Zähigkeit, die Ausrichtung auf ihr Ziel, jede leere Minute sparend. Ihre Schultern, unter der Jacke des hellblauen Hosenanzugs; so vertraut war sie mir, und unversehens zum Greifen nah, aber nach der langen Zeit unwirklich. Es war der letzte Versuch einer Heilung für Monique.

– 9 –

In den möglichen Gemütsverfassungen des Kanzlers war das Gefühl, in die Enge getrieben zu sein, nicht vorhanden. Schach, oder gar matt gesetzt zu sein, war kein mögliches Szenario. Käme er mit dem Rücken zur Wand, dann gäbe ihm eben diese Wand die Basis zum Stoß.

Der Kanzler akzeptierte seine Situation noch nicht. Im Gefühl des Jetzt sind so viele Komponenten enthalten. Wie Zeichnungen auf transparenten Folien, die übereinander liegen. Wenn der Kanzler seinen schwarzen Lederdrehsessel zum Fenster wandte, bestand der Augenblick aus einem Körpergefühl der Stärke und Wucht: Das war seine Person aus alten Zeiten. Diese Schicht war immer dominant, wenn sie auch verwässert wurde, ins Unrecht gesetzt wurde, durch eine Schicht aus jüngerer Zeit, auf der er sich schwer fühlte. Er spürte eine Körperfülle, die nach oben drückte, in den Hals hinauf drückte. Ein Atemzug wurde dadurch zum Ereignis. Und dass dies so war, schien er irgendjemandem, der Welt, übel zu nehmen. Von dieser Säuerlichkeit wusste er zwar nicht, sie zeigte sich aber in seinem Gesicht, in der Art, wie sich die dicken Falten legten. Die waren zwar immer schon feist, früher aber stark, jetzt nur mehr dick.

In seinem Bewusstsein gab es aber auch die Schicht Ilona, insbesondere heute. Die Schicht, die er sah, war die glückliche Zeit, als da an der Überlandstraße die Anhalterin stand, die ihn mit verschmitzten Augen verspottete, so dass er dann das alte blaue Lexikon kaufte. Und andere Bücher. Nur so war er in die Kreise von Uhling und Albert gekommen.

Das Paket dieser Schichten war aber zusammengefasst, wenn auch trügerisch, vom Gefühl der Unbesiegbarkeit, dem Gefühl, zum Zuschlagen bereit zu sein, so wie es immer gewesen war. Die Schichten, die die Gegenwart und den Augenblick betrafen, lagen im Bewusstsein etwas unterhalb, wenn auch drängend. Ilona, die auf ihn mit all ihrer, noch lange nicht versiegenden, Energie wütend war, wegen Dagmar. Und Dagmar. Das Wort „gertenschlank" hatte er irgendwo gelesen. Dieses erwachsene Kind war so ein Symbol für alles Liebliche und Liebe, für alles Schöne, Wohlmeinende, Unversehrte. Nicht passend, aber dennoch: Es versetzte ihn in eine Zeit, als seine Kameraden noch in die Lehre gingen, er aber schon am Steuer eines Transporters saß. Er war um vier Uhr aufgestanden. Dann wurde der graue Himmel grün, dann ging die Sonne auf, und er spürte das ganze Leben herrlich.

Sein Team war schon drüben, im olympischen Dorf. Alle hatte ihm sein LKW-Logistiker, Nico, mit den neuesten, individualisierten Programmen imprägniert. Aber beim Programm für Philipp war Nico ein Fehler unterlaufen. Zu spät entdeckt. Warum bestand Philipp auch als Einziger auf der Drehstoßtechnik?!
Widerwillig musste der Kanzler jetzt doch Angst aufkommen lassen. Die Erinnerung an Hubert trat auf. Der Kanzler spürte seinen rechten Arm. Er spürte, wie er Hubert um die Schultern gefasst hatte. Gut zugeredet hatte er ihm, dass er sich den Hypnosesattel auflegen lassen sollte. Es hat ja auch funktioniert. Nur dass er dann auf der Kreuzung, die Ampel hatte schon auf Rot gewechselt, denselben Schritt zwangsweise, unbewusst, ausführte. Das darf mit Philipp nicht auch passieren!
Damals gab es ja nur den Hypnomaten. Jetzt, mit Psyris, sind alle Wirkungen noch prekärer. Geringste Variationen kippen den Zustand. Philipp war mit einem höchst ausgefeilten Programm geprägt. Mit Psyris kann die Stimmung bestimmt werden, eine Abfolge von Gemütsverfassungen kann konstruiert werden. Die Intensität, mit der ein Ereignis empfunden wird, ins Gedächtnis aufgenommen wird, kann vorbestimmt werden. Ein Designmuster kann etwa vorgeben, dass bei einem bestimmten Klang panischer Schrecken eintritt. So wie ein Pfeifton, der an das Pfeifen der Bombe vor dem Einschlag erinnert, noch nach langen Jahren jungen Schrecken weckt.

Philipp wandte beim Kugelstoß die Drehstoßtechnik an. Die Methode des Angleitens scheint dagegen einfach. Bei beiden

Bewegungsphilosophien steht der Sportler zu Beginn mit dem Rücken zum Feld, am hinteren Rand des Basiskreises, die Kugel an Kinn und Hals gelegt und geduckt. In der Angleittechnik wird die Kugel in einer geraden Linie gehoben und gestoßen, bis sie in die Wurfparabel übergeht. Der Körper dreht sich im Anheben nur um knapp einen halben Kreis. So wird die Kugel geradlinig, gleichsam aus einem aufwärts gerichteten Kanonenrohr gestoßen.

Anders das Temperament von Philipp. Philipp beschleunigte die Kugel in einem Wirbel von mehr als dreihundertsechzig Grad. Die Drehung erfordert ein sprunghaftes Umsetzen der Füße. All dies unter schwerster Spannung, mit höchster Präzision, und mit Bedacht, dass nach dem Stoß die Bewegung ohne Übertreten des Stoßbalkens abgefangen werden kann. Der beste Wurf wäre ungültig.

Philipp war elektronisch so gedopt, dass er am Ende des fünften Drehungsviertels, genau in dem Augenblick, bevor die Kugel den letzten Stoß bekommen soll, in panischen Schreck versetzt würde, kombiniert mit dem Gefühl, der Stoß sei die Rettung. Der panische Schreck müsste dem Stoß ultimative Kraft verleihen. In solch einem Zustand der Lebensbedrohung werden die normalen Regelungen des Körpers, die auf die Belastbarkeiten der Gelenke und Sehnen Rücksicht nehmen, außer Kraft gesetzt. Automatisch wird rücksichtslos die letzte Kraftreserve aufgepeitscht. Dabei kann es auch zu Muskelrissen und Gelenkschäden kommen.

Der Kanzler wusste das. Aber ein Sieg seiner Leute! Das war ein zu großer Reiz. Ein zu großer Kitzel für den Kanzler. Und Philipp, der wird dann auch zufrieden sein.

Aber der Fehler im Programmablauf kam nach dem Stoß. Aus dem panischen Schrecken musste Philipp sofort wieder zurückgeholt werden. Diese Codezeilen fehlten im Programm. Nico hat es gestanden, dieser abgehalfterte Arzt! Wenn

Philipp nach dem Stoß in Panik bliebe? Wer weiß? Verzweifelt er dann für alle sichtbar, für das ganze Stadion sichtbar? Vielleicht rennt er irrwitzig zum nächsten Ausgang. Vielleicht rennt er zur Kugel und stößt und stößt. Die Dopingwächter sehen es sofort. Alle sind dann dran. Nico hat viel zu viel Zeit verstreichen lassen! Er kam mit diesem spitzen, forciertfreundlichen, unterwürfigen Gesicht. Er ist ja nicht dumm, und Fehler macht jeder. Manche können eben tödlich sein. Wie in Spiralen schlich er um den Kanzler herum. Und des Kanzlers Nervenbahnen, von den Waden quer bis über die Schultern, zogen schon an, bevor Nico es aussprach: Er hat im Programm für Philipp einen Fehler gemacht!

Wie reparieren? Die Software, das bringt Nico schon fertig. Aber das Gerät muss hinüber. Was, wenn Nico abgefangen wird? Und wie kommt Psyris durch die Kontrollen?

Kurz tauchte vor dem Kanzler noch einmal das Bild des Mädchens Dagmar auf: Sinnbild einer unversehrten Welt.

Psyris war schon seit Jahren verboten, seit damals Elmar verdächtigt wurde, mit Psyris eine Patientin zum seelischen Krüppel gemacht zu haben. Es konnte Elmar keine Schuld nachgewiesen werden, aber ein eigenes Gesetz wurde formuliert, die Lex Elmar. Psyris fiel unter die Doping-Bestimmungen.

Den Kanzler hatte das nicht aufgehalten. Auch ohne Psyris gab es viele trickreich wirkende Mittel, um die mit hohen Beträgen gestützten Athleten an die Spitze zu bringen. Sie wurden in versteckten Labors entwickelt und schwungvoll angewandt. Es waren oft die klandestinen Labors der Funktionäre selbst. Die neu entwickelten Wirkstoffe wurden zunächst extrem teuer gehandelt. Wenn allerdings die Kenntnis davon überall durchsickerte, und andere Labors die Substanzen kopierten, dann erließen dieselben Funktionäre entrüstet Verbote und verdammten die Athleten. Die Vorteile waren dann ja nicht mehr exklusiv.

In diesen Tagen sitzt, hockt Monique in der Ecke des Krankenzimmers. Ihr Haar ist grau und stumpf. Man könnte glauben, es habe Braun- und Rottöne, es ist aber doch einfach dunkel, mit Grau durchmischt, es schluckt Licht. Es ist kurz geschnitten, es reicht knapp bis über die Ohren, und es hat eine Tendenz zu Büscheln, Büscheln in leichten Bögen. Ihr Haar gleicht, sozusagen, einer Haube aus graudunklen Büscheln.

Welchen Reichtum hatten die rotbraunen Locken, die, beinahe zu auffällig, von ihrem Scheitel bis tief unter die Schultern fielen! Ihre Stirn war blank, fast weiß, wie es zum Rot in ihrem Haar zu gehören scheint. Moniques Wangen aber, weiß wie die Stirn, bekamen einen Schimmer von Farbe, wenn sie fröhlich wurde. Freundinnen hörten auf sie und warteten auf ihre Ideen. Es gab viel Trubel um Monique, als sie zwölf Jahre alt war. Damals aber wurde ihre Mutter krank.

Dieses Mädchenbild wurde lebendig bei den Gesprächen, die sich entwickelten, als Uhling Monique, diese junge Frau, in seine Wohnung geleitet hatte. Er wusste gar nicht, wie ihm war, es schwindelte ihn, denn er war nicht einer, der jemanden, irgendjemanden zu sich in die Wohnung ließ oder gar einlud. Seit Ermelinde gegangen war, gab es in der Wohnung vorwiegend Stille. Nein, das Kind hatte hier oft gelacht. Dagmar hatte hier oft gelacht. Jetzt wuchs Dagmar heran und das Lachen wurde anders.

Diese junge Frau Monique, mäßig junge Frau, hatte Uhling ja nur aus Verlegenheit zu sich gebracht, weil er es nicht fertig brachte, sie ihren rätselhaften, irregulären Anfällen alleine zu überlassen. So liefen diese Gespräche sozusagen zur Beobachtung. Und wenn sich gerade keine Attacke meldete, dann saß da eine temperamentvolle Frau, mit der Üppigkeit ihrer rötlichschwarzen Haare und mit Mimik und Gestik, die die Bilder ihrer Erzählungen in die Gegenwart holten.

Von der ersten Stunde an sprach Monique so zu Uhling, als hätten sie einander immer schon alles preisgegeben. So entstand für Uhling mühelos das Bild dieses aus sich heraus lachenden, wachsenden, die Welt neckend herausfordernden Mädchens.

Froh war Uhling, dass von ihm nicht ebensolche Offenheit gefordert wurde.

Nach einer Pause im Gespräch, während der Monique mit Freundlichkeit, beinahe Innigkeit, im Sofa saß, und Uhling in vorsichtigem Abstand neben ihr, schlug Moniques Stimmung um. Es war nicht ein Umschlagen aus Laune; vielmehr wanderte die Erinnerung in andere Abschnitte.

„Weißt du", sagte Monique, und ihre Mimik zeigte eine Mischung aus Lächeln und Ärger und Wut und Entschuldigung für das, was sie noch berichten wollte. „Weißt du, seither habe ich mit Krankheit zu tun!"

Die Mutter wurde krank und Monique musste helfen. Monique tat, was nötig war. Arbeit ging ihr leicht von der Hand. Und der Mutter zu helfen, solange sie krank war, darüber gab es gar keinen Gedanken. Die Mutter wechselte vom Bett zum Sofa und wieder ins Bett und ließ sich von Monique helfen. Wegen der Schmerzen. Monique musste Arztbesuche organisieren. Es wurde besser und wieder schlechter. Es kam vor, dass die Mutter in der Schule anrief und sagte, Monique müsse sofort kommen. Manchmal zogen Lehrer die Augenbrauen hoch. Monique machte sich über diese Rufe zur Hilfe keine ernsten Gedanken. Sie entwickelte sich so, dass eine starke junge Frau zu erwarten war. Nicht sehr schlank war sie, aber aus einem Reichtum an Kraft ständig in Bewegung. Die rotdunklen Haare umrahmten das eher große Gesicht und ließen den Teint besonders hell werden. Auch die starken Augenbrauen. Sie wuchsen ziemlich nah zueinander über der Nasenwurzel. Sah man Monique auf der Straße, etwa auf dem Weg von der Schule zur Mutter, dann ging da ein Mädchen mit schnellen aber nicht gehetzten Schritten. In der Haltung eine Mischung aus unbekümmertem Ausblick auf Fröhlichkeiten und einem Ernst durch die Verantwortung für Sachliches. Ein erwachsener Stolz über diese Verantwortung. Über Zuversicht wurden keine Fragen gestellt.

„Es hat mich nicht gestört, dass meine Mutter krank wurde. Es war, sozusagen, interessant. Bis dahin hatte die Welt eigentlich gar nicht existiert. Die Sonne war da, der Regen war da, die Mutter war da. Weil ich plötzlich für meine Mutter sorgen musste, wurde ich eine Person: auf der einen Seite ich, auf der anderen die Welt und meine Mutter. Bis dahin war ich ein traumwandelndes Kind. Ich habe mich unvermittelt klüger gefühlt, so als wäre ich eine Sprosse weiter oben und könnte mehr sehen. Ich habe eine veränderbare Welt gesehen. Und ich wurde ein betroffener Mitspieler."

Die Abfolge der Hilfestellungen wurde dichter und immer mehr hatte Monique auch an den kleinen Haushalt zu denken, Rechnungen gehörten dazu und Wäsche. Die Perspektive für den Tag veränderte sich. Zeit spielte eine Rolle. Wenig Zeit für Freundinnen, wenig Zeit für die Schule. Nachbarn sprachen über ihre Mutter, und Monique hörte die Worte „wenn es schlechter wird ...".

Uhling kannte kaum Geschichten von Menschen. Wenige Lebensläufe. Ihn interessierte anderes. Seine eigene Geschichte kannte er: Lindis, die gegangen war. Und das Kind. Aber das durchlief bis dahin nur ein Wachstum, in beinahe gerader Linie; enthielt noch keine Verästelungen.

Was Monique jetzt berichtete, war voll von Verästelungen und Linien, die zu toten Enden führten. An Uhlings Ohren waren schon unzählige Geschichten gekommen, wie sie eben so erzählt werden, in der Eisenbahn, in der Hotelbar, die gingen wie ein Rauschen an Uhling vorbei. Hier aber, die Geschichte von Monique, wurde lebendig wie eigene Geschichte, denn seit er im Restaurant von seinem Tisch zu ihrem Tisch gewechselt hatte, waren zwischen ihm und Monique alle Tabus abgeschaltet und die persönlichen Dinge des Lebens offengelegt, dem anderen frei zugänglich.

In Moniques Umgebung hatte jemand die Worte fallen lassen: „wenn es schlechter wird". Diese mögliche Entwicklung zum Schlechteren drang ihr immer wieder in den Sinn, auf dem Weg in die Schule, auf dem Weg nachhause mit Einkaufssäkken. Plötzlich und unerwartet kamen diese Gedanken. Wie man bei einer Bremsung des Zuges plötzlich aufwacht und alle möglichen Gedanken einschießen, als seien sie alle wichtig. Sie sah ihre Zeit vor sich, die ihr ja gar nicht, immer weniger, zur Verfügung stand. Zeit war für sie bisher keine Dimension gewesen. Unendlich oder überhaupt nicht vorhanden.

Es kam, wie es schon ausgesprochen worden war: Die Mutter wurde hinfällig. Monique lernte, dass es Umstände ohne Ausweg gibt. Sie tat einfach weiter. So als wäre es doch nur ein Spiel mit Ende. Leute redeten von Alternativen: Mutter in ein Heim. Aber daran konnte Monique nicht denken, und die Mutter! Als die Mutter davon hörte, jammerte sie: Monique, es wird ja vorüber gehen! Und hätte die Mutter die Wohnung aufgeben müssen, wo wäre Monique geblieben?

Wenn Monique so von ihrer Jugend erzählte, dann waren das kurze Bildschilderungen und große Pausen. Uhling saß unschlüssig neben ihr. Er wusste nichts zu sagen. Er schenkte Wein nach. Wenn Monique sagte, „ich langweile Dich, ich erzähle Geschichten, die niemanden interessieren!", dann machte Uhling eine beschwichtigende Handbewegung und versuchte, noch interessierter und mit noch größerer Zuneigung neben Monique zu sitzen. In dieser Zeit war Uhling in kleinen Dimensionen ein „gestandener Mann". Er war anerkannt. Aber das hatte bei ihm keine große Selbstsicherheit entstehen lassen. Und dass er sich, in einer gar nicht über seinen Verstand gelaufenen Spontanreaktion, zum Begleiter dieser Frau, dieser Monique, gemacht hatte, irritierte ihn. Er kannte sich selbst nicht, schien es.

Allerdings konnte er sich leicht im Nachhinein rechtfertigen, denn was hätte er im Restaurant angesichts dieser lebendig agierenden jungen Frau, die ganz offensichtlich in einen akuten körperlichen Notstand kam, tun sollen! Ihr Bericht, jetzt auf dem Sofa, war eine Erklärung und Begründung; auch eine Preisgabe aus Dank.

Sie sprach von dem so unentrinnbaren Frieren, das durch geringste Anlässe ausgelöst wurde und von den immer wieder ergebnislosen Arztbesuchen. Eine Kopfgrippe sei das gewesen. Ja, nach dem Tod der Mutter, als plötzlich das zeitfressende Umsorgen weggefallen war, habe sie zunächst eine überwältigende Lebensfreude bekommen.

Als die Mutter starb, war es für vieles zu spät. Das sah Monique nach dem ersten Gefühl von Freiheit. Sie machte Pläne, aber sie weinte auch viel. Dann kam die Grippe. Die Grippe war ungewöhnlich schwer. Es war, wie gesagt wurde, eine Kopfgrippe. Alle Gefühle entwickelten sich mit schneidender Schärfe, ihre Gedanken wurden in die eine und die andere Richtung gepeitscht. Die Rekonvaleszenz zog sich hin. Einmal stand sie auf und fühlte sich stark und hell, dann wieder quälte sie sich hoch, schleppte sich wie eine Greisin, ohne Ziel, ohne Sinn des Tages, der Woche, aller Zeiten. Sie ging wieder zur Arbeit. Das Ärgste war das Frieren. Sie fror an kalten Tagen und an warmen Tagen. Das Frieren saß irgendwo ganz drinnen und konnte durch keine Temperatur aufgelöst werden. Sie kristallisierte von außen nach innen bis kein Fingerhut flüssigen Lebens mehr übrig war. Das Leben verlor alle Dimensionen außer dem Zittern. Dann wieder sprang plötzlich eine Melodie in ihr Ohr, ein Schwall von Melodien, eine jauchzende Symphonie.

Das Frieren wurde aber durch kleinste Anlässe wieder eingeschaltet. Ein Tropfen Wasser auf den Arm oder gar auf die Schulter brachte das erbärmliche Frieren für Stunden zurück. Sie war gefangen in diesen Mächten, sie war winzig klein. Selbst für Verzweiflung war kein Platz. Die Ärzte gaben Medikamente und Injektionen. Das war stundenweise Hilfe.

Der eine Pol war das Frieren, der andere war das Ersticken im Sonnenlicht. Wenn Monique auf der Schattenseite einer Straße ging, aber an einer Kreuzung, aus der Querstraße, Sonnenlicht ihren Kopf traf, dann war, durch das Haar hindurch, der Kopf betroffen, die Kopfhaut, die Schädeldecke. Und sie spürte auch einen Durchgriff auf den Magen. Das blieb viele Stunden. Nach nur einem Augenblick Sonnenlicht. Es blieb ein pressender, dichter Sonnennebel in ihrem Kopf.

In den Zwischenzeiten, wenn die Symphonie den Nebel durchdrang und prächtig in ihrem Kopf dröhnte, fühlte sie sich fest und sicher auf der Welt, machte Pläne und arbeitete, auch körperlich, an ihrer Gesundheit. Sie war ja keine ganz junge Frau mehr, aber, sozusagen, in den besten Jahren. Temperamentvoll sah sie aus in diesen positiven Abschnitten. Ihre Bewegungen waren zielgerichtet und zuversichtlich, ihr Teint immer noch weiß oder leicht gerötet. Aber dann bauten sich wieder die Verspannungen auf und irritierende Reize führten zum Umschlagen. Zerhacktes Licht konnte dazu führen. Die Zeilen eines Buches bauten Irritation auf. Nach einer halben Seite konnte sie nicht weiter. Das Flackern des Fernsehbildes fuhr wie ein schnell anwachsendes Stakkato in ihre Gedärme und führte zu einer Kulmination, der sich der Körper durch hohes Aufbäumen entziehen wollte. Monique holte hastig Atem, so weit, so tief sie konnte.

So hatte Uhling Monique im Restaurant gesehen: sich aufbäumend, sich niederkrümmend, mit dem Griff nach der Pillendose. Und die reichen dunklen, etwas rötlichen Haare.

Auf dem Sofa, neben Uhling, schloss Monique diesen Teil ihres Berichts mit einer Pause. Sie sah vor sich hin, sie wischte sich die Augen und sie sah zu Uhling, freundschaftlich, als wollte sie sagen: „Jetzt hast du's gehört; ich bin nutzlos, was kümmerst du dich noch um mich!"

Es überkam sie dann Wut, still, nur mit zu Fäusten gespannten Händen. „Ich muss da raus! Ich muss da raus!"

In Uhling entstand, hilflos, die Geste des tröstenden Handauflegens. In seiner Vorsichtigkeit gelangte seine Hand nur bis zur Lehne des Sofas zwischen ihm und Monique. Dorthin klopfte seine Hand die Beschwichtigung. Er wusste nicht, ob er sagen sollte: „Es wird alles gut werden."

– 11 –

Wäre es nur bei den hedonistischen Spielen von Atarax geblieben! Aber jedes Werkzeug kann für Gutes, zum Spielen und für Fragwürdiges verwendet werden.

Wir saßen in dem verrauchten Lokal mit blanken Tischen. Vielleicht hieß es „Kupferkanne". Es sind zu viele Jahre vergangen. Übermütig waren wir in einer unbekümmerten Weise. Ich weniger, denn ich war ja, ach, schon drei, vier Jahre älter. Wir saßen und tranken etwas und aßen preiswerte Kleinigkeiten und holten Notizen aus den Vorlesungen heraus. Dann schaltete die Atmosphäre kurz auf Ernst und das Gespräch geriet in Kontroversen. Dann lockerte es sich wieder ins Allgemeine und durchquerte alle Epochen der Geschichte.

Folgt man Aristoteles, so ist Muße eine Arbeit. Denn das Leben besteht aus dreierlei: der Arbeit für den Broterwerb, der Zerstreuung zur Erholung, und der Muße. Muße soll unternommen werden, wenn die Erwerbsarbeit zuende ist, und die Zerstreuung die Zwänge wieder hat vergessen lassen. Muße ist Arbeit ohne Zweck, Arbeit an den Dingen, die über uns hinausgehen: am Sinn der Existenz, an der Unendlichkeit der Zeit, vielleicht am Ursprung der Liebe. Es soll ja das Wesen des Menschen sein, dass er nicht nur lebt, sondern über das Leben denkt. Hierzu die Zeit der Muße.

Derjenige, den wir später Atarax nannten, hielt wenig vom gedankenbeladenen Menschen, er sprach eher von als über Liebe. Sein zweites Wort war Epikur, Epikur, der in seinem Garten die Freunde empfing und in schmerzlosem Glück zu schweben versuchte. Wir stritten darüber, ob es richtig ist, sich in seinen Garten zu setzen und die Welt laufen zu lassen. Wie ein junger Buddha saß Atarax doppelt breit zwischen uns. Buddha: Auch einer, der fürs eigene Seelenheil arbeitet und der Welt die Almosenschale hinhält. Atarax glänzte über sein großes, ovales Gesicht voll Zufriedenheit. Trockene Argumente glitschten aus auf dieser freundlich-glücklichen Oberfläche. Es ging ihm auch gar nicht darum, die Gedanken Epikurs nachzuvollziehen. Aber Worte gefielen ihm:

„Wenn wir also die Lust als das Endziel hinstellen, so meinen wir das Freisein von körperlichem Schmerz und von Störungen der Seelenruhe."

Die Seelenruhe, die unangreifbare Seelenruhe, die „Ataraxie" der Alten war ihm immer wieder Devise. Deshalb nannten wir ihn Atarax.

„Lasst wohlbeleibte Männer um mich sein, mit glatten Köpfen, und die nachts gut schlafen!" So saß Atarax bei uns. Auf seinem großen, kantenlosen Kopf zogen sich oben schon die rotblonden, leicht gekräuselten Haare zurück und über seine reichlichen Schenkel spannten die Hosenbeine.

Beim Winken über die Straße, beim Hineinrutschen hinter den Wirtshaustisch, beim Händedruck, vielleicht in jeder Lebenslage, gab er sich aufgeräumt, oder vielmehr, er war es: zuversichtlich, vergnüglich, als ginge er zu einem Fest. Sein Gegenüber schaute er persönlich an, und er schien seiner eigenen Person so sicher, als könne er maßlos Zuversicht verschenken und hätte immer noch genug. Wie die anderen dieser Runde, außer mir, Uhling, wurde er Arzt. Er führte den Titel Therapeut.

Das massig Positive der Person Atarax überwältigte manchen Patienten, der zögerlich und zweifelnd in die Tür der Ordination trat. Ein kleinmütiges, über sich selbst trauerndes Gesicht fühlte sich gezwungen, zumindest ein schüchternes Lächeln aufzusetzen. Wenn auch im Hinterkopf vielleicht die Meinung blieb, der große Mann habe gut lachen, die Wirklichkeit hinter dem geschönten Gesicht bleibe dennoch trostlos. Dies ging dann einher mit einem Schlucken während des Lächelns.

In zugänglichen Fällen hatte Atarax ohne viel Wissenschaft Erfolg. Er hielt auch nicht sonderlich von Theorien. Wie sein verehrter Lehrer Epikur:

„Leer ist das Wort eines Philosophen, durch das kein Affekt eines Menschen geheilt wird."

So unterschiedlich sind die Hoffnungen: Der eine meint, alles Denken sei dazu da, dem Menschen in irgendeiner Weise zu helfen. Für den anderen ist der Mensch ein unwesentliches Randgebilde der Welt, wichtig sei es vielmehr, das Wesen der Zeit, der Gestirne und der Unendlichkeit zu erfassen.

Solches Denken interessierte Atarax wenig. Theorie hätte den Wunsch nach heiterer Ruhe gestört. Die Patienten, mit denen er sich umgab, brauchten auch weniger die Behandlung mit Methoden, eher, sehr einfach, die Nähe seiner Person. Es waren Menschen mit schwächeren Arten des Unglücks, die er aus ihren Einsamkeiten herauslocken konnte. Er veranstaltete Feste; beginnend mit seinem Geburtstag, später aber mit System. Die Feste wurden begehrt und zur Institution, und Atarax selbst amüsierte sich dabei. Er konnte auch der Versuchung nicht widerstehen, die Feste kultisch auszubauen. Neben der Suggestivkraft seiner Person setzte er insgeheim noch Methoden ein, die zu höheren Graden von Verzückung führten. Die Feste bekamen orgiastischen Charakter.

So kam Atarax in Schwierigkeiten mit den Behörden. Da sein Unternehmen aber schon einmal Schwung hatte, übersiedelte er kurzerhand auf eine Insel, die ihm die nötigen Freiheiten bot. Für die meisten seiner Patienten, auch Gäste genannt, waren die Finanzen kein Problem, und er konnte es sich leisten, andere stillschweigend mitlaufen zu lassen.

Als ihm später dann Psyris zur Verfügung stand, erlaubte sich Atarax diverse Spiele mit seinen Schützlingen. Er programmierte etwa alle auf Arroganz und freute sich, wie unvermittelt selbst die schüchternsten Individuen mit geschwellter Brust und stolzierend wie Alphahähne umherschritten. Das Bild blieb jedoch nicht lange schön; es entwickelten sich verheerende Streitereien.

Er versuchte es auch mit Prägung auf Mitleid. Das führte jedoch unerwartet ebenso in eine Katastrophe. Es ging einfach die Rechnung nicht auf. Denn wenn einer Mitleid fühlt und Mitleid, sozusagen, ausüben will, so braucht er jemanden, der sich pflegen und bedauern lässt. Der Versuch endete in einem traurigen Gelage von einander in Tränen bedauernden und wimmernden Knäueln.

Atarax begnügte sich dann mit simpleren Programmen, einer Tanzwut etwa oder dem unwiderstehlichen Verlangen, nackt ins Wasser zu gehen.

Eines der Spiele von Atarax, so erzählt man, sei das Auraspiel. Die goldenen Heiligenscheine um die Köpfe von Märtyrern und halbhimmlischen Personen hätten ihn auf die Idee gebracht. Es ist ja auch so, dass man einen Menschen „verklärt" sehen kann. Aus den Empfindungen, die beim Anblick eines Menschen geweckt werden, aus dem Wissen um seine Art und seine Taten, sein Entgegenkommen oder seine Irreleitungen bilden sich starke Emotionen, die auch das optische System erregen können. So sieht man einen Menschen heller oder dunkler, oder eben verklärt oder bei ekstatischer Emotion auch mit goldenem Schein.

Diese Verbindung des Gefühls mit dem Bild, das das Auge sieht, könnte man, so dachte Atarax, mit Hilfe von Psyris verstärken, empfindlicher machen. Es zeigte sich bald, dass seine Klienten einander mit Licht in allen Regenbogenfarben umgeben sahen. Es wurde viel darüber gestritten, ob nun jemand, der von gelbem Licht umflutet schien, ein neidvoller Mensch sei und einer mit violettem Kranz bereits dem Tode nahe. Zu einer Einigung kam es nicht. Ebenso wenig wie unter Musikern Einigkeit besteht, welche Farbe welchem Ton zuzuordnen ist.

Wenn ich, ich Uhling, denke, ich wäre aurageprägt, wie würde ich, wie müsste ich Monique sehen? Sie kauert, als wäre sie in einem Ei. Ihr Strahlenkranz liefe um den ganzen Körper. Nicht einfarbig. Ein klein bisschen Hellrot wäre darin. Viel Braun, warmes Braun, für ihre fürsorgliche Wärme. Und jetzt denken meine Augen plötzlich auch einen schmalen hellblauen Bogen. Das muss bedeuten, dass diese Verbindung zu Monique, so verkrüppelt diese Beziehung auch notgedrungen ist, etwas von Ewigkeit hat. Ja, diese Sicherheit der Liebe gibt mir Monique. Wenn ich auch nicht an Ewigkeit glaube. Aber meine Augen glauben daran und geben Monique einen Streifen Ewigkeit in ihren Kranz.

– 12 –

Eines der Psyrisgeräte hat der Kanzler. Damit dopt er seine Sportler in halsbrecherischer Weise. Dieses Gerät macht den Kanzler verwundbar, sagt sich Ilona. Das ist der Hebel gegen Dagmar.

Wo Ilona stand, unten am Gebäude, war es sehr dunkel. Die Stelle wurde auch durch Schaltkästen für die Anschlüsse, die das Gebäude versorgten, etwas gegen Einsicht geschützt. Es schien besonders dunkel, weil nicht weit entfernt der LKW-Parkplatz von hoch montierten Scheinwerfern gleißend hell beleuchtet war.

Sie stand mit dem Schlüssel in der Hand und suchte das Gelände ab. Irgendwo konnte ein Fahrer in seiner Kabine sein. Dem Kanzler wurde alles zugetragen. Zur Vorsicht war Ilona auch in einem fremden Wagen gekommen und hatte weit draußen geparkt. Sie öffnete die Tür und nahm das Stiegenhaus, nicht den Lift, der hätte Beleuchtung gezeigt. Die EDV-Räume kannte sie, sie war ja oft genug hier gewesen, etwas zu besprechen, den Kanzler abzuholen. Jetzt kam sie, um ihn in die Enge zu treiben. Die Hände weg von dem Mädchen! Sie war im Begriff einen Diebstahl zu begehen, aber sie fühlte dazu alle Berechtigung. Ihr Kanzler, der so genannte Kanzler, schmolz vor dem Mädchen lächerlich dahin. Aber, den Kanzler von irgendeinem Plan, von irgendeinem Tun abzubringen, konnte nur mit besonderen Mitteln gelingen. Sein geliebter Kugelstoßer Philipp war solch ein wunder Punkt. Wenn es stimmte, dass Nico bei der Prägung für den Wettkampf einen Programmfehler gemacht hatte, dann brauchten sie, der Kanzler und sein Nico, die Psyris-Elektronik jetzt unbedingt, um den Fehler rückgängig zu machen und ihren Philipp vor dem programmierten Amoklauf zu retten.

Nur sie drei, der Kanzler, Ilona und Nico wussten, wie die Module zu finden und woran sie zu erkennen waren. Eine behördliche Hausdurchsuchung hätte nichts ergeben außer Elektronikeinschüben mit unklarer Funktion. Ilona hatte mehrere Schlüssel für eine Folge von Zonen. Käme der Kanzler jetzt, er wäre unberechenbar, gewalttätig, wahrscheinlich ohne Grenzen. Er könnte alles kurz und klein schlagen, nicht nur Ilona, auch die Elektronik. Er würde in der Sekunde der

Aufpeitschung nicht an Philipp denken. Ein neues Bild des Kanzlers sah Ilona vor sich auftauchen: Er wird nach den ausgeteilten Schlägen ruhig, er begreift die Konsequenzen, und er bricht in bitterliches Weinen aus, bei dem sich sein gewaltiger Körper bemitleidet. Denn er liebt ja seine Burschen, und sicherlich Philipp. Was ist, wenn er in der Sekunde des Zorns Philipp vergisst? Die Aussicht auf diese Katastrophe und die Gefühle der eigenen Wut sprangen in Ilonas Bewusstsein hin und her wie Tennisbälle.

Als sie die letzte Türe öffnete, sah sie Lichtschein, und Nico schaute hinter seinem Monitor hervor. Es war zwei Uhr nachts. Das hatte sie nicht bedacht: Dass Nico jetzt daran sitzen könnte, seinen Fehler im Philipp-Programm zu reparieren. Zurück konnte Ilona nicht. Die Konfrontation war geschehen. Nico schaute, etwas überrascht, aber hauptsächlich fragend, mit Verdacht fragend. Seine verschlungenen Gedanken spielten wahrscheinlich viele Verdachtsvarianten durch. Als einer mit umgeschriebenen Papieren musste er immer mit Verdacht leben. Seine Mimik wechselte zu einem scheinbar unterwürfigen Begrüßungslächeln. Für die Frau des Chefs. Jetzt wieder zu gehen, bringt nichts. Nico weiß hiermit schon, dass sie mitten in der Nacht gekommen ist.

Nico saß rechts vom Eingang. Noch weiter rechts, neben Nicos Tisch, stand der Stahlschrank der Psyriselektronik; die Tür war nur angelehnt. Ilona musste um Nico herumgehen. Sie wusste nicht, wie Nico reagieren würde. Nico schaute groß, neugierig, alarmiert, mit etwas schief gelegtem Kopf. Er folgte Ilonas Schritten, indem er sich drehte, auf seinem Stuhl drehte. Ilona musste ihn fast ganz umrunden, um zum Stahlschrank zu gelangen. Kurz sah sie den Kanzler vor sich: selbstsicher, draufgängerisch, lachend. Sie hasste ihn nur in dieser einen Sache, sonst liebte sie ihn, auch jetzt.

Als sie sich bückte, um nach dem Griff des Stahlschranks zu greifen, sprang Nico auf und fuhr dazwischen. Bis kurz vor

Ilonas Zugriff war er blockiert gewesen; er begriff nur halb, was hier im zwei Uhr nachts vor sich ging. Beide richteten sich auf und waren konfrontiert, sehr nahe. Ilona, stattlich, ihr schwarzes Haar nicht ganz ordentlich, auf dem Gesicht etwas Perspiration, und Wachsamkeit, Wut, Bestimmtheit. Nico mit Anmaßung, Selbstgefälligkeit, Verschlagenheit, Süffisanz und dem Ausdruck, auf seinem trotzdem schräg gestellten Gesicht, dass er hier wohl überlegen sei. „Nico, du lässt mich jetzt, und du gehst!" Nico bewegte sich nicht und änderte auch seine Mimik nicht. Hinter ihm auf dem Monitor standen die Zeilen der Programmkorrektur. Kein anderes Licht im Raum. Ilona beobachtete Nico. Sie machte noch eine kleine Bewegung in Richtung Stahlschranktür. Nico konterte mit einer nur Zentimeter-weiten, aber schnellen Bewegung, sozusagen als Warnungsritual. Ilona bewegte ihre Hand trotzdem weiter. Nico sagte: „Ich mache das neue Programm für Philipp." – „Du lässt mich jetzt, und du gehst!" Nico schaute ungläubig und verstört. „Er braucht das, sonst läuft er Amok!" – „Geh!", sagte Ilona und bewegte sich wieder. Nico griff hinter sich zum Telefon. „Lass das!" Sie wandte sich zum Stahlschrank und warf einen Blick hinein. Mit einer schnellen Bewegung fasste Nico ihr Handgelenk. Ilona reagierte unmittelbar mit einem harten, schon vorausbedachten Stoß, der Nico aufschreien ließ und ihn durch den Raum schleuderte. Ilona wusste, welcher der Module Psyris war. Sie schnappte die Klammern weg und zog ihn aus den Steckverbindungen. Nico versetzte sie noch einen scharfen Tritt. Gezielte Grobheit war nicht ihre Art, aber sie brauchte die Zeit. Hinter dem Gebäude, im Areal der LKW-Parkplätze, suchte sie zwar noch den Schatten, aber viel Wert war Deckung jetzt nicht mehr.

Dies ist das Leben Uhlings. Ich kenne Uhling. In vielerlei
Gestalt habe ich ihn gesehen; an Instrumenten stehend, über
Pläne gebeugt, rechnend, in der Diskussion.

Einen Uhling sah ich auf den Kieswegen, die zum Forschungszentrum gehören. Dort war er in jungen Jahren. Die
Gebäude liegen verstreut zwischen Rasenflächen und gepflegten Sträuchern. Asphaltierte Straßen oder Wege führen vom
einen zum andern. Hier und dort geparkte Wagen. Die Gebäude sind modern, mit großen Fenstern und eigenwilligen
Dächern.

Die Reihe der Hochspannungsmasten endet kurz vor dem
Haus der großen Maschine. In strengen Linien kommen die
Drähte vom Mast herab, zu mächtigen Isolatoren aus weißem
Porzellan, und zum Transformator. Seine Kühlrippen sind
grau gestrichen. Etliche Zuleitungen haben bunte Farben.
Exakte, heitere Sauberkeit in der Sonne.

In den Räumen hinter den großen Scheiben wird gedacht
und gesucht, damit Neues entsteht, damit das Leben nach
der Devise der Entwicklung weitergeht. Auf den Tischen
sind Bücher gestapelt. Zwei oder drei liegen offen da. Die
Bücher sind in verschiedenen Sprachen geschrieben. Sie
kommen aus ähnlichen Forschungszentren anderswo in der
Welt. Die Männer an den Tischen lesen und machen sich
Notizen. Ab und zu steht einer auf, stellt einen Fuß auf den
Stuhl, stützt den Ellenbogen auf das Knie, legt das Kinn in
die Hand und blättert in einem Buch. Oder er geht an die
Tafel, um sich den Sinn einer Formel, die er gefunden hat,
zu vergegenwärtigen. Er formt sie um und schreibt sie in den
ihm geläufigen Symbolen an, bis ihre Teile ihm vertraut sind
und greifbar werden wie früher dem Bauern der Pflug. Die
Räume sind ruhig, die Köpfe meist nachdenklich geneigt.
Eine Fußspitze oder ein Finger beschreibt in rhythmischer

Bewegung ein Quadrat, als müsse er die Exaktheit der Gedanken unterstützen.

In der Mittagspause spazieren die Gruppen in weißen Mänteln auf den Kieswegen. Man lächelt über eine witzige Bemerkung, die Hände auf dem Rücken. Im langsamen Gehen wendet sich der eine dem anderen zu. Man spricht über Dinge, die gerade von allgemeinem Interesse sind, man erzählt von den neuesten Funden der Archäologen oder versucht sich in politischen Urteilen. Unter den gleichmäßigen Schritten knirscht der Kies.

Zu den Männern im Forschungszentrum gehören solche, die Ideen haben, durch ihre Begeisterung und ihr Temperament alle mitreißen, und den Weg weisen. Aber da sind andere. Sie arbeiten gewissenhaft und fleißig, doch sie sind nur die Ausführenden der Ideen. Sie klammern sich mit erschöpfendem Eifer an die Ausschlachtung aller Konsequenzen. Man sieht es an ihrem Gang, an dem geneigten Kopf. Ihr Geist ist scharf trainiert. Sie sind in Fachkreisen hoch geschätzt. Sie sind die Stützen der technischen Entwicklung. Sie sind nicht an der Spitze.

Diesen Mann nenne ich Uhling.

Ich sah einen wie Uhling, als er sechzig war. Er trug einen etwas billigen Mantel. Und Hut oder Mütze passten nicht dazu. Um Äußerliches kümmert Uhling sich nicht. Er ist doch kein Geck! Außerdem wäre es schade ums Geld.

Dr. Uhling geht um diese Zeit wieder ab und zu ins Theater. Lange Jahre war zu viel Arbeit gewesen und zu viel anderes in der Familie. Dr. Uhling geht, seine Frau am Arm, durch das Foyer des Theaters. Sein Haar, an den Seiten des Schädels, ist weiß. Er lächelt. Mit etwas umständlicher Feierlichkeit führt er seine Frau an den Platz. Der Theaterbesuch ist ein besonderes Ereignis. Streng genommen ist er Luxus.

Am deutlichsten aber sah ich Uhling eines Abends auf der Terrasse eines ländlichen Wirtshauses. Ich selbst war gewandert und die Sonne war heiß gewesen. Jetzt, am Abend, kam sie nach einem Gewitter noch einmal, nicht heiß, nur golden. Ich setzte mich an einen Tisch am Geländer der Terrasse, wo die beste Aussicht war über das Land, hinunter zu einer Reihe von Teichen an einem Bach und weiter in die Hügel. Ich war müde; und froh, dass es Abend war. Die Sinne, durch das lange Gehen und den Schweiß etwas verschlossen, wachten jetzt auf. So wie sich die Gräser und die Blühten nach der Hitze des Tages wieder aufrichten. Ich war ruhig und hellwach und glücklich nach dem Tag.

Dann kam Uhling. Ich sah ihn nur kurz, nur eine halbe Stunde, während er an einem der kleinen Tische saß, mir schräg gegenüber. Aber das Gesicht prägte sich mir ein. Wie ich meinte, ein Gesicht voll Jammer.

Er war sicherlich einer der Ingenieure, die eine neue Brücke bauten, die nicht weit von hier das Tal queren sollte. Vielleicht hatte er die geologischen Untersuchungen gemacht, die zur Bemessung der Fundamente dienten, und war heute hierher auf die Baustelle gekommen, um nochmals zu prüfen, Missverständnisse zu klären und auf exakte Ausführung zu drängen.

Nun war er auf dem Weg nach Hause und hatte hier gehalten, weil es schon spät war. Er kam durch die hintere Tür des Wirtshauses heraus auf die Terrasse, und suchte sich einen freien Tisch, an dem er allein sein konnte. Er trug einen Rock aus sportlichem Stoff. Hätte ich jemanden gefragt, was er von dem jungen Mann halte, so wäre die Antwort wohl gewesen, dies sei einer der Ingenieure, die an der Brücke bauen. Und in dem Wort Brücke hätte Stolz gelegen und in dem Blick auf den jungen Mann Wohlwollen, denn er war einer von denen, die mit ihrem Wissen und Können die Brücke errichteten. Aber weil ich glücklich war an jenem Abend, sah ich nicht nur den Fachmann in ihm, sondern auch seinen Blick. Der war, ja, richtungslos.

Seine Stirn war schön geformt, fast markant. Die Knochen um die Schläfen traten etwas hervor, wie es oft bei Menschen ist, deren Arbeit Konzentration fordert. Aber die Haut über den Schläfen war zu bleich, zu dünn, man sah die Adern darunter. Seine Augen wanderten unruhig. Ich weiß nicht, ob sie blau waren oder braun, sie sahen grau aus. Das Weiße der Augen war wahrscheinlich grau. Seine Erinnerung wanderte vielleicht in die Tage seines Studiums, als es ihm Spaß gemacht hatte, schwierige Zusammenhänge zu verstehen, und er Freude gefunden hatte an den immer kühneren Konstruktionen der Technik. Dann mag er an den eben vergangenen Tag gedacht haben, an den Streit über falsch übernommene Daten, und an den nächsten Tag, an dem wegen einer Änderung der Normen eine langwierige Berechnung Schritt für Schritt wiederholt werden musste. Ich glaube, Uhling mochte sein Leben nicht mehr. Ich glaube, er wusste seine Richtung nicht.

Er war mit der Vorstellung angetreten, in der ersten Linie zu stehen, an den Wundern der ersten Linie mitzuwirken. Was er tat, war das Hantieren mit kompliziertem Handwerkszeug. Er schaute in die Gegend hinaus, aber er sah sie wahrscheinlich nicht. Seine feingliedrige Hand führte das Glas zuweilen zum Mund. Eines Tages wird er ruhig werden. Er wird keine neue Kraft gefunden haben. Seine Schultern waren im Gerüst breit. Er war ehrgeizig, aber er nutzte seine Schultern nicht. Er wird liebenswürdig werden und seine Arbeit tun. Dann hat er das alte Leben, den Lebensanfang, vergessen und alle Bilder und Tätigkeiten nimmt er wahr wie gedämpften Schall.

Ich sprach nicht mit ihm, und ich habe seinen Namen nicht gehört. Er ist ein Uhling. An jenem Abend, als er mir schräg gegenüber saß auf der Terrasse des kleinen Wirtshauses, glaubte ich, sein ganzes Leben zu kennen. Es geht mir nahe, denn ich habe Uhling gern.

**

Hier lag ich: hier lag Uhling in seinem Krankenbett, seinem Spitalsbett. Mit effizienten Heftpflastern aufgeklebte Elektroden leiteten die Parameter seiner Funktionen über Kabel verschiedener Farben an die Monitore; hier und über hakenschlagende Gänge in die Zentrale der diensthabenden Schwester. Das Fenster des Raumes war zimmerbreit. Jetzt zeigte es noch ein beinahe einheitliches Grau. Unten allerdings die vielgestalteten Dächer der Stadt. Und Lichter aus Fenstern und Lichter der Straßenbeleuchtung, oft Lichtperlenschnüre. Darüber grauschimmrig die Hügelzüge, und weiter: der Himmel wolkig, mit leichter Struktur. Uhling wachte meist im Morgengrauen auf. Die dämpfenden Medikamente wurden um diese Zeit zurückgesetzt. So fühlte er sein Aufwachen frisch. Er sah die grauen Wolken. Es wurde ein flockiges Grau. Oder nein, es waren nicht Flocken, es waren längliche dunkelgraue Flecken vor einem helleren Hintergrund. So sehen Schiffsrümpfe aus, wenn man sie von unten betrachtet. Ich liege am Meeresgrund und sehe über mir ein Geschwader grauer Schiffsrümpfe. Sie ziehen langsam über mich. Immer neue Scharen von Schiffen erscheinen über den Hügeln und ziehen nach rechts, wo ich sie an der Kante des Fensters verliere. Sie bekommen dort eine andere Qualität. Sie sind dort heller, werden heller, auch der Hintergrund ist dort heller. Insbesondere die Kiele der Schiffe verändern sich, sie legen sich rötlich an. Und überall, ich kann nicht so schnell schauen, rote Schiffe. Das Morgenrot. Morgenrot - morgen tot. Und wieder so ein Glücksgefühl! Die metallene Fassung des Fensters bekommt einen roten Leuchtstrich. Und auf der Chromkurve des Bettgestells eine rote Lichtkurve. Und – ha! – auf dem dünnen, transparenten Kunststoffschlauch, durch den meine Infusion tropft, ein roter Glanzstrich, der sich mitschlängelt. Und wieder dieses lächerliche Glücksgefühl und sogar ein Gefühl der Stärke, wo doch mein Arm tonnenschwer ist, wenn ich wollen sollte, ihn zu heben; richtiger: mein Arm ist für meinen Willen und Wunsch gar nicht vorhanden. Und doch habe ich ein Wissen um den Arm. Es muss irgendwo in mir ein Bild des unversehrten Menschen existieren. Das Bild wird mitgeboren und bleibt offenbar über das ganze Leben konstant. Ist man gesund, so kann man sich immer wieder auf dieses Bild zuarbeiten. Ein Stehaufmännchen. Ist man heiter geboren, so wird man nach jedem tiefen Fall doch wieder heiter. Ist man mit Lebensangst geboren, so wird die Angst bald nach einem Lottogewinn wieder kommen. Es gibt allerdings Umpolungen. Das sind Narben, Brüche im Bild. So wie ich hier liege, ist mein vordisponiertes Bild sinnlos geworden. Was soll für mich Freude, was soll die Freude am Morgenrot oder gar dieses lächerliche Gefühl der Stärke. Die Voreinstellungen meiner Geburt spielen heuchlerisch, unverantwortlich mit mir, gauklerisch. Bleibt allerdings die Tatsache einer Freude.

Dieses mitgelieferte Bild, das Bild, nach dem das Stehaufmännchen sich wieder aufrichtet, dieses Anfangsprotokoll ist es, was Ermelinde meint. Darauf sollen ihre Patienten hören, das sollen sie in sich suchen und die Fehlentwicklungen auslöschen, ausbügeln. Ermelinde hatte so etwas Zartes, Liebevolles, wenn sie von ihren Patienten sprach. Zu mir war sie das ja kaum. Wenn sie über ihre Patienten sprach: Sie saß etwa auf dem Sofa, das hatten wir in unserer kleinen Wohnung unter die Fenster gestellt, so bekamen wir bei Tag gutes Leselicht. Ermelindis saß auf dem Sofa und das Fensterlicht lag auf ihren hellen Haaren. Ein Schimmer traf auch ihre Wangen, und sie sprach so angelegentlich, so liebevoll von ihrer ältlichen Patientin, die sie versuchte aufzurichten. „Das muss nicht so sein!", sagte Ermelinde, beinahe mit einer leisen Wut auf die Lebensführung dieser Frau, die ganz weit vorgebeugt trippelte, heftig auf einen Stock gestützt. „Da ist kein anatomischer Schaden, zumindest war anfangs keiner da, sie hat sich nur klein kriegen lassen." Erml redete auf die Frau ein, sich doch nur um Millimeter aufzurichten, einmal den Stock nicht zu verwenden. Mit allen psychotherapeutischen Verfahren versuchte es Ermelinde. Schließlich konnte sie schon einige Millimeter Aufrichtung verbuchen.

Wenn ich Lindis so sehe, tritt mir das Wasser in die Augen, so liebevoll konnte sie sein, so einfühlsam. Zu mir war sie, jetzt wird mir das deutlicher als damals, beziehungslos, neutral. Warum ließ sie mich überhaupt ihren Mann sein! Einmal wurde sie zutraulich, nahm Zärtlichkeit gerne an, allerdings wusste sie davon nichts, sie schlief. Auf der anderen Straßenseite wurde damals gebaut und an einem Baukran leuchtete ganz oben ein Schild sehr hell. Dieses Licht fiel auf Ermelindes Wange. Sie lag neben mir, den Kopf zu mir gekehrt, auf dem Kissen. Sie schlief ruhig. Sie schien sich wohl zu fühlen, zufrieden zu sein. Lindis war kein unzufriedener Mensch, aber es kam doch kaum vor, dass sie in Zufriedenheit sozusagen ‚ergeben' war. Ermelinde ergab sich nie, niemandem. Damals lag sie ruhig und, ich scheue das Wort, lieblich. Das Licht vom Schild des Baukrans hatte eine etwas zu harte Farbe im Dämmer des Zimmers. Trotzdem. Ich wollte ihren Schlaf ja nicht stören, aber ich war so erfasst von dieser – ich muss das Wort noch einmal verwenden: Lieblichkeit, dass ich ihr über das Haar strich und dann mit einem Finger über die Wange. Ich glaubte auf ihrem Gesicht die Andeutung eines Lächelns zu sehen, und sie streckte sich und lag noch entspannter. Sie lag auf der Brust, die Arme rechts und links, einer abgewinkelt, die Handfläche des anderen auf dem Leintuch. Der Rücken kam frei, und auch dort fiel etwas Licht. Ich störte sie sonst ja nicht im Schlaf, aber sie schlief so freundlich, so zutraulich, dass ich ihren Nacken berührte und leicht über die Erhebungen der Wirbel strich, die Schultern und das Rückgrat entlang. Weiß und glatt und makellos. Ich hatte ein unendliches Verlangen, sie zu umarmen. Aber ich störte den schönen Schlaf nicht. Vielleicht war das ein Fehler.

Ich war ja so glücklich in ihrer Nähe, aber welch ein Unterschied! Wenn wir einkaufen gingen – wir brauchten eine neue Küchenmaschine, beim alten Mixer blockierte das Lager –, dann schritt Lindis neben mir: Schritt, Schritt, Schritt. Ich wusste, sie hatte den Ablauf klar vor Augen: rechts die Straße entlang, bei der Ampel links zum Überqueren das grüne Licht abwarten, zwei Straßen weitergehen, dann möglichst schon schräg die Straße überqueren, in den Elektromarkt, dritter Stock, drei Küchenmaschinen ansehen, vergleichen, kaufen, nachhause, auf die nächste Fallstudie vorbereiten. Klarheit, Freude am Weiterkommen.

Ich hatte nicht so ein Ziel, so einen Fluchtpunkt, auf den alle Lebenslinien zulaufen. Ja, ich hatte Freude an den Entwicklungen, ich wollte dabei sein, ich wollte, wie man das so nennt, Erfolg in einer Firma. Aber ich hatte nicht das unbedingte Verlangen, anderen Menschen zu helfen. Welches Interesse habe ich überhaupt an anderen Menschen? Dass ich Ermelinde liebte und behalten wollte, das ist eine andere Kategorie. Diese Beziehung zum Du, oder der Wunsch danach – es ist mir ja nicht wirklich gelungen. Wirklich nicht. Mit Monique vielleicht. Auf einer sehr urtümlichen, sehr warmen Ebene.

Ermelinde will anderen helfen. Sie wird ganz unruhig, wenn sie jemanden sieht, dem sie glaubt, helfen zu können. Ich finde ja Krankheit bei anderen auch bedauerlich. Aber Lindis wird missionarisch. Manchmal, wenn sie so wenig persönlich war, kamen mir auch andere Gedanken. Ich tue ihr vielleicht Unrecht, aber ich dachte, Ermelinde hätte ärztlich-handwerklichen Ehrgeiz, einfach an dem Patienten etwas zu machen, etwas mit ihrem Können zurechtzurücken. Es wirkt vielleicht beides bei Lindis.

Wenn ich einen Menschen leiden sehe, dann funktioniert mein Mitleid schon. Damals im Steinbruch. Ich hätte das Mädchen nicht tragen sollen. Ich hätte sofort die Rettung rufen sollen.

Ich hatte keinen solchen Fluchtpunkt, ich hatte nur Schwierigkeiten und Wut. Die Arbeit am Hypnomaten brachte ja Trost, aber in der Firma war ich als junger Ingenieur wütend und ratlos. Wie dieser großartige Bereichsvorstand mich mit weit ausgebreiteten Armen empfing! Wenn es mir nach Wochen überhaupt gelang, durch seine Türen zu gelangen. Freundlich, als wäre ich der verlorene Sohn oder das Kleinod der Firma, so empfing er mich. Aber seit vielen Wochen schon und noch Wochen danach saß ich im Zimmer mit den drei Schreibtischen, den gleißend hellen Fenstern gegenüber.

Wenn ich morgens, von der Uferpromenade kommend, zur Brücke ging, lag am anderen Ufer das Konzerngebäude, eine weit hingestreckte, exakte Fassade, die unteren Stockwerke teils durch die Bäume der Uferallee unregelmäßig verdeckt. Die Fassade war blassgraubraun marmoriert getäfelt. Die Tafeln halb so groß wie die Fenster. Das Blassgraubraun im Licht der Spiegelungen auf dem Fluss war sachlich, ernst, glatt, klar, effizient, positiv, zukunftsgewiss. Die Fassade bedeutete, ich jedenfalls war damals davon erfüllt: sichere Entwicklung, Zunahme des Wissens, Mehrung des Könnens, Besserung der Zukunft. Dort wollte ich sein. Durch das Gestänge der Brücke sah man in der Spiegelung des Wassers die Linien der Gebäudefront verzittert und verfließend. Die Balkenlinie der Fenster konnte, je nach Beleuchtung, dunkel sein, ein breiter, schwarzer Spalt im Gebäude. Die Fenster konnten aber auch aufflammen, wenn die Sonne im richtigen Winkel, tief, über dem Fluss stand.

Wenn ich morgens über die Brücke ging, hatte ich noch einen weiten Horizont, ein Zeitgefühl, als wäre mir alles gegenwärtig, von meinen ersten Bildern bis weit in die Zukunft. Eine Zukunft so frisch wie Wind und Licht über dem Wasser. Nach dem letzten Pfeiler der Brücke bog ich, bogen wir alle zum Portal hin ab, meist quer abkürzend über die Straße. Die

Einzelgänger verdichteten sich zu einem Strom, der durch die Glasdrehtüren drängte. In meinem Zimmer, an meinem, wie es hieß, vorläufigen Platz, hatte ich dann vorbereitende Papiere vor mir. Die Silhouette des Kollegen rechts sah ich beinahe schwarz vor dem Fenster. Trotzdem wusste ich, dass er grinste. Meine Gedanken kreisten nur um die Frage, wann ich wieder protestieren sollte, auch brüskierend, wofür ich ja gar nicht geeignet war. So verfing sich der Tag wieder in die Einzelheiten.

Ich sah damals diesen Bereichsvorstand mit seinen für mich so heuchlerisch jovial ausgebreiteten Armen nur als mein persönliches Gegenüber, einen persönlichen Feind aus Willkür, ohne ersichtliches Motiv. Viel später hörte ich vom Tod in seiner Familie, von der zeitweise prekären Lage der Firma. Was alles sich hinter den freundlich ausgebreiteten Armen verbergen musste!

So kreisten im Vakuum an meinem ungeliebten Tisch meine Gedanken um den Hypnomaten. Ich begann schon, ein Patent zu formulieren:

„Die Erfindung bezieht sich auf ein Gerät zur Induktion eines hypnotischen Zustandes, das selbsttätig ein größeres Körperareal, vorzugsweise im Nackenbereich, auf besonders mit Nervenenden versehene Stellen absucht, die Reaktionsmuster dieser Stellen misst und auf der Grundlage der so gefundenen Frequenzbilder auf ebendiese Punkte mit elektrischen, mechanischen und optischen Impulsfolgen einwirkt, wodurch die Funktionen des wachen Bewusstseins abgeschaltet werden ...“

Wie das alles jetzt in meinen Gedanken so deutlich wird. Wozu taucht das alles jetzt auf? Mitten in diesen dunkelgrauen, schalltoten Stunden nach Mitternacht. Manche von den Geräten, die mich bewachen, lassen ab und zu ein feines Klicken hören. Ein kleines Relais schaltet. Und vom Gang kommt ein Quietschen wie Gummi auf PVC-Boden. Der Schuh einer Nachtschwester. Es ist schon mehrere Stunden nach Mitternacht. Aber was soll sonst auftauchen - als Vergangenheit? An Zukunft denke ich nicht. Es kommen nur Befürchtungen, was aus Monique wird; und aus Dagmar natürlich. Dagmar leidet herzzerreißend. Hoffentlich kommt sie ohne großen Schaden durch. Aber die Vergangenheit drängt sich hervor in ganz intensiven Farben, überdeutlich, in dröhnender Klarheit. Ich habe das Empfinden eines Schatzes. Gute und schlechte Erinnerungen sind Schätze. Ich habe das Gefühl von Besitz und Reichtum. Fragwürdig dieses Gefühl. Und bald habe ich diesen Reichtum nicht mehr und auch niemand anderer. Viele Abende saßen wir beieinander, Albert, Ermelinde und ich, und sprachen über den Hypnomaten. Albert war immer der Praktiker. Wie soll der Elektrodensattel aussehen, den man einem Patienten auf Schultern und um den Nacken legt? Welche Farbe wird am besten akzeptiert? Wie verhindert man, dass der Sattel sich kalt anfühlt? Und Albert sah in Gedanken schon seine Patienten: Es fiel ihm eine Frau im Frühstückscafe ein, die mit ihren Freunden gelacht hatte. Alle paar Minuten brach sie in ein bis in alle Ecken schallendes Gelächter mit Schluckauf aus, den Kopf warf sie mit weit geöffnetem Rachen in den Nacken. Kudern nennt man das. Zu dieser Frau könnte ein wohlmeinender Freund sagen: „Geh zu Albert!" Er würde sie mit Hilfe des Hypnomaten auf ihr Unterbewusstsein schalten und das Lachen modellieren: nicht so glucksend, eher mit hochgerecktem Nacken, den Mund nur halb geöffnet.

Er musste sich eine ausführliche Liste von Lachparametern zurechtlegen: wie die Stirn falten, wann die Nase krausziehen, so viele Stellungen der Mundwinkel, auch asymmetrisch, Backenhochziehen – tausend Kombinationen.

Einem jungen, unerfahrenen Mann, der sich um eine Stelle bewirbt, könnte er helfen, nicht todernst und skeptisch dreinzuschauen. Er könnte ihn davor bewahren, dass in seiner Beurteilung steht: melancholisch.

Ermelinde saß etwas reserviert daneben, wenn Albert und ich über diese elektronische Hypnose philosophierten. Sie wollte Menschen nur durch Gespräche leiten, vielleicht, wenn nötig, auch Hypnose anwenden, aber nur soweit sie durch eigene Kraft vordringen konnte. Freilich wusste sie, dass der Hypnomat radikaler, vielleicht wirkungsvoller werden könnte.

Philosophiert wurde viel, auch später, mit Elmar und Atarax. Atarax sagte zu Albert: „Wenn Du das steinerne Gesicht von Elmar umprogrammierst, drehst Du ihn auch innerlich um. Du kannst Innen und Außen nicht so leicht trennen. Wenn Du für andere Leute lächelst, obwohl Du verzweifelt bist, dann geht es Dir auch schon besser." Das war ja auch Ermels Linie: Über die Verknüpfung von innen und außen, von Unterbewusstsein und Körper, wollte sie zu ihren Heilungen kommen.

Bei mir hier, natürlich, kann nichts mehr heilen. Wo nichts ist, kann nichts werden. Was Lindis tun will, oft getan hat inzwischen, das ist das Zurechtrücken der Kräfte. Bei mir ist nichts zurechtzurücken, da sind keine Kräfte falsch programmiert, in Unordnung. Nur eine Fehlstelle. Sozusagen eine Unordnung ohne Gegenstände. Atarax spielte ja auch mit dem Psycholifting. Ich glaube, er ließ sich damit reich werden, ohne daran zu glauben. Er fand die Eingriffe unverantwortlich und handhabte sie doch souverän. Später, mit Psyris, noch brutaler. Psyris hätte ich nie veröffentlichen sollen. Schon in den frühen Tagen witzelte Atarax über die Zerpflückung der Menschenwürde. Wir stritten wild über Würde. Niemand konnte sagen – kann heute sagen –, was das ist. Alle sagen nur, dass sie bewahrt werden muss. Meine Würde hier etwa. ‚Autonomie ist die Grundlage der Würde', steht geschrieben. Was ist an mir autonom! Die Apparate sind autonom. Die Minimalenergie, von der ich existiere, kommt durch die durchsichtigen Schläuche, die hier manchmal im Mondlicht glitzern. Je nachdem, was die Schläuche mir liefern, schwebe ich in einen Schlummer von ein paar Stunden oder freue mich über den Morgen. Vorgeheuchelte Freude. Nicht nur meine Hände haben keine Autonomie mehr, auch meine Freude kommt nicht autonom. Meine Freude ist von Marionettenschnüren dirigiert. Würde ist der Respekt der anderen vor meiner Autonomie, Freiheit. Ich habe keine Freiheit. Warum respektieren sie mich noch? Nur damit ihre eigene Welt in Ordnung ist, respektabel ist. Die Welt soll voller Würde sein.

Atarax sagte, Würde sei eine Abschreckungsmaßnahme, eine Machtbehauptung. Hohe Mauern machen eine Burg würdevoll. Wir machten alle eine Wanderung. Warum diese Berge, Hügel, nicht bewaldet waren, weiß ich nicht. Ginster hatte die Abhänge bewachsen, oben und unten, mannshoch. Es war Juni und die sperrigen Rispen waren alle von vollgelben Blüten besetzt. Atarax dachte natürlich sehr bald an Picknick. Er ließ sich mit Stoßseufzern, aber immer lächelnd, an einer offenen Stelle ins Gras fallen. Bei allem Stöhnen sah sein großer, runder Schädel immer freundlich aus. Schnell hatte er eine große Flasche mit einem bunten Getränk bei der Hand. Die Jeans spannten auf seinen gesund-dicken Schenkeln, dass die Falten schmal gezogen wurden. „Ihr mit Eurem Würdegejammer!", sagte er. Denn wir hatten, vornehmlich Ermelinde natürlich, wir hatten über die Antastung der Würde gesprochen, wenn Patienten von griesgrämig auf grinsend geschaltet wurden. Sie sollten sich ja auf ihren Partys positiv grinsend begrüßen. „Wenn dir ein Freund aus einer Grube hilft, in der du sonst verrecken würdest: nimmt dir diese Hilfe einen Teil deiner Würde?"

Ja, mit einem Freund, einem Helfer, teilen wir, sozusagen, die Würde. Wir sind ja nicht allein. Aber wir bevorzugen die Autarkie, schon das kleinste Kind ist getrieben: alles ‚selber machen‘.

„Was wärst du ohne den Zahnarzt, wo wärst du ohne deine Impfungen? Dann kannst du dir ja auch deine Mimik reparieren lassen."

An mir wird nicht mehr repariert. Sie warten nur. Indem sie mein Bett in Ordnung halten und mir die Nägel schneiden, halten sie eine Würde aufrecht, aber das ist nicht meine, das ist ihre Würde, die Würde des Spitals, die Würde der Versicherung. Oder hat der Kanzler dafür gesorgt, dass ich in diesem schönen Zimmer liege? Wem fällt die Würde zu, wenn anonym geholfen wird?

Große Persönlichkeiten haben viel Würde. Würde ist definiert durch das Zuschauen anderer. Für sich selbst hat man keine Würde, gibt es den Begriff nicht. Außer man schaut in den Spiegel. Aber dann spielt man eine zweite Person. Meine Person, Persönlichkeit, ist ganz klein, minimal.

Wenn sie mir das Herz herausnehmen und ein anderes einsetzen – sie werden das nicht tun, sie werden an mir überhaupt nichts mehr reparieren –, aber gesetzt den Fall, dann werde ich eine andere Seele haben, denn es werden diesem anderen Herzen andere Dinge ‚zu Herzen gehen', es wird vielleicht schneller hochschlagen, hitziger sein, sich langsamer beruhigen. Also werde ich ein anderer sein. Die Behörden werden den Pass anschauen und dieselben offiziellen Merkmale feststellen. Freunde dieselben Muttermale, aber ich werde ein anderes Wesen sein. So wie ich jetzt in den grauen Morgen hinausschaue, bin ich doch nicht dasselbe Wesen wie damals. Was da in meinem Kopf geschehen ist, als sie mit ihren edelstahlblanken feinen Geräten etwas aus meinem Kopf holten, das hat doch in der Wohnung meiner Seele eine Tür geschlossen. Es ist eine Tapetentür. Ich habe etwas so verloren, dass ich es gar nicht weiß. Ich sehe die Tapetentür gar nicht. Und deshalb bin ich zufrieden und glaube, ich bin ich. Es gibt ja gar nicht ein Ich, das vom ersten bis zum letzten Tag besteht und nur wechselnde äußere Eigenschaften hat, wie eine neue Lackierung: Ich + Jugend, Ich + Alter, Ich + Freude, Ich + Originalherz, Ich + neues Herz. Das Ich ist jeweils die Summe der aktuellen Fakultäten. Das jetzige Ich kann sich bestenfalls an frühere Ich-Personen erinnern. Wenn man traurig ist, weiß nur der Verstand, aus Erfahrung, dass es einmal ein glückliches Ich gegeben hat. Und vielleicht wieder geben wird.

Die Türe des Weinens habe ich noch, in den Räumen meines Ich. In diesen frühen Morgenstunden geht sie gerne auf. Mein Körper kann ja nicht mehr viele Tränen produzieren, aber doch noch spüren. Wenn der Himmel erst grau wird, hat der Tag noch nicht die vielen Türen der Notwendigkeiten aufgerissen, dann kommen auch leisere Stimmen zu Wort. Die Zunahme des Lichts ist sicher ein Auslöser. Die wachsende Helligkeit ist ein Symbol für Hoffnung. Und dann kommt die enttäuschte Hoffnung. Das sind die Tränen. Jetzt erscheint das Bild, wie Ermelinde damals – Lindis und Erml sagte ich gerne –, wie Ermelinde damals unten auf der Straße ging. Sie ging, hoch aufgerichtet, mit bestimmten Schritten, um nicht wiederzukommen. Ich war für das Leben an ihrer Seite nicht tatkräftig genug, nicht schnell genug. Ungeschickt war ich. So lief es auch mit dem Patent. Albert drängte immer auf Anmeldung. Ich schrieb ein paar Zeilen, dann ging ich wieder ans Konstruieren und Probieren. Eines Tages dann hatte Albert selbst, ohne mich, den Hypnomaten zum Patent angemeldet. Den schrägen Blick von Ermelinde vergesse ich nicht. Das war Verachtung. Damals blieb sie aber noch.

So früh lassen sie Monique herein. Das Spital ist noch nicht aufgewacht. Allerdings schläft es nie ganz. Von der Tür her wirft mir Monique heute einen alarmierten Blick zu, etwas verstohlen. So als wäre etwas geschehen, das mich betrifft, das ich aber nicht erfahren soll. Sie geht wieder in den Winkel, zu meinem Fußende links. Vor gar nicht so vielen Tagen gab sie mir noch ihre ganze Wärme. Sie klammerte sich um mich. Es tut so gut, für jemanden wichtig zu sein, jemandem eine Insel und eine Zuflucht zu sein. Hier ist es umgekehrt, hier bin ich derjenige, der für Zuneigung empfänglich und dankbar ist. Obwohl sie von dort, aus der Ferne, von der Ecke aus, über

mich wacht, verschwinden alle Gedanken über Welt und vorgespiegelte Hoffnung, und es breitet sich ruhige Wärme aus.

– 14 –

Erschrecken kann ich auch noch. Jetzt platzt die Tür auf. Ilona kommt herein, gefolgt von Albert. Absätze hacken so oft
den Boden. Ilonas Absätze hacken den Boden. Das entspricht
ihrem Temperament. Natürlich auch ihrem Körper. Wo ist
der Kanzler? Sie passen gut zusammen, Ilona und der Kanzler, die quirligen Schwergewichte. Wieso Ilona mit Albert?
Und wieso zu mir? Wenn sie sich treffen wollen, suchen sie
sich doch nicht diese Klinik aus! Sie müssen sich zufällig hier
getroffen haben, und sie stürzen herein, damit sie reden können. Sie schauen mich gar nicht an. Obwohl man mich nicht
mehr wahrnimmt, bin ich doch ein Treffpunkt.
„Das kannst du nicht tun!", sagt Albert. Er ist ganz erregt.
Man kennt ihn sonst nur froh und ruhig, naiv-froh, aber
schlau unter seinem Haarpelz.
„Natürlich kann ich das tun!"
„Du bringst einen unschuldigen Sportler um!"
„Er! Er bringt ihn um, sein eigenes Geschöpf! Soll er doch
dieses Mädchen laufen lassen, dieses Kind, wenn ihm Philipp
etwas wert ist! Soll er doch nachgeben, dieser aufgeblasene,
selbstherrliche, übergewichtige, arrogante alte Teenager. Will
ja nur seine Spiele treiben. Wenn Philipp etwas passiert, ist
ja auch er selbst, der große Kanzler, erledigt. Aber sein eigenes Leben ist ihm egal, wenn er nur spielen kann, und zwar
groß."

Ilona dreht sich zum Fenster. Einen Augenblick fällt Licht
in ihr grünes und ihr braunes Auge. Die Augen schwimmen.

Im Drehen streicht der Blick auch über mein Bett. Aber er bleibt an meinem Gesicht – fast – nicht hängen. Alle glauben immer, ich sehe nicht und ich höre nicht.

Ilona stampft auf. Zu Albert, in ihrem Rücken, sagt sie leise: „Aber ich habe ihn ja immer geliebt, eben weil er ein Spieler ist. Das ist diese Kraft, der er freien Lauf lässt, dieser Übermut." Und nach einer Weile: „Von Dagmar soll er die Finger lassen!" Jetzt wird mir, glaube ich, schlecht. Nur Dagmar hält mich noch in der Wirklichkeit.

Ilona steht plötzlich nicht aggressiv da, sondern müde, Albert offen anschauend. Die ‚tüchtige Frau' schaut plötzlich treuherzig, lieb, wenn man das sagen darf.

Albert spricht ruhig, beinahe fürsorglich wie ein Bruder: „Gib Nico das Gerät, damit er das Programm korrigieren kann. Philipp hat sonst keine Chance. Du kennst deinen Mann besser als ich. Er gibt erst nach, wenn er gesiegt hat."

Jetzt kommt die Stationsschwester. Sie hat auf ihren Monitoren gesehen, dass ich mich aufrege. Sie macht beruhigende Handbewegungen und weist die zwei hinaus. Ilona zischt, und sie versucht leise zu sprechen: „Auch ich kann stur sein!" Ilona und Albert drehen sich vom Fenster zur Tür. Ihre Blicke streifen, etwas verkniffen, unsicher, wie mit schlechtem Gewissen, über mein Bett. Aber sie bleiben an meinen Augen nicht hängen. Wahrscheinlich sind die Schlitze zu schmal.

Ilona und Albert gingen durch die perfekt sauberen langen Gänge der Klinik. Die Böden glänzten spiegelig und zeigten die feinen Unregelmäßigkeiten der Bodenverlegung. Erst im Lift, mit vielen in der Kabine, wandte sich Albert seitlich zu Ilona: „Setzen wir uns kurz in die Kantine?"

Tische und Stühle waren spartanisch, aber sauber. Durch die Verglasung, vom Fußboden bis zur Decke, sah man auf etwas Rasen, noch junge Bäume und sparsame Fassaden. Ilona schaute Albert an, mit einem Blick, der die Basis sehr langer

Bekanntschaft hatte. In so einem Blick kann ein kleines Lächeln sein, auch unter ausweglosen Umständen.

„Hast du gemeint, Uhling könnte helfen?"

„Ich gehe eben im Kreis und wollte reden."

„Erzähl noch einmal der Reihe nach!"

„Irgendwo hat der Kanzler Dagmar kennen gelernt. Wahrscheinlich hat er sie schon als Kind gesehen, aber jetzt wieder, und er findet sie wunderbar."

„Das stimmt vielleicht."

„Aber ich darf doch dagegen sein!?"

„Also was tust du?"

„Ich gebe das Gerät nur heraus, wenn der Kanzler aufhört, Dagmar den Klügsten, Mächtigsten, Stärksten, Mutigsten vorzuspielen."

„Mutig ist ihm besonders wichtig. Du denkst, der Kanzler gibt nach?"

„Muss er doch, wenn es um Philipp geht."

„Wenn der Kanzler in die Enge getrieben wird, gibt er nicht nach. Eher lässt er andere vor die Hunde gehen und sich selbst auch."

„Wenn Nico das Gerät nicht hat, kann er seinen Programmfehler nicht korrigieren. Dann geht Philipp drauf. Aber es fliegt auch die ganze Spielerei des Kanzlers auf. Das ist auch das Ende des Kanzlers. Und von Nico. Nico hat schon mein Büro durchsucht."

„Große Verwüstung?"

„Nein, er hat versucht alles wieder in Ordnung zu bringen. Aber ich habe eine leere Packung seiner Lieblingsbonbons gefunden."

„Ilona, wenn ihr beide stur seid, ..."

Ilona stand auf und wandte sich zum Gehen. Albert musste sich beeilen zu zahlen.

Albert war ein ordentlicher Mensch. Er tat als Arzt seine Arbeit. Vielleicht empfahl er manche nicht wirklich notwendige Behandlung. Aber er half vielen, glücklicher in die Welt zu schauen. Um den Gürtel hatte er nur wenig zugesetzt, im Gehen schaute er geradeaus, und seine dichten weißen Haare hielt er ordentlich geschnitten. Er arbeitete mit dem Hypnomaten, aber innerhalb der Regeln und Zulassungen.

Extremsituationen waren in seinem Leben nicht vorgekommen. Er hatte keine Erfahrung, wie man am Abgrund laviert. Deshalb übersetzte sich auch Dringlichkeit nicht direkt in seine Emotionen. Nur verstandesmäßig wusste er, dass er versuchen musste, den apokalyptischen Trotz seiner Freunde zu stoppen, auszuhebeln. Sie alle waren in diesem Netz. Sie alle wussten von den Spielen des Kanzlers. Uhling lag in seinem Bett, aufgebahrt in magerer Sauberkeit. Seine Gesichtszüge sind schärfer geworden. Bewacht von seiner Monique, an der ja die ärztliche Kunst auch mit extremen Mitteln nicht erfolgreich war. Alle gehen zu Uhling, nicht nur, um ihm Freude zu machen, oder vielleicht Mut. Aber Uhling hat seit Wochen kein Wort gesprochen. Bleibt Ermelinde, Ermelinde kann nüchtern sein.

Albert ging ohne Anmeldung in Ermelindes Ordination. Auf so einen Bruch ihrer Regeln konnte sie scharf reagieren. Aber Alberts Erscheinen war zu ungewöhnlich. Sie schaute ihn nur erstaunt an. Mit Papieren, die sie dann ihrer Sprechstundenhilfe reichte, war sie in den Vorraum gekommen. Sie hielt sich aufrecht wie immer, und ihr weißer Arztkittel saß so adrett, wie das immer gewesen war. Auch ihre Frisur war dieselbe: reiches glattes Haar, straff nach hinten gebunden. Sie hatte es weiß werden lassen.

„Ermelinde", sagte Albert, „ich habe einen Grund, jetzt zu kommen, wir müssen sprechen." Sie saß in ihrem Drehsessel, Albert auf dem Patientenstuhl. Sie saß aufmerksam, wie zu Verhandlungen bereit, immer etwas hoheitsvoll, und zur Sache drängend.

„Weißt du, dass Philipp in Gefahr ist?"

„Der Kugelstoßer des Kanzlers?"

„Ja. Nico hat einen Programmierfehler gemacht."

„Warum lässt dieser Philipp sich auf so etwas ein!"

„Du weißt, wie der Kanzler überzeugen kann. – Aber das ist erst die halbe Geschichte. Ilona hat Psyris versteckt. Nico kann das Programm nicht korrigieren."

Ermelinde verlor ihre Ruhe und schlug, wenn auch langsam, schwach, symbolisch, mit der Faust auf den Tisch. „Du verlangst jetzt von mir, dass ich mit Dagmar rede. Dagmar ist erwachsen und lässt nicht mit sich reden."

„Erwachsene Leute sollten bereit sein zu reden. Ermelinde, wir können jetzt nicht fragen, ob ein Gespräch angenehm ist oder nicht."

„Aber ich weiß ja gar nicht, wo ich sie finde. Irgendwo ist sie untergekommen."

„Beim Kanzler?"

„Glaube nicht."

„Wir müssen sie finden. Der Kanzler ist zu stur und Ilona ist zu stur."

„Albert! Lass die Finger von Dagmar! Sie ist noch irrationaler als die anderen. Die Welt besteht für sie nur aus dem Kanzler. Sie ist auf der Kippe. Sie bekommt Weinkrämpfe, wenn man nur ein Wort sagt. Sie ist instabil. Ich habe Angst. Albert, du darfst nicht mit ihr sprechen."

Ermelinde saß am Schreibtisch ihrer Ordination. In diesen Minuten hatte sie nicht ihre ruhige, sachliche Freundlichkeit. Es war die etwas kühle, sachliche Freundlichkeit, die bei den Patienten normaler Tage Vertrauen aufbaute. Sie behielten vielleicht das Gefühl von etwas zu viel Selbstsicherheit und persönlicher Distanz zurück. Es war ja auch nie viel Bewegung in Ermelindes Gesicht. Jetzt schon. Jetzt war es sogar unangenehm verändert. Und Albert meinte, das seien nicht Zeichen der Verzweiflung über den gefährlichen Zustand

Dagmars, nicht nur, sondern auch Verärgerung, dass Dagmar solche Schwierigkeiten verursacht.

„Dagmar war nie ein einfaches Kind", sagte Ermelinde.

Albert verließ das Haus, in dem Ermelinde ihre Ordination hatte, und blieb auf dem Gehsteig stehen. Ermelinde bietet keine Hilfe. Wer von den alten Freunden – oder auch nicht Freunden? Albert ging, nur um zu gehen, einige Schritte in eine Richtung, dann in die andere Richtung. Ilona und der Kanzler? Aussichtslos. Nico ? Atarax und Elmar hatten ja auch zu dem Kreis gehört, und die wüssten sofort, um was es geht. Wenn der Kanzler mit seinem Psychodoping auffliegt, kommen auch sie in Gefahr. Aber Atarax ist auf seiner sonnigen Insel, und Elmar versucht, sich unerreichbar im Hintergrund zu halten.

Albert kontaktierte Nico. Nico wohnte in einem Haus, das dem Kanzler gehörte, aber er wollte Albert nur in einem Lokal treffen.

„Nico, du musst dem Kanzler klar machen, dass er diesmal nachgeben muss."

Nicos Gesicht wurde jämmerlich. Albert fragte sich: Sollte er bereuen, dass er Nico damals geholfen hatte? Nico saß am Tisch, hager, mit knochigem Kopf. Die Ellbogen hatte er aufgestützt und die verklammerten Hände wandten sich hin und her. Albert und Nico waren in jungen Jahren Arztkollegen gewesen. Und Nico hatte sich in einen Fehler verstrickt. Er machte einen Fehler und er ließ den Fehler unkorrigiert. Er assistierte bei einer Operation und aus Unachtsamkeit, aus Mangel an Konzentration, fiel ihm eine septische Klemme in die offene Bauchhöhle. Niemand sah es. Eine heiße Angst überfiel ihn. Er reagierte nicht sofort. Inzwischen arbeitete der Chirurg weiter. Mit jedem Zögern wurde die Klemme weniger zugänglich. Er brachte sich nicht dazu, sein fahrlässiges Unglück zu melden. Vage Erinnerungen an Berichte über

Gegenstände, die viele Jahrzehnte ruhig und ohne Schaden in einem Körper verkapselt lagen, gingen durch seinen Kopf, und über seine Angst begann Zuversicht zu wachsen, während der Patient aus dem OP gefahren wurde.

Der Patient bekam aber Nierenversagen. Nico stand mehrmals am Bett. Die Arme lagen aufgedunsen auf den weißen Tüchern, die Handrücken waren ballonartig aufgedunsen. Nicos Angst kam wieder und machte alles Agieren unmöglich. Es schwirrten nur Wunschbilder in Nicos Bewusstsein: Dass die Ursache gar nicht die eventuell infizierte Klemme war; dass der Patient in diesem Zustand nicht wieder operiert werden könne; dass der Patient sowieso nicht mehr zu retten war, dass er nie zu retten gewesen wäre; dass die Klemme nie gefunden würde.

Es kam aber zur Obduktion und zur Gerichtsverhandlung. Vor dem Termin, an dem Zeugen der Operation aussagen sollten, kam Nico zu Albert. Nico war ein so unsäglich jämmerliches Elend. Er wiegte seinen Oberkörper in Windungen hin und her wie ein verletzter Wurm. Mit Nico hatte Albert studiert. Es gab Erinnerungen. Gestraft wäre Nico sowieso sein ganzes Leben, Gericht oder nicht.

Albert sprach damals mit dem Kanzler, und sie teilten sich die Aufgabe: Albert sorgte für ein neues Gesicht und der Kanzler für neue Papiere. Und der Kanzler gab ihm Arbeit in seinem LKW-Betrieb.

„Nico, du musst dem Kanzler klar machen, dass er diesmal nachgeben muss", sagte Albert.

„Das kann ich nicht!" Die Worte schossen aus Nico heraus. Seine Hände verdrehten sich nach rechts und nach links und sein Oberkörper wiegte sich.

„Nico, Philipp kommt vielleicht um! Und wenn er nur eigenartige spastische Bewegungen macht: Dann seid ihr beide dran!"

„Ja, Ja! Ich bin ja schuld! Aber der Kanzler will nichts hören. Er wirft mich hinaus!"

„Nico! Ich arbeite nur mit dem Hypnomaten. Das ist in Ordnung. Mit Psyris kann mich niemand in Zusammenhang bringen. Ich kann euch auffliegen lassen!"

Nico wollte etwas sagen, tat es aber nicht. Er sprang auf, drehte sich noch einmal zu Albert und lief weg. Allerdings, dass Albert plaudern würde, das glaubte er nicht.

Nico versuchte zu denken, wie Ilona vielleicht über mögliche Verstecke gedacht hatte. Zum einen gab es Ilonas Büro in der Etage des Kanzlers. Aber diesen Ort hatte Ilona sicher nicht gewählt. Ihr zweites Büro, das über ihrem Lagerhaus, hatte Nico schon mit all seiner Findigkeit untersucht. Dann das Lagerhaus; aber wo in den vielen Reihen hoher Regale sollte die Suche beginnen? All die Kartons mit Tellern, Servietten, Ölkerzen. Diebe wissen, wo gutgläubige Menschen Dinge verstecken: den Haustorschlüssel im Blumentopf, das Geld in der Zuckerdose. Was ist das Naheliegende für Ilona? Zunächst die Alarmanlage. Aber die kannte er. Er war ja all die Jahre das Faktotum nicht nur für den Kanzler, auch für Ilona. Die Alarmanlage konnte er leicht still legen.

Ilona war gefasst auf Aktionen. Irgendwie musste der Kanzler agieren. Sie schlief auf dem Sofa in ihrem Büro. Alle Lichter waren ausgeschaltet. Ilona lag auf der Seite. Sie sah ihren Schreibtisch und dahinter die Fenster. Nur wenig Licht von draußen irgendwo. Sie hatte Angst. Sie hatte noch nie Angst gehabt, jedenfalls in ihrer Erinnerung. Es kam ihr das Gefühl, der Kanzler würde zur Tür hereinbrechen. Wuchtig, dass das Holz splittern musste. Diese Wucht war ja auch das Liebenswerte. So hatte er damals an seinem großen Lenkrad gesessen. Und das blaue Lexikon lag am Armaturenbrett.

Von ihrem Sofa aus sah Ilona das schwach in den Scheiben der Fenster gespiegelte und wechselnde Licht der Video-Monitore. Die Überwachungsanlage war nachts auf die kleinen Bildschirme in ihr Büro geschaltet. Und plötzlich fiel dieser Lichtschimmer aus. Ilonas Gesicht war im Dunkeln. Vielleicht sah sie in diesem Augenblick –vorübergehend – alt aus, mit Betroffenheit im Gesicht, weniger aus Angst als wegen der völligen Ungewissheit über die Möglichkeiten der weiteren Entwicklung. Wenn diese Dunkelheit nicht technisches Gebrechen war, sondern Absicht, dann stand dort draußen der Kanzler oder Nico, eher Nico. Wahrscheinlich bekam Ilonas Gesicht jetzt Wut oder Aggressivität. Von einem ihrer Fenster aus konnte man einen Seiteneingang sehen. Sie ging in andere Räume, von denen andere Seiten des Gebäudes zu überblicken waren. Nico konnte schnell sein. Sie zog Schuhe und Strümpfe aus. Aber die Handtasche brauchte sie. Sie ging, mit so wenig Geräusch wie möglich, in die Lagerhalle. Ja, zwischen den Regalen, von denen nur einige Stahlkanten erkennbar waren, bewegte sich ein Lichtkegel. Das Licht schien zu spielen, in die Höhe, die Reihen entlang. Fünf Meter hoch waren die Regale, und Ilona kannte jeden Zentimeter. Sie musste schmunzeln. Nico hatte keine Chance. Sie ging den Hauptgang entlang. Kalt war der Boden, auch sauber. Aber wo Hubstapler fahren, gibt es doch Spuren. Sie spürte Sandkörner. Wie wollte Nico zwischen diesen tausend Artikeln ein Versteck finden. Er tat aber etwas. Ilona hörte Schieben und Rascheln, und das Licht wanderte. Vielleicht suchte er nach Unregelmäßigkeiten, schaute, wo Kartons offen standen. Ilona kam zum schmalen Quergang zwischen Regalen, wo Nico stand. Den Kopf hatte er nach oben gerichtet. Der Kopf war aus dem vorgekrümmten Nacken nach oben gekippt. Im schwachen Rückschein des Lichts sah das nach oben gekippte Gesicht besonders dünnhäutig aus und der Schädel besonders kahl.

Ilona tat einen Schritt zurück, weiter aus Nicos Blickwinkel. Dabei aber stieß sie an ein Hinweisschild betreffend das Gebot, Schutzhelme zu tragen. Das Schild gab einen kurzen metallischen Ton. Sofort verlosch der Schein von Nicos Lampe oben in den Regalen. Sich ohne Licht zwischen den Regalen zu bewegen, war schwierig, zumindest ließ sich Anstoßen an Regalstützen oder Kartons nicht vermeiden. Aber der Metallton des Blechschildes hatte die Stille sowieso gebrochen. Ilona hörte Nico; er hatte sich etwas entfernt. Wollte er einen Bogen machen und sie in eine Ecke treiben? Dort war wieder Licht, und er raschelte mit irgendetwas. Jetzt wieder näher. Handgriffe. Er wird doch nicht Feuer legen. Das brächte ihm nichts. Jetzt lief er. Gut zu hören. Vielleicht absichtlich, um sie zu jagen. Das Licht der Taschenlampe wischte in alle möglichen Richtungen. Und auch Gegenstände fielen da und dort. Warf er Nägel? Plötzlich war Nico nahe. Ilona lief in einen Regalgang, dann in einem anderen zurück, dann stürzte sie.

Nico kam zu der Stelle, dort hatte er eine Schnur quergespannt. Und sah schon vor sich, wie er Ilona zwingen würde zu reden, und zu tun, was er wollte: Arm im Rücken verdrehen, ... Finger brechen. Sie lag völlig reglos da. Sie musste in vollem Lauf über die Schnur gestolpert sein. Auf Berührung keine Reaktion. Blut hinter dem Kopf. Nico kniete, stand wieder auf, drehte sich nochmals und richtete die Lampe voll auf Ilonas Gesicht: regungslos – und das Gerät in irgendeinem Versteck verloren. Nico lief und blieb wieder stehen. Er fühlte die Parallele zu seiner letzten Assistenz im Operationssaal. Er ging zu Ilona zurück und berührte sie. Er spürte keinerlei Reaktion. Dann wühlte er in ihrer Handtasche. Eine Spraydose. Ein Telefon. Mit bestmöglich verstellter Stimme gab er einen Notruf.

Der Arzt wunderte sich, dass die Patientin noch die Rettung hatte rufen können.

Der Kanzler kam an ihr Bett und stand lange. Seine dicken Finger strichen mit äußerster Behutsamkeit über die blasse

Wange der schlafenden Ilona. Voll gegenwärtig waren die Blicke, die er vor vielen Jahren, und auch vor einigen Jahren, aber doch auch vor kurzem, auf diese Wangen, auf die Augenbrauen, auf die Lider dieser Ilona geworfen hatte. Als der zweite LKW gekauft war und der Fahrer krank zuhause lag, war Ilona hinaufgestiegen und hatte sich ans große Lenkrad gesetzt. Sie war die Nacht durchgefahren, die zweite Nacht zurück. Erschöpft hatte sie sich aufs Bett geworfen. Aber sehr schnell wurde sie wieder lebendig.

Der Kanzler ließ sich von Nico die Stelle zeigen. Immer wieder wusste Nico nicht, trotz all der Jahre, was im nächsten Augenblick vom Kanzler kommen würde. Der Kanzler stand. Nico ließ den Blick hinaufwandern in die hohen Regale. Dann wieder hinunter, zum Fuß der Regalstütze, an der er die Schnur befestigt hatte. Obwohl mit hochkrummem Rücken, eingefallener Brust, dünnhäutigem Schädel, sah er doch geschmeidig und schnell aus. Der Kanzler schlug zu. Mit einer schonungslosen Ohrfeige. „Komm!" sagte er.
Sie gingen aus dem Gebäude bis ans Ende des umzäunten Geländes. Dort wuchsen Unkrautblumen. Friedlich und zuversichtlich. Hinter dieser Grenze des Areals von Ilona standen die LKWs des Kanzlers. „Nico, wir brauchen ein Gerät!"
„Aber die Halle ist aussichtslos, da sind 10.000 Kartons mit 100.000 Artikeln. Vielleicht ist unser Psyris auch gar nicht hier versteckt!"
„Wir müssen uns ein anderes besorgen."
„Aber die Leute von Atarax kennen mich, auf der Insel hab' ich keine Chance mehr!"

***

Im olympischen Dorf schnürte Philipp seine Schuhe für einen der letzten Trainingstage. Er fühlte sich bullig und gesund. Jeder Muskel hart oder locker, je nach Befehl; und schnell. Jeder Muskel vom Trainer in speziellen Prozeduren gepflegt. Aber das Gefühl war runder, sonniger. Vielleicht, weil er von seiner Freundin kam. Die war so eine geschmeidige, wie flüssige, Herrlichkeit. Wie flüssiges Gold, golden rieselndes Wasser. Körperlich war sie gegen ihn ja ein Blatt, ein Schmetterling. Ihre so kleinen Hände hielten sich an seinen Trapezmuskeln, die sich rechts und links von den Schultern bis zum Hals und zum Schädel hinaufzogen. Vor diesem Trapezmuskel, unter dem rechten Kiefer, legte er die Sieben-Kilogramm-Kugel an, wenn er in den Kreis trat. Es gab ja verschiedene Theorien, ob man vor einem Wettkampf sein Mädchen haben darf. Die einen sagen, dir fehlt es dann am letzten Hundertstel, die anderen lachen, und sagen, du bist weniger verkrampft, du siehst mehr und triffst besser. Der Trainer ist skeptisch.

Ohne dieses Gefühl, mein Mädchen gehabt zu haben, wäre der Tag doch gar nichts. So wie ich da sitze und mich zu meinen Schuhen beuge und meine Waden prüfe, ob sie in Ordnung sind und mich freue, dass die Achillessehne in Ordnung ist: Ich würde mich über nichts freuen. Was wäre ich dann!? Gar keine Person! Ohne das Gefühl, umarmen zu können, wäre das Ich gar nicht denkbar, nicht fühlbar. Man muss ja gar nicht an das Geschlecht denken, aber die goldene Möglichkeit sitzt irgendwo sichernd im Hintergrund. Beim Vertrauen, das tiefes Atmen im Brustkorb bringt, beim Prüfen der Verlässlichkeit des Armes, der die Kugel stoßen muss, beim Wunsch, hinauszugehen auf den Platz und die Kugel zu nehmen.

Philipp saß kurz aufrecht, den Blick aber zu Boden, und wunderte sich, was ihm da für Gedanken kamen. Aber es war ja richtig: wäre er jetzt kastriert, das könnte er sich nicht ausdenken. Vorstellen konnte er sich einen Strand, an dem viele Mädchen lagen, alle im Bereich seiner Möglichkeiten. Das wollte er ja gar nicht, er hatte sein Mädchen aus flüssigem Gold. Aber die Möglichkeit macht die Welt schön. Und diese

Möglichkeit war, auch ungewusst, ein Großteil des Fundaments für seinen Körper, sein Ich und alle Hoffnungen.

Noch exaktere Beinarbeit verlangte der Trainer und quälte ihn wieder und wieder. Der Trainer witzelte und spöttelte auch ununterbrochen und manchmal ärgerlich über Philipps Wahl der Drehstoßtechnik. Aber er war schon gut, der Trainer.

Die anderen drehen sich von der Angleitphase bis zum Ausstoß der Kugel um 180 Grad, du, mit deinem Drehstoß, um 540 Grad. Die anderen setzen den linken Fuß dann den rechten Fuß, du den linken, dann den rechten und wieder den linken. Umso mehr Fehler kannst du machen.

Der Kugelstoßer steht am hinteren Rand seines Zwei-Meter-Kreises, den Rücken zur Stoßrichtung. Die rechte Hand hält die Kugel gegen den Vorderteil des Kiefers und den Hals. Die Kugel darf die Schulter nicht berühren. In der Angleittechnik dreht sich der Körper aus geduckter Haltung um knappe hundertachtzig Grad bis zum Stoß. Der Körper streckt sich, damit der Stoß aufwärts geht, in einem Winkel von etwa 42 Grad.

In der Drehtechnik wird eine ganze Drehung zwischengeschaltet. Der Körper bekommt hohen Drall, und Becken und Schultergürtel sind stark verwrungen. Diese Vorspannung entlädt sich gleichzeitig mit dem Stoß des Arms. Alles muss stimmen. Trotz äußerster Spannung muss die Koordination stimmen. Insbesondere muss nach dem Lösen der Kugel alle Bewegung abgefangen werden. Alles muss innerhalb des Kreises bleiben. Bei Überschreiten des Balkens ist der Stoß ungültig.

Diese Abfangphase hatte Nico falsch programmiert. Für den Stoß selbst, also die explosive Auflösung der Körperverdrehung und den Armstoß, hatte er PANIK eingegeben. So sollte die besondere Reaktion des Körpers auf panischen Schreck die Kräfte potenzieren. Die Panik muss aber sofort, wenn die

Kugel die Hand verlassen hat, abgeschaltet werden, sonst gelingt das Abfangen nicht. Und unvorhersehbar ist, was Philipp tut, wenn er in Panik ist, und die Panik nicht beenden kann.

Als Philipp, zuhause noch, der Elektrodensattel von Psyris aufgelegt worden war, wusste er natürlich, dass er für die Spiele konditioniert werden sollte. Aber er dachte nicht viel darüber nach. Für ihn war das eine Maßnahme wie das Massieren: es soll helfen, manchmal hilft es, manchmal nicht.

Auch jetzt, in Olympia, dachte er nicht an diese Programmierung. Stoß und Abfangen liefen beim Training normal ab, das heißt, mehr oder weniger gut, mit einigen Bewegungsfehlern, an denen Philipp hartnäckig arbeitete. Nico hatte die Panik-Attacke so programmiert, dass sie nur in Gegenwart der großen Zuschauermenge einsetzte. So wie man an einem Tag froh aufwacht und an einem anderen traurig, ohne zu wissen warum, so war für Philipp die Welt vorläufig normal. Nur am Wettkampftag käme er aus unerklärlichen Gründen in Panik. Mit den Möglichkeiten, die Psyris bot, sowohl auf Situationsbilder wie auf Emotionen und Intentionen zuzugreifen, hatte Nico eine Verbindung gelegt zwischen dem oft geübten Stoß, dem Zustand des Ehrgeizes und der Situation der beurteilenden Menge – und schließlich diese Kombination mit dem Zustand der Panik gekoppelt.

Für den Augenblick danach, in dem die Kugel die Hand Philipps verlässt, hätte Nico diese Kopplung ausschalten müssen. Nico konnte sich noch an den Augenblick erinnern. Die kleine, knittrige Plastiktüte mit seinen Eukalyptusdragees, die normalerweise zwischen Tastatur und Maus lag, war auf den Boden gefallen. So hatte er die Programmzeile vergessen.

Inzwischen freute sich Philipp auf den Trainingstag. Er fühlte sich stark, seine Schnellkraft in Ordnung, und das Wetter war sonnig, aber nicht zu warm.

Dieser Tag beginnt schwarz. Es sind nur wieder die feinen grünen Linien da. Wie eine Mutter an der Wiege eines schwächlichen kranken Kindes stehen die Monitore und Versorgungsautomaten um mich. Ihre Lebenszeichen sind die grünen Punktlichter. Inzwischen haben sie für mich die Qualität des Vertrauens bekommen. Ich sehe sie ja gar nicht direkt, ich müsste dazu den Kopf drehen. Aber ihr Widerschein läuft über alles, was glänzen kann und das die geeignete Richtung hat, zu mir zu reflektieren. Der Himmel muss stark bewölkt sein, denn so dunkel ist es auch nachts sonst nicht. Es ist sicher heute sehr früh, wahrscheinlich noch tiefe Nacht. Die Uhrzeit kann ich nirgends lesen. Sicherlich hat das eine und andere Gerät eine grüne Ziffernanzeige, aber ich kann sie nicht sehen.

Warum ich so besonders früh aufgewacht bin? Vielleicht ist es das Wetter. Ich kann es nicht spüren. Vielleicht ist auch in der Mischung meiner Versorgung ein Fehler aufgetreten. Ich weiß gar nicht, ob die Instrumente automatisch mischen, oder ob die Schwestern das am Abend tun. Fehler gibt es ja immer. Mir sind genügend Fehler unterlaufen. Man kann sie nur seltener machen durch peinliche Systematik und peinliches Aufpassen. Und wenn die Technik die Möglichkeit bietet: Abfangmechanismen. Es genügt ja ein kleiner Fehler in der Komposition meiner Flüssigkeiten, und ich wache gar nicht mehr auf. Was wäre verloren? Was würde ich verlieren? Ein paar träumerische Tage oder Nächte. Was mir wichtig wäre, meine Dagmar zu beschützen, vielleicht zu leiten, das kann ich nicht mehr. Oder werde ich das noch einmal können? Sie hat mir immer vertraut. Ich war immer der Punkt, zu dem sie zurückkommen konnte. Jetzt glaubt sie nicht mehr an mich. Vielleicht glaubt sie im Gefühl noch an mich, aber sie geht mit ihrem Jammer wieder weg, weil sie meint, mit

mir nicht reden zu können. Ich habe gar nicht das Gefühl,
dass man mit mir nicht reden kann.

Ich bin aus einem Traum aufgewacht. Er begann wunder-
schön. Ermelindis kam zurück. Ich weiß gar nicht, wo sie
ging. Vielleicht waren wir plötzlich wieder in der Stadt am
Fluss, auf dem Uferweg beim kleinen Dorf. Aber nein, es war
eher auf einer städtischen Straße. Dort war sie ja auch weggegangen. Dort hatte ich zusehen müssen. Am Fenster oben
stand ich und sah, wie sie unten auf dem Gehsteig so grad wie
möglich ihren Weg durch die Passanten ging.

Im Traum kam sie auf mich zu, hoch aufgerichtet, wie immer,
und etwas elastischer als sonst. Nicht eine Weidengerte, wie
man so sagt, wie man von Dagmar sagen kann, aber nicht so
hart. Hart war meine Erinnerung. Sie kam elastischer und
mit einem Lächeln, der geschlossene Mund nicht ein ent-
schlossener Strich und auch nicht verärgert, was schon vor-
kommen konnte. Der Mund war zwar geschlossen aber leicht
geschwungen und die Augen schauten mich mit einem Glanz
an. Sie kam auf mich zu, als käme sie nur zu mir, nicht zu
irgendeiner wichtigen Tätigkeit. Sie kam auf mich zu und ich
sah schon, wie sie die Arme öffnete, um mich zu umarmen.
Sie kam vorbehaltlos, nur für mich, nur um mich zu umarmen. Nicht wegen wichtiger Dinge. Und ich spürte sie fest an
mir, ihre Brüste fest an mir.

In diesem Augenblick zerbrach Glas. Ich sah sie nicht mehr.
Mein Zeigefinger berührte ein Kirchenfenster. Die in Blei ge-
fassten Teile zeigten den Gekreuzigten. Mein Zeigefinger hatte das Glas nur leicht berührt, wie eine Hummel gegen Glas
fliegt, da splitterte das Glas schon. Der Laut war schneidend,
beinahe ein Knall. Zuerst ein Knall, dann ein Knistern, dann
ein Knistern, weil es in allen Teilen des Fensters Sprünge gab,
und dann das Splittern auf dem harten Boden, ein Splitterre-
gen. War ich der Antichrist? Der Kopf des Christus war auch
zersprungen. Es war ein moderner, etwas verzeichneter Kopf

gewesen, aber der Ausdruck des Leidens hatte große Stärke. Die Einfassung der Fenster waren gotische Rippen. Das Leiden des Gottessohnes sollte nicht die Welt traurig machen! Aber in den Kirchen werden die Gebete mit gesenktem Kopf, nicht mit Freude und Überschwang gesprochen, eine Anleitung zur Kleinmütigkeit. Das will dieser Gott doch gar nicht. Nur die Musik singt gegen das Prinzip des Leidens.

Wieso träume ich von zerbrochenem Glas? Der liebe Sigmund schrieb, die Träume hätten immer und nur den vergangenen Tag als Basis. Was ist mir gestern zerbrochen? Seine Argumentation ist ja nur ein Wunsch und hält einem Gespräch nicht stand. Gestern hörte ich von den irrwitzigen Spielen des Kanzlers und dieses Nico. Ich hätte Psyris nicht veröffentlichen sollen. Es war die Freude daran, und Eitelkeit.

Die Träume verstehe ich ja noch immer nicht. Wie weiß ich, ob Ermelindis gekommen ist oder ob sie mich nur im Traum besucht hat. Die Dateien von Wirklichkeit und Traum müssen verschiedene Suffixe haben. Über den Traumbildern ist vielleicht ein Schleier, den das Bewusstsein erkennt. Auch die Erinnerung an einen alten Traum hat noch die Traumqualität. Meistens. Es gibt Verwechslungen.

Wir werden auch von Kindheit an trainiert, die Unterscheidung zu machen. In früheren Zeiten war der Übergang fließend, und Traumgestalten hatten Realität. Es gibt so eine unüberblickbare Vielfalt an Wirklichkeiten. Das habe ich mit Psyris ja nicht in den Griff bekommen. Ich erinnere mich an einen Tisch, und ich stelle mir einen Tisch vor: zwei Wirklichkeiten. Wie wird die Trennung im Bewusstsein vollzogen? Sie wird nicht immer vollzogen, schon in der Hypnose nicht.

Wenn gar die Intensität mystischer Methoden zur Anwendung kommt, dann werden die Neuronen durch die Spannungen überfordert. Die Bilder, die in diesem regellosen Zustand entstehen, frieren dann zu einer unauslöschlichen Gewissheit: Erfahrung wird das genannt. Direkte Erkenntnis. Und jeder Diskussionsversuch, es handle sich vielleicht um Vexierbilder, wird mit Geringschätzung und sogar Hass zurückgewiesen.

Eine Portion Mystik kann ja ganz gesund sein. Wenn die äußere Welt abgeschottet wird, dann hat das Unterbewusstsein weniger Lärm zu verarbeiten und kann sich mit Dingen beschäftigen, die weniger laut, aber doch wichtig sind. Ermelinde will sicher nichts von Mystik hören, aber ihre Methode grenzt daran: Sie will, dass ihre Patienten hineinhorchen in ihren Körper. Und je weniger sie mit ihrem wachen Bewusstsein Lärm schlagen, desto eher finden sie in ihrem eigenen Körper die Stellen, die schwach, verkrampft, krank sind.

Gar nicht so viel anders als der Philosophenarzt Parmenides. Vor ein paar Wochen erst habe ich in das Buch geschaut. Damals konnte ich das Buch noch halten. Für Parmenides waren es freilich die Götter, die ihn auf mystischen Wegen zur absoluten Gerechtigkeit und zur absoluten Wahrheit führten. Eine Göttin führte ihn, aber nur, weil er bereits zu den Wissenden gehörte, sich zu einem Wissenden gemacht hatte. Die Wissenden beherrschten die Kunst der Trance, und sie legten sich in die Stille einer Höhle, damit die Göttin sie tief in die Welt der echten Wahrheit führen konnte. Viele Rituale und Symbole und die Rhythmik von Versen führten in die mystische Versenkung. Und die Ruhe im Absoluten, zu dem die Göttin geführt hatte, war auch eine Quelle der Gesundung.

Wir wollen ja mit unserem Hypnomaten eine ähnliche Ruhe herstellen. In dieser Ruhe sollen dem Patienten dann die Warnsignale aus seinem Körper bewusst werden. Sie sollen zumindest bis zum Unterbewusstsein gehoben werden.

Parmenides sagt, die Göttinnen: Themis für Ordnung und Sitte, und Dike für Gerechtigkeit, hätten ihn auf seinem Weg des tiefen Nachdenkens geführt. Es sind sehr alte Verse. Vom ältesten Rand unserer Denkweisen. Man muss diese Zeilen immer wieder lesen, damit man sich hineinfühlen kann.

Die sind in diesem Haus doch so high-tech, sie könnten mir ja ein Buch vors Gesicht stellen, auf einem Roboterarm über dem Bett. Lesen kann ich ja. Aber das denkt hier keiner. Ich bin ein Patient, der sich so gut wie gar nicht bewegt, deshalb denkt er auch nicht. Das meinen sie alle, die Ärztin der Visite, die Spezialisten, die Pfleger. Nett, besorgt. Vielleicht auch nur eine Routinebesorgtheit. Ist ja auch nicht so schön, zu mir zu kommen. Und sie glauben, ich denke nicht. Das ist gar kein medizinisches Urteil. Es stellt sich für sie gar nicht die Frage, ob ich denke.

Es gibt nur das Eine, nicht das Viele, sagt Parmenides. Und vor ihm schon Xenophanes: Eins ist das All. Das sind Denkgefühle. Beim Denken in Stille, und beim Fortschreiten in mystische Versenkung, treten sehr allgemeine, umgreifende, globale Vorstellungen in das Bewusstsein. Traumbewusstsein müsste man sagen, denn das handelsübliche Bewusstsein beschäftigt sich mit den nach außen gerichteten Sinnen. Der Geist, die Vernunft kann allein, ohne die äußeren Sinne, die wahre Welt erkennen, sagt Parmenides. Wenn man im einsamen Denken die Frage zulässt, was die Welt sei, dann stellen sich Gefühle der Ganzheit, des All-Umfassenden ein; auch ein Gefühl der Ewigkeit, des Gleichgewichts, der Symmetrie. Auch das Gefühl, selbst in dieser Unendlichkeit aufgegangen zu sein oder gar die Unendlichkeit in sich zu haben. Das sind schöne Gefühle, starke Gefühle. Sie werden verbunden mit einem überwältigend starken Gefühl, die Wahrheit zu sehen. So wurde es in allen Zeiten von Dichtern und Heiligen beschrieben, so schrieb es Parmenides vor 2500 Jahren: Die Göttin führte ihn zu dieser Wahrheit. Die Wahrheit ist eine Einheit, das Eine, Unteilbare, Unwandelbare, „nach allen Seiten gleich Große", der Kugel vergleichbar, dem Symbol der absoluten Symmetrie und Harmonie. Die Geschehnisse der äußeren Welt sind nur schnell verlöschende Irrlichter.

So irgendwie funktioniert dieses Hirn: Wenn die äußeren Sinne nichts liefern, das mit Denken in konkreten Dingen und mit Aktionen abgearbeitet werden muss, dann füllen innere Kategorien das Bewusstsein oder das Halbtraumbewusstsein. Auf einige dieser Netzschaltungen kann Psyris ja zugreifen. Sogar der nüchterne Albert war plötzlich nachdenklich, als sie, Atarax und Elmar, berichteten, dass sie mit einem einzigen Befehl aus Psyris das Gefühl unendlicher Harmonie und Symmetrie einschalten konnten.

Der Zustand der Trance ist ein wehrloser Zustand. Was in dieses Traumbewusstsein fällt oder getrieben wird, das herrscht dort, weil die äußere Realität keinen Zugriff hat. Das Traumbewusstsein ist, sozusagen, umzäunt und abgeschirmt gegen die Wirklichkeit. So kommt es manchmal zu einem tragischen Irrtum: Wenn aus den Bausteinen der Emotionen und Engramme im Halbtraumbewusstsein ein Bild kaleidoskopisch zusammengesetzt wurde, dann meint man, dieses neue Weltbild, diese Vision, müsse jemand sinnvoll in uns gepflanzt haben, deshalb sei es eine Wahrheit. Denn unsere Vernunft arbeitet immer unter der Annahme von Sinn und Ursache. So ein harter Glaube kann dann Berge versetzen oder auch verbrannte Erde hinterlassen. Der Träger der Vision würde nie akzeptieren, dass die Vision aus seinem eigenen Zustand komponiert war und bei geringfügig anderer Disposition eine andere Vision entstanden wäre. So wie ein Drogentrip himmlisch ausfallen kann, wenn er unter guten Voraussetzungen beginnt, sich jedoch zur Höllenfahrt entwickelt, wenn er in der Verzweiflung angesetzt wird.

Aber Moniques Probleme waren für uns zu schwer gewesen. Wir haben Moniques Krankheit nicht besiegt. Wie auch vor uns die Ärzte nicht.

Sie ist nicht da. Ja, es ist wirklich noch Nacht. Und der Himmel ist so schwarz wie selten. Irgendwie müssen die Wolken so ziehen, dass auch kein Wiederschein aus der Stadt auf sie fällt. Der ist so ein rosa Glimmen, grau-orange. Nach all meinen Gedanken bringt mich das stille Schwarz beinahe schon in eine dieser mystischen Welten.

Jetzt muss ich an mein Wandern denken. Das Blut werde ich nicht mehr so schlagen spüren. Für Leute wie mich hier gibt es natürlich auch Herzschläge, die man wahrnimmt. Aber das sind solche, zaghafte, unruhige, die man nicht haben und nicht spüren sollte. Das Blut hart schlagen spüren beim schnellen Steigen, das überzeugt einen von der eigenen Person. Ich ging diesen Weg hinauf, über der Baumgrenze, zwischen Graspolstern, Geröll und Gesteinsrücken. Kein Weg, ein Steig. Jeder Tritt musste anders gesetzt werden, und jeder Tritt war eine Freude, ein Können, ein Siegen. Und der Blick, drei Schritte voraus, dazwischen zehn Schritte voraus, ab und zu hundert Schritte voraus, die Orientierung und Wegplanung. Zu tun, wofür man geeignet ist, das macht Freude. Dort ist man zuhause. Alle meine Vorfahren, tausend Generationen, waren im Gehen und Steigen und Wegesuchen zuhause. Und der Mensch manövriert sich in ein Zimmer mit drei Schreibtischen. Die Beine lungern unter der Tischplatte, einmal der rechte Fuß weiter vorn, einmal der linke, dann wird zur Abwechslung auf die Kante der Sohle gekippt. Die anderen im Raum sind dunkle Silhouetten gegen die gleißenden Fenster. Die Sonne stört.

Tausend Generationen konnten wandern, eine Hütte bauen, auch nachdenken, auch singen. Ein abgerundetes Lebewesen. Wieso kann ein Kind, dessen Vorfahren nie einen Buchstaben gesehen haben, innerhalb von Monaten lesen und schreiben und bald Berichte über eine Konferenz verfassen?

Wieso sind in dem Lebewesen, das für gesprochene Worte gemacht war, all die Verknüpfungsmöglichkeiten vorhanden, die vom gesprochenen Wort zu Buchstaben führen? Die Evolution hat ein Überangebot an Kapazitäten wachsen lassen, die leicht für neue Lebenszweige zu nutzen sind. Auch Gott hat das Lesen nicht geplant. Neugierde und Erkenntnis hat er nicht geplant. Der zur Verfügung gestellte Garten war die Bestimmung. Der Griff nach Erkenntnis wird mit Fluch belegt.

Der Verstand wurde für die Notwendigkeiten des Lebens entwickelt und ergreift unversehens die Initiative, unautorisiert wie der Zauberlehrling: Der Verstand denkt nicht für das Leben, sondern denkt darüber nach, was denn das Leben sei. Dabei verheddert er sich zumeist. Die Evolution hat ein Werkzeug gemacht, das nicht für den ihm bestimmten Zweck verwendet wird. Der Verstand ist gemacht, um zu überlegen, wie ein Fisch aus dem Wasser zu ziehen sei – und wird verwendet, um sich selbst am Schopf aus dem Sumpf zu ziehen.

Ich hatte Freude am Schwitzen in der Sonne und Freude am Durst. Die Quelle ist ein Markstein auf dem Weg des Tages. Erkennt man sie schon von fern, an ihrer Lebendigkeit, so ist die Zeit bis zum Niederknien vor dem Wasser, das lichtgeädert über die Kiesel kommt, wie das Warten auf ein zeitwendendes Ereignis. Wird man überrascht durch den hellen Klang des springenden Wassers, so enthalten die wenigen letzten Schritte das Staunen einer unerwarteten Begegnung. Auf diesen Wegen, und mit dem Blut, das ich als Kraft spüre, bin ich zuhause, bei mir selbst und in den uralten Zeiten.

Monique ist immer noch nicht da. Es ist ja auch noch Nacht. Aber manchmal ist sie schon mitten in der Nacht gekommen. Alle kennen sie hier. Sie wird als eine Art Pflegerin akzeptiert. Vielleicht nicht voll als Mensch. Aber solche nicht ganz vollen Menschen sind oft gute Pfleger. Die Schwestern haben das Gefühl, wahrscheinlich ohne es zu wissen, dass ihnen Monique ein Stück Verantwortung abnimmt. Was macht Monique, wenn sie zuhause ist? Jetzt schläft sie vielleicht noch. Aber Regelmäßigkeit: nachts schlafen und tags wachen, das gibt es bei ihr schon lange nicht mehr, schon solange ich sie kannte nicht. Zu tun gibt es in diesem Haushalt nichts. Ich bin nicht da, und sie ist so unendlich bedürfnislos. Außer einer Tasse und einem Teller kein Geschirr. Und es ist niemand da, der Staub aufwirbelt. Diese sogenannten einfachen Verrichtungen macht sie ja schnell und effizient. Damit überraschte sie immer, weil man sie, außer bei diesen Arbeiten, nur apathisch sah. Ob sie jetzt, wo ich nicht da bin, manchmal das Sofa verlässt und in der Wohnung umhergeht? Vielleicht wachen einige Gedanken auf, wenn niemand da ist, der gesund genannt wird. Resolute Bewegungen schrecken sie. Vielleicht sieht sie einmal in den Spiegel. Sie wird ein graues, breites Gesicht sehen, mit vielen feinen Falten. Der Kopf wird etwas geneigt sein, so dass die Augen aufwärts schauen müssen, um sich im Spiegel zu treffen. Es sind nicht tiefe Falten aus Zorn, Angst oder Schmerz. Falten wie ein altes Spinnennetz. Die Haare sind ja noch reich um den Kopf, aber sie sind glatt geworden, ein glatter Bogen um den Kopf bis zu den Ohren. Dort sind sie gekappt. Wenn Monique sich in die Augen sieht, und es ganz still ist, wird sie vielleicht aus ihrer Erinnerung wissen, dass ihr wirkliches Ich eine große Lebendigkeit war und ein guter Wille aus voller Kraft. Wir haben es nicht geschafft, ihr zu helfen. Ich werde jetzt so unendlich traurig um Monique. Alle Bilder der Vergangenheit werden schwarz. So wie auf der Bühne nach dem letzten Bild das Licht der Scheinwerfer gedimmt wird. Ob sie auch zu den Fenstern geht? Das eine Fenster ist mir wie ein Markstein eingebrannt. Von dort sah ich, das liegt aber schon zwei Vergangenheiten zurück, Ermelinde, als sie wegging, wegschritt, mit dezidierten Schritten unten auf dem Gehsteig. Gerade aufgerichtet ging sie an den anderen vorbei. Eben das liebte ich ja: diese Haltung, soll ich sagen: diese Haltung der Freiheit? Soll ich sagen: diesen Stolz? Für mich nicht wirklich erreichbar. Und deshalb zerbrach das Band auch.

In den Jahren meiner vielen Wanderungen war noch nichts zerbrochen. Damals dachte ich die Zukunft noch selbstverständlich.

Der Fluss, an dem wir fuhren, war nicht breit, und es war ein ruhiger Fluss der Ebene. Sein Wasser schlängelte sich, dunkel und spiegelnd, in gemächlichen Windungen durch die Wiesen. Ab und zu stand ein Haus an seinem Ufer, eine alte Mühle, versteckt hinter Pappeln und Weiden. Stets führte nahe dem Haus auch ein Steg über den Fluss. Von diesem Steg aus war die Schleuse zu bedienen, mit der die Abzweigungen des Wassers geregelt wurden. Im Übrigen standen am Fluss nur vereinzelte Bäume und Sträucher. Die Wiesen zu beiden Seiten waren auch im Herbst noch dunkelgrün, denn das Grundwasser stand hoch. Im Frühjahr, wenn die Schmelzwasser kamen, trat der Fluss wohl über seine Ufer und überschwemmte das Wiesenland. Darauf deuteten die Deiche, die diese Wiesen längs des Flusses begrenzten.

Jenseits der Deiche lagen Felder, braune Felder. Manche waren schon mit Wintersaat bestellt, die meisten aber zeigten noch die fetten, groben Schollen, wie der Pflug sie hinterlässt. Und über diese Schollen hatten die herbstlichen Spinnerinnen Millionen von Fäden gezogen, die in der tiefen, ruhigen Sonne glitzerten. Wie das Licht der Sonne über dem Meer sich auf den Wellen spiegelt, so glitzerten die Kämme der Furchen, und unter der Sonne lag ein leuchtender Weg, von weit her bis an die Straße, wo die einzelnen Spinnenfäden zu erkennen waren. Die Straße wandte sich ab vom Fluss, und wieder ihm zu, die Felder kamen in gleichbleibendem Takt. Das halb geöffnete Fenster ließ die herbstliche Luft herein, feucht, kalt, aber würzig.

Immer wieder noch höre ich den Ton, den Schrei, damals aus meinem Wohnzimmer, und dann kam Monique in meine Küche gelaufen, gestürmt. Ich hatte die Pfanne in der Hand, den Stiel, im Begriff Spiegeleier zu machen. Ich war ja ratlos mit dieser so vital scheinenden Frau, die für mich unerklärlich plötzlich schneidende Schmerzen hatte. Wie sollte ich mit der Frau umgehen, die ich unversehens in meiner Wohnung hatte? Ich war ja allein in dieser Wohnung; seit Ermelinde. Nur Dagmar hatte manchmal hier übernachtet als Kind. Einer plötzlichen Eingebung folgend, mir unverständlich, hatte ich mich im Restaurant an den Tisch dieser Frau gesetzt und sie dann – Monique – zu mir nachhause, in meine ‚Obhut‘ gebracht. Ich wusste ja nicht, wie sich ihr Anfall entwickeln würde.

Monique stürmte in die Küche. Ich wundere mich, dass ich noch die Umsicht aufbrachte, die Herdplatte abzuschalten und die Pfanne auf eine kalte Fläche zu stellen. Monique öffnete die Fächer über der Arbeitsfläche, bis sie ein Glas fand. Es war offenbar nicht genug Zeit, mich nach einem Glas zu fragen. Oder die aufsteigenden Schmerzen verklemmten, verengten ihr Gesichtsfeld so, dass sie nur mehr geradewegs nach einem Wasserglas suchen konnte. Jemanden zu fragen, war schon zu weit abseits. So jedenfalls sagte sie in ihren späteren Berichten.

Sie nahm ein Glas, hielt es unter den Schwenkhahn und versuchte mit der Linken, das Wasser zum Fließen zu bringen. Aber der Hebel ließ sich rauf, runter, rechts, links stellen, für kaltes und heißes Wasser. Sie schmiss den Hebel in Staccato-Bewegungen hin und her, bis der Strahl ins Glas schoss, ich weiß nicht, ob kalt oder warm. Sie warf Pillen in ihren Mund, trank das volle Glas aus und stand still. Die Schmerzen, wie immer sie waren, konnten nicht so schnell gelöscht worden sein. Aber die Erinnerung, dass die Pillen wirken würden, und auch das Wasser, ließ sie ruhig werden und ruhig warten. Dann setzte sie sich an den Küchentisch. Ein einfacher Tisch, etwa ein Meter im Quadrat. Ich saß immer dort bei meinen Mahlzeiten. Ermelinde hatte das nicht gewollt. Sie konnte dort schon, wenn sie es eilig hatte, eine Tasse abstellen und ein Brot halbieren, und im Vorübergehen vom Brot abbeißen und trinken. Aber zu einem, wie sie sagte, ordentlichen Essen setzte sie uns ins Wohnzimmer. Sie achtete dann auch immer sehr, ja, penibel, auf ordentliche Gedecke. Ich war all die Jahre, es waren ja nicht so viele, immer von Neuem überrascht, diese schlanke, hochaufgerichtete, zielgerichtete Frau über die Details des Tisches gebeugt zu sehen.

An diesem Tisch saß dann Monique. Ihre Arme legte sie verschränkt auf die Platte, ihre Stirn darauf, und schluchzte. Das Schluchzen war nicht laut, man sah es aber an den ruckartigen Bewegungen der Schultern. Die Schultern waren stark. Wie sollte ich anders als die Hand auf ihre Schulter legen. Die linke Hand auf ihrer Schulter, setzte ich mich. Die Rolle eines, der tröstet und helfen will, wenn auch ratlos, war neu für mich. Nach kurzer Zeit hob sie den Kopf, wischte sich, eher nur symbolisch, die Augen, und lächelte mich an. Das Lächeln war beinahe verschmitzt, jedenfalls wie im Einverständnis, wie das Lächeln eines Kindes, das geschmollt hatte und wieder das Einverständnis sucht. „Kann ich Wasser haben?", fragte sie.

Ich wusste nichts anzufangen mit diesen Wechseln von offenbar peinigendem Schmerz und einer aufkeimenden Fröhlichkeit. Ich fragte, ob wir in eine Klinik fahren sollten. Es war spät am Abend. Nein, das hatte sie alles hinter sich. „Es geht schon wieder, danke, ich gehe jetzt nach Hause." – „Das geht nicht", sagte ich. Ich hatte diese Worte gar nicht überlegt, aber sie waren schon richtig. Ich fragte nach ihren Schwierigkeiten. „Lächerliches Zwicken da und dort." Nicht so lächerlich. Was die Ärzte sagen? Die Folgen einer Kopfgrippe sollen das sein. Ja, es hat alles nach einer Grippe angefangen. Sie richtete sich auf, saß in sich ruhend, und schien ernüchtert. „Ich glaube, ich muss noch etwas nehmen." Die Hand, mit der sie die Pillen genommen hatte, wurde zur Faust und ihr Gesicht bekam einen wütenden Ausdruck. „Ich … ich!", sagte sie, und ihre Faust machte noch etliche symbolische Bewegungen. Ich brachte ihr Wasser und sie tat, was sie sich offenbar angewöhnt hatte: Sie warf den Kopf in den Nacken und warf die Pille in den Mund. Die verhasste Pille konnte sie nur werfen, nicht einfach einnehmen.

„Jetzt gehe ich", sagte sie, und suchte ihre Tasche, die am Boden lag. Mir kam plötzlich ein Bild meiner selbst: Ich war eine große Vaterfigur, ich wusste, was zu geschehen hatte, und meine Worte wurden befolgt. Aber ich sprach nur vorsichtig: „Wir sollten ins Spital fahren!" Sie schüttelte langsam den Kopf. Ihre Mähne von Haar ging mit. „Nein", sagte sie. Sie legte ihre Hand auf mein Handgelenk und schaute treuherzig zu mir. Humor war auch in den Augen. Mein Platz war der des wohlmeinenden Freundes. Eigentlich angenehm. Sie stand auf um zu gehen. Ich ließ mir aber nicht nehmen, sie wenigstens nach Hause zu begleiten.

Ich schlief unruhig, denn ich dachte, dass da ein Mensch gefährliche Zustände nicht ernst nehmen wollte. Ich erinnerte mich auch an den lächelnden Trotz in ihren Augen. Zur Frühstückszeit rief ich sie an. Alles in Ordnung, sagte sie. Ich war nicht sicher. Das Wort ‚sie begleiten' tauchte auf. In irgendeiner Weise musste ich verfolgen, wie es um sie stand. Ob ich sie am Nachmittag wieder anrufen dürfe, fragte ich, „kontrollieren", sagte ich mit einem Lachen, das sie durchs Telefon hören sollte. Sie hatte nichts dagegen. Am Abend lud ich sie in ein Konzert ein. Sie trug ein helles Kleid, vielleicht war es auch weiß. Vielleicht würde eine geschulte Verkäuferin in einem Modegeschäft das, was sie anhatte, auch nicht Kleid nennen. Etwas Weißes eben. Scharf sehe ich noch den schwarzen, weitmaschigen Umhang, den sie darüber hatte. Kleid und Umhang waren, unter den üppigen dunklen Haaren, eine Einheit. Sie sah, das Wort hätte sie so vielleicht nicht gerne gehört, mächtig aus. Das Wort ist ja auch falsch, denn sie strahlte trotz der vereinfachenden Form dieser Kleidung eine große Kraft und zuversichtliche Lebendigkeit aus. So begann das Konzert. Wir saßen links vorn, und ich hatte direkten Blick auf den Flügel, die Klaviatur und den Rücken der Pianistin. Die Pianistin hatte eine so unglaubliche, sichere Fertigkeit und dazu Behutsamkeit. Meine Augen waren in der Höhe der Tastatur und ich konnte manchmal, wenn sie mit hohem Handgelenk spielte, die einzelnen Finger sehen, wie sie die Tasten anschlugen. Ihre Arme machten weiche Bewegungen, weich wie Phrasierungsbögen auf Notenblättern. Ein Scheinwerfer schickte seitlich so intensiv streifendes Licht über ihren Rücken, dass die feinsten Bewegungen der Muskeln über den ganzen Rücken in Helligkeitsspielen hervortraten. Mit immer neuen Kombinationen folgte das Lichtmuster den Bewegungen der Finger, der Hände, der Arme und den manchmal etwas pathetischen Bewegungen des ganzen Körpers. Wie ein Kaleidoskop, wie eine psychedelische Faszination spielte der Rücken im Licht.

Mit unglaublicher Geschwindigkeit folgten die Finger den Sechzehntel- und Zweiunddreißigstel-Noten, wie sie der Pianistin aus ihrer musikalischen Erinnerung kommen mussten. So schnell laufen doch die Impulse nicht vom Hörzentrum, verknüpft mit Erinnerung, bis in die Finger. Es muss Zwischenroutinen geben.

Nach der Pause, der Flügel war weggefahren worden, herrschten die Bläser. Choralartig erfüllten sie den Saal, teils in Harmonie, mit einem Fortissimo, das nur Blechbläser wohlklingend hervorbringen können, teils in zerrender Disharmonie, die aber wieder aufgelöst wurde. Musik, die freudig aufwühlt, hoch spannt und wieder in Ruhe bringt. Monique, neben mir, war nicht in Ruhe. Schon zu Beginn, als die Bläser noch nicht dissonant, aber doch laut waren, hatte sie sich vorgebeugt, weiter, als man dies tut, um die Sitzhaltung etwas zu ändern. Monique beugte sich abwechselnd vor und richtete sich wieder auf, hoch auf. Und sie atmete tief ein, mehr und mehr Luft. Ihre Schultern hoben sich, um mehr Raum für Luft zu schaffen. Ihr Kopf fuhr hin und her. Ich beugte mich zu ihr, aber sie hatte gar keine Zeit, mich wahrzunehmen. Sie öffnete ihre Handtasche, hatte aber auch keine Zeit mehr, etwas zu suchen. Sie stand abrupt auf und zwängte sich an den Knien der Sitzreihe vorbei, mit beinahe brutaler Schnelligkeit. Ich folgte ihr unmittelbar. Draußen atmete sie keuchend geräuschvoll, und das allein brachte ihr offenbar Erleichterung. Dann warf sie wieder mit zurückgelegtem Kopf Pillen zwischen ihre Lippen. Das Personal wollte einen Arzt, die Rettung rufen. Monique wehrte ab. „Es tut mir leid", sagte sie, „bitte bring mich nach Hause". Sie sprach mich an als Freund. Das freute mich, so als würde ich größer.

Ich begleitete sie, und ohne zu fragen oder auch nur darüber nachzudenken, trat ich nach ihr in ihre Wohnung. Viele Gegenstände dort mussten noch für ihre Mutter wichtig gewesen sein. Monique schenkte Wein ein. „Das wird helfen, noch besser als die Pillen. Ich habe dir das Konzert verdorben."

Da sie mich behandelte, als sei ich immer schon in dieser Wohnung gewesen, konnte ich auch ohne Umschweife fragen: „Was ist wirklich hinter deinen Anfällen?"

Irgendwo mussten die Nervenenden entzündet sein, oder sich leicht entzünden lassen. Die Kliniken und Ärzte wussten nichts anderes als Dämpfung und eine unbestimmte Hoffnung auf die Zukunft. Die Trompetentöne hoben die Spannung an, jeder Takt pumpte wie ein Wagenheber. Die harmonischen wie die dissonanten Tonmannigfaltigkeiten hoben den Druck. Ein erstickender Druckspiegel stieg vom Zwerchfell ausgehend höher und höher, bis zum Kehlkopf, drückte auch bei den Ohren herein, bis keine überlegte, geordnete Bewegung mehr möglich war, nur fahriges Ausschlagen der Hand und Hinausstürzen, irgendwohin, wo vielleicht Freiheit war.

Sie saß mir schräg gegenüber, im Sofa, sie hob das Weinglas in meine Richtung, und schaute, in diesem Augenblick völlig entspannt, lächelnd zu mir, sozusagen die Realität überspielend. „Sie sagen mir immer, es wird besser werden."

Ich richtete die nächsten Tage so ein, dass ich ihren Zustand verfolgen konnte. Wir sahen uns kurz oder auch länger, wir luden uns wechselweise, jeder in seine Wohnung, ein. Sie erzählte von ihrer Mutter, von den Zeitproblemen, die sie schon als Schulkind gehabt hatte. Das eine oder andere erzählte ich auch von mir. Diese Berichte wurde zu einem fest gefügten Rhythmus. Mit ihren Medikamenten lernte sie offenbar umzugehen. Um ihre wachen Sinne zu bewahren, schob sie die Einnahme möglichst lange hinaus, wenn sie aber spürte, dass die Spannung stieg, gab sie klein bei und nahm diese Dinger. So konnte sie ihren Job als Buchhalterin halten. Am Abend, in meiner Gegenwart, passte sie weniger auf. Oder anders: Sie wollte länger lebendig bleiben. Sie war lustig, wir lachten viel. Ich war das ja gar nicht gewohnt. Jahrelang war ich allein in meiner Wohnung gesessen, mit Toast, einem Glas und einem Buch. Mit Ermelinde war es auch nicht wirklich fröhlich gewesen. Streng, fast alle Zeit von Tätigkeit ausgefüllt. In der Zeit nach Ermelinde zerfiel der Tag in zwei Teile, einen für mich allein, einen für die Firma. Dort in der Firma spielen sich die Emotionen ab, dort wird geredet, gestritten, gefeiert. Monique freute sich, wenn ich vor ihrer Tür stand oder wenn ich ihr die Tür aufmachte. Ich legte wahrscheinlich jedes Mal den Kopf etwas schief und machte mit der Hand eine Geste, mich sozusagen verkleinernd. An einem schönen Tag gingen wir durch die Stadt, die Sonne schien heiß, wir standen eine Weile mit anderen in einem Kreis um einen Jongleur. Plötzlich griff Monique nach meiner Hand. Sie zerrte beinahe daran. „Ich muss nach Hause", sagte sie. Durch die Sonne war die empfindliche Stelle an ihrem Hinterkopf zu warm geworden. Und da nützte nichts, kein Massieren, kein kaltes Wasser. Die Stelle am Hinterkopf blieb erregt, wie eine Beule. Und von der Stelle ging ein Zerren aus, den Rücken hinunter, in alle Gliedmaßen, in die Magengrube, und von dort stieg wieder die Erstickung hoch, bis in den Hals. Ich wurde wütend, Monique so zu sehen. Es entstand in mir der banale Lösungswunsch: ,Da muss etwas geschehen!'. Immerhin brachte ich Monique dazu, dass wir gemeinsam zu einem Arzt gingen, einem weiteren Arzt, einem wohlbekannten Arzt. Meine Gegenwart hatte ich zur Bedingung gemacht. Meine Frage, obwohl laienhaft formuliert, traf vielleicht doch, denn der Arzt verließ seine Antwort-Routinen und wurde offen. Das ergab aber noch keine Hilfe für Monique. Die Grippe hatte die Myelinisolation einiger Nerven offenbar sehr geschwächt. Kurze Erleichterung konnte man durch Senkung des gesamten Tonus erreichen. Monique dachte: Senkung der gesamten Lebendigkeit. Langfristig war nur auf eine langsame Stärkung zu hoffen. Mit den sogenannten ,Erleichterungen' konnte Monique inzwischen gut umgehen. Ihre Gratwanderung gelang meistens.

An einem Abend, als sie mir die Tür öffnete, stand sie einfach ruhig da. Schon die Wochen davor wusste ich oft nicht, warum sie zögerte, ihr warmes Lächeln kommen zu lassen. Sie stand einfach da, die Türe hinter mir noch offen, und schaute mich an. Ich war ratlos und suchte in allen Erinnerungen an die letzten Tage nach Erklärungen. Sie griff an mir vorbei nach der Türklinke und schloss die Tür. Als ihre Hand von der Türklinke zurückkam, blieb sie an meinem Ellenbogen, und blieb dort. So kam das. Sie wusste es schon lange, ich erst in diesem Augenblick. Ich bin immer langsam. Das ist so eine Verwandlung. Wie innen und außen. So ein Umschlagen der Wichtigkeiten. Der Mensch soll eine Seele haben. Das ist so eine Krücke des Denkens in einfachen Brocken.

Von „Ach, zwei Seelen in meiner Brust" wird gesungen. Das reicht auch nicht. Jedes Gefühlsgebiet in dieser Seele, jedes Wunschgebiet in dieser Seele hat hundert Schattierungen. Eine mathematische Überschlagsrechnung zeigt sofort, dass es eine unendliche Vielfalt von Dispositionen gibt. Jede ist eine Seele, die in einem Augenblick gilt. Diese eine aktuelle Seele fühlt sich in diesem Augenblick autorisiert und verachtet alle anderen, an die sie sich vielleicht noch erinnert. Manche Fixpunkte scheint es zu geben, und das nennt man dann das Individuum.

Monique war eine wunderbare Welt für mich. An vielen Stellen ist zu lesen: „Er betete sie an." Ja, das ist einfach wahr. Viel zu alt, sagte es irgendwo in mir. Aber die Seele dieser Zeit wusste es anders. Übermütig wurden wir. Ganz, ganz jung wurden wir. Wir fuhren Hochschaubahn und gingen ins Spiegelkabinett. Die Wege zwischen den Schaubuden und Schießbuden waren hell und grell beleuchtet. Scheinwerfer blendeten und durchstöberten in ihrer frechen Bewegung alle Menschengruppen. Stroboskopleuchten hielten in Staccato-Blitzen Bewegungen bizarr und verwirrend fest. So wurden Moniques Nerven wieder überflutet. Die Gefühle der Verzerrung und der Erstickung kamen wieder, und aus der Übermütigkeit wurde eine Flucht nach Hause.

An Ermelinde dachte ich in dieser Zeit nur wenig. Ich hatte, wahrscheinlich gar nicht bewusst, die Meinung, das sei ein Kapitel, das niemand öffnen wollte. In Wirklichkeit war es natürlich bei mir nie geschlossen. Der Mensch hat ja viele Seelen nicht nur nacheinander, sondern auch gleichzeitig. Und oft fährt eine dieser Ich-Personen der anderen unversehens in die Quere. Diese mögliche Gleichzeitigkeit wird im Umgang oft zu wenig beachtet.

Jetzt begann ich aber an Ermelinde wieder ganz aktuell zu denken, nicht nur auf einer der hinteren Kulissen. Sie ist ja Arzt. Und zusammen hatten wir über neue Wege nachgedacht. Große Scheu hatte ich, die eine Frau zur anderen zu bringen, die Hilfe leisten sollte. Ermelinde, die Heilerin, Monique das Objekt. Ermelinde die Große, Monique die Arme? Monique so irgendwie unter Ermelinde gestuft? Ein Patient steht in der Hackordnung unter dem Arzt. Auch mich betraf diese Gegenüberstellung: Monique an meiner Seite, weil Ermelinde weggegangen war, weil ich für Ermelinde, Erml, Lindis zu wenig war?

Ermelinde war freundlich und sachlich. Und interessiert. Sie wurde ja nie bösartig, nur eben kaum wärmer als sachlich; mit dem Wunsch, etwas zustande zu bringen. Ich hatte nur in eine Richtung gedacht: wie sich Ermelinde zu Monique stellen würde, nicht umgekehrt. Ich dachte immer zu wenig. Aber Monique schien sich hier lediglich als Patientin zu fühlen und erklärte ihr Problem so, wie man Maschinendefekte schildert. Sie sprach freundlich. Im Verlaufe dieser Versuche: freundschaftlich. Spricht man von Freundschaft, dann ist das ja nur die oberste Schicht. Darunter sind viele.

Da saß Ermelinde; im weißen Kittel ihrer Profession, und an der Querseite des Tisches Monique. Auf dem Tisch lag nur der Notizblock von Ermelinde und eine kleine Handtasche von Monique. So, ums Eck sitzend, ist gut reden. Man kann einander anschauen, man kann aber auch geradeaus schauen. Es war typisch für Ermelinde, dass sie ihren Tisch so karg hielt. Üblicherweise sitzt man bei einem Arzt so an der Seite seines Schreibtisches, dass man durch vieles hindurch und über vieles hinwegsehen muss. Zwischen Patient und Arzt stehen Körbe mit Korrespondenz, Telefon und Familienfotos.

Wie diese zwei Frauen einander gegenübersaßen! Sie wollten ja meine Anwesenheit. Wenn ich Ermelinde sah, berührte das immer noch meinen, wie man so sagt, Lebensnerv. Manchmal trat nur Wehmut auf, manchmal aber zuckte ein Riss, so als würde ein Zahn gezogen, der seine Wurzeln überall hat, bis in die Fußsohlen. Ein Blick auf Monique brachte Wärme, Gegenwart, Zugetanheit.

Ermelinde sah auf das Papier, zum Schreiben bereit, oder, kurzzeitig, auf Monique. Ihr direkt in die Augen. „Sie sind ein fröhlicher Kämpfer", sagte Ermelinde, „Sie sind jemand, der seine Wehwehchen in die Schranken weist. Das kann ich aber jetzt nicht brauchen. Sie müssen in die Rolle des Hypochonders schlüpfen. Wir wollen doch Schwachstellen finden."

Ermelinde ließ sich erzählen. Als Monique von dem Druck sprach, der irgendwo in der Magengrube begann und wie ein Hochwasser in den Brustkorb stieg, sagte Ermelinde: „Ihre Augen sind immer noch zu lebendig." Monique lachte und brachte auch Ermelinde und mich zum Lachen. „Sie sollen jetzt nicht an uns denken, gar nicht daran denken, dass Sie hier sitzen. Sie sollen nur an Ihr Zwerchfell denken, oder einfach an den Raum, in dem der Druck manchmal beginnt."

Ich sah, wie Monique sich bemühte. Aber sie war überhaupt nicht darauf eingestellt, in sich hineinzuhorchen. Sie ging zwar auf Ermelinde ein, schloss die Augen und verhielt sich ruhig, aber ich wusste, dass sie überhaupt nichts sah oder spürte. Sie war ganz nach außen eingestellt: jemandem etwas zu sagen, etwas mit ihren Händen zu tun. In sich hineinzuhorchen, ihrer eigenen ‚Befindlichkeit' nachzuspüren, wäre für Monique Wehleidigkeit.

Ermelinde versuchte es nochmals, als Monique vom optischen Gewitter, wie sie es empfunden hatte, auf dem Rummelplatz, berichtete. Ermelinde konnte viele Patienten allein durch ihr Zureden zumindest in einen tagträumenden Zustand versetzen, in einen lauschenden Zustand, wie Menschen, die im Gebet geübt sind. Und einige fielen sofort in wirkliche Trance. Monique versuchte immer wieder, solch einen Weg einzuschlagen. Ich sah an ihren Fingern, dass sie sich immer zwingen wollte, an nichts zu denken. So hätte sie gesagt: an nichts. Es kam auch nichts.

Es gab aber eine Reaktion, als Ermelinde die Aufmerksamkeit auf die temperaturempfindliche Stelle an Moniques Hinterkopf lenkte. Und damit begann unser erster Fehler. „Ja", hatte Monique gesagt, „wenn Sie davon sprechen, dann kribbelt es dort oben irgendwie." Ermelinde wollte die Anwendung des Hypnomaten vermeiden. Sie versuchte, ihre Patienten in eine tiefe Konzentration zu bringen. Sie sollten an ihren Schmerz denken, und zwar aggressiv, positiv, mit Überzeugung von Überwindbarkeit. Viele kleinere und manche größere Beschwerden hatte Ermelinde so beseitigt. Oder richtiger: hatte ihren Patienten geholfen, sie selbst zu beseitigen. Für diese Methode war der Eigenwille Moniques zu groß.

Ich hatte mich während dieser Monate in die Welt von Monique gelebt. Meine erste Welt war die Welt von Ermelinde gewesen. Hier saß ich und sah auf Monique und sah auf Ermelinde und die Welten sprangen um wie die Ansichten eines Vexierbildes. Jetzt kam ein Gespräch mit Ermelinde, und Monique war das Objekt. Diese Verquickung war Unwirklichkeit. So wie im Traum das Gefühl einer Unmöglichkeit, begleitet vom Vertrauen, die paradoxe Situation löse sich bald auf. Wir besprachen uns, Ermelinde und ich, wie in ganz alten Zeiten, als ich den Hypnomaten entwickelte, wir sprachen jetzt darüber, warum und wie der Hypnomat anzuwenden sei, auf Monique, meine andere Seite. Monique wurde der Elektrodensattel aufgelegt, und das Gerät tat, was es sollte. Moniques Bewusstsein war abgeschaltet. Ermelinde berührte die Stelle, die Monique angegeben hatte, am Hinterkopf. Vielleicht hätte sie suggerieren sollen, dass die Stelle kühl oder kalt sei. Dann bestand aber die Gefahr, es könnte zu Kälteschmerzen kommen. Also sprach Ermelinde mit ruhiger Stimme – dass Ermelinde mit so viel Wärme sprechen konnte! So eingehend auf einen anderen! – und teilte Monique mit, an dieser Stelle habe sie keine unangenehmen Gefühle mehr, gar keine Gefühle. Wir weckten Monique auf, sie lächelte und schüttelte ihren Kopf mit der rötlichdunklen Mähne.

Das Lachen dauerte nur wenige Tage. Wir waren übermütig, jedenfalls was Moniques Verfassung betraf. Wir spazierten in Parks und saßen auf Bänken. Monique sprach von amüsanten Spitzen der Eifersucht in ihrer Firma. Im Park liefen schattige Wege unter gewaltigen Bäumen. Die Äste hatten die Freiheit gehabt, sich auch seitlich weit auszubreiten. Welche Kräfte mussten an der Gabelung wirken, wo der säulenstarke Ast verankert war, der dann über viele Meter verzweigt ein Laubdach trug! Durch das Geäst blickten wir auf ehrwürdige Fassaden, Säulen, Kapitelle, Friese, heraldische Skulpturen. Nicht mehr bekannte Erzählungen in Stein. Eine schwere weißgraue Balustrade lief eine ausgedehnte Terrasse entlang. Dort schien die Sonne und Besteck blinkte. Dort setzten wir uns hin und aßen Eis wie Kinder. Ganz plötzlich bäumte sich Monique auf und schnappte nach Luft. Ich sprang natürlich auch auf, wahrscheinlich mit weit aufgerissenen Augen. Wenn man keinen Rat weiß, ist der Schrecken noch größer. Monique stand und kämpfte mit ihrer Luft. Sie hielt ihre Serviette in der Hand und in meine Richtung winkte sie mit der Serviette, und deutete mir, es sei nicht arg, ich solle sitzen bleiben. Aber es war natürlich arg. Sie sprach später dann einmal darüber, wie der Druck vom Zwerchfell herauf unvermittelt, explosionsartig gekommen sei. Wenn man etwas Zweifelhaftes gegessen hat und der Magen einen plötzlich zum Übergeben zwingt, kann das auch unvermittelt sein. Aber diese Art des Übergebens ist etwas, wie Monique sagte, Natürliches, etwas, das Hand und Fuß hat, verglichen mit dem einschießenden Erstickungsschmerz, den Monique empfand, kombiniert noch mit einer gespannten Starre in allen Extremitäten. Hier, mitten in der Stadt, war natürlich ein Rettungswagen schnell zur Stelle. Freilich musste ich an den Steinbruch denken, und war unsicher, und hatte Angst, wieder einen Fehler

zu machen. Erst nach Stunden ließen sie mich zu Monique.
Man hatte sie, wahrscheinlich aus Ratlosigkeit, um nur den
spastischen Zustand aufzulösen, in einen Halbschlaf versetzt.
Monique war knapp stark genug, meine Hand zu nehmen,
meine Finger eher, und drückte sie leicht. Es war auch der
Schimmer eines zutraulichen Lächelns über ihrem Gesicht.
Ein Rest ihres Protests gegen die Schwäche.
Ich rief natürlich Ermelinde an. Eine Reaktion war ihr nicht
anzumerken. Sie sprach nur, sozusagen, arbeitstechnisch. Es
war wieder eine Beratung zwischen ihr und mir, wiederum
wie vor so vielen Jahren. Ich schilderte ihr die Situation auf
der sonnigen Terrasse. Sie hatte keine Scheu, in ihrer Deutung unsicher zu sein. Vielleicht, sagte sie, sei zwar durch die
posthypnotische Anweisung die Temperaturempfindlichkeit
unterbrochen worden, aber der Kurzschluss zwischen den
Temperaturrezeptoren und dem vegetativen Nervensystem
oder vielleicht auch mit dem Zentralnervensystem bestünde
weiterhin.
Es ist ja beinahe alles mit allem verbunden in diesem Körper.
Die Leber mit einer bestimmten Stelle auf der Haut. Der Magen. Die Nerven sind verflochten und nicht völlig isoliert. Bei
Monique muss die Isolation an manchen Stellen durch die
Viren hauchdünn gebissen worden sein. Bei meiner letzten
Steuerungsanlage in der Firma hatte ich dasselbe Problem:
das Übersprechen zwischen zwei Signalleitungen. Signale der
einen Leitung gelangten in die andere, wo sie zu Störungen
führten.
„Weil Monique ihren Temperaturfleck nicht spürt, kommt
der Anfall unerwartet, noch vehementer als vor der Behandlung", sagte Ermelinde. Es kam uns sicher gleichzeitig die
Frage, ob wir die Temperaturempfindlichkeit wiederherstellen sollten. Aber von zwei einander widersprechenden hypnotischen Operationen würde sicher irgendeine, eine unkon-
trollierte Spur zurückbleiben.

Den Tag darauf konnte ich Monique wieder nach Hause holen. Sie sah aus, als würde sie in Müdigkeit schweben. Sie ging von der Eingangstüre langsam, aber geradewegs ins Wohnzimmer und setzte sich aufs Sofa. Ich setzte mich schräg gegenüber. Sie lächelte wie der Gezeichnete, dem die Krankheit einen Termin gegeben hat; der sich selbst von außen betrachtet und gütig lächelt; der für die weiterhin Gesunden gütig lächelt. Nach einer Weile sah sie nicht mehr vor sich hin, und nicht zu mir, sondern zum Fenster hinaus, und ich wusste, sie dachte an dieses neuerliche Versagen, das Versagen ihres Körpers, ihres Systems. Dass sie Hilfe gebraucht hatte, bis zum Ausmaß der Bewusstlosigkeit unter Medikamenten. Wie sollte sie in der Buchhaltung ihren Platz behalten. Wieder nicht zur Arbeit erschienen. Und morgen auch. Monique sah mit einem kleinen Nicken zu mir. Sie wusste, dass unsere Gedanken und Bedenken gleich liefen. Sie war dankbar, dass sie mich als Zuhause hatte, aber sie wäre gerne bei mir zuhause gewesen ohne Anlass für Dankbarkeit.

Der nächste Tag lief etwas lockerer. Ich meinte, ich sei verpflichtet, ihr die Medikamente zu reichen. Sie wehrte ab, mit einem vehementen Kopfschütteln. Ermelinde rief an. Wir waren unschlüssig und taten deshalb nichts. Monique ging dann wieder in diese Buchhaltungsabteilung, in den ersten Tagen sehr schweigsam, dann wieder fröhlich, so wie sie eben war, Monique. Ein Fest, diese Zeiten mit Monique. So aufgelockert, so lachend hatte ich nie gelebt. Irgendwo im Hintergrund war oft die Frage, ob man überhaupt so mit deutlicher Freude leben dürfe. So geschah das mir doch nicht.
Monique brachte Skripten nach Hause. Sie wollte weitere Prüfungen machen. Alle Zeichen standen auf Vorwärts, Aufwärts. Ich sollte sie nach jedem Kapitel prüfen. Diese Prüfungen endeten oft gar nicht ernst. Sie las eine Seite, legte die Papiere zur Seite, dachte, machte Notizen, schaute wieder in

die Unterlagen. Nach Tagen wurde der Rhythmus kürzer, sie las nur Absätze. Ich wurde aufmerksam, weil ich das Atemholen hörte. Sie schaute mich an und hatte Wasser in den Augen: „Es kommt wieder; nach einer halben Seite steigt es wieder hoch, jedes Wort, das ich lese, tanzt und greift in den Magen."

Ich las ihr vor, das tröstete, das war auch Unterhaltung. Aber nicht für Dauer. „Es muss! Es muss!", sagte sie und hielt das Taschentuch in der Hand. Sie wollte einen Sieg herbeizwingen. Für den Augenblick aber gab sie nach. Sie nahm eine halbe Dosis. Das half zu wenig. „Wenn ich alles schlucke, bin ich ein Ball, dem die Luft ausgegangen ist, der nicht springen kann, der von verachtenden Fußspitzen herumgeschoben wird." Sie schaute zu mir herüber: „Glücklicherweise habe ich einen gutmütigen Ballspieler!" Monique konnte sich nicht entschließen. Sie kämpfte mit all ihrer Hartnäckigkeit. Sie heulte und umarmte mich. Dann war es wieder zu spät. Krankenwagen, Ruhigstellung und Trauer.

Vielleicht hätten wir einfach zuwarten sollen, vielleicht auch ein Jahr, mit all diesen Wechselfällen. Vielleicht hätte irgendeine Heilung eingesetzt. Aber ich rief Albert an. Noch mehr Ärzte fragen, sagte er. Das hatten wir ja schon. Über viele Wochen gab es immer wieder Gespräche mit Albert. Wir saßen auch zu dritt, mit Monique, zusammen. Für Albert war es klar, dass der einfache, gesprochene Befehl unter Hypnose nur den Schmerz abschalten konnte. Die Kurzschlüsse zur Panik liefen auf anderen Wegen. Natürlich dachten wir an die Möglichkeiten von Psyris. Aber niemand konnte sagen, was diese sogenannte Kopfgrippe tatsächlich angerichtet hatte. Waren Nervenstränge auf Dauer beschädigt und Teile von Geflechten verschmolzen oder waren die Reaktionen nur umprogrammiert. Wir hatten Angst. Am wenigsten noch Monique. Wenn sie in diesen verzweifelt hohen Spannungszustand kam, war sie wohl der Meinung, dass jedes Mittel und jedes Risiko recht wäre.

Ob Monique das jetzt noch lebendig vor sich sieht? Oder weiß sie nichts mehr von ihrer alten Zeit? Wenn ich mich an Monique erinnere, wie sie mir, an einem der ersten Tage unserer Bekanntschaft, auf der Straße entgegenkam, mit unbändiger fraulicher Kraft und mädchenhaftem Blitzen, Optimismus in den Augen. Das ist eine Kraft, die junge Frauen haben, einige auch später. Das überrascht auch in Abbildungen des größten Elends: In einem Wellblechverschlag am Rand einer Wüste hockt eine große Familie, die Mutter verknittert und verbraucht an einer Arbeit, der Vater verbittert und ohne Hoffnung, ein Sechzehnjähriger argwöhnisch und mit Hass, und dann trifft die Kamera auf ein Mädchen. Es schaut mit freundlich leuchtenden Augen und spricht, als wäre die Welt schön.

Monique hatte damals diese elementare Kraft. Wenn ich das Bild Moniques aus der Erinnerung überblende mit der Gestalt, die jetzt viele Stunden neben meinem Bett kauert!

Psyris kann zugreifen auf diese Schwerpunkte des Charakters. Ich kann heute noch das Gefühl in all seiner Intensität wachrufen, und rundum alle Empfindungen, die ich hatte, als ich damals aus dem kalten Fluss stieg. Ich höre noch, wie rechts von mir die Wellen über die Ufersteine leckten. Auch jetzt noch, wo doch mein Körper auf nichts mehr reagieren kann, spüre ich das kalte Wasser, das von mir abtropft und damit eine Haut meines Charakters abstreift wie eine altersspröde Schlangenhaut. Ich sehe lebendig, wie das Licht, das hinter mir noch in flachem Winkel aus dem Westen kam, die Ufergräser beleuchtete. Griesgrämig, wahrscheinlich mit säuerlichem Gesicht, war ich ins Wasser gestiegen. Innerlich verunstaltet, voll von all dem Zweifelhaften des Tages; auch Ermelinde hatte am Telefon gar nicht warm geklungen. Beim zweiten oder dritten Schritt das Ufer hinauf war mir die Möglichkeit von Psyris klar. Wenn das kalte Wasser meiner Haut solch einen Komplex von Signalen geben konnte, die auf die Essenz der Person wirkten, die mich plötzlich ins Glückliche umpolten, dann musste das auch mit einem Muster von Signalen aus dem Elektrodensattel möglich sein. Eine Verwandlung der Persönlichkeit durch spezifische Berührung. Die Wirkung des Wassers auf den Körper war immer schon bekannt. Das ist die Wirkung der Taufe. Das Wasser wandelt.

„Kaum war Jesus getauft und aus dem Wasser gestiegen, da öffnete sich der Himmel, und er sah den Geist Gottes ... "
Ich, als ein Uhling, sah nicht den Geist Gottes, aber gewandelt war ich. Ich wusste dann auch gleich einen Namen für das Gerät: ,Baptis'. Weil das an Taufe erinnert. Aber später dachte ich, im Wort PSYRIS sei mehr Inspiration.

Ich hätte mich mit Psyris nicht beschäftigen sollen. Es hat mich gereizt, den Versuch zu machen. Auch Pharmaka können in das Gemüt eingreifen, aber nicht so gezielt, eher tollpatschig. Psyris ist differenzierter. Wie sich jedoch die Signalkomplexe in Heiterkeit oder Wut umsetzen, ist noch unklar. Die Signale sprechen eine Sprache, die ich nicht verstehe, die aber Wirkung hat. Atarax hat offenbar Programme entwickelt, die in diverse Bereiche des Glücks führen. Wahrscheinlich war auf dem Weg dahin auch mit Programmen unbekannter Wirkung gespielt worden, die vielleicht zu Irrsinn und Unglück führten. Mit Monique machten wir mehrere Anläufe. Jetzt ist sie zerstört.

Aber wir waren ja so verzweifelt! Immer sahen wir sie, Monique, in diesen ausweglosen Zuständen. Albert nahm Monique noch zu einigen Arzt-Kollegen. Keine neuen Erkenntnisse; nur die Diagnose: „Sie sind ein Sprinter-Typ, Sie werden immer eine Dämpfung brauchen." Bei solchen Diagnosen atmete Monique tief ein, um nicht in Zorn auszubrechen. Albert und ich kamen uns in dieser Zeit näher als je zuvor. An die nicht ganz so faire Geschichte mit dem Hypnomat-Patent dachte ich nicht mehr. Wir saßen nur immer wieder zusammen, Albert, Ermelinde und ich, auch Monique. Sie ging bei diesen medizinischen Fragestellungen ohne Selbsttäuschung mit. Sie nahm ganz nüchtern zur Kenntnis, dass niemand Rat wusste. Sie war nüchtern, soweit der Verstand reicht, aber wütend in einem Aufbäumen gegen diese scheinbaren Unabänderlichkeiten. Deshalb sagte sie schnell, eigentlich begeistert, ja zu den Risiken, die wir dann eingingen.

Weil man mit dem Hypnomaten zwar schnell und sehr gründlich hypnotisieren konnte, aber nicht mehr, waren mir ja die Gedanken zu Psyris gekommen. Während der Arbeit daran träumte ich schon davon, wie man Menschen bald umpolen würde: von niedergeschlagen zu fröhlich, von ängstlich zu souverän. Nach meinen ersten Versuchen und der Veröffentlichung bekam ich aber Angst. Leider haben Elmar und Atarax das System ausgearbeitet. Aber in den ratlosen Gesprächen über Monique, die ich mit Albert führte, wurde manchmal als Möglichkeit das Instrument Psyris erwähnt.

Wir gingen mit Monique spazieren. Es war einer ihrer besseren Tage. Sie trug ein schulterfreies Kleid, denn es schien zeitweilig die Sonne. Aber eben nur zeitweilig, und es fielen Tropfen. Nur ein, zwei Tropfen fielen auf ihre linke Schulter. Sie kannte den Ablauf schon; trotzdem krümmte sie sich. Von den Tropfen ging Kälte aus, die Kälte zerrte unter das linke Schulterblatt, kroch darunter links um den Brustkorb. Andere Stränge zogen über den linken Oberarm bis in die Handwurzel. Ihr Körper wurde in alle Richtungen gespannt und verzerrt. Wir konnten nur ratlos um sie stehen und sehen, wie sie leicht nickte, wie um zu sagen: Ich weiß es, ich muss es akzeptieren, ich kann mein Leben nicht leben.

Man hört nur wenig über die Praktiken von Atarax und Elmar. Die Behörden unterbinden alle Informationen. Man hört, unter dem Elektrodensattel von Psyris breite sich ein Kribbeln aus, wie Gänsehaut, und danach sei das Gefühl verwandelt. Andeutungen davon fand ich schon bei meinen ersten Versuchen. Eine Veränderung wie durch eine Taufe, bei der der frische Schauer des Wassers eine innere Reinigung oder gar eine Bekehrung bewirkt. Es wird berichtet, dass Elmar schon lässige Funktionäre zu absoluter Treue programmiert habe. Und der Kanzler jagt seinen armen Kugelstoßern Panik ein, damit die Kugel über die üblichen Rekorde fliegt. Atarax beschränkt sich wenigstens auf harmlose Glückseligkeit.

Lange lag ich damals wach. Nicht viel anders als jetzt. Um vier Uhr fing die Amsel an zu singen. Hier, natürlich, kann man keine Amsel hören. Gegen Luft geschützt bin ich hier aufbewahrt. Die Amsel sang und Monique atmete ruhig neben mir. Zwischen den apokalyptischen Spitzen hatte sie auch ruhige Stunden. Es ist seltsam: Der Ruf der Amsel kommt bei uns ganz mannigfach an, eine melodische Geschichte. Aber wir können ihr Lied nicht selbst singen. Es ist seltsam, Verständnis zu haben für etwas, das man selbst nicht hervorbringen kann. Die Amselstimme spielt in kaleidoskopartiger Mannigfaltigkeit; spitze Töne entfalten sich zu einem runden Wohlklang, wie sich eine Blüte entfaltet. Und der volle Laut kann auch wieder in einer Enge enden. Oder die Stimme rupft und rollt. Das rollende R wurde von den Römern als flüssiger Laut bezeichnet. Und jede Wendung der Amselstimme führt unser Gefühl in andere Räume und Farben; so wie eine menschliche Melodie, wiederholt auf anderer Stufe, oder in anderer Weise variiert, die Gefühlslage verwandelt. Die fünf Sinne sind auf vielen Ebenen verknüpft, und dasselbe Wort kann für alle Sinne gelten: der spitze Ton, eine spitze Kontur, der spitze Schmerz, sogar die spitze Bemerkung. So ist das Gehör, das ein Wort empfängt, ein Eingang für alle Sinne.

Da Moniques Leben so nicht lebbar war, suchten wir schließlich Kontakt zu Atarax. Ich sehe noch deutlich: Atarax stand in der Tür, in seiner ganzen jovialen Körperfülle. Sein großes, eirundes Gesicht strahlte wie mit einem stummen Megaphon Heiterkeit und Gutmütigkeit in unseren Raum – mit einem kleinen Schalk, der in den Krähenfüßchen saß. Sein Eintritt löschte alle anderen Gefühle und Gedanken mit einem Schlag. Allerdings hatte Atarax Elmar mitgebracht. Während Atarax grüßend meine Tür füllte, stand Elmar, viel kleiner, und im Vergleich schmächtig, hinter ihm. Ich hatte das Gefühl, da käme ein mephistophelischer Begleiter. Wir hatten Elmar nicht eingeladen. Das schien uns damals schon zu gefährlich, und das Verhältnis zu Elmar war ja nie herzlich oder auch nur echt freundschaftlich gewesen. Meine Einladung, mein Aufruf an Atarax, uns doch einmal zu besuchen, war formuliert unter dem Titel von alter Freundschaft und dem Feiern von Jubiläen. Mehr konnte ich nicht sagen, denn alle Nachrichten von und zur Insel wurden abgehört. Der Einsatz von Psyris und aller Methoden rund um Psyris war damals schon weltweit geächtet. Irgendwie hatte Atarax sein Inselreich unabhängig gehalten. Er hatte viele Freunde an maßgeblichen Stellen. Dass er Elmar mitbrachte, war eine Demonstration seiner Unabhängigkeit.

Atarax grüßte zuerst Ermelinde. Sehr herzlich. „Immer noch strebend bemüht! – Du solltest einmal anders leben!" Reihum grüßte Atarax. Bei jedem Begrüßen wurde die Heiterkeit seines großen ovalen Gesichtes kurz unterbrochen und er schaute in absolutem Ernst. Durch diesen Blick fühlte man sich betroffen.

„Euch allen täte meine Insel gut", sagte er, und schaute nochmals jeden von uns nachdenklich an. „Ihr seid starr, wie vertrocknet – aber das ist vielleicht die Sichtweise meiner Insel. Ihr wisst, wer mein Lehrer ist: Freiheit der Seele ist Voraussetzung für Glücklichkeit, auch Freiheit von selbsterteilten Befehlen."

Es war Nachmittag. Ich machte Tee und Kaffee. Die Worte über Wiedersehen nach langer Zeit und Wohlbefinden wurden von Atarax sehr rasch, und dezidiert, abgebrochen. „Warum habt ihr mich eingeladen?", fragte Atarax. Aber er wusste es bereits. Er hatte schon gesehen, dass Monique unsere Sorge war, und es genügten kurze Erklärungen.

Atarax befragte Monique so, als wäre niemand anderer im Raum. Er setzte sich ihr nah und frontal gegenüber und wollte genau wissen, wie die Spannungen und Schmerzen sich aufbauten und was die Auslöser waren. So geringfügig waren die Anlässe: etwas Licht, etwas Wärme, etwas Kälte.

Atarax drehte sich zu uns allen: So entstand die Atmosphäre unseres Consiliums über Monique. „Bei uns", sagte er, und damit meinte er sein Inselreich, „bei uns werden Menschen zu einer ruhigen Glücklichkeit gebracht. Viele verwandeln sich sehr schnell aus eigener Kraft. Wir therapieren sie gleich bei ihrer Ankunft mit einem Schock: Wir begrüßen sie nicht mit einem Glas Sekt, sondern mit Wasser und Brot – gutem Brot: So hat Epikur die Einführung in die Heiterkeit gelehrt. Aber es kommen hartnäckige Fälle, sie kommen mit Winterdepressionen, mit ständiger Lebensangst, mit krankhafter Zankhaftigkeit, so dass sie von ihrer Familie rausgeschmissen werden. Das sind für meine Techniker einfache Fälle. Wir haben inzwischen große Erfahrung, mit welchem Signalmuster wir in jedem Einzelfall arbeiten müssen, um eine heitere Lebenseinstellung zu erreichen."

Elmar meldete sich unvermittelt und nur kurz. Er war immer schroff gewesen. Es bedeutete für ihn wahrscheinlich Zeitverschwendung, seinen Standpunkt in umgänglicher, verbindlicher Weise einzuleiten. Diskussionen wurden in seiner Gegenwart zerrissen. Er sagte: „Damit macht man alle zu Weichtieren. Ich programmiere meine Leute auf Härte. Schwächen muss man durchstehen." Nach dieser Feststellung lehnte sich Elmar wieder zurück. Er war gewohnt, keine Antworten zu bekommen, nur einen Moment befremdeter Stille. Während er sich zurücklehnte, warf er schräg einen Blick zu Monique.

Atarax nahm wieder den melodischen Tonfall seiner heiteren Insel auf. „Ich halte mehr von Seelenruhe. Das weißt du, Elmar: von der Ataraxie des Epikur eben. Darum habt ihr mir ja auch den Namen gegeben. Ich verschrieb mich der Heiterkeit Epikurs, der Heiterkeit ohne äußeren Zwang, aber auch ohne inneren Zwang. Epikur sagt: ‚Heiterkeit verlangt Freiheit von Angst vor Dämonen und richtenden Göttern, Freiheit von Angst vor dem Tod, Freiheit von Schmerzen' – das ist dein Problem Monique – ‚und Freiheit von Obsessionen'.“

„Wir sollten das Instrument der ruhigen Heiterkeit einsetzen.“ Es gab dazu in unserem Kreis durchaus unterschiedliche Meinungen, die auch recht vehement vertreten wurden, und Atarax wunderte sich vielleicht, dass seine Autorität bei uns nicht selbstverständliche Geltung hatte. Monique saß, da sie gerade nicht unter Spannung stand, noch wie eine interessierte, alerte Frau zwischen uns. Ich sah ihre breite Stirn und ihr lebendiges Haar mit dem rötlichen Schimmer, das sich zu den Schultern herunter in einem Gekräusel ausdehnte. In ihren Blick, der vom einen zum anderen wanderte, kam im Verlauf der unsicher tastenden Beratung Erstaunen, Befremden, auch Beunruhigung. Zu mir zu schauen, vermied sie. Das Gespräch der Ärzte vor der Operation sollte ein Patient nicht hören: solch eine saloppe Baustellenbesprechung. Es wurde da über Prozenteinstellungen der Basisemotionen beraten. Atarax hatte offenbar auf Knopfdruck eine Palette zur Verfügung. Ermelinde erregte sich in diesen Gesprächen in für sie ganz ungewöhnlicher Weise. Sie war doch sonst immer sachlich und kühl. Wir wussten selbstverständlich, dass es um eine Persönlichkeitsveränderung ging. Gegenstand des Treffens war nur das Wie. Aber Ermelinde wehrte heftig ab. Selbstverständlich, denn was wir vorhatten, widersprach ihrer Methode diametral. Sie wollte Menschen zu ihrem ursprünglichen Zustand, zu ihrer ursprünglichen Persönlichkeit zurückführen, nicht in eine andere, fremde Person verwandeln.

Ihr ging es darum, Verrenkungen und Verbiegungen, die zur Gewohnheit geworden waren, aufzulösen.

Ermelindes Worte waren nur eine vergebliche Hoffnung, und ein vergeblicher Versuch, bei ihrer Überzeugung zu bleiben. Ein Versuch wider besseres Wissen, denn sie selbst hatte ihre Methode schon bemüht; ohne Erfolg. Selbstverständlich sprachen wir über den Eingriff in die Persönlichkeit. Es ist im Vergleich geringfügig, wenn ein fremdes Herz eingesetzt oder fremde Hände angenäht werden. Die Seele kann sich noch einigermaßen rund fühlen. Wenn aber ein Charakter von rechts nach links, von oben nach unten in einem elektronischen Schritt umgeschaltet wird, oder auch ein Sünder zu einem Heiligen exorziert wird, dann ist das ein Wechsel der Persönlichkeit. Da ist keine Kontinuität einer Seele von einem sündhaften und unverantwortlichen Zustand zu einem heiligen Zustand, da beginnt schlichtweg eine andere Seele im anscheinend gleichen Körper. Keine Kontinuität der Verantwortung. Auch König Marke vergibt Tristan den Liebesbetrug, weil Tristans Seele doch durch den Liebestrank umgeschaltet war.

Mit Monique war ich schon so vielfältig verwachsen. Wenn meine Gedanken auf sie kamen, trat als Symbolbild immer der Tisch im Restaurant auf, der Tisch schräg gegenüber, an dem diese kraftvolle, deutlich sichtbar, wie man so sagt, tüchtige junge Frau saß, die plötzlich in unverständliche Schwierigkeiten geriet. Es war mir damals augenblicklich klar, und selbstverständlich, dass ich helfend eingreifen musste; zugleich wurde mir bang. Wie ist es nur möglich, dass Geist, Gefühl, Vernunft – welche Funktion immer – in Sekundenbruchteilen die möglichen Implikationen einer Entscheidung erfasst und durch ein banges Gefühl anmeldet. Monique wuchs in mich hinein: durch das Leben zusammen, das oft frisch war, und durch Erzählungen von ihren früheren Zeiten, von ihrer Mutter. Wie sollte Monique jetzt verändert werden? Würde ich sie nach dem elektronischen Exorzismus noch erkennen?

Der psychophysische Organismus ist imstande wegzuhören. Man kann einschlafen neben einem tosenden Wasserfall. Man kann, zu zweit an einem Presslufthammer vorbeigehend, weitersprechen, wenn auch mit verkniffenen Augen, obwohl die knallenden Stöße alles zu überschwemmen scheinen. Verwunderlich ist, wie ein Säugling fröhlich strampelnd aus seinem Wagen schauen kann während um ihn herum die Welt johlt. Verwunderlich ist auch, wie ein Hund, mit dieser feinsten Nase, seinem Herrn ohne Zögern durch eine Wolke von Gestank folgt.

Deshalb wurde ein Signalmuster gewählt, das Gelassenheit einschalten sollte, sobald zu starke Eindrücke wirksam werden. Der Volksmund sagt, man verschließt die Augen gegenüber einer wichtigen Sache. Dieser Mechanismus sollte Monique vor übermächtigen Empfindungen schützen.

Atarax meinte, die physischen Schmerzspannungen hätten eine hohe Komponente revoltierenden Unbehagens, eine Unwilligkeit gegen Umstände, eine Unzufriedenheit, die er nicht kenne und nicht kennen müsse. Er empfehle daher neben den beruhigenden Signalmustern auch solche, die auf freudige Erwartung einstellen.

Wir einigten uns, und Monique stimmte zu, weil sie keinen anderen Ausweg wusste. Sie stimmte mit einem kleinen Nikken zu, das tapfer war. Wegen dieses sparsamen Nickens, das vielleicht nur ich gesehen hatte, entstand in mir eine heiße Aufwallung von Zuneigung.

Sie ließ sich den Elektrodenmantel um Hals und Schultern legen. Das Unterbewusstsein produziert manchmal unpassende Vergleiche. Ich musste an eine Schlachtung denken, die ich auf einem abgelegenen Bauernhof gesehen hatte. Das Tier ließ sich führen, aber langsam, denn es wusste, dass die Situation ungewöhnlich war.

Wie Atarax sein Psyris durch alle Flughäfen gebracht hatte, ließ er unerklärt. Die Technik funktionierte. Der Ablauf des Programms war kurz. Danach führte ich Monique vom einfachen Stuhl der Behandlung zum Sofa. Monique sah uns nicht an. Ihre Augen waren auf nahe Gegenstände gerichtet. Man leitet einen Patienten, er muss ja von der Operation erschöpft sein, vorsichtig zu einem Ruheplatz. Monique ging in kleinen Schritten und setzte sich langsam, mit kreuzhohlem Rücken. Als ich mich zu ihr setzte, tätschelte ihre Hand mein Knie, so wie Großmütter das Knie eines Enkels tätscheln.

Ich dachte, Moniques System brauche etwas Zeit. Schließlich war ein Stück fremden Charakters eingefügt worden. Alle in diesem Raum dachten wahrscheinlich so. Aber es vergingen die Viertelstunden, und es änderte sich nichts. Monique sprach nicht. Sie saß nur mit der Andeutung eines Lächelns. Wir sprachen sie nicht an, wir sprachen auch nicht untereinander. Wir schauten nur neugierig, möglichst ohne es zu zeigen. Die Neugierde sollte nur die Angst wegschieben. Atarax hatte, oder wir alle hatten wahrscheinlich zu einfach gedacht. Wenn man die Wut dämpft, dämpft man die Kraft insgesamt. Kraft ist Voraussetzung sowohl für Böse wie für Gut. Gerade auch das Gefühl ist in beiden Fällen ähnlich: ob ich mit äußerster, verzweifelter Kraft versuche, den Einbrecher hinauszuwerfen oder ob ich mit verzweifelter Anstrengung einen Balken hebe, um mein Haus zu bauen. Verzweifelte Kraft in beiden Fällen. Atarax hätte in sein Programm der Dämpfung noch eine Bedingung einbinden müssen, etwa, dass die Dämpfung nur bei Eintritt der Schmerzen wirken sollte. Das wäre wahrscheinlich machbar, die Schmerzen könnte man sicher in einem elektronischen Muster repräsentieren.

Monique war teilnahmslos. Wir saßen erschrocken und betreten. Elmar platzte heraus: „Jetzt habt ihr das Resultat dieser defensiven Strategie! Mehr Aggressivität gegen ihre Schmerzen hätte man ihr geben müssen!"

Nach der Stille entstand ein wirres Hin- und Hergerede. Ich saß neben Monique. Sie berührte mich andeutungsweise mit Bewegungen von Anhänglichkeit. Gift und Gegengift: Atarax hatte keine Signalmuster zur Verfügung, mit denen die Wirkung seiner ersten Behandlung exakt hätte aufgelöst werden können. Die Stimmung in unserem kleinen Kreis wurde bizarr. Man sagt in so einem Fall gern, man fühle sich ‚unwirklich'. Es war also unmöglich, Monique in den Zustand zurückzubringen, in dem sie am Anfang des Tages gewesen war.

Ermelinde, die sonst immer Ruhige, brach in einen Wutanfall aus. Vielleicht hatte sie nur Wut und spielte den Anfall: „Ihr werkt salopp an einem Menschen herum!" Stümperhaftes Spiel warf sie uns vor. So wie sie uns anschaute: allen. Wir könnten nicht einfach dem Körper eines Menschen eine andere Seele einstempeln.

Albert erinnerte Ermelinde, dass sie auch keine Lösung gefunden hatte. Und er erinnerte an die Schulmedizin, die auch Persönlichkeitsumschaltung betreibt. ‚Hypnotische Neukonstruktion' nennt man das. In Hypnose wird dem Patienten eine andere Vergangenheit suggeriert. Auf dieser, wie man hofft, gesünderen Basis, soll der Mensch besser mit seinem Leben zurechtkommen. Eigentlich eine verlogene Basis. Auch die Gesichtszüge ändern sich.

Ich brach plötzlich in Tränen aus. Ohne Ankündigung kam das. Vielleicht weil Monique mich anhänglich ansah, ihre Augen aber wie im Traum unscharf ausgerichtet waren; und weil gleichzeitig das Bild der Monique aus dem Hintergrund kam, der Monique, die überschwänglich und lustig war. Atarax und Elmar sprachen über korrigierende Maßnahmen. Es wurde deutlich, dass auch Elmar ein großes Repertoire entwickelt hatte. Elmar konnte zwar Aggressivität einstellen, das wäre aber eher eine feindselige Aggressivität gewesen. Sie versuchten, ein Signal zu programmieren, das in allgemeiner Weise aktivieren sollte. Ermelinde verließ uns, sie gab sich angewidert. Ich war durch eine Verzweiflung betäubt. Auch weil ich nichts tun konnte, als den ratlosen Beratungen zuzuhören. Ich nahm Monique mit.

– 16 –

Es ist so traurig, wie unweigerlich Dinge vergehen. Hier, wie ich in der Nacht liege, lebt in mir noch die alte Monique. Ich bin gar nicht so traurig, dass ich selbst bald nicht mehr existieren werde. Wehleidig bin ich vielleicht. Eine Welten-Wehleidigkeit. Schöne Bilder, herzliche Zurufe, die Nebel, die ich von hoch oben aus den Tälern fließen sah: das wird alles weg sein. Von den Momenten bleibt nicht so viel wie ein Fossil. Es wird auch niemand wissen, welche unendliche Freude für mich hier die wachend hockende Gestalt der verkümmerten Monique ist. Die Macht der Liebe und Zuneigung ist ihr nach all der Destruktion geblieben. Und sie gibt mir davon reichlich, auch wenn sie nur stumm in der Ecke wacht.
Atarax und Elmar hatten gar nicht gewusst, was für ein lachender Wirbelwind in Monique verloren gegangen war. Sie taten ihr elektronisches Handwerk an einer Patientin. Sie bearbeiteten mit ihrer nicht ganz beherrschten Kunst einen Gegenstand. Nicht alle handwerklichen Manipulationen haben Erfolg. Die letzte Korrektur ließ von Monique nur die Fähigkeiten der täglichen Routine und das Animalische. Das ist für mich viel, denn es gehört die Zuneigung dazu.
Auch die Brücke wird ersetzt werden, und es wird keiner wissen, was für ein Zukunftsgefühl ich hatte, wenn ich im kaltfeuchten Morgenwind dort ging und zwischen den Stahlstreben hindurch auf das Wasser sah. Damals war die Erinnerung kein großes Kapitel. Der letzte Besuch bei den Eltern hätte

mich angreifen sollen. Aber damals gab es für mich noch kein Ende der Zeiten. Der Besuch war eine Mischung aus, einerseits, billigem Spaß beim Betreten des Kinderzimmers und, andererseits, Herablassung. Die empfindet der Jüngere gegenüber den Älteren. Ich kam wohl wie der gute Sohn und auch mit Empfindungen des respektvollen Kindes, aber im Gesicht hatte ich sicher mehr Geben als Nehmen.

***

Robert Uhling war einundvierzig Jahre alt, als er seine Eltern besuchte. Die Abstände zwischen solchen Besuchen waren lange. Der Beruf hatte ihn in die Gegend gebracht, zu einer Firma, in der er Steuersysteme installiert hatte. Am Abend saß er in der Hotelbar noch zusammen mit seinen technischen Gesprächspartnern. Man war da in einem Hybrid-Zustand. Lieferant und Kunde sind Gegenpole. Aber das Interesse an der Sache ist gemeinsam. Man kann Anekdoten austauschen, Anekdoten, die sich aus Messungen, aus Installationsumständen ergeben. Sie waren nur für wenige Personen reizvoll. In den Bargesprächen ist aber auch Auflockerung gefordert, und so wird einiges über Urlaub und Familie gesagt.

Uhling stand im Frühstücksraum am Buffet und legte sich Käse und Obst auf den Teller. Da er auf Geschäftsreise war, stand er in Krawatte und Jacke. Seine Gesichtshaut, hell, lag mager über dem länglichen Schädel. Der Haaransatz war weit zurückgewichen, und der leichte Flaum zwischen der Stirn und dem Haaransatz wurde in seitlicher Beleuchtung sichtbar. Zögerlich ging Uhling an die Angebote des Buffets. Ein Morgen nach getaner Arbeit. Der Gedanke an die Eltern war immer näher gekommen. Er wollte sie überraschen.

So lenkte er den Wagen in die Richtung der Stadt, in der er Kind gewesen war. Über Kreuzungen und Spurwechsel gelangte er auf die breite Einfahrtstraße. Dort fasste ihn das

Gefühl der Heimat. Er wollte es abtun als etwas Ekelhaft-Kitschiges, aber es saß fest. Er wurde unendlich traurig, ohne einen Gegenstand der Trauer zu haben. Und es saß ihm hoch im Hals. Wo man den Wind kennt, und die Ecken der Häuser, dort kann man das Herz nicht verleugnen, nicht vor sich selbst.

Es war Herbst, und die Bäume der Allee säumten die Straße und den flutenden Verkehr mit einer Fülle gelber und rostbrauner Farbe. Die Blätter fielen und wurden in den Fahrtwind der Wagen gezogen. Sie bedeckten den grauen Asphalt und den Rasenstreifen unter den Bäumen. Die Luft war scharf, feucht und kalt. Sie trug den moderigen Geruch der feuchten, welken Blätter. Doch der Himmel stand noch klar über den Bäumen, und die Sonne spendete den Farben reiches Licht.

Als Uhling in die Straße kam, in der sein Elternhaus stand, hielt er, noch weit vom Haus entfernt. Über die hohen Gitter des Gartenzaunes hingen die Zweige der Sträucher, des Flieders und des Goldregens. Sie waren teilweise schon kahl. Die Bäume vor dem Haus hatten alte Rinde und weitausladende Äste. Die vom Wind leise angerührten herbstlichen Zweige waren das einzig Bewegliche. Für Uhling bedeuteten das Haus, die Bäume und die Sträucher ein Bild denkmalartiger, eh und je geltender Beständigkeit.

Er wollte unbemerkt kommen. Er hielt sich knapp an den Büschen und öffnete das Gartentor behutsam. Dann bog er in einen schlecht eingesehenen Teil des Gartens. Es erschreckte ihn die Vertrautheit der Dinge. Er ging zwischen den Sträuchern einen Gang, den nur Kinder finden, bis zum Stamm einer Linde. Dort legte sich, wie früher, seine Hand auf den untersten Ast, und er wusste, dass er stets Mühe hatte, den etwas zu starken Ast sicher zu greifen. Die Vergangenheit wurde Gegenwart, so als gäbe es keine Geschehnisse dazwischen. In den nächsten Augenblicken wird er oben in der Linde sitzen, auf der gleichen Höhe wie die oberen Fenster des Hauses, und er wird in andere Straßen und andere Gärten sehen können.

Uhling fasste den untersten Ast, zog sich hoch und fasste nach dem nächsten. Der Griff reichte aber nicht mehr hoch genug. Verharren konnte er in der Stellung nicht lange, also sprang er, ließ er sich wieder herunter. Er lachte hämisch über sich selbst. Das Blut schoss ihm in die Glieder, und er schnappte nach Luft. Er spürte angenehm, dass lange nicht gebrauchte Muskeln gespannt gewesen waren. Damit aber sprang auch wieder der ganze Lebenslauf zwischen die frühe Erinnerung und das Heute. Viele nur neblig umrissene Gedanken mischten sich. Uhling stand neben der Linde, durch Sträucher von Blicken abgeschirmt. Hager, die Ellenbogen kantig aus den kurzen Hemdärmeln. Der Haaransatz zurückgesetzt. Das Becken vorgeschoben, in seiner Hagerkeit. Er stand mit einem Arm an der Linde, der Kopf wegen der Gedanken gebeugt. Dieser Garten der Eltern war ein Relikt. Er hatte anderes gewollt: das scharfe Nachdenken, um Neues zu finden. Ordentliche Arbeit hatte er ja auch gestern geleistet, Infrastruktur für die Gesellschaft. Er hätte damals beim Steinbruch sofort die Rettung rufen müssen! Er sollte wieder mehr wandern, lange Wanderungen machen. Ein Lindenkletterer musste er nicht mehr werden. Sein Lächeln war hämisch, traurig, spöttisch, abwiegelnd, mit der Überheblichkeit des nicht mehr Jungen.

Einen leichten Trotz spürte Uhling gegen den bekannten Geruch im Stiegenhaus. Der Handlauf in den ersten Stock war üppig. Es öffnete ihm der Vater. Der stand wie ein Monument. Das Wort ‚prächtig‘ ging Uhling durch den Kopf. Alles war prächtig: das Haus, der Garten, das alte gepflegt gekleidete Ehepaar, nur füreinander so gekleidet. Ausgetauscht wurde vor allem die Frage, wie es gehe. Die Ebene der Eltern zu erreichen, hatte Uhling keine Chance, hatte er auch nie angestrebt. Er fand die Prächtigkeit gar nicht das korrekte Leben. Ein Kind hatte er nicht, nicht eines aus eigenem Blut, und Ermelinde, die von den Eltern voll aufgenommen worden war, hatte er nicht mehr. Viel zu reden wussten die Eltern nicht. Ebenso Uhling. Er verabschiedete sich: Er habe nur kurz Zeit gehabt. „Hatte nicht weit von hier zu tun."

Die Herzlichkeit der Eltern beim Abschied galt mehr dem Sohn als dem Menschen: Robert Uhling.

Uhlings Wagen sprang an, und er fuhr durch die Alleestraßen, bog auf Querstraßen, fuhr, vorsichtig, über Kreuzungen und fand die Schnellstraße. Das Lenkrad und die Straße vor ihm waren konkretes Leben. Der große Rest seines Lebens war vielfarbige Watte oder kompliziert strukturierter Morast oder eine Kakophonie aus Wollen, Bereuen und mehreren Verlusten. Die Straße beruhigte ihn. Der Rhythmus, mit dem die Räder über die Betonplatten rollten, gab Ordnung und Halt. Uhling spürte Beruhigung kommen, wie nach einem Lauf, nach einem Sprint. Wie nach dem vergeblichen Versuch, den zweiten Ast der Linde zu erreichen. Ein Memento, das er abbaute. Beim Versuch, nach dem zweiten Ast zu springen, hatte sich das Blut heiß bis in die Ohren hochgepeitscht. Eine Überreaktion des überraschten Körpers. Aber wozu sollte der Körper solche Sprünge machen? Und wozu die Prächtigkeit als Norm der Eltern? Die weißhaarige Dame, Mutter, hinter dem Vater. Glanzdruckbilder. Er hatte einmal die Steuerung für eine Druckmaschine gebaut. Die konnte auch Glanzjournale drucken. Firlefanz. Die Komplexität und Fülle von Ideen, mit denen die Steuerung funktionierte, das war hochqualifizierte Arbeit, das war hohe Kunst. Hochqualifiziert, das war seine Ehre.

Uhlings Wagen floss mit dem Verkehr durch die Landschaft. Die Gegenwart verlor sich im grauen Rauschen der Fahrt. Als es Abend wurde, weckte die Farbe des Horizonts Uhling kurz zu Gedanken.

Uhling wurde müde. Er drehte das Radio an. Es gab Kammermusik; die Streicher kratzten zu sehr auf ihren Saiten. Es gab ein Wunschkonzert. Zwischen locker gesprochenen Glückwünschen wurden Schlager gespielt. Uhling mochte sie seltsamerweise. Die Stimmen schienen ihm recht gut, und die Sentimentalität der Ferne, der weißen Wolken, des Meeres und der Sterne fand bei ihm zu dieser Stunde Resonanz. Er schloss das Seitenfenster ganz, um von den Geräuschen des Fahrtwindes nicht gestört zu werden und drehte auf volle Lautstärke. So wurde der Wagen ein abgeschlossenes Reich, nur von Stimmen und Instrumenten erfüllt. Der kalte Nachtwind und die rasende Geschwindigkeit, mit der Bäume und Wegweiser vorbeiglitten, waren ausgesperrt.

Vor ihm fuhr ein Wagen, hinter ihm fuhr ein Wagen, links zog zuweilen einer vorbei. An einer Tankstelle stieg er aus; er trug eine graue Hose und noch das weiße Hemd für den Geschäftsbesuch. Den obersten Knopf hatte er gelöst und die Krawatte lose gezogen. An der Nebenpumpe hielt ein Wagen. Es stieg einer aus, auch noch im weißen Hemd. Wahrscheinlich von einem Geschäftsbesuch. Das gab ein Gefühl der Bestätigung.

Wenn ich mir Bilder meiner Eltern denke, dann sind das Bilder hinter Glas, ferne Reportagen. So sehe ich auch Bilder auf anderen Schreibtischen. Ganz kleine Dinge können die Erinnerung aufschließen. In einem Bündel Briefe meiner Mutter sah ich ein Wort mit dem Buchstaben ‚g'. Die Schleife des ‚g' machte meine Mutter in ganz eigener Weise. Und weil ich das ‚g' sah, war meine Mutter ganz lebendig nah. Vielleicht erinnerte mich das ‚g' an eine sehr frühe Zeit, als ich noch Kind war und an die Mutter selbstverständlich glaubte. Ob mein letzter Abschied die Mutter gekränkt hat, erschreckt hat? Weil dieser Besuch so kurz war, weil der Sohn gar keine Verbindung hergestellt hat? Weil der Sohn in einer Welt lebte, die fremd war, einer Welt, die auch gar nicht gewünscht war? Sie hatte ihn nicht mehr. Sie hatte versucht, einen rohen Stein zum Edelstein zu schleifen. Einige Facetten hatte der Stein bekommen, dann war er auf unbekannten Halden verloren gegangen. Ob meine Mutter mit solchen Gedanken in den Tod gegangen ist, weiß ich nicht. Es hatte auch kein Gespräch darüber gegeben, ob man den Tod fürchten müsse.

Ich schüttle lächelnd die Schultern, wenn ich an meinen Tod denke. Die Besucher schauen mich mit der Frage an: Wann? Die Schultern schütteln kann ich körperlich nicht. Mein Körper klebt matt wie moderiges Papier auf dem Leintuch. Aber irgend eine Schicht lächelt über den Tod. Sicher quälen sich andere meiner Schichten mit dem Gedanken. Epikur sagte: ‚Der Tod hat keine Bedeutung, denn solange wir leben, ist er nicht da, und wenn wir aufgelöst sind, haben wir keine Empfindung.'

Ich fürchte den Tod auch aus Eitelkeit, denn ich bin so voll von Erinnerungen und wunderbaren Gedanken, die sollten der Welt nicht verloren gehen. Epikur wollte um alles in der Welt den Schmerz vermeiden. Mich schmerzt aber der Untergang meiner Bilder, selbst dieser hier: Das Bett mit den Glanzlichtern der Nachtsignale auf den Chromrohren und der Blick durch das nachtgraue Fenster machen mich glücklich. Niemand wird nach mir von dieser Glücklichkeit wissen.

Dieser Epikur ist ein Alter und ein Gegenwärtiger. Ein Alter, weil er eine gewaltige Furcht vor den Launen der Götter zu bekämpfen hatte, ein Gegenwärtiger, weil er diesen Schrecken mit Versuchen der Aufklärung bekämpfte: Was immer auf der Welt passiert, schafft nicht der Wille der Gottheit, sondern das Gesetz der Natur, das ohne Persönlichkeit wirkt. Auch die Entwicklungen der Seele, zwar aus besonders feiner

Materie, verlaufen nach diesem Gesetz. Ein Reduktionist war Epikur, ein Suchender eben. In diesem Falle ein Suchender nach Glückseligkeit ohne Angst und Schmerz.

– 17 –

Nico saß beim Kanzler. Der Kanzler, wie es so sein muss, im schwarzen Lederdrehsessel, im Rücken die gläserne Aussicht auf die geparkten Wagenstaffeln und weiter über Teile der Stadt. Nico ihm gegenüber, die Hand auf der Glasplatte des Cheftisches, mit unruhigen Fingern.

„Einer von meinen Fahrern sagt", begann der Kanzler, setzte aber dann das Schweigen fort, das schon einige Zeit geherrscht hatte, „einer sagt, dass das Gute und das Schlechte am Ende des Lebens ausgeglichen sein werden. – Was meinst du?"

Bei Nico löste dies ein kurzes Schnaufen aus. Das Symbol für etwas Ironie, oder Zynik, oder Vergeblichkeit von Philosophien. Sein Blick wanderte kurz zum Kanzler und wieder abseits. Ein Überprüfungsblick bei Überraschungen im Gespräch. Ein Versuch, den Partner neu kennen zu lernen. Es war neu, dass der Kanzler über Leben und Schicksal sprach, wahrscheinlich auch neu, dass das in seine Gedanken kam.

„Dann haben die, denen es dreckig geht, ja noch Hoffnung!"

Der Kanzler warf seinen Körper aus dem Sessel nach vorn, beinahe über den Tisch auf Nico zu, und ließ seine ganze Intensität wirken: „Nico, unserem Philipp darf nichts passieren!"

Nicos Körper machte hin und her windende Bewegungen. Furchtsam lächelnd sagte er: „Ilona muss das Gerät hergeben!"

Der Kanzler schlug auf die Glasplatte. „Das gelingt nicht! Das funktioniert nicht! Du! – musst ein Psyris-Gerät beschaffen!

„Die Leute von Atarax kennen mich aber jetzt!"

„Nein, nicht noch eine Reise zur schönen Insel von Atarax! Dazu ist gar nicht mehr Zeit. Zu Elmar! Oder kann sonst jemand ein Psyris haben?"

„Nein", sagte Nico, „wahrscheinlich niemand. Vielleicht doch, aber wer und wo?"

„Durchsuch seine Villa!"

„Dort wird er seine Behandlungen nicht machen."

„Oben im Hotel?"

Der Kanzler und Nico fuhren am Abend zu Elmars Haus. Eine weitläufige Villa mit Rasen, Hecken, Terrassen. Zu beiden Seiten der Straße Bäume und Villen.

Licht brannte noch. Gestalten bewegten sich hinter den Fenstern. Bald verließen eine Frau und ein Mann das Haus. Sie gingen schnell und dezidiert, beruflich unterwegs. Vielleicht war die Villa ihre Arbeitsstätte. Beide dunkle Brillen. Das sagte man ja von den Elmiren. Sie wollten ihre Augen nicht sehen lassen, weil der Blick eigenartig war. Die Frau hatte ihren Wagen vor dem Haus und fuhr weg. Der Mann hatte etwas weiter zu gehen. Das Haus war nun dunkel. Auf dem Namensschild stand: *Psychotherapie, nach Voranmeldung.*

„Er ist gar nicht in der Stadt. Du musst zum Hotel", sagte der Kanzler.

Nico rüstete sich. Schließlich musste das ein Diebstahl werden, vielleicht ein Einbruch. Er suchte Informationen über das Hotel. Seine Finger glitten über die Tastatur und er schaute mit einer gewissen Vorfreude auf den Schirm. Während er mit weit offenen Augen suchte, wanderte seine rechte Hand von der Maus zur Dose mit dem geknickten Trinkhalm.

KATHARSIS hieß das Hotel.

„Wir bieten unseren Gästen eine Atmosphäre ernster Heiterkeit. Vorträge über grundlegende Themen, professionell begleiteter Sport und Musik bauen Sie auf, so dass Sie die Ziele Ihres Lebens mit neuer Kraft verfolgen können."

Seminare waren angekündigt:
- Das Syndrom der zerfledderten Zielsetzung
- Das Staunen ist abhanden gekommen
- Die Heiterkeit in der Disziplin

Dort sitzt Elmar! Dort hat er sein Labor! Nico schaltete den Computer ab. Er stand mit schnellen Bewegungen auf. Er lächelte erregt. Sein Eifer wirkte unangemessen auf diesem hageren, krummschultrigen Körper mit dem Schädel auf dünnem Hals.

Nico, einem Jäger so unähnlich, fühlte sich als Jäger. Die Nacht auf dem Fuhrhof war sehr dunkel und die Luft feucht. Er fühlte sich tatkräftiger als der Kanzler. Er war als Spürhund eingesetzt. Er ging eifrig auf seinen Wagen zu und hantierte eifrig. Er setzte im Namen des Kanzlers gerne Handlungen, die zweifelhaft waren. Der Kanzler war zwar seine Zuflucht, aber er stichelte gerne gegen den Zwang dieser Zuflucht.

Auf der Karte war das Hotel am Ende einer Forststraße eingezeichnet. Nico ließ sich von seiner Aufregung tragen und fuhr unverzüglich. Vor Tagesanbruch kam er in die Wälder. Über lange Strecken lag die sich windende Straße völlig im Dunkeln. Das Licht der Scheinwerfer wischte, den Kurven folgend, über Gräser der Böschung oder die Stämme des ansteigenden Waldes oder das Geländer am Absturz zum Fluss. Auch großer Eifer wird kalt, mit Zeit und Ermüdung. Die Ziele zeigen dann all ihre Schwierigkeiten. Nico hielt an einer Ausbuchtung der Straße und verhängte seine Nummernschilder mit Tüchern aus dem Kofferraum. Kalt und feucht und dunkel war der Taleinschnitt, und die Bäume standen, noch beinahe ohne Farben, vom Straßenrand bis in die Unkenntlichkeit oben. Wenn Elmar in diesem Hotel sein Psyris-Labor betrieb, dann mussten große Sicherheiten installiert sein. Nico hatte jetzt zu denken. Er setzte sich wieder in seinen Wagen. Dort war es warm, und die Umgebung von Kunstleder, Chromhebeln und Kunststoffpaneelen war eine menschliche Umgebung – im Gegensatz zu dem feuchten, nur beinahe stillen Wald. Wer zum Hotel wollte, wurde vom System sicher schon in größerem Abstand erfasst. Bis zu den Labors vorzudringen, wenn Elmar sie überhaupt hier installiert hatte, wäre ein beinahe nicht denkbarer Glücksfall für seinen kriminellen Witz. Aber es hatte, seit er sich damals, vor so vielen Jahren, aus dem OP weggestohlen hatte, keinen Tag ohne Irrwitz und Angst gegeben. Die Schale seiner Sicherheit und Camouflage, der Schutz durch sein neues Gesicht, war dünn. Wenn Philipp nach dem Stoß der Kugel einen Amoksprung tut, dann ist der Kanzler dran. Der Kanzler wird sofort in Verdacht kommen. Wenn sie den Kanzler beschuldigen, dann auch ihn selbst, Nico. Und sein neues Gesicht hilft nicht.

Seit er beim Kanzler Unterschlupf gefunden hatte, gab es für ihn keine eigenen Alternativen. Er war eine Marionette des Kanzlers. Solange der Kanzler souverän und mit draufgängerischem Spaß seiner ganzen Umgebung alle Handlungen diktierte, bis ins Persönliche, solange machte es auch, jedenfalls im ersten Hinblicken, Spaß zu folgen; sogar die Unterwerfung schien angenehm. Die Mission zur Insel hatte ja wider Erwarten in eitler Wonne geendet.

***

Die Mission zur Insel! Dem Kanzler, das ist jetzt schon lange her, war zu Ohren gekommen, dass Elmar und Atarax gemeinsam, auf der Grundlage der Veröffentlichung Uhlings, dieses Gerät Psyris bis zu einem einsatzfähigen Instrument entwickelt hatten. Insgeheim und im Schutz der glücklichen Insel des Atarax. Seit der ersten Erwähnung von Psyris hatte der Kanzler an eine mögliche Verwendung für seine Sportler gedacht.

Diese guten Burschen im ständigen Kampf mit anderen Teams, die höchstwahrscheinlich mit unbekannten Mitteln gedopt waren. Eine Konditionierung mit Psyris, das wäre so leicht nicht zu beweisen.

Der Kanzler zwang damals Nico, er wurde ganz wild bei Einwänden und Widerspruch. So flog Nico in die subtropische Sonne und in dieser auf Heiterkeit getrimmten Atmosphäre, die grundsätzlich jeder Organisation abhold war, wurde es für Nicos immer in Tricks und Umwegen arbeitenden Geist schließlich lächerlich einfach, bis zu den Geräten vorzudringen. So hatte damals der Kanzler Psyris zur Verfügung bekommen und mit der heimlichen Freude des Betrügers versucht, die anderen Doping-Sünder auszutricksen.

***

Diese graue Feuchtigkeit des Waldes war Nico fremd wie eine exotische Sprache. Nicht nur war ihm schon ein Schritt auf Tannennadeln und Wurzeln etwas Unbekanntes, Vorsintflutliches, Ungehöriges, beinahe Ekelhaftes; er wusste auch nicht, wie er in den nächsten Stunden damit umgehen sollte. Dazu kam die modernste Abwehrtechnik, die Elmar sicherlich installiert hatte. Nicos Angst ging in zweierlei Richtung: Angst, dass er das Gerät nicht finden würde und, stark mit seinen Eingeweiden verknüpft, Angst, entdeckt zu werden. Für solch einen Fall gab es von Elmar wahrscheinlich kompromisslose Weisungen.

Im ständigen Leben auf der Kippe zur Katastrophe hatte Nico sich von seinen inneren Stimmen getrennt. Als er damals den OP verließ, hatte er Angst und schlechtes Gewissen. Angst und schlechtes Gewissen saßen nicht nur tief in seinem Körper, sondern auch in seinem Bewusstsein. Er lebte in der

Angst. Als die Würfel dann gefallen waren, richtiger: als er die Würfel dann geworfen und beschlossen hatte, untergetaucht zu bleiben, und mit dem neuen Gesicht sein neues Leben begann, da bildete sich über seinem eigenen, ursprünglichen Bewusstsein eine neue Schicht. Diese Schicht war der Kanzler. Er hatte für den Kanzler zu arbeiten und konfigurierte am Computer optimale Routenpläne der LKWs. Bei dieser Arbeit bildete sich aus den kleinen Misserfolgen und Erfolgen, die der Computer-Schirm ihm präsentierte, die Szenerie einer neuen Lebenswelt, und die legte sich als neues Unterbewusstsein über die ursprüngliche Schicht seines Lebens. Dieses Lebensgefühl hielt oft viele Tage stand. Manchmal brach es ein. Dann kam die Angst und kam das Wissen um das nie endende Verfolgt-Sein. Das Wissen um die Unsicherheit des Entkommens.

Hier am Straßenrand, in der Schlucht zwischen beinahe stillen Wäldern hatte Nico wieder Angst. Er war der nüchternste Mensch, aber im Zustand der Angst musste er sich gegen die Vorstellung wehren, der nicht ganz stille Wald um ihn herum sei eine argwöhnische Person. Er startete. Durch die Lebendigkeit der Maschine traten die Geister etwas zurück. Er fuhr an; mit einer Routine der Überwindung: Du musst handeln, es gibt keine Alternative, auch wenn Du das Risiko nicht kalkulieren kannst. Insofern stand er außerhalb der Gesellschaft, denn dort besteht meist die Möglichkeit, vor den Taten das Gelingen abzuschätzen.

Er fuhr langsam. Er schaute aus nach Installationen, etwa Masten, an denen Kameras angeklemmt waren, oder Kameras, die in Bäumen montiert waren. Zu erkennen an Unregelmäßigkeiten im Geäst, vielleicht wäre das Auge der Kamera freigeschnitten. Die Straße wand sich, weil die bewaldeten Abstürze rechts oder links vorsprangen. Hinter einem Vorsprung war es jeweils etwas heller, diesig-hell. Auf diese Stelle achtete Nico bei jeder Umrundung. Seine langgliedrigen Finger hielten das Lenkrad rechts und links. Er saß vorgebeugt, so als wäre er damit dem Geschehen bereits näher. Die dünnen Ellenbogen waren in dieser Haltung scharf gewinkelt. Trotz des Vorbeugens hielt er den Kopf aufrecht. Desto pronouncierter der Knick vom Rücken zum Hinterkopf. In der Anstrengung waren seine Augen füchsisch verzogen und der Mund war spitz gepresst. Nach einer dieser Kurven musste etwas sichtbar werden.

Und in eine dieser diesigen Aufhellungen mischte sich ein gelblicher Lichtton. Noch bevor die Quelle dieses Lichts sichtbar wurde, suchte sich Nico eine Einfahrt in den Wald. Er fand einen Holz-Ladeplatz und stellte den Wagen soweit es ging abseits. Es roch nach feuchter Rinde. Aus dem Kofferraum holte er den kleinen schwarzen Rucksack mit Taschenlampe und einigen Utensilien, die er für die Eventualitäten seiner Mission ausgesucht hatte. Vielleicht musste er eine Türe aufbrechen, vielleicht half es, Wachen zu erschrecken.

Er ging am Straßenrand, an der Seite des ansteigenden Waldes, auf die nächste Krümmung des Tales zu. Die andere Straßenseite war durch ein Geländer gegen den Absturz zum Fluss gesichert. Er kam näher, es wurde heller, und es öffnete sich vor ihm ein weiter, gut besetzter Parkplatz. Der dahinter ansteigende Wald war durch einen Zaun abgegrenzt. Die Pforte im Zaun, mit Schlagbaum und Wächterhaus, wurde von Scheinwerfern scharf beleuchtet. Vor dem Wächterhaus parkte eine sechstürige Limousine. Es bestand offenbar die Regelung, dass niemand im eigenen Wagen zum Hotel hinauffahren durfte. Über dem Schlagbaum strahlte ein Schriftzug in typographisch anspruchsvollen, hoheitsvollen Lettern: „HOTEL KATHARSIS".

Bei Ratlosigkeit muss man wie eine Wespe suchen, die an einem Fenster beliebige Richtungen sondiert. Nico umrundete zunächst den Parkplatz rechts, noch im Waldgebiet, und stieg die steile Bergflanke in einiger Entfernung vom eingezäunten

Gelände hinauf. Er verfolgte die Konstruktion des Zaunes minutiös. Der Zaun war überall intakt. Oben lichtete sich der Wald, schließlich standen die Bäume vereinzelt, dann folgte Almgebiet.

Nico sah nun auf den Parkplatz hinunter. Und darüber, oberhalb eines steilansteigenden Waldstreifens, lagen die weitläufigen Dächer des Hotels. Dort schien jetzt die Morgensonne. Der Zaun lief überall in gleichbleibender Konstruktion, und gut sichtbar. Nico sah keinen Ansatz.

Er ging zurück, umrundete den Parkplatz und suchte, soweit der Blick durch die Bäume frei war, die andere Seite ab. Dort brach das Gelände bis hoch hinauf links steil ab, offenbar zu dem Bach oder Fluss, dem die Straße ins Tal herauf gefolgt war. Nico suchte eine Stelle, an der er die Straße überqueren könnte. Er suchte jeden Baum mit dem Feldstecher ab, jeden Winkel hinter einem Holzstoß am Straßenrand. Ein Restrisiko blieb. Er ging hinunter zum Fluss. Er fand einen Steg, der allerdings älter schien als das Hotel. Die Hölzer waren morsch und bemoost. Der Fluss und die Schlucht trennten ihn jetzt vom Hotelgebiet. An der Schluchtkante oben war der Zaun zu sehen.

Nico setzte sich im Wald, nahe der Schlucht, sodass er den Zaun sehen konnte. Ideen hatte er immer gehabt. Eine Idee wird kommen. Er ließ seinen Tagträumen freien Lauf. Da tauchten aber alte Bilder auf, von Atarax. Eine sonnige Expedition war das gewesen! Eine teuflische, alles durchdringende, ständige Heiterkeit.

Wie viele Versuche wohl schief gegangen waren, bis Atarax seine Bibliothek von Programmen zur Verfügung hatte. Das Elektrodensignal traf genau das Zentrum der Befindlichkeit. ‚Froh erwache' oder Niedergeschlagenheit waren verfügbare Optionen. Atarax betrieb ein Inselreich mit auf Heiterkeit festgeschriebenen Menschen. Psyris hatte Heiterkeit festgebrannt.

***

Die Befindlichkeit wandelt und entwickelt sich autonom, durch das bewusste Ich kaum beeinflussbar. Der Weg ist kompliziert und durchaus nicht selbstverständlich. Ist die Befindlichkeit auf ‚traurig' eingestellt, so ist dies eine Tatsache, eine Wahrheit. Es ist dreist und blasphemisch, wenn das reflektierende Bewusstsein sich dieser Traurigkeit gegenüber stellt und sagt: Ich sehe, ich bin traurig, ich will umschalten auf Jubel. Soll ich mich so 'in der Hand' haben, dass ich durch bloße Entscheidung nach Belieben heulen oder lachen kann?

Es ist eine prekäre Gratwanderung, der Trauer ihre Ehre zu geben und doch nach füglicher Zeit sich davon abzuwenden. Solch eine Veränderung muss schwer sein, sonst vergehen mit der Beliebigkeit auch alle Wichtigkeiten.

Die Traurigkeit kann mit Handlungen überfahren werden, die Mimik kann bewusst anderes vortäuschen. Aus dem aufgesetzten Lächeln gibt es gewisse Rückwirkungen auf die Befindlichkeit. Aber die autonomen Gefühlsparameter bleiben im Hintergrund wirksam. Es gibt eine unendliche Mannigfaltigkeit seelischer Zustände. Jeder überzieht die Welt mit seiner eigenen Farbe: Wehmut, Fröhlichkeit, glücklich gähnende Faulheit, zum Aufbruch drängende Kraft, Verliebtheit, Verzweiflung, Heiterkeit. Atarax war ein zutiefst heiterer Mensch, und wohlwollend. Er hatte in so vielen Fällen die Nutzlosigkeit üblicher Therapien gesehen; die Patienten kamen nicht aus ihrer Traurigkeit, oder sie fielen sofort wieder in ihre Traurigkeit oder sie verstrickten sich in medikamentös notdürftig gestützte Zustände. Atarax hatte von Beginn an mit dem Hypnomaten gearbeitet. Seine Behandlungsmethoden mit Intensiv-Hypnose fanden großen Zuspruch, wurden populär, und er baute sich sein Heilzentrum auf, das bald „Die heitere Insel" genannt wurde.

Es war Elmar, der ihn auf Uhlings zweite Erfindung, auf die Schrift über Psyris, aufmerksam machte. Elmar drängte auf

Verwirklichung und erschien schließlich mit einem Team von Ingenieuren auf der Insel, um des Psyris-Gerät zu bauen. Beide, Elmar und Atarax, waren von den Möglichkeiten fasziniert. Sollte es möglich sein, mit Psyris auf den Charakter einer Person zuzugreifen? Ihn nach Wunsch zu modellieren? Atarax dachte natürlich daran, Menschen Seelenruhe und Fröhlichkeit zu geben, Elmar aber sah ein Mittel, auf der Welt Ernst, Tatkraft und Disziplin zu verbreiten. Atarax ließ Elmars Ingenieure auf seiner Insel arbeiten.

Wenn Atarax eine Patientin, einen Patienten, durch einen Impuls des Elektrodensattels, programmiert im Signalmuster der Heiterkeit, konditioniert hatte, dann war für den Patienten Traurigkeit nicht mehr möglich. So wenig wie einem klinisch Depressiven durch nichts Freude zu machen ist, nicht durch gute Nachrichten, Geschenke, Liebesbeweise. Seine Augen werden nichts Schönes sehen und die Ohren nichts Gutes hören. Mit Psyris fesselte Atarax seine Patienten in Heiterkeit. Sie konnten nichts anderes empfinden. Zu Störungen kam es bisweilen, wenn ein Patient allen Anlass hatte, traurig zu sein, wenn etwa eine Todesnachricht aus der Familie auf der Insel eintraf. Die Wahrnehmung der Schrecklichkeit versucht dann auf die Seele einzuwirken und verlangt ihr Trauer ab; sie kann aber durch die Riegel der Konditionierung nicht durchdringen. Solche Situationen führen oft zum Zusammenbruch.

Ähnliche Überlastungen der Seele kommen auch ohne die technische Einwirkung von Psyris vor. Beim Beschauer lösen sie das Gefühl der Tragik aus.

Die Mimik der Heiteren war für den Eingeweihten erkennbar. Die Heiteren hatten, mit Beimischungen, den Ausdruck eines Menschen, der auf der Sonnenterrasse liegt, geschützt von einem Schirm, ein perlendes Getränk neben dem Liegestuhl; und durch die Atmosphäre der Umstände losgelöst von drängenden Gedanken. Die Permanenz der Heiterkeit gab allerdings der mimischen Muskulatur keine Chance auszuruhen. So wurden die Gesichtszüge, obwohl sie alle Signale der Heiterkeit richtig darstellten, starr, und nicht nur starr, sondern etwas zu pointiert, wie jede Geste, die lange durchgehalten werden muss. Das minimale Schmunzeln der Muße in der Hängematte konnte, wenn die Mundwinkel auch nur ganz wenig zu hoch gezogen wurden, zu einem Schatten zynischer Arroganz werden. Diejenigen Heiteren, die die Insel wieder verließen, konnten an dieser Süffisanz auch in der Menge üblicher Straßenbürger erkannt werden. Noch prägnanter allerdings waren sie durch ihren Blick gekennzeichnet. Aus größerer Entfernung hatte man nur den Eindruck der Überheblichkeit des Immer-Glücklichen, aus der Nähe aber ließen die Iris-Scheiben erschrecken. Sie schienen wie starr gerichtete Antennenschalen Informationen zu saugen. Atarax hatte an sich selbst nie Versuche mit Psyris vorgenommen. Drogenbosse nehmen keine Drogen. Er war mit Heiterkeit schon geboren, und wenn er in seinem Leben hin und wieder in Unglück und Schrecken verwickelt wurde, so stellte seine Physiologie den Zustand der Heiterkeit in kürzester Zeit wieder her. Diese nicht gespielte Heiterkeit wirkte so stark auf seine Umgebung, dass manche Kommentatoren meinten, die Patienten der Heiteren Insel seien nicht mit Hilfe von Psyris programmiert, sondern Atarax habe sie persönlich in seine Glückseligkeit mitgerissen.

***

Nico bekam, als er damals Psyris für seinen Kanzler stahl, unerwartet einen Blick auf des Atarax eigenes Glücksvermögen. Er war schon auf dem Rückweg aus dem Labor, dessen Sicherheitsschranken er leicht ausgehebelt hatte, und trug schon das entwendete Psyris-Gerät unter dem Arm, als er an einer nicht ganz geschlossenen Tür vorbeikam. In der Erinnerung sah er das Bild noch genau: In einem Gang mit dunkelgrauem Boden und hellgrauen Wänden, der durch fahlweißes Licht beleuchtet war, sprang ein Strahl goldgelb durch den Türspalt. Nico hätte, seine Mission erfolgreich, hier keine Zeit verlieren dürfen. Aber die Geräusche reizten ihn zu sehr. Auf einer Pritsche, die offenbar als Trage für erste Hilfe bereitstand, lag Atarax. Er lag nackt auf dem Rücken, und auf seinem Gesicht, durch ein Kopfkissen etwas hochgestellt, glänzte sein Wohlbefinden. Sein Leib, auch in Rückenlage generös gewölbt, erinnerte zwingend an selbstwohlgefällige Fülle lachender, lächelnder Buddhas. Seinem Haar mit dem etwas rötlichen Stich entsprach die sehr weiße, seidenweiche Haut, ebenmäßig, mit einzelnen Sommersprossen.

Auf seinen Lenden saß ein Kreatur mit exzellenten Formen. Sie saß aufrecht, der Rücken vom kleinrundlichen Gesäß aufwärts hohl durchgebogen, und schaute mit glänzend-lustigen Augen auf Atarax, der den gleichen Blick zurücksandte. Wenn sie zu Bewegungen ansetzte, wehrte er durch ein Anheben der Hand wie gütig ab. Er setzte auf transzendierende Spannung. Die widerspiegelte sich in den Bewegungen ihrer kleinen Zunge.

Nico saß in Elmars Wald auf einem gefallenen Ast. Mühsam löste er sich aus den Bildern der Erinnerung. Es war nur das Summen eines Insekts zu hören. Und der Bach. Durch die Bäume hindurch leuchtete der sichtbar bröckelige Absturz in der Sonne. An der Kante oben der Zaun. Nico saß, das rechte Fußgelenk auf das linke Knie gelegt, und spielte mit dem Fuß. Eine Strategie musste kommen. Er kaute an einem Sandwich. Er ging durch den Wald, aber nicht zu nahe zum Einschnitt des Baches. Nico musste sich erleichtern und war nur Toiletten in technisch versorgten Häusern gewöhnt. Der einsame Wald schien eine Öffentlichkeit; und eine biologische Fremdheit mit Rinde, fauligem Laub und Nadeln und Käfern.

Er ging doch näher zum Bach und betrachtete den Zaun. Zum Rauschen des Wassers kam nun noch ein gleichmäßiges Brummen; sehr gedämpft, aber doch mit einer plärrenden Schärfe. Das waren die Diesel der Stromversorgung. Sie mussten in einem Stollen stehen, mit Auspuff zum Bach hin. Nico sah sich schon dort eindringen und den Hauptschalter umlegen. Aber das hätte nur zu einem Ausschwärmen des Sicherheitsdienstes geführt. Nico wurde wieder heimgesucht von dem Gefühl der schwindlig dünnen Chancen, das ihn auf allen seinen Unternehmungen seit der Flucht aus dem Operationssaal begleitet hatte. Beinahe verließ ihn sein schnodderiger Zynismus, der sein psychischer Saumpfad war, sein Mittel zu leben. Beinahe hätte er sich in Jammer ausbrechen lassen und sich allem ergeben. Eine Strategie tauchte noch nicht auf.

Der Zaun lief oben an der Kante. Das Gestein war bröckelig, Konglomerat und loser Sandstein. An den Farben war deutlich frischer Abbruch zu erkennen. Am Bach lagen verwitterte Steine und helle, vor kurzem ausgebrochene. Die Kante unter dem Zaun oben wurde durch die Abbrüche unterhöhlt, und Nico fand eine Stelle, an der das untere Spannseil des Zaunes schon über dem Absturz frei lag. Dort gab es einen Einschlupf in Elmars Territorium. Wenn es nur möglich war, in dem losen Sand der Böschung Griffe und Trittstellen zu finden!

Nico musste auf die Dämmerung warten. Er saß an einen Baum gelehnt, übernächtig und überreizt durch das Gemisch von Ratlosigkeit und Trotz, und döste, manchmal bis in den Schlaf. Hellwach wurde er schließlich durch kühle, feuchte Luft. Der Teil des Waldes, in dem er saß, lag schon im Schatten. Seine Gedanken konzentrierten sich jetzt auf die Stelle, an der das Erdreich unter dem Zaun weggebrochen war. Es tat wohl, ein konkretes Ziel zu haben, das er möglicherweise erreichte. Die weiteren, ins Ungewisse führenden Schachzüge blieben für später. Wie schon befürchtet, rieselten Steine und Sand unter seinen Griffen ab. Das Geräusch der springenden

Steine klang, als würde es ihn verraten, und er sah sich um. Er schleppte Äste aus dem Wald, um einige Sprossen steigen zu können. Er stürzte und schlug mit dem Schädel hart auf. Die Wut über den zunächst betäubenden Schmerz half ihm. Und dann kroch er unter dem Zaun durch, auf die Grasnarbe oben.

Durch eine kleine Bodenwelle war er noch in Deckung. Er prüfte seinen schwarzen Rucksack. Er klopfte und rieb Sand aus seiner Kleidung. Jenseits der Bodenwelle war die Aussicht grandios. Eine Almlandschaft mit pittoresk verstreuten Kühen. Links lief der Zaun bis hoch hinauf. Rechts unten lag weitläufig das Hotel. Selbst diese Rückseite war majestätisch. Die Fensterreihen blickten auf die bukolische Szenerie und auf einen in flachen Serpentinen ansteigenden Weg, der wie ein Parkwandelweg angelegt war und zu einem Pavillon führte; dies inmitten der Ländlichkeit eine Rückversicherung für die Gäste, dass Zivilisation immer noch das Bestimmende sei. Nico registrierte die Wirtschaftsausgänge im untersten Geschoß: Lieferantenzufahrt, Mülltonnen. Dort standen auch Wachen. Jenseits des Hotels fiel das Gelände ab ins Tal. Dort konnte er, zum Teil, den Parkplatz sehen. Die Strahler an den Lampenmasten waren schon eingeschaltet.

Den Zaun hinauf und hinunter waren keine Kameras oder anderen elektronischen Geräte erkennbar. Die Kanten des Gebäudes aber hatten technische Augen, die alle Richtungen bestrichen. Es herrschte um das Anwesen und im ganzen Areal äußerste Ordnung und Sauberkeit. Eine militärische Ordentlichkeit.

Die Feuchte des Abends stieg nun auch auf die oberen Hänge. Das Vieh lag wiederkäuend. Nico suchte immer wieder das ganze Areal ab, jetzt auch mit dem Fernglas. Bewegung sah er nur beim Wirtschaftsausgang. Nur dort war das Haus offen, allerdings bewacht. Mit einem Täuschungsmanöver könnte es gelingen.

Er meinte etwas zu hören und hörte dann mit Sicherheit. Das Knicken einer verdorrten Staude. Ein Atmen, kurz, ein Hecheln. Die nächsten Sekunden kamen erst später und nur als Erinnerung in sein Bewusstsein. Er war in dieser Zeitspanne nicht Entscheidungsträger. Die Abwägungen liefen automatisch ab. Er sah den Hund. Der Hund war schwarz oder vielleicht dunkelbraun. Der Hund schaute ihn gerade an. Mit Hunden, die bellen, ist eher zu verhandeln.

Nico hatte in Deckung bleiben wollen und lag auf dem Bauch. Seine rechte Hand suchte nach der Betäubungspistole im Rucksack. Er brachte die Ellenbogen in sichere Auflage. Er zielte. Der Hund kam in Schritten näher und blieb wieder stehen. Nico schoss. Der Hund sprang zur Seite, kam aber dann auf Nico zu, allerdings schon kraftlos. Wenn der Hund wieder aufwacht, ist Nico am Ende. Menschen, Tiere, Dinge, die gefährlich sind, und dazu noch stärker, muss man zerstören. Das Fell war seidig und warm. Nico durchtrennte die Halsschlagader. Der Einstich in warmes, lebendiges, nachgiebiges Fleisch ist eigenartig. Aber in den Tagen des Operationssaales hatte Nico einige Hilfsschnitte setzen dürfen.

Er schleifte den Hund zu der Stelle am Zaun, an der er durchgekrochen war und ließ ihn hinuntergleiten. Vielleicht fiel er bis in den Bach. Blut blieb natürlich im Gras, und auch Reste an seinen Händen.

An der linken Kante des Gebäudes wurden zwei Gestalten sichtbar. Sie waren von den hellen Fenstern des Hotels gelblich beleuchtet. Die Männer schienen recht unterschiedlich groß. Der schmächtigere vielleicht Elmar. Nico konnte auf die Entfernung und in dieser Beleuchtung nicht gewiss sein, aber er dachte nur mehr, dass dies Elmar sei. Die Zwei gingen langsam auf den Kies-Serpentinen, vielleicht zum Pavillon. Sie gingen, wie man in einem intensiven Gespräch die Schritte setzt. Der helle Kies fing genügend Licht vom Hotel. Nico hastete über das freie Grasland bis zum Pavillon. Außer der

Dunkelheit gab es auf dieser Strecke keine Deckung. Wurden Nachtsichtgeräte verwendet, so war das eben ein Risiko. Nico stand hinter dem Pavillon und beobachtete. Die zwei Männer gingen ein paar Schritte, und der Kies knirschte; dann standen sie und gestikulierten beim Sprechen. Ab und zu leuchtete eine Hand auf, wenn sie in den Lichtschein des Hotels kam. Nico sah jetzt, dass der kleinere tatsächlich Elmar war. Und er konnte dem Gespräch folgen.

„Sie müssen bedenken, Herr Ministerialrat", sagte Elmar, „dass der Mensch selbst Verantwortung trägt. Man geht heute so weit, einen Dieb zu bemitleiden, nicht zu bestrafen. Man bemitleidet den Dieb, weil er vielleicht unter Dieben aufgewachsen ist. Wo bleibt die eigene Verantwortung? Der Dieb wird weich gebettet in Gespräche mit Therapeuten. Er wird konditioniert, damit er in die Gesellschaft passt. Das ist eine Verantwortungskrücke. Wo bleibt der selbständige Mensch? Der Mensch muss der Welt als funktionierendes Individuum gegenüberstehen. Wenn er selbst seine Grenzen nicht sieht, muss ihn die Welt darauf hinweisen, eventuell durch Strafen."

Der als Ministerialrat angesprochene Herr hob die rechte Hand wie um Einhalt zu gebieten, zu mäßigen.

„Ich weiß", sprach Elmar weiter, „ihr Minister träumt von einem Staat ohne Gefängnisse. Es wird nicht gelingen. Aber wäre so ein Staat überhaupt zu wünschen? Soll die eigene Verantwortung einer lauwarmen Reibungslosigkeit geopfert werden? Die Menschen müssen in eindeutigen Grenzen leben, sonst sind sie orientierungslos. Herr Ministerialrat, Sie müssen mitarbeiten, sie haben doch Einfluss auf den Minister. Sie sind doch gekommen, weil wir in unseren Broschüren von Selbständigkeit, klaren Überzeugungen und Verantwortung sprechen.

Der Ministerialrat verzögerte sein Schreiten und blieb schließlich stehen. Er richtete sich ganz auf, sodass er Elmar um mehr als Kopfeshöhe überragte und schaute in die Dunkelheit der

Umgebung. Kurz streifte sein Blick auch den Nachthimmel.
Es stimme also, dass es eine Art Vereinigung gebe, die diese
Ziele verfolgt?

„Wir sind ein Kreis von Freunden. Kommen Sie, wir setzen
uns zu einem Glas Wein", sagte Elmar. Sie gingen wortlos,
langsam weiter. Als sie sich dem Pavillon näherten, flammten
Scheinwerfer auf. Der Weg und die Eingangstür waren scharf
beleuchtet. Kurz darauf kam mildes Licht aus den Fenstern.
Die Scheinwerfer erloschen und das hier kurz gemähte Gras
war durch das Licht aus dem Pavillon in verzerrten Fenster-
geometrien beleuchtet.

Elmar ist nicht im Hotel. Das ist ein Vorteil. Nico befühlte
seinen Rucksack, er dachte an seine Utensilien. Hatte man
den Hund ausgeschickt? Oder lief er in der Nacht frei und
wurde nicht erwartet? Am Wirtschaftseingang war nach wie
vor Bewegung. Nico spielte seine Karte aus. Er ging über die
Wiese, wo sie am wenigsten aus dem Pavillon oder vom Hotel her beschienen war, hinunter zur linken Kante des Hotel-
gebäudes. Dort kniete er hin, nahm seine Alarm-Apparatur
aus dem Rucksack und löste die Uhr aus. Dann näherte er
sich, so weit es der Lichtschein aus dem Hotel zuließ, dem
Wirtschaftseingang. Seine Vorrichtung begann mit einem
wilden, schrillen Geheul aus Lautsprechern, mit dichtem,
schnell verbreitetem Nebel und, besonders wirksam, mit sehr
intensivem Schwefelwasserstoff-Gestank. Über die Panik und
Ratlosigkeit musste Nico schmunzeln, obwohl seine eigene
Angst stieg. Der Eingang war verlassen, allerdings nach wie
vor hell erleuchtet. Nico hatte keine Wahl. Er musste in diese Helligkeit. Geradeaus ging es offenbar zu den Liften, eine
Reihe von vier. Rechts sah es nach Küchenbereich aus, links
nach Wäscherei. Alle Wände waren in hellem Grau gehalten,
an den Decken liefen Kabeltrassen.

Eine breite Tür, gegenüber der Liftbatterie, machte eine Ausnahme: Das Türblatt hatte angenehm dunkles Holzfurnier.

Die Tür war also für Besucher bestimmt. Nico entschied sich für diesen Weg. Das Öffnen von Schlössern war für ihn kein Risikofaktor, und in den Gängen des Labors, bis zum ‚Behandlungsraum' fand er sich sofort zurecht. Er öffnete den Geräteschrank und sah mit freudiger Überraschung die Elektronik-Einschübe von Psyris. Es überrieselte ihn warm und die Augen wurden ihm feucht in einem irrationalen Glücksgefühl, dass er doch einer sei, den das Glück durch allerlei Unwahrscheinlichkeiten hindurch zum Erfolg führt. Aber in diesem Augenblick drang durch die Schlitze der Klimaanlage Schwefelwasserstoffgas ein. Ein Gedankenfehler: Der von ihm selbst entfesselte Gestank wurde in die Schächte gesaugt. Es biss in die Augen und die Luftröhre, plötzlich, wie die Paralysierung durch das unmittelbar wirkende Gift von Quallennesseln. Er sagte zu sich noch: eine halbe Minute durchhalten, dann habe ich Psyris, aber sein System war im Alarm des Erstickens und er floh hinaus durch die Gänge. Wenige Schritte außerhalb des Gebäudes streifte er beinahe Elmar, der vom Pavillon herunterkam. Nico hastete mit meist zugepressten Augen quer hinauf zu der Stelle am Zaun, durch die er eingedrungen war. Er ließ sich, ohne auf Griffe und Halt zu achten, über das Geröll hinunterschlittern, schöpfte Wasser aus dem Bach, um die Augen zu kühlen und trank auch. Jenseits des Baches zwang er sich schnell hinauf und in den Wald hinein. Er blieb zunächst eine Viertelstunde liegen. Sein Bewusstsein war ein Gitterwerk, wirr erfüllt von apokalyptischen Perspektiven. Jedes einzelne dieser Signale oder Bilder überforderte bereits die Möglichkeiten des Bewusstseins. Er fand keine Balance zwischen diesen scharf schmerzenden Signalen.

Zum einen war es der Körper. Seine nicht mehr zu überwindende Müdigkeit nach dreißig, vierzig Stunden auf dem Hochseil. Die Augenlider konnten nicht einfach schließen. Sie vibrierten. Er musste sie mit den Fingern beruhigen. Die

Finger waren kalt, feucht und staubverschmiert. Er fror. Die Nachtluft hatte eine feuchte Bitterkeit oder Süße oder Herbheit, jedenfalls Feindlichkeit und Kälte. Er übergab sich aus Schwäche einem jämmerlichen Zittern.

Zum anderen, und viel endgültiger, trafen ihn die Argumentationen und Abschätzungen, die in ihm abliefen, bevor er sie noch wusste. Die Quintessenz, von der auch die Schwäche und die Kälte stammten, war, dass jetzt keine Optionen für Glücksfälle mehr offen waren. Er konnte hier keinen Erfolg mehr haben. Damit waren aber auch die Chancen für den Kanzler und für Philipp vertan. Nicos Leben war, zumindest seit dem Operationssaal, immer ein Stelzengehen gewesen. Ein Stelzengehen in einem Sumpf, wo nur mit unverschämtem Glück fester Grund zu finden ist.

Trotz seiner Verkrampfung in Kälte sammelte Nico wieder genügend animalische Kraft um aufzustehen. Er wollte sich in seinen Wagen retten, wo es warm werden konnte. Und der Wagen würde ihn in eine doch irgendwie heilere Welt bringen. Er ging in Richtung Straße durch den Wald hinunter, unten über den Bach, der dort die Straße begleitete, und die Böschung hinauf zur Asphaltdecke der Straße. Dieses Stück künstlicher Oberfläche bot schon ein Zeichen der Heimeligkeit der Zivilisation. Aber am Holzplatz stand sein Wagen nicht. Den hatten also die ausschwärmenden Sicherheitskräfte des Hotels gefunden. Sie hatten damit auch seine Identität, jedenfalls seine aktuelle. Nicos Angst wurde konkret: Männer waren aus, ihn zu finden. Nach seinen Aktionen auf dem Territorium des Hotels hatte Elmar das Recht, ihn zu ergreifen. Nico floh von der Straße weg auf Holzwegen in den Wald und verkroch sich für den Rest der Nacht unter dichten Zweigen. Er musste am nächsten Morgen eine Route finden, der Straße zu Fuß folgend, aber in ausreichend Abstand. Ein Tag würde nicht reichen, zum LKW-Hof des Kanzlers.

Elmar war überrascht. Er hätte eher Interventionen von offizieller Seite erwartet. Mit Befehl auf Papier. Dem Ministerialrat und seinen anderen Gästen sagte er, als sei das zu erwarten gewesen, dass der Einbrecher es auf den Safe in seinem Labor abgesehen hatte. Dort seien die Papiere und Werte des Hotels aufbewahrt. Als ihm seine Sicherheitsbeamten das Kennzeichen eines Wagens und dann noch die Tötung eines Hundes meldeten, verordnete er absolutes Schweigen.

Was will Nico? Dieser willenlose Knecht des Kanzlers! Warum bricht Nico in die Behandlungsräume ein? Sucht er Unterlagen, um mich zu belasten? Was sollte ihm das bringen? Ist sein Psyris-Gerät defekt? Schickt er Nico, meines zu stehlen? Keine Unruhe, jetzt! Das Netzwerk ist noch nicht dicht genug!

Obwohl Elmar seine Sinne brauchte, um die Aktion Nicos – beinahe ein Attentat – richtig zu deuten, drängten sich eigenwillig Bilder aus früheren Zeiten auf. Was aus der alten Runde geworden ist! Atarax auf seiner widerlich verspielten Insel, der Kanzler in riskanten Manipulationen. Die Nachrichten über Uhling sind nicht schön.

Wie sie gestritten hatten! Und Uhling immer widerstrebend; immer wieder sagte er: „Ich hätte Psyris nicht veröffentlichen sollen!" Aber die Menschen brauchen Halt und Ernst! Die Seelen zerfleddern in Haltlosigkeit!

Elmar zog sich in den letzten Raum seines Labors zurück. An seinen Schreibtisch. „Ich muss das durchsetzen, ich muss das durchziehen!", sprach er zu sich. Er begab sich in eine Haltung gestrenger Symmetrie. Die Unterarme legte er vor sich auf die Tischplatte, den rechten Unterarm genau über den linken, so dass die Finger der rechten Hand in die Beuge des linken Arms trafen. Den Blick richtete er geradeaus. In dieser Haltung dachte er jeweils über Wesentliches. Der übergroße

Ernst, mit dem er dasaß, absichtlich, um den inneren Ernst zu erhöhen, wirkte auf dem eher schmächtigen Körper altklug, künstlich aufgesetzt. Das Gesicht seines nicht großen Kopfes mit dem dunkelbraunen Haar, den dunkelbraunen Augenbrauen und Augen schien, obwohl die Jahre deutlich waren, zu kindlich für den großen Ernst. Aber Elmar hatte die Kraft des bedingungslos Überzeugten. Sein Entschluss, der Welt Ernsthaftigkeit zurückzugeben, stand fest.

Der Entschluss hatte sich in frühen Jahren gebildet, als Elmar seine psychotherapeutische Praxis gerade eröffnet hatte. Es kam dieser junge Patient. Er kam nicht, er wurde gebracht, von seinem Vater. Der Vater, ein souverän aussehender älterer Herr, geniert, weil er sich der Tür eines Psychotherapeuten näherte, nur kurz grüßend.

Elmar rätselte: Nach welcher Vorgeschichte hatte sich der junge Patient – immerhin erwachsen – an die Tür eines Psychiaters bringen lassen? Er führte den jungen Mann zur Sitzecke und wies auf das Sofa. Vor dem Sofa stand ein niedriger schwerer Holztisch zur Simulation von Wohnzimmeratmosphäre. Der junge Patient ließ sich tief rutschen, sodass sein Nacken in der Polsterung der Rückenlehne lag. Er hatte ein in der Konstruktion schmales Gesicht, sehr weiß, mit der Tendenz, weiß und weich auszuufern. So wie auch sein ganzer Körper ein strukturüberwachsendes Ausufern hatte. Elmar kannte solche Körper, aber hier war er unmittelbar konfrontiert. Die Knie des jungen Patienten überragten die Höhe des Holztisches und er ließ die Knie hin und her schlingern. Auch sein Kopf drehte sich hin und her, allerdings in einem anderen, von den Knien unabhängigen Takt. Es war nicht deutlich, ob er durch dieses Hin- und Herwenden, dieses Schweifen der Augen den ganzen Raum kennen lernte. Vielleicht sah er nichts. Dabei zog er die Wangen etwas hoch, als sei er durch seine Umgebung oder durch die Anwesenheit bestimmter Gegenstände unangenehm berührt. Unvermittelt griff er in die rechte Außentasche seiner Jacke, holte eine knisternde Packung hervor und hielt sie in Richtung Elmar. „Die sind witzig ", sagte der junge Patient, „zuerst salzig, dann süß." Er bot die Packung mit gestrecktem Arm, blieb aber im Sofa liegen.

Elmar ging nicht die Schritte, um das Angebot anzunehmen. Er tat so wenig wie möglich: ein kleines Nicken und eine kleine dämpfende Handbewegung. Er musste ein Gespräch eröffnen: „Ich weiß nichts über Sie."

„Warum wollen Sie? Nehmen Sie doch von den Drops. Ist ja nur für den Vater."

„Was ist nur für Ihren Vater?"

„Dass ich hier sitze."

Er steckte noch ein Drops in den Mund. Der Fuß, dessen Knöchel jetzt auf dem Knie lag, wippte. Der Kopf fiel, während die Kiefer am Drops kauten, hin und her, locker im Nacken. Der Blick schien mitgeschwenkt zu werden. Elmar kam sich zu jung vor, zu unerfahren. Für eine ordentliche Depression hatte man immerhin Lehrbücher studiert. Aber was für dieses Erscheinungsbild?

„Warum hat Ihr Vater Sie zu mir gebracht, Sie zu mir begleitet?"

„Weiß ich nicht."

„Ihr Vater hat doch sicher mit Ihnen gesprochen!"

„Ja."

„Sagen Sie mir doch bitte etwas darüber!"

„Ja."

Der Blick des jungen Patienten fing sich an einer Taucherbrille, deren Glas gesprungen war. Sie lag auf einem Regal, das hinter dem Schreibtisch auf halber Höhe die Wand entlang lief.

„Sie sind Tauchsportler!"

„Kein Profi", sagte Elmar mit der Andeutung eines Bescheidenheitslächelns. Er versuchte, ein Gespräch zu entwickeln und erzählte von einem unvorsichtigen Sprung, bei dem ihn die Taucherbrille gerettet hatte. Die Bewegungen des Fußes und des Kopfes liefen weiter.

„Erzählen Sie mir von Ihrem Vater!"

„Ja."

Der junge Patient griff in seine linke Jackentasche, fand einen Ohrhörer und steckte ihn sich ins Ohr. Daraufhin änderte sich der Takt des wippenden Fußes. Der junge Mann war deshalb nicht abwesend. Er spürte, dass sich bei Elmar eine etwas grüblerische Spannung steigerte. Also nahm er den Hörer aus dem Ohr und hielt ihn Elmar hin: eine Aufforderung zum Trost. „Das tut Ihnen gut!" Elmar konnte nicht vermeiden, zumindest mit einem kleinen dankenden Lächeln persönlich zu werden. Aber er nahm sich schnell wieder zurück. „Sie wollten von Ihrem Vater sprechen!"

„Prinzipien. Das ist Stacheldraht!" Der Fuß wippte schneller und die Hände, die im Schoß lagen, klappten die Handflächen nach oben, um zu sagen: Das sei doch klar! „Wie bei einem Gesellschaftsspiel: Zuerst geben sie sich Regeln, und dann müssen sie verbissen kämpfen, um trotz der Regeln zu überleben."

„Spricht Ihr Vater viel von Prinzipien!?"

Der junge Patient sprang auf. „Er lebt nicht, er ist auf Geleise gesetzt!" Der junge Mann steckte den Hörer wieder in sein Ohr und ging zum Bücherregal, um die Buchtitel zu lesen, dann zum Regal, auf dem die Taucherbrille lag. Dann blieb sein Blick an einem Bild hängen. Es war der gerahmte Grundriss einer Kathedrale, auf Architektenart gezeichnet. In höchster Erregung deutete der junge Patient mehrmals auf diesen Plan: „Sehen Sie, das ist das Symbol der Repression! Überall gerade Linien, rechte Winkel, 45-Grad-Winkel! Bedingungslose Exaktheit! Ein Abbild der Denkweise! Allgegenwärtiger Gulag. Sie sind doch auch Teil davon. Ihre Aufgabe ist es, mich in den Gulag zu führen!"

Schließlich fiel sein Kopf wieder in ein rhythmisches Schwenken. Er ging zurück zum Sofa, setzte sich ins Sofa, rutschte tief, legte sein Fußgelenk aufs andere Knie und wippte.

„Gerade Linien! Mir wird übel! Warum haben Sie die Kathedrale hier aufgehängt? Gehören Sie auch schon zu den geregelten Menschen? Gebäude exakt, Leben exakt. Wie reglementiert sie sitzen, in der Kathedrale, im Schalterraum der Bank! Ich schenk Ihnen das Bild eines Basars. Dort ist Leben! Haben Sie schon verlernt zu leben?"

Im Brief, den der Vater wenige Tage zuvor geschrieben hatte, stand nur ein Satz: „Ich bitte Sie um Unterstützung bei der Suche nach einer Zukunft für meinen Sohn." Mit den Mitteln, die Elmar gelernt hatte, wusste er keinen Rat. Also versuchte er es gradeaus: „Was tun sie gern?" Das Hin- und Herschwenken des Kopfes verebbte, und das Gesicht des jungen Mannes glättete sich positiv. „Geben sie mir Papier und Bleistift!" Seine tief zurückgelehnte Position gab er nicht auf.

Elmar war froh, in einem Gespräch Fuß zu fassen, ignorierte die Ungezogenheit, die wahrscheinlich gar nicht bewusst war, und brachte dem Patienten Papier und Bleistift. Für kurze Zeit waren Fuß und Kopf ruhig. Die Augen folgten dem Stift auf dem Papier, nur kurz suchten sie mehrmals Elmar, der hinter seinem Schreibtisch saß. Sehr bald stand der junge Mann auf. Seine lässige, diffuse Abwesenheit gab es plötzlich nicht. Mit einem Stolz in der Gebärde reichte er Elmar das Papier.

„Sind Sie Profi? Ist das Ihr Beruf?"

„Bin ich jetzt plötzlich ein Mensch nach offiziellem Muster? Bin ich jetzt plötzlich akzeptiert? Ist das der Dank, wenn ich Sie zeichne? War ja nur etwas Kleines. Alles muss instrumentalisiert werden. Weil ich Sie gezeichnet habe, kommen Sie weiter in Ihrer bezahlten Untersuchung!" Er warf sich wieder ins Sofa, ließ seinen Fuß wieder wippen und pflanzte sich den Hörer ins Ohr.

Elmar verstand nicht, dass jemand, der gegen seinen Vater so aufgebracht war, sich zu ihm hatte führen lassen, sich über Gesprächsanfänge aufregte und doch blieb. Mit einem Gespräch aus Frage und Antwort ging es offenbar nicht. Trotzdem versuchte Elmar: „Ihr Vater hat mich gebeten zu helfen, dass Sie eine Zukunft finden. Was meint er?"

„Verlage: Kasernenhofphilosophie! Stoppuhrsadisten! Nach der Uhr aus der Zelle auf den Kasernenhof, exakt in Reih und Glied marschiert, mit Gong wieder in die Zelle. Diese Kasernenhofzeit gilt als menschliche Erholung von der Zelle."

„Das haben Sie erlebt!?"

„Ja, mit diesem Verlag: Alles nach Plan, alles nach Prinzipien. Da sitzen Leute, die machen ihr Leben lang nichts anderes als Regeln für Abläufe. Diese Regelmenschen sind Antimenschen. So wie die Priester, für die nur festgeschriebene Rituale heilig sind."

Der junge Patient war erregt. Überraschend, weil sein Habitus doch eher ein Zerfließen in argloser Unbestimmtheit schien.

„Erzählen Sie mir von Ihrem Vater!"

„Sie stecken unter einer Decke! Geistig, meine ich. Sie sind gefangen in Regeln und Klauseln und: Sie beten das System der Termine an wie ein goldenes Kalb. Die Welt ist eine unendliche Landschaft mit Flüssen, Bäumen und Blumen. Alles ist möglich in dieser Welt. Aber auf einem Berg steht eine Burg mit hohen Mauern. Drinnen herrscht das System."

Er nahm den Hörer aus dem Ohr und streckte ihn Elmar hin.

„Da, hören Sie: Das ist Welt!"

In allen Situationen seines Lebens hatte Elmar die Vorgangsweise: Das Ziel fixieren, die Situation analysieren, Aktionen setzten. Gegenüber dem, wenn er auch gerade gekränkt war, lächelnden, freundlichen jungen Mann saß er jetzt ratlos. Dieser mit dem Sofa verfließende Körper ließ sich durch kein Wort anfassen. Es bestanden nicht die Regeln von Frage und Antwort. Und keine Kategorien des menschlichen Umgangs. Der Patient streckte ihm eine Hand entgegen, ohne den übrigen Körper auch nur andeutungsweise zu bewegen. Die Hand bot ihm einen Hörer, der offenbar gefällige Musik enthielt. Zumindest eine kleine Bewegung wäre zu erwarten gewesen, als übliches Verhalten, als instinktmäßiger Reflex. Die Verhaltensweisen dieses Patienten schwebten zusammenhanglos in einem Nirwana. Elmar wusste keine Kunstgriffe, die Person zu berühren. Der junge Mann war zwar von oben bis unten schwarz gekleidet, aber auch dieses Schwarz hatte keine Bedeutung: es meldete nicht Ernst oder Trauer oder gezielte Neutralität. Es schwamm mit dem Körper auf dem Sofa. Vielleicht war hinter all dem auch gar keine Person, weil die Wünsche und eventuellen Ziele und Verhaltensweisen wie Fische in einem Aquarium unabhängig schwammen und dem Zugriff entglitschten. Elmar empfand sich unfähig. Es war ihm heiß. Noch einen Versuch begann Elmar, sich entschuldigend, weil der Vater ihn doch gebeten habe: Seine Karriere als Zeichner setze er doch fort!?

Daraufhin schlug das Verhalten des Patienten wieder um. Von einer spielerisch-wohlwollenden, verträumten Disposition wechselte er zu einer ärgerlich-vorwurfsvollen Gestik. Beleidigt schien er. Der Patient schrie beinahe: „Karriere! Karriere!" Er schrie, obwohl es physisch gar nicht zu seinem Repertoire gehörte, laut zu sein. Aber so wie Pazifisten zu Mördern werden können, wenn ihre Ideale nicht befolgt werden, so schrie er jetzt, weil die für ihn heile Welt nicht akzeptiert wurde.

Karriere sei das Prokrustes-Bett, mit dem den Menschen das Leben aus dem Hirn gebrannt werde. Jedes Jahr kommen sie eine Etage höher im Hochhaus und haben weitere Szenerie aus ihrem Fenster. Der Lebensinhalt besteht aus formalen Aspekten. Die Bauchgefühle des Lebens, früher hätte man gesagt, die Sehnsüchte der Seele, sind sublimiert zum Wunsch nach mehr

Knöpfen auf dem Tischtelefon, mehr Telefonaten, größeren Vorzimmern. Die Zahl der Telefonknöpfe zeigt den Status. Sie haben sich das Leben gleich zu Anfang exorzieren lassen.

Wie nach einer anstrengenden Übung fiel die Erregung vom Patienten wieder ab. Er schien wieder in seine Musik zu tauchen, war, sozusagen, nicht anwesend, und sein Fuß wippte. Ab und zu, nach Minuten, kamen noch einzelne Worte oder Satzteile, als wolle er doch zu seinem Gegenüber freundlich bleiben. „Buchhaltung lernen, damit ich im System aufgehoben bin", war so ein Stück Satz. „Versteht nicht, das Leben zu erleben."

„Man muss Dinge geschehen lassen, ohne jeder Minute einen guten oder üblen Platz in der Tradition zuzuschreiben."

„Religion macht böse!"

„Er lebt in Unfreiheit."

Aus diesem Zustand von, wie es schien, zu sich selbst gesprochenen Gedankenbrocken fiel der Patient wieder in eine direkte Rede. Das Hin- und Herkippen des Kopfes hielt an, während sich sein Blick auf Elmar konzentrierte. „Sie werden nervös, Sie schauen verstohlen auf die Uhr. Eine Session soll nicht länger als eine Stunde dauern, nicht? Sie leben das Regelsystem. Aber Sie schauen gar nicht streng, vielleicht haben Sie noch eine Chance."

Elmar sah keinen Weg, durch das freundliche, wohlwollende Lächeln des Patienten durchzukommen; etwa mit dem Wunsch nach einem zweiten Termin. Es blieb undeutlich, ob der junge Patient den Terminvorschlag hörte, überhaupt wahrnahm. Er verbreitete nur eine Wolke von Freundlichkeit. Elmar meinte, es sei auch etwas von der Freundlichkeit dessen dabei, der mehr zu wissen glaubt, der das Richtige weiß. Der Patient stand plötzlich auf und ging zur Tür. Das Wort ‚behände' kam Elmar in den Sinn. Auf eine drängende Terminwiederholung gab es ein „Ja-Ja". Ob das eine Antwort war, blieb undeutlich.

Der Termin verstrich. Elmar fühlte sich dem Vater verpflichtet und benachrichtigte ihn. Zu einem weiteren Termin kam der junge Mann wieder. Es lief wie ein Wieder-Spielen des ersten Besuches. Elmar war äußerst betroffen. Er fand wiederum keine Handhabe, zu diesem Menschen durchzudringen. Es kamen noch einige Äußerungen, wie Luftblasen aus einem Gewässer. Eine Stelle als Buchhalter hatte er also verloren. Das Wort Disziplin erwähnte er in diesem Zusammenhang mehrmals wegwerfend. Noch einmal wurde Elmar provozierend: „Bauen Sie sich doch eine Unabhängigkeit von Ihrem Vater auf." Dazu feixte der Patient. Der könne zehn Söhne ernähren und sein Konto würde es nicht merken. Immer planen für Fälle, die hypothetisch sind. Daran erstickt die Welt. Es gibt eine Blume, die schließt sich, wenn es regnet und geht auf, wenn die Sonne scheint.

Und dabei blieb er freundlich. Eine Augenbraue zog leicht nach oben. Elmar sah darin eine Arroganz.

Den Vater bat Elmar, von weiteren Aufträgen abzusehen, weil er sich außer Stande sehe, auf das Weltbild des Sohnes einzuwirken.

Nach dieser beruflichen Niederlage fühlte sich Elmar vor einer Wand. Auf dem Papier war er Therapeut, aber seinen Patienten sah er nur unerreichbar hinter einer gläsernen Wand. Von dort lächelte der junge Mann herüber und schien zu sagen: „Haben Sie manchmal Spaß?"

Er ist fixiert, sagte sich Elmar. Wie ein Drogensüchtiger. Wie ein tollwütiger Freiheitskämpfer. Keinem Argument zugänglich. Wie einer, der unter der Brücke wohnt. So einer gibt seine Freiheit nicht für eine warme Suppe im Büro. Irgendwann wurde der junge Mann fixiert, auf diese überhebliche Lässigkeit. Eine pflichtfrei kullernde Seele. Als das Weltbild entstand, lernte er keine Zwänge und Notwendigkeiten kennen. Durch Argumente sind diese Überzeugungen nicht zu ändern. Manchmal durch Erlebnisse. Der junge Mann hat keinen Ernst erlebt.

Die Niederlage löste bei Elmar Gedanken aus: über Klarheit, Zielstrebigkeit, Verantwortung. Elmar wurde zum Missionar. Er sah, wie sich der Typus des jungen Patienten vermehrte und verbreitete. Einige solcher Außenseiter kann die Gesellschaft tragen. Wenn sie überhand nehmen, bricht aber das Gefüge zusammen, es wird nicht mehr geplant, vorgesorgt, Vereinbarungen werden nicht gehalten oder es gibt gar keine, es werden keine Ziele verfolgt, und in der Beliebigkeit vergeht der Wunsch nach Wissen und die Bewunderung der Schönheit. Elmar sah eine apokalyptische Ziellosigkeit kommen. Ohne Eingriff würde die Seifenblase der menschlichen Welt platzen.

„Wie aber?" hatte der Alte in Athen gesagt. „Der Staat", hatte er gesagt, „ist nur durch radikale Umkehr zu retten, nur wenn er auf eine sittliche Grundlage gestellt wird, und nur mit Hilfe derjenigen, die das größte Wissen und die größte Übersicht haben."

– 19 –

Nico fürchtete Elmar. Er hastete vom Holzplatz in den Wald hinauf. Die Bäume waren nur schwache senkrechte Schatten in der Nacht. Laub, Nadeln und Zweige knisterten unsichtbar unter seinen suchenden, unsicheren Tritten. Die scharfe Nachtfeuchte schien ihn anzufauchen. Diese Natur widerte ihn an. Sein Federdrehsessel vor dem Computerschirm, die Hand auf der Maus: Dieses Bild stellte sich hell vor die ekelige Dunkelheit. Eine mögliche Spur für Hunde hatte er sicherlich im Wasser unterbrochen. Das Fell des großen Hundes war am Hals warm und seidig weich gewesen, als ob darunter noch Leben wäre. Mit diesem Stich hatte er eine weitere Grenze überschritten. Angst war im Augenblick der bestimmende Antrieb für Nico. Unter der Angst warteten verwirrend viele andere Imperative. Nachricht für den Kanzler! Aber die nächsten zwanzig Kilometer gibt es kein Verkehrsmittel. Tod durch Erfrieren! Tod durch Erschöpfung! Haft nach Entdeckung! Nico rutschte mit dem linken Fuß auf einem losen Stein aus. In der Dunkelheit lässt sich auch ein kleiner Sturz schlecht abfedern. Er schlug mit dem Gesicht auf den Waldboden und hatte plötzlich glitschigen Schleim auf der Wange. Eine zerquetschte Schnecke? Irrationaler Ekel erfasste ihn, und die Kälte, der Hunger und die Ausweglosigkeit überzogen ihn mit einem panischen Traum. Er kam dann in einen kleinen Bestand junger Buchen, die Stämme nur fingerdick bis armstark. Buchenlaub hält sich lange. Das alte Laub lag, vom Wind zu Anhäufungen zwischen die Stämmchen getrieben. Das Laub knisterte wie verknülltes, trockenes Papier. Das Gefühl, es sei genug, kam über Nico, er habe genug gekämpft. So kroch er zwischen das engstehende Unterholz und häufte Laub über sich, in der Hoffnung, den Jammer des Frierens zu begrenzen. Manchmal schlief er ein. Meistens döste er frierend, so dass sein Bewusstsein nur mehr die Eingeweide kannte, sich auf die Eingeweide beschränkte. Er erschrak auch, weil es zu allen Zeiten in der Nacht raschelnde Geräusche gab. Manchmal öffneten sich seine Augen. Dann sah er hinauf zwischen die nach oben strebenden dünnen Äste der jungen Buchen, die, weil sie so eng standen, nur weit oben Laub trugen. Dort war der Himmel klar mit seinen kalten Lichtern.

Vor dreitausend Jahren rettete sich Odysseus ans Ufer des Phäakenlandes und verbrachte die Nacht in einem Dickicht: ‚... freudig sah das Lager der herrliche Dulder Odysseus, legte sich mitten hinein und häufte die rasselnden Blätter.'

‚Aber Athene deckt' ihm die Augen mit Schlummer, damit sie der schrecklichen Arbeit Qualen ihm schneller nähme, die lieben Wimpern verschließend.'
Der nächste Morgen brachte Odysseus die zart-wunderbare Begegnung mit Nausikaa und ihren Wäsche waschenden Mädchen, die erschraken.

Der Kanzler dachte diese Nacht in verschiedenen Bildern an Nico. Die Phantasie spielte ihm vor, wie Nico mit seinen Instrumenten, mit seinem feinen Gehör und mit seinen langen, sensiblen Fingern einen Tresor knackte. Dabei lag Nicos magerer langer Schädel schief und in den Nacken geknickt über den vorgekrümmten Schultern. Im Tresor hatte Elmar, das wusste die Phantasie, das Gerät. Der Kanzler sah auch ein Hotel im Wald. Seine Erscheinung wechselte. Einmal war es eine alte, prätentiöse Holzkonstruktion mit Balkons und Veranden. Einmal war es ein Glaspalast mit kühnen Linien. Er sah auch Nico, wie er nach gelungenem Diebstahl das Psyris-Kästchen unter dem Arm hatte. Auf Nicos Gesicht stand das hämische, pfiffige Lächeln, das ihn überstrahlen konnte. Als die Nacht schon in ihre letzten Stunden ging, schlugen die Bilder um. Der Kanzler wurde mehrmals wach und nüchtern und rechnete herum, wie groß die Wahrscheinlichkeit eines Erfolgs noch sein könnte. Denn Nico war noch nicht zurück. Er schlug sich mit dem Handballen auf die Stirn, weil doch der Unsinn dieses Versuchs hätte klar sein müssen.
Philipp ist für den Abstoß der Kugel falsch konditioniert. Er wird zuversichtlich auf den Platz gehen, er hat ja Vertrauen, weil wir ihn immer gut beraten und eingestellt haben. Er wird sich mit tänzelnden Schritten entspannen und den Schultergürtel rollend bewegen, die Kugel schon eingelegt. Es wird sein schönster Stoß, aus einer kraftvollen, harmonisch trainierten Drehung. Der Stoß wird aus ihm herausfahren, als hätte er ganz plötzlich zusätzliche Kraft. Aber wegen dieses unglückli-

chen Programmierungsfehlers wird er sich weiter und weiter drehen, wird nicht aufhören können. Ein Veitstanz.

Dann werden sie ihn überwältigen, ihn niederspritzen. Dann kommt der Verdacht und binnen Stunden werden wir hier im Verdacht stehen.

Ilona! Sie kann das nicht zulassen! Er warf seinen Körper herum und griff zum Telefon. Diese Nummer, die andere, noch eine, die Nummer des Warenlagers. Es knackte. Hat jemand abgehoben? Hat sie abgehoben? „Ilona! Philipp kommt um! Wir alle sind dran!" Vielleicht hörte sie. Es wurde Morgen. Der Kanzler hastete in eine Hose, warf einen Pullover um den Hals und rannte zu seinem breiten Zweisitzer. Der schwere Körper rannte über den Asphalt des Vorplatzes. Wegen der Schwere schienen die Beine kurz. Trippelnde schwere Beinchen auf dem grau glänzenden Asphalt. Und doch war es eine Hast mit Einsatz viel alter, noch übriger Kraft.

Der Kanzler eilte. Nach einigen Glastüren ging eine Treppe hinauf, eine steile Stahltreppe, denn hier im Lagerhaus gab es keine imposanten Freitreppen. Am Geländer oben stand Ilona. Sie war in einen flauschigen schwarzen Schlafrock gehüllt. Als schwarzes Halbrund stand darüber ihr immer noch üppiges, eigenwilliges Haar. Wie ein Symbol von Macht lehnte Ilona oben am Geländer. Ihr Gesicht hatte eine blasse Intensität. Er stand unten, eine Hand am untersten Knauf des Geländers, ein Fuß auf der untersten, genarbten Stahlstufe. Die Strecke von unten hinauf zu Ilonas Blick überblendete sich mit der Strecke vom Sitz des Fahrers am großen Lenkrad hinaus an den Rand der Straße, zu der resolut stehenden Figur mit erhobenem Daumen. „Ilona!" brüllte der Kanzler. Heiser und außer Atem. Sein Körper stoppte für kurze Zeit alle Funktionen. Er meinte einen Schlag von hinten gegen die Augäpfel zu spüren. Ilona, die ihn durch ihre Bildungsfragen mit Augenzwinkern blamiert hatte, die ihn dazu gebracht hatte, das blaue alte Lexikon zu kaufen. Ilona, die aufbauwütig und erfolgwütig war wie er. „Ilona! Du kannst uns nicht alle kaputt machen!" Er hastete die Stufen hinauf, mit schnellen Griffen am Geländer beschleunigend. Ilona war in ihrem Arbeitszimmer verschwunden. Er hörte den Schlüssel. In der Stellung des Ausgesperrten klopfte er. Die linke Hand am Türrahmen, den Kopf gesenkt, das Ohr lauschend dem Türblatt zugekehrt, die rechte Hand klopfend, flach schlagend. „Ilona, es geht nicht um unseren Streit, es geht um Philipp!" Schon einmal war eine Tür zwischen ihnen gewesen.

Er horchte vergebens. „Ilona, das ist kein Spiel!"

Durch die Türe gingen Worte hin und her, trotzig, bittend, alte Zeiten beschwörend. Ilona verlangte, dass er jetzt, zu dieser Stunde, Dagmar herbrächte. Der Schlusspunkt muss zu dritt gesetzt werden. Dagmar ist nicht auffindbar. Bringe Dagmar! Hoffentlich tut sie sich nichts. Sie weiß noch nicht, wie ein Erwachsener, dass Schmerzen auch wieder abnehmen. Erwachsen sein heißt vielleicht, Wichtiges für unwichtig erklären – damit alles weitergehen kann. Sie ist eine noch nicht aufgesprungene Blüte.

Durch die Tür schallte lautes Gelächter. Für den Kanzler klang es hässlich. „In den Büchern, die du verehrst, wird auch solche Sprache gesprochen", sagte er. Das Lachen war von unten gekommen. Hockte Ilona am Boden, an die Tür gelehnt? Er setzte sich auch. Vielleicht waren sie Kopf an Kopf. „Denk an Philipp!"

Es blieb still. Das ganze Gebäude war still. Die Embleme von Ilonas Handel tauchten aus dem Grau: blinkende Utensilien für Großküchen auf dem Fenstersims, Fotos von Hoteldekor an den Wänden. Üblicherweise handelte der Kanzler, sozusagen, schneller als er denken konnte. Jetzt stand alles still.

Plötzlich riss Ilona die Tür auf und schaute auf den schwer sitzenden Kanzler hinunter. Er empfand den Druck von oben, aus ihren vollkommen ernsten Augen. Sie trug ein Nachthemd aus einem feinen, weißen, wie glitschig glänzenden

Material. Die Faltungen schimmerten im trüb ansteigenden Licht der Fenster. Der Kanzler richtete sich auf und stand ihr nah gegenüber. So war er auch an ihrer Tür im Motel gestanden.

„Zuerst spielst du, dann hast du Angst!", sagte sie.

Aber der Kanzler lebte in Augenblicken, weniger in Gedanken. Für ihn stand hier Ilona, in den Faltungen des weißlichen Tuches. Bekannte Faltungen. Über den Brüsten sprangen sie sternförmig, über dem Nabel begleiteten sie die Wölbung. Für diese Wölbung hatten sie in frühen Zeiten viele Koseworte gefunden. Diese Wölbung war auch Spielplatz für seine Hände gewesen. Er hatte die Finger über die Wölbung spazieren lassen. Und dann gab es einen ganz besonderen Griff. Sie hatte ihn verboten. Wenn er ihn aber anwandte, musste Ilona einen schrillen Laut ausstoßen, sie konnte nicht anders. Es war eine Mischung aus Wut und Freudengekreisch.

Der Kanzler brachte es nicht fertig, diesen Griff aus seinen Gedanken zu schieben, auch in dieser Situation nicht. Seine Hand formte den Griff schon. Er spürte das. Er dachte den Griff voraus. Und für einen Augenblick huschte eine Szene mit Philipp vorüber, dem immer eingetrichtert wurde, dass die Bewegung vorausgedacht werden muss. Des Kanzlers Hand fuhr, schnell, aber behutsam, auf Ilonas Mitte los und exerzierte den bewährten Griff. Sie schrie auf, sie konnte ja nicht anders, stampfte wütend und lachte. Indem sie aufstampfte, drehte sie sich von ihm weg, aber er fing sie. Und obwohl Ilona eine starke Frau war und der Kanzler seine Kräfte nicht mehr als unerschöpflich empfand, hielt er sie mit beiden Armen fest. Sie bewahrte wenigstens mit dem Kopf den größtmöglichen Abstand und blickte wütend. Auf kurze, vergebliche Versuche loszukommen, reagierte er mit stoßweisem Lachen: „Ha!" In der Dunkelheit konnte es Ilona kaum sehen: Er strahlte sie mit intensiv vergnügtem Lächeln an: „Hahaha!", und er wiegte sich und beide; hin- und herdrehend.

„Du weißt nicht, was Ernst ist! Dir steht das Wasser bis zum Kinn, und du lachst!"
Er lachte weiter, und er ließ seine Hände auf ihrem Rücken spielen. Sie blieb ruhig stehen. Schließlich hatte sie diesen grobschlächtigen LKW-Fahrer immer deshalb geliebt, weil er unvernünftig und unberechenbar war, seine Gefühle imperativ über alles gestellt hatte. Lange Zeit war er Sieger gewesen.

– 20 –

Wie oft noch soll sich das Aufwachen in diesem Grau wiederholen? Ehedem war das Aufwachen morgens eine ungefragte Routine. Der nächste Tag kommt. An diesem Tag wird ein Stück jener Arbeit getan werden, die sich bis in die Fernen des Lebens erstreckt. Ein Tagespensum, ähnlich der Fortsetzung der Arbeit nach einem Kaffee. Für mich gibt es keine Arbeit, auch keinen Feiertag. Ich wache auf, wenn es noch düster ist. Die Schwestern beachten das nicht, sonst würden sie mich auf längeren Schlaf einstellen. Aber ich bin gerne wach. Ich kann an alles denken, was sich in den vielen Jahren abgespielt hat. Es ist seltsam, ich denke genauso gerne an Schönes wie an Schreckliches. Es ist seltsam, all die Ereignisse sehe ich immer wieder wie einen Schatz, einen Schatz, der mir gehört. Ich weine manchmal aus Glück über den Schatz, so als würde ich aus Eigenliebe über meine Wunderbarkeit weinen. Das Weinen ist vielleicht die letzte Kraft, die mir geblieben ist. Nicht viel, nicht mehr als Spuren einer Befeuchtung.
Nach wie vor wache ich täglich auf, und wenn ich darüber nachdenke, erscheint das Heute wie es immer war: das Glied einer Kette ohne Ende. Ist es aber nicht. Und die Glieder, die da noch kommen, was sollen die? Dass ich aus Freude, die Ereignisse meines kümmerlichen Lebens in einer Schatztruhe

zu haben, feuchte Augen bekomme? Das ist Münchhausen! Die Tatsache der feuchten Augen mache ich zum Lebensbeweis. Meine Gefühle und meine Gedanken laufen einander im Kreis hinterher. Wie eine Katze im Spiel ihren Schwanz zu packen versucht. Meine Welt ist ein in sich geschlossener Kreis ohne Wirkung nach außen. Also für die Welt nicht existent.

Es mag ja auch die Stunde schuld sein an solchen Gedanken. Es sind die kleinen Stunden, 'the small hours'. Nicht die Stunden sind klein; sie dauern sehr lang. Das Denken ist klein, der Horizont ist verengt auf wehleidige Gedanken. Jetzt wandern meine Augen zu diesem großen Fenster des Raumes und suchen nach der Farbe des Himmels. Ich habe ja das Glück, hoch zu liegen und kann Lichter sehen und die Kontur der Berge, der Hügel. Ja, es kommt ein schöner Tag und der Horizont beginnt seinen grünen Schimmer. Das Grün ist nur schwach und scheint doch zu glühen.

Vom Sinn zu sprechen ist immer schwierig, nein: ergebnislos. Besonders schwierig ist, für diese meine Tage zu argumentieren. Was macht den Unterschied, ob's einer mehr oder weniger ist? Für die Welt hat keiner dieser meiner Tage einen Wert. Und wenn ich überlege, auch für mich nicht. Wenn ich aber nicht überlege, liebe ich jede Stunde.

Früher habe ich nicht überlegt, und jede Stunde war klirrend gespannt von Hoffnung, Ärger, auch Freude. Als die Eltern meinen Professor eingeladen hatten, nur aus Freundlichkeit zum Abschluss meines Studiums, feierlich, bei schön gedecktem Tisch, und er mit dem Messer ans Glas schlug, dass es klang, hell summte, und dann sagte, ich könne sein Assistent werden, da war die Dimension des Sinns nicht vorhanden, nur Freude, vielleicht Genugtuung. Auch im Horror des Steinbruchs: Hätte ich sie nicht tragen sollen? Hätte ich sofort die Rettung rufen sollen? Eine Frage der Vernunft, der Überlegung. Der Sinn ihres Lebens oder meines Lebens war nicht gefragt.

Das Denken hat sich als Werkzeug entwickelt, als Hilfe, Wege zu finden und Hütten zu bauen. Denken über das Denken ist Missbrauch, deshalb verstehen wir es auch nicht. Wenn wir über uns selbst denken, stolpern wir. Sicher philosophisch. Wenn es zu lange betrieben wird, auch physiologisch. Es kommen dann Fixierungen, Erleuchtungen, Erfahrungen. Dann ist das Denken in tiefe Gruben gefallen. Und gefangen. Augustinus wusste vom Problem des Denkens: Die Zeit ist eine selbstverständliche Basis, solange man nicht über sie denkt. Denkt man über sie, so bleibt man ratlos.

Ganz unvermittelt hatte ich Ermelinde im Supermarkt gesehen. Vor so langer Zeit war sie weggegangen. Wie auf einen Fluchtpunkt stürzten meine Augen auf die Linie ihres Körpers: Sie war schwanger! Sie schaute leicht aufwärts zu Regalen. Ihre linke Hand hielt den Griff des Einkaufswagens. Lange konnte es nicht mehr dauern. Sie stand sachlich da, nicht, als sei da irgendein besonderer Zustand. Sie war ja immer sachlich. Sie stand gerade, aufrecht; natürlich hatten sich die Linien dem anderen Gleichgewicht angepasst. Wie unglaublich schnell man eine Situation erkennen kann, nicht nur sehen. Die Szene wird sogleich umgeben von allen relevanten Erinnerungen, Kränkungen, Hoffnungen. In diesem ersten Augenblick fuhr mir der Schrecken ihres Anblicks in mein Geschlecht. Nicht aus Begehren. Ich war beraubt. Der Zeugung eines Kindes beraubt. Eines Kindes beraubt. Ich dachte nicht an den Zeugungsakt und doch fuhr mir die Kränkung ins Geschlecht. Wie seltsam die neuronalen Verquickungen gelegt sind. Zwanzig Jahre zuvor wollte ich Kinder, Ermelinde aber nicht. Sie dachte an ihre Therapien, an Orthothymie. Kinder, das wäre doch die richtige Orthothymie gewesen.

Sie sah mich an. Wahrscheinlich war ihr im Augenwinkel aufgefallen, dass da einer starr stand. Ich ging zu ihr und stand wieder starr. Rechte hatte ich nicht. Schon lange nicht mehr. Sie blieb hoch aufgerichtet stehen. Nie hatte sie verbindliche

Mimik gezeigt, auch wenn es um Schlichtung von Situationen ging. Körperliche Bewegungen, die Beschwichtigung, Bedauern oder Trost ausdrücken sollten, gab es bei ihr nicht. Das wäre körperliches Herumgerede gewesen. Sie blieb stumm, und in ihrem Gesicht war nur ein Statement: ‚So ist es eben!' Warum liebe ich diese Frau so unabänderlich. Frau ist nicht das richtige Wort. Frau klingt wie ein Neutrum. Ermelinde ist für mich auch in diesem Alter ein Mädchen.

Die Liebe ist so unerklärlich wie die Zeit. Wenn ich verliebt bin, dann weiß ich, was Liebe ist, soll ich Liebe erklären, bin ich sprachlos. Man kann nur auf Umwegen erklären, was Liebe ist, was Trauer ist, man kann nur mit den Mitteln der Sprache, die ein Werkzeug des Verstandes ist, darauf hinweisen: ‚Damals hast du das und das erlebt, was du damals erlebt hast, das war Trauer.' Wenn die Liebe nicht schon da war, kann man darüber nicht sprechen. Man kann einem Zehnjährigen nicht von Eros sprechen. Wenn Liebe und Trauer nicht schon vorgefallen sind, kann der Verstand mit seiner Sprache sie nicht in die Vorstellung bringen.

Der Verstand ist dem Leben übergestülpt, ein Anhängsel. Das Leben ist, was wir fühlen, hoffen und wollen. Das war schon da, bevor der Verstand die Welt betreten hat. Der Verstand ist hinzugewachsen. Deshalb wurde das Paradies verlassen. Oft wird der Verstand gehasst: er ist kalt kalkulierend, wird unmenschlich genannt. Und ist doch das Kennzeichen des Menschen. Das ist das Dilemma und die Spannung. Monique: Ihr Verstand ist weitgehend zerstört. Aber vom Leben weiß sie alles. Ihre Zuneigung wird von keinem Gedanken gehindert.

Ermelinde stand mir zwischen den Regalen des Supermarkts gegenüber, ihre Hand immer noch auf dem Führungsbarren des Einkaufswagens. Ihre Augen waren klar. Für mich eigentlich ohne Ausdruck. Über ihren Augenbrauen hatte sich eine feine Falte gebildet, den Augenbrauen gleichlaufend, knapp darüber. Vielleicht zog sie die Augenbrauen oft hoch, wenn sie sprach. Das wäre eine Mimik des Besserwissens. Ich war nicht in der Lage, das Schweigen zu brechen. Und sie? Wahrscheinlich wollte sie nicht.

Seit sie damals gegangen war – es ist immer wieder das Bild: ich stehe am Fenster und sehe sie unten, aufrecht auf dem Gehsteig die Häuser entlang gehen –, von da an bis zu dem Tag, an dem ich sie schwanger sah, war ich ruhig, wunschlos, gemütslos. Alle Jahreszeiten ging ich in die Firma und lebte an den Schreibtischen und Computern. Die Vergangenheit war verloren und geschlossen. Und außer der Vergangenheit gab es nichts. Dieses Kind, das nicht meines war, trieb mir das Blut in den Kopf. Ein Gefühl wie Panik. Das Blut war gar nicht mehr gewohnt, einmal schneller, einmal langsamer zu fließen. Ich ging an den Abenden zwischen meinen Wänden hin und her. In der Vorstellung griff ich zum Telefon und gleichzeitig sah ich mich zurückzucken. Sie wollte von mir nicht belästigt werden, aber: Wo war denn da ein Mann, ein Vater? Wir waren doch einmal füreinander da. Ich spürte jetzt, nach den Jahren, eine Pflicht. Ich hätte gerne eine Pflicht gehabt.

Nein, sagte sie aus dem Hörer, das Kind sei noch nicht geboren. Das war das Gespräch. So trocken war es geworden. Umso heißer wurde mir, detektivisch wurde ich, was sonst überhaupt nicht in meine Gedankenwege passte. Ich kannte alle Spitäler und viele Ärzte. So wurde mir die Geburt gemeldet. Ich benahm mich wie ein junger Vater, der seine Frau nach der Geburt sehen will; und sein erstes Kind. Für mich alles aus zweiter Hand. Lindis gehörte nicht mehr zu mir, und das Kind kam nicht von mir. Aber die hitzige Erwartung war echt. Im Hintergrund trieb sicher der Gedanke, ich könnte den physischen Vater an Ermelindes Bett sehen. Der wurde aber nie gesehen. Dagmar fragt immer heftiger nach ihrem Vater, aber Ermelinde schweigt schroff.

Als ich ans Bett trat, hatte Ermelinde ein Lächeln für mich. Verändert das Gebären? Wurde ich für sie wieder eine Person, die nahe stand? Ich durfte das Kind halten.

Dagmar wurde mein Kind. Jetzt würde sie mich so dringend brauchen. Ich las ihr Geschichten vor. Ich hatte Bettchen und volle Einrichtung für sie. Oft brachte Ermelinde sie zu mir. Für mich war sie ganz mein Kind. Ich weiß nicht, ob ich für Ermelinde mit der Zeit zu Dagmars Vater wurde oder bloß jemand, der das Kind versorgen kann. Sie war nicht unfreundlich. Oft habe ich gerätselt, warum, auf welche Weise sie dafür gesorgt hat, dass sie ein Kind bekommt. Ohne Planung tut Lindis nichts. Immer mehr denke ich: Sie hat das Kind kommen lassen, damit sie alles vom Leben weiß oder damit sie sich als vollständige Frau betrachten kann. Nicht, weil sie ein Kind lieben will.

Meine Zeit, ein Kind zu haben, körperlich, ist vorbei. Aber in ihrem Beruf ging sie mit solcher Intensität auf die armseligsten Menschen ein. Wenn ich diesen Gesprächen zuhörte – zu jeder Tageszeit sprach sie mit Geduld und versuchte, mit Worten Gesundheit einzuflößen –, dann wurde mir ganz warm, so als wäre ich in ihrer Nähe gut aufgehoben. Aber mir zeigte sie nur das Bild eines aufrechten, schönen, zielbewussten, hoheitsvollen Menschen. War das einfühlende Sprechen ihre Art effizienter Behandlung? Ein Instrument, eingesetzt, um erfolgreich zu sein?

Von dieser Geburt an war ich wieder unruhig, wartete wieder auf Enttäuschungen und Erfüllungen. Nach einigen, gelegentlichen, Kontakten übers Telefon, von meiner Seite vorsichtig und nur beiläufig gesprochen, fragte Lindis eines Tages unvermittelt, ob ich das Kind ein paar Stunden bei mir haben wolle. Sie übergab mir Dagmar, wie man routinemäßig sein Kind zum Babysitter bringt. Ich wusste, dass mein Gesicht zu viel Freude zeigt.

Das Kind ist jetzt zwanzig, und ich habe Angst. Zwanzig Jahre hat Dagmar mir Freude gemacht. Auch Kummer, aber Kummer, an dem man mit Freude arbeitet. Jetzt habe ich Angst. Ich bin ohnmächtig. Ob ich sie besser schützen könnte, wenn ich aufrecht wäre und wild gestikulierend argumentieren könnte? Vielleicht nicht. Vielleicht ist die Fixierung auf diesen schwitzenden Draufgänger zu stark. Es ist ja gut, dass der Mensch diese Möglichkeit der Unbedingtheit hat. Wie wäre sonst das Durchhalten im Ungewissen möglich? Odysseus wäre nicht nachhause gekommen. Die unsinnige Hoffnung, die höher als die Wahrscheinlichkeit liegende Hoffnung, führt in ausgezeichneten Fällen zu neuen Kontinenten. An die versandeten Versuche denkt dann niemand mehr. Ein Erfolg kann mehr wert sein, als zwei Misserfolge Schaden bringen. Waghalsigkeit kann eine Tugend sein. Das Problem ist, dass im Zustand der Waghalsigkeit die Vernunft notwendigerweise begrenzt wird. Sie stünde im Widerspruch zur Waghalsigkeit. So gibt es keine Instanz, die urteilt, wann die Waghalsigkeit zu weit geht. Für die Berechnung der Wahrscheinlichkeiten fehlen auch die Parameter. Ob zur Rettung Verschütteter weiteres Leben riskiert werden soll, ist nicht vorauszuberechnen. Die Erfolgsparameter werden erst nachher bekannt.
Im Steinbruch lag das Mädchen, und ihr Vater. Er schaute mich groß an, stumm. Ich hätte das Mädchen liegen lassen sollen, ich hätte sofort versuchen müssen, die Rettung zu rufen. Ob das geholfen hätte?
Was hatte Dagmar in diese Fixierung gebracht? Der bittere Schweißgeruch des Kanzlers alleine konnte es nicht sein. Er war herb und mächtig. Das ist eine starke Kombination. Und den unsicheren oder eitlen Jungen so unendlich überlegen: mit seiner Erfahrung und seinen Geschichten. Seine lachende Unbekümmertheit hat er immer noch. Für Dagmar gibt es weit und breit kein solches Individuum. Worte wie: ‚Du wirst einen anderen finden!' müssen für sie dummes Geschwätz

sein, Worte, die an den Wichtigkeiten der Welt vorbeigehen. Wenn ich nicht hier eine so trockene Hülse wäre! Wenn ich mir vorstelle, wie ein Besucher mich sieht: Genauso gut könnte man ihm eine Fotografie eines papierdünnen Bettlägerigen zeigen. So lebendig bin ich wie die Fotografie.

Ich sollte lebendig und einfallsreich sein, damit ich Dagmar ihren Kanzler ausreden könnte. Leider muss ich glauben, es ginge sowieso nicht. Und es kommt mir der unerlaubte Gedanke: Hätte sie ihren Kanzler ein paar Jahre, bis er stirbt oder davonläuft oder verhaftet wird, sie hätte vielleicht etwas, das durch nichts zu ersetzen ist.

Dieses Kind machte mich wieder lebendig. Es lag in seine Kissen gebettet und konnte nichts anderes als seine winzigen Arme und Beine mit unvorhersehbaren Rucken zu üben: Zuckungen wie Freudenschreie. Und es konnte schauen. Es folgte mir schon, als das noch gar nicht möglich schien, als das Übrige des kleinen Wesens noch gar kein menschliches Gegenüber war. Der Blick war es, und er war eine unablehnbare Forderung. Er nahm mich in die Pflicht. Und ich freute mich. Dergleichen Kontakte hatte ich sonst nicht. Auf der Straße, in der Firma, sprach mich etwas an, das die Konturen eines menschlichen Wesens hatte, fragte etwas, und ich antwortete. Oder andersrum. Das waren meine Kontakte. Dieses winzige Kind schaute mich an und zog mit einem dick verzwirnten Tau an etwas in mir. Die Alten sagten, diese Stelle säße im Zwerchfell. Mein Zwerchfell fühlte sich angegriffen. Nur zu Monique gab es ähnlich persönliche Kanäle. Ich bin ungerecht zu Monique: aber der Zugriff des Kindes war stärker. Ermelinde hatte viele Schalen um sich gelegt, die ich nie durchdrungen habe. Vielleicht gläserne Schalen, sodass Sehnsucht entstand, hindurchzugreifen. Das Kind lag bedingungslos vor mir.

Später wurde sie ein Mädchen, und fröhlicher Charme breitete sich wie ein zarter Flaum über den schlanker wachsenden Körper. Sie war mehr bei mir als bei ihrer Mutter. Ich war längst schon ihr Vater. Und ich kam in die Zwittergefühle zwischen Vater und Tochter. Die Tochter, der Obsorge bedürftig und anvertraut, und zugleich nahe dem Idealbild junger Weiblichkeit. Das eine Bild dem anderen fremd. Ein Vexierbild, das umspringen kann von Kind zu Artemis. Zu behandeln wie ein Geschenk, zu delikat für die eigenen Hände.

Sie wird wieder durch die Tür dort drüben kommen, zu mir nur einen kurzen Blick verlieren, sich auf den Besucherstuhl setzen und die Finger ihrer Hände zu einer Faust verschränken, nicht um zu beten, sondern die Hände ringend, die Hände wringend, in ihren Schoß drückend, als würde sie mit dem Fuß stampfen, auf den kleinen Tisch drückend, als könne sie mit diesen Gesten ihr Schicksal zwingen. Dabei wird ihr Blick wie verstohlen über mich gleiten, aber ohne Hoffnung, ich könnte ihr helfen. Ich kann auch nicht. Zum einen würde sie meinen Rat nicht akzeptieren, und sie weiß es, zum anderen spreche ich nicht. Es ist so eigenartig: Ich denke, jetzt sage ich ein Wort, aber es geschieht nicht. Es ist seltsam, so als wollte ich nach einem Glas greifen, und der Arm tut es einfach nicht. Ich brauche gar nicht so zu tun, als wäre das ein Vergleich, mein Arm greift sicher nicht, wenn ich es will.

Sie wird zum Fenster gehen, diesem so schön weiten Rechteck, wird hinausschauen auf die Dächer und Türme und Quadergebäude, ohne sie zu sehen, und wird sich dann zu mir umdrehen, aber sofort wieder weiterschauen. Sie hat mich ja lieb, ich glaube sehr, wie ich sie, und gerade deshalb will sie mich nicht so sehen, obwohl sie zu mir kommt.

Seit ich diese Tochter habe, wenn sie auch wie ein Kuckucksei in meine Hände gekommen ist, bin ich wieder lebendig. Sogar meine heutige so hilflose Lebendigkeit ist in mir quirliger als die Zeit zwischen dem Tag, als Ermelinde wegging und dem Tag, an dem ich sie im Supermarkt schwanger sah.

In allen Beziehungen wurde ich wieder wach. Nicht nur das Kind saß mir immer im Kopf, ich wurde oft beinahe wieder fröhlich. Ich ging wieder in den Wald.

Es war Buchenwald. Das Laub am Waldboden leuchtete in seinem trockenen Braun, denn draußen war ein sonniger Tag. Die glatten grauen Stämme der Buchen sehe ich so gern. Ich ging auf alten Holzwegen, die schon unter Laub und Humus verschwanden. Unter dem Laub war der Boden feucht und weich. Und er roch nach heimeliger, herbstlicher Verwesung. Die Gedanken gingen ins Grundsätzliche, wie in den Anfangstagen, als ich damals mit Lindis am Ufer saß und wir darüber sprachen, wie man zuverlässig und radikal Hypnose einstellen könnte. So entstand dann der Hypnomat. Im Buchenwald fühlte ich mich glücklich, und ich wunderte mich. Wieso schwanken die Launen? Wieso war ich jahrelang in einer Grauzone und jetzt lebendig? Wieso sieht man einmal alles grau und dann durch die rosarote Brille? Irgendwo gibt es eine neuronale Plattform, die im Unterbewussten agiert und bestimmt, ob ein Glas halb voll oder halb leer gesehen wird. Die Hebelstellungen auf dieser Plattform bestimmen, ob Alexander der Große die Welt erobern will oder zuhause bei einem Becher Wein sitzen bleibt. Eine Infektion kann die Hebel verstellen, ein Erlebnis kann die Hebel verstellen. Dann gelang mir der Zugriff über den Elektrodensattel von Psyris. Ich war so begeistert von der Möglichkeit, Charaktere zu ändern. Ich hätte das nicht veröffentlichen sollen. Ich war einfach getragen von der Begeisterung. Ein weiterer Schritt der Eigenmächtigkeit, ein weiterer Schritt aus dem Paradies.

Ich erwarte nicht, dass ich aus diesem Haus, aus dieser Anstalt noch einmal herauskomme. Jedenfalls wäre das meine Antwort, wenn ich jemandem antworten könnte. Aber meine Neuronen lassen der Begeisterung noch vollen Lauf. Ich bin insgeheim stolz auf Psyris. In den Händen von Elmar wird Psyris jetzt ein Unheil. Die Elmire sind unterwegs, seine Sendboten.

An den letzten Tagen vor seinem großen Kampftag ging Philipp, für ihn ungewöhnlich, mit hell vor seinen Augen auftauchenden Bildern zum Training. Da war das Sieger-Gefühl, ein durchwachsenes Bild aus Akklamationen, einem ganzen, ihm zujubelnden Stadion, einem Bild des Kanzlers, der stolz, und im Gesicht glänzend-zufrieden, auf ihn schaute, und einem gefühlten Bild seines eigenen Körpers. Philipp spürte die gelungene, exakte Drehung des Körpers, die exakt gelungene Positionierung des linken Fußes am Abstoßbalken, und die zurückgebliebene Kälte der Kugel, die er vor dem Stoß sicher, beinahe liebend, an den Hals gelegt hatte. Einen goldenen Glanz hatte das Bild, und es verfloss mit dem Bild des Mädchens, das ihn begleitete, das zuschauend in den während des Trainings leeren Rängen saß und für ihn immer flüssiges Gold war.

Schnell wechselte aber das Bild zu Vorstellungen des völligen Versagens: Er stand dann weit hinten in der Reihe während die ersten Drei auf den Podesten jubelten. Solche Wechsel – und überhaupt Bild-Erscheinungen im Wachen – waren für Philipp ungewöhnlich. Er sah in normalen Zeiten jeweils nur das, was gerade vor sich ging, und vielleicht einen Schritt voraus, eine Bewegung voraus. So blieb der Ablauf sicher. Keine störenden Bilder von einem Superwurf oder einem disqualifizierenden Fehltritt. Solche Bilder hindern den Ablauf, der automatisch sein muss. Jedes Denken unterbricht die Kette. Die von ihm erwartete Endleistung ließ die Bilder immer intensiver aufflackern. Er durfte ja auch den Kanzler nicht enttäuschen. Der war so gut zu ihm, hatte immer die Hand beruhigend und lobend auf seine Schulter gelegt, Bewegungen und Abläufe genau beobachtend korrigiert, aufmunternd Vorschläge gemacht, sich gebückt, den Fuß genommen und ihn zur Demonstration richtig gesetzt. Für den Kanzler musste er siegen. Gutmütig, redlich, schwer und zugleich schnell war Philipp. Sein Gesicht blieb beinahe ruhig und regelmäßig. Nur jetzt konnte es zu kleinen Verzerrungen kommen, wenn eines der ungebetenen Bilder plötzlich aufstieg. Auch Muskeln konnten dann zucken, etwa Fasern in seinem starken Trapezmuskel, der sich von der Schulter bis zum Ansatz des Ohres heraufzog. Diese schräg von den Schultern heraufziehenden Muskeln bildeten ein Podest, auf dem der Kopf saß, verkleinert durch diese darunter liegende Mächtigkeit. Der Kopf, mit seinen kurzen hellen Stoppeln, blieb ruhig.

Es wurde in den sanitären Räumen viel von allen möglichen Mitteln gesprochen. Das klang so, als wären die Wettkämpfe eigentlich ein sportlicher Kampf gegen die Kontrolleure. Ohne Mittel kannst du bestenfalls der Zehnte werden. Wer mehr will, braucht etwas. Teuer ist das Zeug. Aber das wird schon finanziert. Von den Prämien werden die entsprechenden Anteile abgezweigt.

Philipp dachte gerade und einfach. Er glaubte an eigene Kraft. Der Kanzler hatte nie von Mitteln gesprochen. Nur von richtigem Training, richtiger Ernährung, richtiger Lebensführung. Philipp wusste nicht, dass er durch Psyris programmiert war. Man hatte ihm einmal so einen grauen Gummisattel mit vielen glitzernden Elektroden über Hals und Schultern gelegt. Das war wie ein Summen in der Haut. Eine Massage.

Die Studentin Ermelinde hatte damals ihren Platz immer in
der ersten Reihe. Wenn Professoren und Studenten älterer Se-
mester vor dem vollen Saal Seminare abhielten, mussten sie
fortwährend darum kämpfen, den Blick in die Allgemeinheit
der Köpfe zu richten. Die Roulettekugel rattert zunächst über
viele Zahlen; dann bleibt sie in der Mulde einer Zahl. Ermelinde bedeutete für das Auge eine tiefe Mulde, aus der sich
heraus zu hieven schwer war. Dazu kam wie ein Betrug die
Sachlichkeit ihrer Haltung, ihrer Hand bei den Notizen, der
Aufmerksamkeit ihres Blicks. Schönheit schlägt ein anderes
Kapitel auf, verträgt sich nicht mit Rechnereien und Recher-
chen, nicht für den Beschauer. Der männlichen Umgebung
hinterließ Ermelindes Gegenwart, auch wenn die sachlichen
Themen schließlich ernst genommen wurden, doch einen
Hintergrund von Herrlichkeit. Mag auch zu lesen sein, dass
Schönheit nicht wichtig sei, ein schnödes Gut sei, eine Ablen-
kung von inneren Werten.
Wer früh genug kam, setzte sich ebenfalls in die erste Reihe.
Aus dieser Zeit stammten die Verknüpfungen zwischen Albert,
Elmar und Atarax: Sie saßen rechts und links und rund um
Ermelinde. Auch bei den abendlichen Zügen durch die Stadt
blieben sie eine Rotte. Später stieß Uhling dazu, nach seinem
lächerlichen Unfall an der Uferpromenade, als Ermelinde sich
zu ihm gebeugt und einen Verband angelegt hatte.
Uhling arbeitete zu dieser Zeit bereits im Konzern. Wenn er
abends das Gebäude verließ, die Uferstraße überquerte, zur
Brücke ging und schließlich auf die Studentenrunde traf, kam
er als Außenstehender, beginnender Außenseiter; vor kurzem
noch Student, aber doch mit weiteren Erfahrungen über die
Welt. Er saß in dieser Runde als Anhang von Ermelinde.
Die Zeit verging an diesen Abenden in spontanem Wechsel
zwischen Musik und Witzen, Sachfragen, Vorschlägen für die

weiteren Stunden und hitzigem Schlagabtausch über die Philosophie der Medizin. Wenn die Medizin die Säuglingssterblichkeit senkt, soll sie dann auch Empfängnis verhindern? Beides sind Eingriffe. In die Natur? In Gottes Plan? Wer ist Hypochonder und wer geht zu spät zum Arzt? Aus Stolz? Um selbständig zu bleiben? Geht Würde verloren, wenn man sich helfen lässt?

Als Uhling dann von der Möglichkeit sprach, einen Apparat zu bauen, mit dem man Hypnose einschalten kann, bei jedermann und absolut, brausten die Meinungen wild auf. Eine ausgekegelte Schulter wieder einzurichten ist eine Hilfe. Hypnose ist Eingriff in die Persönlichkeit. Du weißt nicht, was der Hypnotiseur dir aufgetragen hat. Vielleicht hat er sich einen bösen Scherz erlaubt. Er kann ja Worte in dein Unterbewusstsein laden; sie werden verstanden. Er sagt etwa. „Es wird dir übel werden, wenn du den Postboten siehst." Und es wird dir übel, du musst dich bei seinem Anblick übergeben. Das ist dein Gefühl und deine Reaktion. Du wirst nie wissen, dass es befohlen wurde.

Sie holten sich medizinische Journale, Bücher, Dissertationen und lasen einander Behandlungsprotokolle vor. Uhling dachte bei allem, was er hörte, an die Mechanismen der Initiation: der Einleitung zur Trance. Dieses Abschalten des Bewusstseins. Dieses Abschalten der Schmerzleitung. Immer wieder ging es um Beeinflussung über die Haut. Ein Kind streichelt man in den Schlaf. Auf die Haut müsste man mit Elektroden einwirken können. Mit einem elektronischen Summen einschläfern. Uhling legte seinen schmalen Kopf schräg bei diesem Zuhören und diesen Gedanken. Neben dem vollleibigen Atarax sah er schmächtig aus. Aber damals war er noch in Form, beinahe athletisch. Nur begann seine kantige Stirn in den Haaransatz zu wachsen.

An Atarax war alles rund. Er hatte bereits seinen selig-glücklichen Bauch. Die weiten Hosenbeine spannten schon über seine Schenkel. Sein Haar hatte er zu kurzen rötlichblonden Kringeln geschoren. So war auch sein Kopf rund. Eine Kugel, ein lächelndes Ei. Atarax hatte sich – zu Beginn vielleicht um aufzufallen, um als ausgefallener Charakter zu wirken – hatte sich in die Rolle Epikurs begeben. Er versuchte den alten Philosophen zu spielen, sprach mit den Worten der alten Texte, die er rezitieren konnte, und versuchte auch, sich zu bewegen wie ein alter glücklicher Mann. Von den Lehren Epikurs übernahm er eher die Kapitel fröhlicher Unabhängigkeit als die nachdenklichen Passagen. Die Ataraxie hatte es ihm angetan. Bei Epikur ist dies die Freiheit von seelischen Erschütterungen und die Kunst der Gelassenheit; die Unabhängigkeit, die sich aus Genügsamkeit und Zurückgezogenheit ergibt.

Atarax legte die Lehren Epikurs gerne recht praktisch aus. Er hatte einen Hang zur Unbekümmertheit. Um in Unbekümmertheit leben zu können, baute er sich einen Kreis von Patienten auf, denen er Unbekümmertheit weitergab. Dabei vergaß er die Honorare nicht.

Er wollte sein Glück machen, aber hatte doch auch seine weltanschaulichen Ziele. Diese Gesichter auf der Straße, besorgte Gesichter, Gesichter mit verkrampfter Entschlossenheit, Gesichter, auf denen Beleidigung durch die Welt geschrieben stand. Das ist alles ein Jammer. Diesen Jammer muss man heilen können. So dachten die meisten Studenten. Atarax war ihnen Meilen voraus. Er hatte solch ein überbordendes, fülliges Selbstvertrauen, so viel warme Körperlichkeit, dass seine Patienten schon ohne therapeutische Kunst einige Stimmungsstufen gehoben wurden.

Nach wenigen Jahren war er bekannt und umworben. Wer blieb bei dieser Ausstrahlung von Glückseligkeit betrübt! Bei vielen konnte er ohne Anwendung von Methoden, allein durch seine Erscheinung, durch seinen Umgang, eine

Richtungsänderung bewirken. Für andere hatte er seine Gesprächspakete: „Werkzeuge für Gutes Leben", „Navigation zwischen Ehrgeiz und Jammer".

Es kam ein Politiker der zweiten Reihe zu ihm, mit Ehrgeiz und Jammer. Er haderte mit dem Schicksal und klagte über Intrigen. Für alle Kampagnen hatte er gearbeitet und für alle Ausschuss-Sitzungen hatte er sich nächtelang vorbereitet. Aber zu den höchsten Ämtern wurde er nie nominiert. Dem zitierte Atarax den alten Philosophen: ‚Befreien muss man sich aus dem Gefängnis der Alltagsgeschäfte und der Politik!' Der Mann wollte das nicht hören.

„Vielleicht", sagte Atarax, „haben Sie nicht die Flügel, um in dieser Atmosphäre zu fliegen?"

Wenn einer schon so weit ging, zu Atarax zu kommen und seine Frustration offenzulegen, dann wollte er von Atarax hören, was ihm eigene Albträume vielleicht schon gesagt hatten.

„Stellen Sie sich vor den Spiegel und betrachten Sie Ihr Gegenüber. Vielleicht fällt Ihnen ein, was für dieses Gegenüber gut ist."

Es gelang Atarax nicht immer, seine Klienten von den Vorzügen des einfachen Lebens mit solchen Reden zu überzeugen. Viele kamen nicht wieder. Wenn sie aber wieder kamen, dann wollten sie seine Hilfe, obwohl seine Worte nicht geholfen hatten. Dann griff er auch zur Hypnose. Und später zu dämonischeren, radikaleren Mitteln, zu Psyris.

Uhling ging jeweils gemeinsam mit Ermelinde aus der Studentenrunde. Diese Aufbrüche waren schwierig. Keiner wollte der Erste sein, und die Zeit verlor sich. Der Tisch wurde nur zögerlich verlassen, das Verlassen gedehnt durch letzte Witze und erste neue Vereinbarungen. Wie eine Traube, wie ein Bienenschwarm zwängte sich die Gruppe durch den Ausgang des Lokals und blieb noch hängen. Uhling, neben Ermelinde, lächelte in Richtung der anderen. Die standen noch dicht beieinander. Uhling und Ermelinde wurden, sozusagen, entlassen. Selbstverständlich. Sie waren eine abwandernde Zelle.

Uhling hatte so viele Unsicherheiten. Die Basis war noch das Warten auf die Assistentenstelle. Darüber kam das Warten auf die wirkliche, seine, die ihm angemessene Arbeit in diesem Konzerngebäude am Ufer. Und in diesen Vorläufigkeiten ging er neben Ermelinde. An Ermelinde war nichts Vorläufiges.

– 23 –

Psyris: Das Wort fiel Uhling ein, als die technischen Wege erst undeutlich, wie undeutliche Ideen, wie farbneblige Wünsche im Hintergrund standen. Es war das Wasser, das ihn auf diese Ideen gebracht hatte. Und auch nur, weil er in diesem freudig summenden Zustand war. Dieses Kind, das mit so hellen Augen auf ihn zuging, ein Abbild von Ermelinde. Ermelinde musste mit vier Jahren auch schon ihre freundliche Selbstbestimmt-heit gehabt haben. Dagmar war etwas wärmer, verbindlicher. Dagmar ließ eine Bindung zu. Dieses Kind brachte Uhling Freundschaft entgegen. Und wollte auch von ihm, Uhling, Freundschaft. Ermelinde hatte neben ihm gelebt, nicht mit ihm. Nie hatte er gewusst, ob ihr an ihm etwas nicht recht war oder ob sie gut von ihm dachte. Ermelinde war eine hochauf-gerichtete Sphinx. Der Abstand, den sie hielt, machte das Ver-langen, in sie hineinzuschauen, quälend groß. Das Kind aber schaute Uhling offen an, offener jedenfalls. So wachte Uhling auf zu einem Stück Leben, das er noch nicht gehabt hatte, er hatte einen persönlichen Menschen, einen Freund.

Drei Entfaltungen der Liebe hatte es für Uhling gegeben. Die erste, makellos neue, war die Liebe zu Ermelinde, zu Lindis.

Die zweite war die zum Kind, das nicht seines war, das aber zu seiner Tochter Dagmar wurde. Zu dieser Liebe hatte sich Uhling vom Kind freudig zwingen lassen.

Die dritte, diejenige zu Monique, war nicht unvermittelt oder jählings entstanden, beim ersten Blick. Die Liebe zu Monique wuchs langsam aus Hilfestellung und Kameradschaft, aus Sorge um sie und Verlangen nach ihrer vorbehaltlosen Wärme. Und sie blieb bestehen, als Monique in der Apokalypse der Behandlungen ihr heller Wille verloren gegangen war. Zuneigung, Vertrauen und ihre Wärme, die keine Worte benötigte, blieben erhalten.

Uhlings zweite Liebe entstand, als Ermelinde ihm das kleine Kind brachte. Die Zuneigung kam heftig und mit Unbedingtheit. Uhling empfand Durst nach der Nähe zu diesem Kind. Diese Liebe hatte eine ganz andere Farbe als die ideale Liebe zu Lindis oder die warme Liebe zu Monique. Und sie wandelte sich auch mit den Jahren, denn zunächst war das Kind für Uhling ein kleines Wesen, schließlich aber wuchs es heran zu einem Wunder, das hoch über ihm stand.

Das Kind schaute zu ihm auf, fragend, schelmisch, auch wütend. Das Kind Dagmar griff ihn persönlich an. Und es tauchte ein Gefühl der Freude und der Wohligkeit in ihm auf, Zustände, an die die Erinnerung weit entfernt war. Nachdem Ermelinde damals von ihm gegangen war, lebte er nur mehr in seinem Labor. Die Arbeit war schwierig, kompliziert, aber Routinearbeit. Und Gespräche führte er kaum außerhalb des Kollegenkreises, teils deren Familien eingeschlossen. Er las viel an den Abenden. Für das Leben in dieser umgrenzten Welt benötigte er keine großen Gefühle. Sie waren ihm abhanden gekommen. Das Kind weckte sie auf, und er fühlte und dachte wieder, wie er in seinen frühen Anfängen gefühlt und gedacht hatte. Die Welt war offen und hell und für Eroberungen bereit. Und das kalte Wasser, das ihm das Kind mutwillig über den Rücken schüttete, brachte ihn wieder zu seinem alten Staunen über die Wandelbarkeit der Launen, über die Manipulierbarkeit der Stimmung und Einstellung mit Hilfe äußerer Werkzeuge, mit Hilfe des Wassers etwa. Wo ist die Person hinter all den Verwandlungen zwischen Missmut, Neugierde und Trauer? Die Person ist eine Sammlung von Stimmungen, von Intentionen in disparate Richtungen, ein Sack voll Charakterpuppen, ein Köcher bunter Pfeile, ein Fächer in Regenbogenfarben. Die Umstände der Welt wählen ein Blatt des Fächers. Erstaunt sagt man dann: ‚der oder die sei heute ganz anders‘, oder: ‚wie verwandelt‘.

Und aus diesem Fächer von Stimmungen kann durch äußere Einwirkung gewählt werden, durch kaltes Wasser, das den Rücken schreckt, durch Hunger, Hitze, eine Ohrfeige, einen elektrischen Schlag. Uhling dachte zurück an die Zeit, als er den Hypnomaten entwickelte, als er mit Ermelinde über Hypnose sprach. Der Hypnomat, mit seinen vielen Elektroden im Gummisattel, konnte auf Hypnose schalten, ein einfach wirkendes Mittel, und inzwischen von tausend Ärzten bequem eingesetzt. Einfach wie die Injektion zu einer Anästhesie.

Aber mit einem intelligenteren System musste es möglich sein, Stimmungen zu schalten, von Verzweifeln zu Seele-Baumeln, von Andacht zu Übermut. Diese Facetten sind in jedem vorhanden. Man kann sie hervorholen, zur Tagesdevise machen, einen Autisten zu einem Menschenfreund verwandeln, vielleicht.

Der Name für das Gerät kam ihm zugleich mit der Idee: Psyris. Es klang so hell, frisch, neu. Wie das Eintreten in eine neue Welt. Wie das Heraustreten aus Unbewusstem zu Bewusstem. Im Hintergrund streiften Uhlings Gedanken über bizarre Möglichkeiten des Gerätes Psyris. Denn es wird ein Werkzeug sein. Für positiven Gebrauch bestimmt. Ebenso aber für gefährliche Manipulationen geeignet. Seelische Chimären könnten entstehen. So wie es geschehen ist, dass man einem Mausembryo einige Zellen mit Prägung „Ohr" auf den Rücken pflanzte und die ausgewachsene Maus dann ein Ohr auf dem Rücken trug. So kann Psyris der Seele absonderliche, verquere Facetten überprägen.

Etwa eine Täuschungsroutine. Ein so konditionierter, und wäre er auch im Übrigen ein sehr korrekter, zielgerichteter Mensch, bekäme beim Treffen einer Vereinbarung den unwiderstehlichen Wunsch, eine Hinterhältigkeit einzubauen. Das würden dann seine Mundwinkel mit einem kleinen verschmitzten Zug andeuten. Er selbst hätte das Gefühl eines sportlichen Ausritts.

Aber dies waren für Uhling nur vorbeiziehende Gedanken. Bestimmend war der Reiz der Möglichkeit. Die Möglichkeit des Programmierprozesses, die Möglichkeit der Konstruktion. Die alchemistische Faszination, dass man mit Hilfe von Psyris die Seele konfigurieren könnte.

Davon wird das Ich nichts wissen. Es übernimmt die verordneten Stimmungen, als kämen sie aus der eigenen Würde. Es werden seelische Schalter umgelegt, und das Ich meint, die Änderungen kämen aus eigener Kraft. Uhling hatte das Hochgefühl, einen Schritt in der Erklärung der Welt zu tun, am Beginn der Deutung der Person zu stehen. Vorerst, allerdings, herrschte noch Verwirrung.

Der Dichter schrieb, lange vor der Zeit von Psyris, über den unwiderstehlichen Drang, die Welt mit Wissen zu erfassen:

Ein Jüngling, den des Wissens heißer Durst
Nach Sais in Ägypten trieb, der Priester
Geheime Weisheit zu erlernen, hatte
Schon manchen Grad mit schnellem Geist durcheilt;
Stets riss ihn seine Forschbegierde weiter,
Und kaum besänftigte der Hierophant

Den ungeduldig Strebenden. ,Was hab' ich,
Wenn ich nicht alles habe?' sprach der Jüngling
…

Indem sie einst so sprachen, standen sie
In einer einsamen Rotonde still,
Wo ein verschleiert Bild von Riesengröße
Dem Jüngling in die Augen fiel. Verwundert
Blickt er den Führer an und spricht: ,Was ist's,
Das hinter diesem Schleier sich verbirgt?'
,Die Wahrheit', ist die Antwort. – ,Wie?' ruft Jener,
,Nach Wahrheit streb' ich ja allein, und diese
Gerade ist es, die man mir verhüllt?'
…

,Gewichtiger, mein Sohn, als du es meinst,
ist dieser dünne Flor – für Deine Hand
Zwar leicht, doch zentnerschwer für dein Gewissen.'
…

,Sey hinter ihm, was will! Ich heb' ihn auf.'
…
Er spricht's und hat den Schleier aufgedeckt.
,Nun', fragt ihr, ,und was zeigte sich ihm hier?'
Ich weiß es nicht. Besinnungslos und bleich,
So fanden ihn am andern Tag die Priester

Aber das Impulsspiel der Elektroden auf einem Hals, auf einem
Rücken, die Signalkomplexe, die auf dem Charakter spielen
könnten, so wie Klaviertastendruck auf dem Weg über Klänge
Wehmut und Freude hervorruft, das begeisterte, das elektri-
sierte Uhling. Dagmar, das Kind, hatte ihn schon aufgeweckt
aus seinen verdösten Arbeitstagen, jetzt lebte er in einem Zustand fiebernder Erwartung. Es mischte sich Entdeckerfreude

mit Drang zu spielen und mit einem späten Stolz, und dieser Stolz kam mit einem Kitzel, die Welt dies wissen zu lassen. Er ließ sich von dieser Eitelkeit dazu bringen, das System Psyris zu veröffentlichen. Mit einer Art Hoffärtigkeit setzte er sich darüber hinweg, dass laut Vertrag alle Veröffentlichungen von der Firma freigegeben werden mussten. Die Firma hätte den Artikel nicht freigegeben. Uhling dachte nicht darüber nach; vielmehr: Sein handlungsnahes Bewusstsein, sein oberstes Bewusstsein, ignorierte alle Bedenken, und er ließ die Veröffentlichung ihren Gang gehen. Wie ein Spieler, der hohen Einsatz gewagt hat, das Rollen und Stocken der Kugel beobachtet und seine Hybris siegessicher strahlen lässt, obwohl andere Instanzen in ihm die Konsequenzen der möglichen Tragödie berechnen, so wartete Uhling in den Wochen, bevor der Druck erschien. Zu den Berechnungen der negativen Seite gehörten auch in diesem Zeitpunkt schon Bedenken, dass, wie im Märchen, ein Mensch auf einen Schlag zu verzaubern wäre und dass ein findiger Stratege sich willige Kohorten prägen könnte.

Die Veröffentlichung des Systems Psyris brachte großen Aufruhr, insbesondere im Kreis der Psychotherapeuten. Die Zeitungen und Zeitschriften waren voll von Kassandrarufen. Psyris könne vielleicht heilend eingesetzt werden, etwa zur Unterdrückung von Depression, aber der Eingriff in die psychische Maschinerie sei ein Eingriff in die Würde. Neuronale Ethik wurde gefordert. Schüchtern benutzten vereinzelte Kommentatoren auch das Wort Seele und betonten die Unverletzbarkeit dieser Zelle des Sinns.

Die Presse nahm sich des Themas an, und der Kanzler, hellhörig seit den Tagen des blauen Lexikons, fand diese Meldungen. Er hatte eine für systematische Leser unerklärlich feinfühlige Wahrnehmung, Virulentes, für ihn Interessantes, zu fangen. Er saß in seinem generösen Schwenkfauteuil, im Palastbüro hoch über den Stellplätzen seiner LKWs, nahm, an Sonntagvormittagen, lässig und verächtlich Zeitungsmaterial zur Hand, blickte nur sekundenlang auf ein Blatt und warf es zu Boden, mit einer Geste, die sagen sollte ‚leeres Stroh!'. Aber in diesem Fall, in dieser Sekunde, hatte er eventuell etwas aufgegriffen.

Psyris, mit der Möglichkeit, die Mentalität zu verändern, gezielt einzustellen, ließ ihn zurückdenken an Hubert. Der arme Hubert hatte eine so ausgezeichnete Angleitphase, und die Kugel lagerte er gut am Kinn. Nur die Fußstellung beim Abstoß! Die sollte mit einer einfachen hypnotischen Suggestion korrigiert werden. Das war zu einfach.

Die Mentalität muss geändert werden, die Philosophie, das Lebensgefühl! Wenn das mit Psyris möglich wäre! Ein mentales Doping! Dann könnte jetzt Philipp siegen. Gegen all die anderen, die auch ihre geheimen Mittel haben. Im letzten Augenblick soll er bedenkenlose Kraft bekommen!

Der Kanzler fand immer Wege. Die Zeitungen berichteten über einen Kongress von Psychotherapeuten; Psyris sollte dort ein kontroversielles Thema werden. Der Kanzler ging mit Ilona zum Kongress. Er war nicht eingeladen, und er gehörte nicht dazu. Das störte ihn nicht. Die Sicherheit seines Auftretens ließ alle Türwächter beiseite stehen, und er setzte sich in die erste Reihe. Ein hochkonzentrierter Theoretiker mochte am Pult stehen und in vielfächeriger Analyse vorsichtig versuchen, einem Problem gerecht zu werden. Der Kanzler destillierte aus der komplizierten Rede, die er im Einzelnen nicht verstehen konnte, eine Frage, und unterbrach ohne Zögern mit seiner Frage den Redner. Oft traf er ins Schwarze, und oft dorthin, wo die Fachleute noch keine Antwort hatten.

Als Psyris diskutiert wurde, warf er ein: „Ihr bekommt eine Gesetzgebung wie gegen Rauschgift!"

Dabei erwiderte er jeden Blick in seine Richtung mit einem Schmunzeln, als hätte man soeben zusammen einen Streich gespielt, oder hätte zusammen gefeiert. Es war ihm die Freude anzusehen, die er daran hatte, die vorsichtige, trockene Etikette der in Wissenschaftlerlisten registrierten Teilnehmer zu durchkreuzen. Zu dieser Etikette gehörte es auch, dass ihn niemand fragte, auf welche Weise er in den Saal gekommen war. Er, und Ilona neben ihm, füllten ihre Plätze in den engen Bänken körperlich aus, und mit einer in diesen theoretischen Räumen sich weltlich anfühlenden Präsenz. Der Kanzler sah bald, wer dieser Uhling war, der mit seiner Psyris-Veröffentlichung die Redner erhitzte. Er sprach ihn in den Pausen an, und Uhling bestätigte mit verlegenem Lächeln seine Identität. Uhling konnte sich nur ein gezwungenes Lächeln aufsetzen, denn er wusste nun, auch aus eigener, nachträglicher Überlegung, dass er Psyris nicht hätte veröffentlichen sollen, zum einen wegen der unabsehbaren Möglichkeiten dieses Instruments, zum anderen, weil seine Firma, die ja immer noch den alten Vorgänger Hypnomat produzierte, gegen die Veröffentlichung sein musste und inzwischen heftige Vorwürfe machte.

Es waren auch die anderen da aus der alten Runde, jedes Jahr trafen sie sich mindestens auf diesem Kongress: Albert, Elmar, Atarax. Und Ermelinde. Sie hatte, als sie den Saal betrat, Uhling zwar Blickkontakt gegeben, ihm aber erst in der Sitzreihe, über andere hinweg, eine Hand gereicht. So kompliziert war dieser Kontakt: die Grundlage der früheren Gemeinschaft, der Abbruch ohne deutliche Klärung, die erneute Annäherung durch das Anvertrauen des Kindes, das einen unbekannten Vater hatte; jetzt ein Argwohn wegen der unbedachten Veröffentlichung. Ermelinde schaute meist in andere Richtung.

Nach den letzten Diskussionsbeiträgen wurden Kaffee und Kuchenstücke in Standard-Variationen angeboten. Der Kanzler mokierte sich über die kleinmütige Sparsamkeit. „Kommt, jetzt gehen wir, etwas Ordentliches essen!" Uhling, Ermelinde, vielleicht sie alle, hatten nicht gedacht, noch Gespräche anzuhängen, oder gar, sich zu Geselligem und Smalltalk zusammenzutun. Aber der Kanzler stand da. Und es ist schon so, dass eine gewichtige Körperlichkeit Autorität bewirkt. Von dieser Kraft, und dem augenzwinkernden Lächeln, das jeden mit Herzlichkeit ansprach, ging Suggestion aus. Ein vielleicht zunächst bestehendes Bild des Abends: Lesen, Aufräumen, Musik hören, Schreiben – verwandelte sich unversehens in ein konzedierendes inneres Lächeln: Ja, ab und zu mit Bekannten, mit anderen abends zusammen sitzen, das ist doch recht.

Der Kanzler führte zu einem etwas lauten Lokal mit blanken Holztischen, und bevor sie noch Zeit hatten, sich all die Abweichungen von ihren üblichen Gewohnheiten einzugestehen, saßen sie schon mit fett gefüllten Tellern in einer Nähe von Person zu Person, die sie sonst nicht suchten.

Der Tisch war nicht unbesetzt gewesen. Der Kanzler hatte sich und Ilona auf die Bank an der Wand geschoben, und zwei Frauen veranlasst, weiter ins Eck zu rücken. Die quittierten das mit Lachen. Eine war, wie es schien, immer zum Lachen aufgelegt, struppig-wellig das helle Haar; sie zeigte gern ihren Ausschnitt. Die andere schien eher ein Mensch, der mit Besorgtheit versucht, die gegebene Arbeit zu leisten. Sie schaute meist auf die Kollegin, um sich nach ihr zu richten.

Und sofort wusste der ganze Tisch, wie oft die Frauen in dieses Lokal kamen, was sie taten, dass eine oben in diesem Haus wohnte. Sie verkauften Staubsauger. Kleine Staubsauger, große Staubsauger, Nass-Trocken-Sauger für Supermärkte. Der Kanzler kannte die Marke, hatte einmal eine Ladung zu fahren. In allen Packungen hatte die große Düse gefehlt. Er durfte alles wieder zurücktransportieren.

Der andere Teil des Tisches hörte zu und hantierte die Bestecke. Das sah der Kanzler. Er wandte sich ab von den Verkäuferinnen und fragte Uhling direkt: „Was kann Ihr Psyris wirklich? Kann man damit hexen?"

Uhling schaute auf seinen Teller und rund um alle Teller, bis er sagte: „Ich weiß noch wenig. Das ist noch Theorie. Ich habe nur erste Versuche gemacht."

„Und?", forderte der Kanzler. Uhling zögerte länger. „Sie werden mich für einen Schwärmer halten. Ausgerechnet mich! – Ich hatte eine Vision."

Uhling sprach weiter: „Lachen Sie nicht. Ich formuliere analytisch: Kurz nachdem ich eingeschaltet und Psyris das Impulsprogramm auf mich überspielt hatte, sah ich ein Licht, das alles überstrahlte, auch mich durchstrahlte."

Uhling sah die pikierten, befremdeten Gesichter um den Tisch. „Ich berichte nur", sagte er. „Und ich spürte in diesem Augenblick – mein Empfinden war: ich wusste in diesem Augenblick –, dass ich mit allen Dingen und Zonen der Welt verbunden war."

„Und das hat Ihre Maschine gemacht?", sagte die Staubsauger-Verkäuferin mit generösem Ausschnitt.

Elmar hob seine Hand, als müsse er sich hier durch Handheben zu Wort melden. Zwischen den anderen, und insbesondere an einem Tisch mit dem Kanzler, wirkte er unscheinbar. Seinen knapp geschorenen Kopf hielt er in einem bescheidenen, aber etwas trotzigen Ernst. Seine dunklen Augen waren weit geöffnet: „Und hast du andere Einstellungen versucht?", fragte er.

„Nein", sagte Uhling, „keine weiteren. Ich wollte nicht weiter machen. Ich hätte von Psyris gar nicht reden sollen – oder schreiben."

– 24 –

Am nächsten Morgen reiste Atarax damals wieder ab. Er nutzte den Anlass des Kongresses, um jeweils wieder mit der, wie er sie nannte, „Werkwelt" in Berührung zu kommen. Nach wenigen Tagen aber zog es ihn jedes Mal zurück in die szintillierende Heiterkeit seiner Insel. Er wusste, dass die Werkwelt die ehrliche, schwierige, letzten Endes nicht zu vermeidende Welt ist, und er fühlte immer, wenn er sie betrat, dass er da hingehörte, dass sie sein Stammland war; aber nur, bis er wieder die Einzelheiten sah: die sich mühenden Menschen in kleinen Läden, die so oft hastigen, in Härte verklemmten, verschrockenen Gesichter, die Tafeln, auf denen Notare, Immobilienfirmen und Ärzte angekündigt wurden. Hier sollte er leben, hier therapieren? Diese Aussicht schreckte ihn. Dieses Kleinkramleben hatte ihn schon in den Anfangsjahren immer wieder auf Fluchtgedanken gebracht. Da kam eine arme Kreatur, nicht stark genug, selbst ihrer Situation und ihren Unzulänglichkeiten ins Gesicht zu sehen, und man führte dieses gebrechliche Wesen vorsichtig und mühsam zu einer Seelenordnung, die es ertragen konnte. Ein Dank zum Abschied, der Nächste bitte! Diese Hilfe wäre vielleicht der hippokratischen Intention gemäß. Aber Atarax brachte das Sendungsbewusstsein nicht auf. Und war es denn weniger Wert, wenn er sein Völkchen auf der Insel in einem Zustand des Heiterseins schweben ließ? Er ließ sich mitschweben.

Es kamen ihm vorauseilende Bilder, er schmunzelte und sah schon reizvolle Situationen voraus. Was will ein Mensch? Wohin soll einem Menschen geholfen werden? Atarax hatte nur mehr in Abständen solche Gedanken. Oft kamen sie am Beginn einer Reise. Wenn der Gurt festgezogen war und die Maschine steil hinaufzog. Die Sicht von oben, für das Gefühl eine Sicht auf die gesamte Erde, verwandelte sich als Analogon in eine Sicht auf die Zeit, die ganze Zeit, die Existenz. Was ist das gute Leben, das richtige Leben, das gewünschte Leben? Warum nicht ein Schweben in träumerischer Glücklichkeit? Schon vor Urzeiten war es Gewissheit, dass die Glücklichen unter den Sterblichen auf die Inseln der Seligen kämen, um dort zu lustwandeln, ohne heroische Ziele. Was sind die menschlichen Werte, wenn der eine die Zeit seines Lebens dafür einsetzt, aufs Perfekteste zu musizieren, der andere alle Fische der Tiefsee zu kennen, der dritte, alle Briefmarken des neunzehnten Jahrhunderts zu haben. Es gibt Mütter, die ausschließlich für ihre Kinder leben wollen, so als wäre es sinnvoll, dass eine Generation nur für die nächste lebt, ohne Mehrwert für die Gegenwart. Es gibt das Glück in mathematischen Formeln, im Erdenken von schönem Schmuck, im Handhaben schöner Stoffe. Es ist, als hätte jeder ein Los gezogen und wäre damit auf eine Bahn gesetzt, der eine dem anderen in seinen Wünschen fremd. Gemeinsam sind nur der Imperativ des bloßen Lebens und die mühsame Einsicht, verträglich sein zu sollen. Aber das sind irdische Dinge. Darüber hinausgehend, transzendent, sind die herrlichen Wünsche, die für den Einzelnen lebensbedeutend, für andere unbedeutend sind.

Eine Ausnahme, vielleicht gibt es mehrere, eine Ausnahme sind die Mannigfaltigkeiten der Liebe.

Mit dem gleichmütig zischelnden Rauschen der Triebwerke vergingen bei Atarax die anspruchsvollen Gedanken. Bedauerlich; aber wer hat dort unten, in den Ländern der Werkwelt, schon Fortschritte in wesentlichen Gedanken gemacht? Er saß gemütlich, wenn auch beengt. Er hatte sich ein Leben eingerichtet, ein unterhaltsames, warum sollte er etwas ändern, wenn niemand handfeste Philosophien vorweisen konnte.

Atarax flog seiner Insel mit zunehmender Erwartung entgegen. Sein Schmunzeln hatte allerdings eine hämische Komponente. Die Vorfreude war mit etwas intriganter Eitelkeit gemischt. Atarax, als Vater und Pascha der Insel, verschloss sich nicht in Kammern der Administration oder medizinischer Behandlung. Das wäre auch nicht sein Erfolg gewesen.

Nach dem Flug und der Passage auf der Fähre wird am Steg diese korpulente, immer unternehmungslustige Dame warten. Dame ist das falsche Wort. Dazu ist sie zu animalisch, zu impulsiv, zu fröhlich. Zu glücklich für das Wort Dame. Beim Tanz sind die Bewegungen ihres Körpers gleichsam ein Echo der Kapriolen der Musik.

Atarax ließ viele Feste feiern, meist waren es ganz einfache Ereignisse: Musik, ein Kreis von Zuschauern und ein paar Tänzer. Den Herren in etwas weiterem Alter folgte der Körper nicht mehr auf alle Impulse in runder Weise. Die Haltung war oft noch gerade, aber der Kopf hatte dieses jeden Schritt unterstützende Nicken. Und die Schritte wurden vorsichtig. Aber Joana, die jetzt auf ihn warten wird, tanzte mit rhythmischer Hingabe zu solch improvisierter Musik.

Atarax hatte sich als Zuschauer in der Nähe des Tanzbodens niedergelassen, der am Strand aus groben Dielen auf den Sand gesetzt war. Und Joana zeigte im Badeanzug mit unbekümmerter Ausgelassenheit die zusätzlichen Rundungen, die ihr die Jahre hier und dort angesetzt hatten. Atarax sah dieser Szene wie ein Regisseur während des Drehens eines Films zu. Er saß beobachtend; er amüsierte sich und freute sich. Er freute sich über die positive Existenz eines fülligen Körpers und spürte Rechtfertigung für seine eigenen Maße. Er saß mit bunter kurzer Hose und offenem Hemd. Sein Buddha-Bauch wölbte sich weiß hervor, glatt und weiß, nur von Sommersprossen gesprenkelt. Sein großer, ovaler, rundlicher Kopf lächelte anerkennend, das Kinn in den fülligen Hals gezogen. Die schwitzende Glatze war von spärlichem, rötlichem Gekräusel umgeben. Joana sah seine Aufmerksamkeit.

Atarax hatte keine Mühe, ihr irgendwo zu begegnen. Sie war eine jener alleinstehenden, finanziell unabhängigen „Patientinnen", die therapeutische Gründe vorschützten und nur zur Unterhaltung auf die Insel kamen. So sprach es sich leicht. Es war ein Spiel des amüsierten Herantastens, mit dem Wissen und dem stillschweigenden Einverständnis, wie der Weg weitergehen sollte. Für junge Körper mit vollkommenen Linien sind die Handlungen selbstverständlich; Hürden sind eher die Gefühle des Besonderen und Einmaligen. Für Joana und Atarax bedurfte der Anblick der Körper einer Nachsicht. Mit dem beiderseitigen Wissen, dass ein Stück Leben vergangen war. Es herrschte aber wohlwollende Akzeptanz, weil ja doch die Begehrlichkeiten von der Zeit nicht angetastet werden. Es mussten nur die Schritte der Annäherung vorsichtig sein. Plötzlichkeit könnte befremden. Joana wusste die geeignete Zögerlichkeit. Und zuletzt verschwanden alle Zeitalter im Fest.

Als die Maschine landete, und während der Überfahrt der Fähre zur Insel, freute sich Atarax auf das Winken der wartenden Joana. Es wurde ihm vergällt. Dort wartete auch eine junge, vor kurzem erst aufgenommene Patientin. Nach dem ehrlichen ärztlichen Bemühen von Atarax war sie offenbar zur Überzeugung gekommen, nun sei sie, nicht Joana, der besondere, der wichtige Mensch. Sie stand nicht weit von Joana; und mit Widerwillen und Verachtung blickte sie immer wieder in Richtung Joana.

Nach seiner Rückkehr vom Kongress blieb Atarax nicht viel Zeit, sich mit dergleichen Spannungen, die ja den Prinzipien seiner Institution zuwider liefen, zu beschäftigen. Denn ohne Ankündigung stand plötzlich Elmar vor ihm. Elmar grüßte nur knapp. Er stand wie – das Empfinden hatte Atarax zumindest – wie ein Polizist vor ihm, der ein unangenehmes Papier zu übergeben hat. Verbindliches Lächeln, das Lächeln eines Besuchers auf einer traumschönen Insel, war von Elmar sowieso nicht zu erwarten, aber Elmar hatte sichtlich ein Ziel, ein sehr ernstes musste es sein. Er kam korrekt und adrett gekleidet, mit mäßig kariertem Rock, mit Krawatte. Er ging keinen Kompromiss ein mit der subtropischen Luft der Insel. Das blasse Gesicht unter den dunklen Haaren machten ihn zu einem plötzlich aus städtischen Räumen Angereisten. Seine Augen reagierten nicht auf das andere Sonnenlicht. Die Augen schauten, wie Atarax empfand, in diesem Augenblick der fast wortlosen Begrüßung ungewöhnlich groß, eindringlich. Man bekam das Gefühl einer Absolutheit. Atarax hatte Erfahrung mit Blicken.

Da Elmar nichts sagte, führte Atarax ihn in sein privates Arbeitszimmer. „Wir müssen Psyris bauen!" Elmar sagte das so, wie hochgestellte Funktionäre in Notzeiten offiziell Entscheidungen verkünden. Atarax bat Elmar zu sitzen und versuchte, lächelnd zu sagen, Psyris sei doch ein zweifelhaftes Spielzeug. Aber Elmar ging auf Lächeln nicht ein. „Diese Zeit erfordert Unterstützung für die Dispositionen der Menschen. Die Leute glauben dich zu brauchen, um glücklich zu sein. Die Welt wird ein Kindergarten, sie unterhalten sich mit lächerlichen Spielen, sie konstruieren künstliche Erlebniswelten. Sie verkleiden ernste Dinge mit Spaß. Das trägt die Welt nicht. Das ist dünnes Eis. Wir müssen reinigen. Wir müssen die Menschen umdisponieren. Wir müssen umprägen auf Ernst, Disziplin und Tatkraft!"

Nach diesem Redesturz von Elmar war es lange still. Atarax fühlte sich aufgeschreckt. Auch beschuldigt. Seine Insel sah er gerne symbolisiert in einem perlenden Sektkelch. Vergnügen hatte er zur Profession gemacht. Atarax war irritiert. Er sah eine Störung seiner Insel. Aber Elmar sprach gar nicht von der Insel, er sprach von der ganzen Welt draußen. In die wollte Elmar eingreifen.

„Elmar, mach ein paar Tage unser Leben mit!"

Elmar ließ keine Zeit. Er hatte Pläne mit. Er hatte Uhlings Schriften, er hatte Bücher und Artikel über Neurologisches, Elektronisches, einen Laborplan, einen Zeitplan, formuliert in Mannmonaten und Eckdaten.

„Hier auf der Insel stört uns niemand. Hier müssen wir Psyris entwickeln."

Atarax war gewohnt, auf der Insel leichthin König zu sein. Jetzt kam dieser Schmächtige, Drahtige und gab Direktiven. Atarax suchte nach der richtigen Umgangsweise. Er zeigte Elmar die Insel und versuchte in Plauderton zu gelangen. Aber Elmar kam sofort zurück zu seinem Thema, wie ein Wasserfall strömten seine Warnungen und Thesen. Atarax fand nur mit Anstrengung zu eigenem Denken. Er sah, dass Elmar an tropischen Blumen und weißen Balustraden vorbeiging, aber nichts wahrnahm als die Mission, über die er sprach. Elmars Blick passte nicht zu dem schmächtigen Körper. Er war zu starr, zu intensiv. Atarax stellte sich Elmar als Patienten vor. Aber dazu gab es keine Zeit. Schon am nächsten Tag erschienen zwei seriös blickende Männer und meldeten sich als Assistenten. Elmar mietete Zimmer im Hotelkomplex. In der Gegenwart von Elmars Mitarbeitern fand Atarax es nicht möglich oder nicht angebracht, Elmar Vorhaltungen zu machen, das Projekt Psyris problematisch zu nennen. Elmar war nie allein zu treffen. Die Vorbereitungen schritten voran. Im Inselreich von Atarax wuchs wie selbstverständlich ein zweites Reich. Atarax hätte rechtliche Mittel anwenden können. Das war ihm aber zu grob. Und es ging alles schnell. Elmar begann, über mögliche Versuche zu sprechen: Atarax habe doch sicher sogenannt hoffnungslose Fälle. Aber solche Fälle hielt Atarax von der Insel fern. Die überließ er seinen konventionellen Kollegen an den großen Kliniken.

Elmar machte an sich selbst die ersten Versuche. Seine Assistenten ließ er Psychopharmaka bereithalten, mit denen er notfalls beruhigt oder in Koma versetzt werden konnte. Er legte sich selbst den Elektrodensattel um. Die weiche graue Gummimatte lag mit leichtem Druck am Rückgrat, an den Schulterblättern, über den Schultern und am Hals bis zum Ansatz der Ohren. Die hundert Elektroden berührten die

Haut zunächst kalt. In diesem Stadium der Arbeiten war noch nichts darüber bekannt, welche Impulsmuster welche Wirkung haben würden. Das Instrument war gebaut, aber man wusste noch nicht, welche Wirkungen geweckt werden konnten. Uhling hatte in seiner Veröffentlichung geschrieben, er habe die Versuche abgebrochen.

Elmar ließ einen Spiegel vor sich stellen, um selbst eventuell an seiner Mimik Veränderungen zu sehen. Er gab zuerst Anweisung, Einzelimpulse zu setzen, in verschiedenen Stärken und mit verschiedenen Impulsformen. Manchmal reagierte er so, wie jemand auf einen Mückenstich reagiert. Dann ließ er Impulslinien legen, etwa waagrecht über die Schulterblätter oder das Rückgrat entlang. Es entstanden wechselnde Gefühle. Einmal war es Beruhigung, wie eine Zusicherung ungestörten Schlafes. Dann spürte er ein aufforderndes Klopfen. Es klang wie die Aufforderung zu Handlungen.

Als die Elektronik-Muster dann weiter variiert wurden, mischten sich oft unter die Eindrücke akustische Bilder. Hin- und herperlende Impulse deuteten Wandel in der Melodik an. Es waren Wandlungsgefühle wie bei enharmonischer Umdeutung, es ging in einer Tonart hinauf und in ganz anders gefärbten Klängen wieder bergab. Elmar betrachtete sein Spiegelbild. Er wollte die Mimik inhaltslos lassen, aber es zeichneten sich doch parallel laufende Veränderungen ab; es gab die Andeutung einer Erwartungshaltung oder auch einer Zufriedenheit.

Elmars Assistenten versuchten, aus seinen Reaktionen Regeln zu extrahieren. Sie entwarfen Tabellen, in denen sie die Impulsmuster den Reaktionen Elmars gegenüberstellten. Die Diskussionen über sinnvolle Zuordnungen verliefen unbefriedigend. Die Impulsmuster konnten in so vieldimensionalen Variationen erzeugt werden, dass die Ingenieure sich nicht auf eine Katalogisierung einigen konnten. Und Elmars Reaktionen in Worte oder sogar Zahlen zu fassen, wurde erst gar nicht versucht.

Elmar war aber ermutigt, obwohl die Wirkungen des Gerätes sich zunächst nicht vorhersagen ließen. Er wollte die Möglichkeiten weiter ausloten. Die Elektrodenspannungen wurden etwas erhöht, längere Impulsdauer zugelassen und die Geometrie der zugeschalteten Elektrodenketten verändert.

Elmar spürte sofort die erhöhte Wirkung. Er ließ sich aber nicht alarmieren, eher empfand er Genugtuung über die Möglichkeiten. In einer der Einstellungen meinte er eine Quart zu hören, eine von einer Trompete geblasene, geschmetterte Quart. Zugleich wusste er, dass seine Ohren nichts hörten. Es war eine doppelbödige Empfindung, wie im Fall eines apokalyptischen Traums, der von einem Bewusstsein begleitet wird. Und dieses geträumte Bewusstsein sagt, der Terror sei nur ein Traum.

Die Fanfare wurde schärfer und schneidend. Elmar winkte ab. Gut. Solch ein schriller Trompetenstoß konnte bleibend eingebrannt werden. Wie das Sirenengeheul, das Bomben ankündigt, und das Vorüberpfeifen noch anderswo treffender Munition. Tönender Schrecken dieser Schärfe wird zur Prägung.

Die möglichen Impulsgestalten von Psyris bilden eine unendliche Menge; eine unendliche Vielfalt der angesteuerten Elektrodengeometrien, eine zweite Unendlichkeit der zeitlichen Variationen, eine weitere der Intensitäten, eine weitere der Impulsdehnung und Impulsstauchung. Unbekannt blieb die Korrelation zwischen einer Wahl aus dieser Vielfalt und der ebenso unüberblickbaren Vielfalt der menschlich möglichen Gefühle und Intentionen.

Die Assistenten schlugen vor, über ein automatisiertes Würfelspiel den Zufall Impulsvarianten auswählen zu lassen. In einem Fall kam Elmar in ein unwiderstehliches Lachen, ein homerisches Lachen, wie es Elmar von sich aus nie zugelassen hätte. Elmar spürte ein, wie man sagt, herzhaftes Lachen, konnte sich aber nach dem Experiment nicht an ein Motiv erinnern.

Eine andere Konfiguration führte Elmar in die Vorstellung einer Peinlichkeit in Öffentlichkeit; er wurde von allen Seiten beäugt; er hatte einen Fehlgriff begangen, nicht nur gegen das Gesetz, auch gegen all seine Vorsätze und Gewohnheiten; es war unmöglich festzustellen, worin dieser Fehlgriff bestand; seine Karriere war zu Ende; seine Ziele konnte er sicher nicht erreichen, Schweiß brach aus und ein intensives Schütteln aller Gliedmaßen, auch des Kopfes, setzte ein. Die Assistenten erschraken und griffen mit Gewalt zu.

Atarax war nur Beobachter gewesen. Jetzt stand er schnell auf und bereitete eine Injektion zur Beruhigung vor.

Elmar aber winkte ab. Am folgenden Morgen hatte der Schüttelzwang etwas nachgelassen. Elmar musste zwar nach wie vor dagegen kämpfen, aber für ihn war wichtiger, dass Psyris die Möglichkeiten angedeutet hatte. Er ließ packen und reiste schnellstmöglich ab.

Für die Entwicklung und den Bau von Psyris hatte Elmar die Insel gewählt, weil dort am ehesten ohne Aufsehen gearbeitet werden konnte. Er hinterließ Atarax ein Psyris-Exemplar als kleine Kompensation für die Störungen.

Aber Atarax ließ lange Zeit vergehen, bevor er sich damit beschäftigte. Er setzte vorerst die szintillierende Happyness seiner Insel in gewohnter Weise fort. Erst später setzte er, zögerlich, auch Psyris ein.

– 25 –

Dünn wie ein Blatt Papier lag Uhling auf seinem Bett in der perfekten Reinheit und dem perfekten Pflegesystem der mächtigen Anstalt. Nicht genug, dass ihm aus seinem Kopf zweifelhaftes Gewebe herausmanipuliert worden war, und er nicht wissen konnte, welche Verknüpfungen in seinem Hirn vielleicht zu Schaden gekommen waren, jetzt kam noch eine Infektion hinzu. Wenn man mit den Jahren krümmer und krümmer geht: man weiß es nicht, und welcher Freund ermahnt? Gnädig schickt vielleicht die Scheibe eines Schaufensters ein Bild zurück und gibt die Chance, eine Weile Disziplin zu halten. Wenn Ganglien durchtrennt oder durch den Schnitt zu Fehlfunktionen gereizt sind: Wer bemerkt die Veränderung unter den unzähligen Veränderungen, die eine Person über den Tag hin zeigt?

Ich selbst stelle keine Veränderung fest. Ich bin immer das Ich gegenüber der Welt, gleichgültig, ob ich mit überschüssiger Kraft auf einen Gipfel stürme oder unfähig zu jeder Bewegung hier liege. Die Befindlichkeiten sind, so meint man, nur Accessoires des Ich.

Nun, sagen sie, sei eine Infektion hinzugekommen. Ihr System hatte irgendwo eine Lücke. Jetzt tropfen sie zusätzliche Mittel in meine Infusion. Meine Haut fühlt sich dick und stumpf an. Und warm, hitzig. Wenn man wissen will, wie es einer Narbe geht, wie es einem Mückenstich geht, dann streicht man mit den Fingern darüber. Ich kann das nicht. Ich bin zu schwach, mit der linken Hand über den rechten Arm zu streichen. Trotzdem weiß ich, dass meine Haut dumpf und warm ist. So muss es auch mit meinem Kopf sein. Der war sonst klar und lebendig, unabhängig vom Körper. Ich bin jetzt in einem Raum aus feuchter, warme Watte. Mein Leben ist mir nicht gegenwärtig. Ich weiß nur, dass sich die Watte weiter verdichtet.

Der Raum war gut temperiert. So, dass Patienten auch entblößt liegen konnten. Über Uhling hatte man ein leinenes Tuch und eine feine graue Decke gebreitet. Die Beine darunter zeichneten sich auch im nächtlichen Notlicht ab. Die Kniescheiben, das Becken. Die Schaufelknochen des Beckens modellierten die feingraue Decke zu markanten Falten, die

Schattenzüge bildeten. Uhlings Kopf lag zu wenig unterstützt, so schien es. Wenn ein Kopf solcherart zurückgekippt ist, drängt üblicherweise der Adamsapfel aus dem Hals hervor. Aber das Dunkel ließ ihn kaum sehen. Die Gesichtszüge des zurückgekippten Schädels stellten das Symbol des Hilflosen dar. Erstickt von Hilflosigkeit, den Handlungen der Hilfeleistenden übergeben, ohne die Kategorie der Würde.

Die Funktion der Würde übernahm die Funktionalität des Raumes und die Infrastruktur in technischen Kabinetten. Die Definition der Würde ist Selbständigkeit. Ein Stück weit ist es die körperliche Selbständigkeit. Nur die Erziehung lehrt, von der Lächerlichkeit des Hinkenden wegzudenken, so zu tun, als gehöre das Körperliche nicht zum Menschen, und die Würde wäre lediglich in den Bereichen von Geist, Verstand und Gemüt zu suchen. Aber wenn die aufs Überleben spezialisierte Technik die Regungen des Gemüts weckt oder einschläfert, je nach der Nützlichkeit für die Herzgraphik auf dem Bildschirm, dann bleibt von der Urteilskraft nur mehr ein Lallen und das Wort Würde verliert seine Anwendungen.

Vielmehr wird die Verantwortung der Regelmäßigkeit der Infusionstropfen übertragen und das vertraute Blinken der Miniaturlämpchen verbreitet Lebenszuversicht wie das Wiegenlied einer Mutter in der Nacht.

Immer wieder waren die besten Stunden Uhlings in der Zeit vor dem Morgen. Tagesstunden sind eine Zeit, in der etwas geschehen soll. In Uhlings Tagesstunden geschah nichts. Meist kauerte Monique in ihrer Fensterecke. Das war aber kein Geschehen. Sie wachte nur mit ihrer Gegenwart. Alle Stunden, vielleicht, schaute sie zu Uhling, prüfte die Bettdecke und zog sie zurecht. Sie schaute Uhling auch in die Augen.

Moniques Augen haben nicht die Kraft, mir Leben zu schenken. Sogar die professionellen Augen der Schwestern bringen Lebendiges, sie schauen prüfend und fragend, wenn auch nur im Zuge ihrer Arbeitsabwicklung. Moniques Augen sind selbst bedürftig. Sie suchen bei mir Stärke. In Moniques Zeit sind kaum lebendigere Geschehnisse als in meiner Zeit. Ihre Tageszeit und meine Tageszeit, sie haben beide keine Lebensberechtigung.

Jetzt in der Nacht soll nichts geschehen. Das leere Vergehen der Zeit bringt keine Schuld, ist keine Unterlassungssünde. Dann wagen sich die schwachen Gedanken an die Oberfläche. Es geht mir wieder besser, es ist heller in diesem Kopf. Was ein Besucher sieht, ist nicht mein Kopf, sondern mein Schädel. Ich weiß es. Aber drin bewegen sich die Gedanken. Tanzen können sie manchmal sogar.

Solch eine Infektion nennt man eine Komplikation. Weil der Zustand sowieso schon alle Ressourcen verlangt. Im Augenblick fühle ich sie nicht, die Komplikation. Warum freue ich mich? Ich bin deshalb ja nicht wieder Mensch geworden. Ich bin eine Verschwendung für die Welt und habe selbst nichts davon. Ich weiß zwar nicht, was das Wort Sinn bedeutet, aber meine Existenz hat sicher keinen Sinn. Trotzdem: ich freue mich, dass ich Gedanken habe. Ich habe keinen Wunsch, mein Leben zu beenden, ich möchte auch nicht, dass jemand anderer das tut. Übel nehmen würde ich es ihm nicht. Wie soll jemand, der nicht existiert, übel nehmen! Ob ich es überhaupt tun könnte, wenn ich es wollte: Hand an mich legen. Meine Hände könnten es sowieso nicht. Aber der Wille. Könnte ich es überhaupt wollen? Ich bin zu neugierig. Ich will wissen, wie es weiter geht, mit der Welt, mit meiner Dagmar, mit Elmar. So unsinnig, dieser Wunsch, wo ich doch weiß, dass mit mir auch mein Wissen endet.

Ich bin in dieser Sache nicht klüger als der Alte: ,Der Tod ist nichts, was uns betrifft. Denn das Aufgelöste ist empfindungslos. Das Empfindungslose aber ist nichts, was uns betrifft.'

Und wie freue ich mich, dass ich diesen Satz denken kann. Ich verstehe ihn zwar nicht, aber er ist eine Kostbarkeit. Er ist wahr und unverständlich. Meine Freude macht ihn unverständlich. Und ich will alles, alles denken, was hervorkommen kann. Das Widerliche ist auch ein wertvolles Stück für die Erinnerung. Widerlich muss mein Gesicht gewesen sein, als ich die Assistentenstelle haben wollte und nicht darauf warten wollte; sie ohne Rücksicht, ohne Konzilianz, haben wollte. Meine Gesichtshaut tut mir sogar jetzt weh, wenn ich an die beleidigte Verzerrung denke, die andere wohl gesehen haben. Stumm war ich vielleicht, aber hässlich wie ein heulendes Kind. Ich hatte ein Studium abgeschlossen, und zwar ein Studium, das bei Unwissenden hohes Ansehen genoss. Deshalb war ich der Ansicht, auf allen meinen Wegen müsse ein roter Teppich liegen und rechts und links müssten die anderen staunend stehen. Dabei war das Studium nur ein intensives Training in Milchmädchen-Rechnungen. Ich bin ungerecht. Aber ich hasse das Gesicht von damals.

Wie hoch erfreut waren diese Eltern an jenen Tagen! Es hatte so gepasst: Das Speisezimmer, die Anrichte aus polierten, edlen Hölzern, aus geschwungenen Holzelementen mit Intarsien. Silberne Gegenstände in korrekter Feierlichkeit darauf. Der weiß gedeckte Tisch. Die Eltern, feierlich, korrekt gekleidet. Und ebenso Professor McHenry. Sein Gesicht war etwas rosig, sein weißes Haar sehr kurz gehalten. Er lächelte mit der Höflichkeit des Gastes. Der Vater saß in zurückhaltendem Stolz, den früheren Freund und jetzt bekannten Mann an seiner Seite zu haben, die Mutter in säuerlich-froher Besorgtheit, dass alles für den Gast, den Professor des Sohnes, auch wirklich tadellos bereitet sei.

Und McHenry, zum richtigen Zeitpunkt, nach dem Hauptgang, sprach dann mit einem kleinen Hochziehen des Nakkens, das auf die Bedeutsamkeit hinwies: er habe eine Reihe guter Biologen, aber es fehle in seiner Gruppe das mathematische, das Ingenieurselement; deshalb würde er sich freuen, den Sohn – mich also – als Assistenten zu bekommen. Das war ein höfliches Aufjauchzen! Und meine Ohren waren heiß. Meine Meinung wäre damals wohl gewesen, die Ohren hätten keinen Grund gehabt, heiß zu werden. Ich hatte Recht auf Laufbahn! Ich hatte erfolgreich studiert!

Dann kam der Brief. Er traf Uhling nach einer der sommerlichen Wanderungen. Seine zur Hagerkeit neigende Gestalt war federnd, beweglich, gesund. Er lehnte schlaksig am Türstock, während er die Post öffnete. Es war die Schlaksigkeit der Jugend mit Überfluss an Kraft und Reaktionsgeschwindigkeit. Gerade Haltung ist nicht nötig; die hilft in späteren Zeiten. Es spiegelte sich die körperliche Souveränität in seinem Gesicht. Seine Post, seine Umgebung konnte er von dieser Bastion herablassend betrachten. Hinzu kam, seit des Professors Besuch, in Andeutung, das Gehabe eines, der sich in gehobener Stellung befindet. Die Tünche einer zustehenden Ehre. In dieser Haltung und Disposition las Uhling den Brief:
„…, dass zu meinem größten Bedauern, und ganz entgegen meinem persönlichen Wunsch, die versprochene Assistentenstelle in diesem Jahr nicht frei wird. Einer meiner bisherigen Assistenten sollte an ein neu errichtetes Institut kommen. Das wurde aber nicht rechtzeitig …"
Die Unbekümmertheit und Sicherheit in Uhlings Gesicht zerbrach; so wie eine dünne Eisfläche zerbricht und kantige Splitter und Pfützen übrig lässt. Aus Uhling wurde eine zornige, anklagende Gestalt. Wie etwa die Planungsabläufe bei McHenry von Notwendigkeiten beeinflusst wurden, erschien nicht in seinen Überlegungen. Er begann zu schreien und zu schimpfen, er belegte seinen Professor mit unflätigen Ausdrücken.
Wenn derlei Nachrichten eintreffen, wird der Text nochmals zur Hand genommen. Einmaliges Lesen genügt nicht zur

Kenntnisnahme. So ist es auch im Fall eines Todes. Erst die Zeremonien und das Grab lassen einen Tod langsam wahr werden. Man muss eine solche Botschaft „hineinreiben", heißt es in einer Sprechweise.

Wenn ich diese Erinnerungen kommen lasse? Ich sage, Erinnerungen seien ein Schatz. Es sind bitterheiße Brocken dabei. Wenn diese Erinnerung kommt, entstehen auch in diesem kaum noch von Blut ernährten Körper Regungen. Heiß wird mir, glaube ich. Aussteigen möchte ich aus dieser Vergangenheit, mit Heftigkeit will ich raus. Aber für wen soll ich mein Leben noch begradigen? Und für wie lange?

Für die Erinnerung an meinen Vater möchte ich die Szene löschen. Ich weiß nicht, wie er da stand und seinen Sohn weinerlich toben hörte. Er stand wahrscheinlich würdig, wie ein Fels, erstaunt, bestürzt. Er stoppte mich mit einem lauten, harten Wort. Ich weiß nicht, ob ich das träume, ich glaube, seine rechte Hand, vorerst einfach herabhängend, bereitete sich zum Schlag. Solch ein Schlag wird zu Unrecht verachtet, er kann auch heilen. Maulsperre ist mit einer Ohrfeige zu kurieren. Solch ein Schlag kann Bewusstsein verändern. Vielleicht wird die Würde durch den Schlag gar nicht geschädigt – meine Würde hätte er zu korrigieren geholfen – die körperliche Stimulierung fördert auch neue Orientierungen.

Das Rechtsempfinden rund um Körperlichkeit ist nicht im Gleichgewicht. Die Pflege des Körpers ist allgegenwärtiges Thema. Es darf gestreichelt werden. Sexualraffinessen stehen hoch im Kurs. Es darf aber körperlich einem Unmut nicht Ausdruck gegeben werden. Dies ist ein verschämter Entzug körperlicher Humanität. Ein Mangel an Absolution. Er könnte zum Sachtheitstrauma führen. Vielleicht tritt deswegen da und dort ein Wunsch zur Selbstgeißelung auf.

Das Lenkrad meines Bewusstseins hatte ich unsicher in den Händen. Meine Reifen drehten auf Eis. Ich saß stumpf am

Lenkrad und gab Gas. Immer wieder Vollgas. Weil ich nicht wollte, dass mein Wagen auf Eis stand. Ich wollte den Brief McHenrys nicht weglegen, nicht ad acta legen, ich wollte einen anderen Text darin finden. Es dauerte lange, bis ich das Dilemma verließ.

Wie warmer Regen, sagt man. So umschmeichelt fühlte ich mich in den glattglänzenden hellen Gängen des Konzerns. Unwillig und angewidert hatte ich die Bewerbungspapiere zusammengestellt. Weil mir ja doch die Assistentenstelle zustand. Aber in den Korridoren des Konzerns gingen Personen munter in frischen weißen Hemden und Blusen. Sie standen an Lifttüren, Papiere unter den Ellenbogen, redeten mit sachlich konzentrierten Stirnen und unterbrachen dann mit einem Lächeln, das sich offenbar auf gemeinsames Wissen stützte.

Draußen, vor den Fenstern des Vorzimmers, glitzerten die so leicht im Wind kippenden Blätter der Uferpappeln. Wie an unsicheren Handgelenken tirilierten die Blätter ihre Spiegelungen des Lichts. Ich wurde freundlich, ‚umständlich' empfangen, ein Gast, Dr. Uhling. Und die Türe des Bereichsvorstands ging auf, er öffnete die Tür für mich und begrüßte mich wie einen altbekannten, lang erwarteten Gast, mit weit ausgreifenden Armen und einem Händedruck wie Stahl. Handballen wie die eines Weinbauern nach einem Herbst mit der Hacke.

„Wir haben die Aufgabe" – und zu dem Wir gehörte ich – „wir haben die Aufgabe, unsere Dienste zur Verfügung zu stellen, unser Dienst ist es, die bestmöglichen Anlagen für die Infrastruktur zur Verfügung zu stellen. Ohne diese Infrastruktur ist die heutige Gesellschaft nicht möglich. Sie, Uhling, brauche ich ..."

So war meine Würde wiederhergestellt. Ich war Teil einer Wichtigkeit. Teile des Gelingens hingen von mir ab. Dann wurde ich in die Vorläufigkeit dieses Zimmers mit den blendenden Fenstern gesetzt. Vor dem rechten Fenster die Silhouette des hämischen Mannes, der nie über Ziele sprach, immer nur über misslungene Planungen witzelte. Links im Scherenschnitt der wortkarge Mürrische. Ich saß dazwischen, wenn ich aufsah immer geblendet. Ich wartete auf meinen Raum, meine Maschine. Ich wurde höflich zu warten gebeten. Spät hörte ich auf Andeutungen, die Politik zwischen den Stockwerken sei Grund der Verzögerungen.

Die Atmosphäre des hämischen Witzelns hüllte mich ein. Solch eine Atmosphäre breitet sich über ein Stockwerk. Ich hatte keine Stärke dagegen. Meine Selbstgefälligkeit wurde zu zynischem Schmollen. Aber der Wind über dem Fluss tat mir gut. Ich lief weite Strecken die Uferpromenade hinauf. An der Uferpromenade kniete Ermelinde, um meine lächerliche Wunde zu verbinden. Ermelinde, Lindis, Erml habe ich sie genannt. Sie war doch ein selbstverständliches Stück von mir; oder eher ich ein Stück von ihr. Sie war doch ein nicht wegzudenkender Teil der Welt, eine Umfassung der Welt. Mir kommt jetzt der Gedanke, sie habe mich immer schon geringgeschätzt. Geschätzt vielleicht, aber als einen Ungeschickten, einen Zögerling. Wenn ich sie so hoheitsvoll sah, so gerade, ruhig, zurückhaltend, dann war der Grund vielleicht, dass sie an mich aus einem Abstand dachte. Und schließlich ging sie zur Tür hinaus, die Stiegen hinunter und die Straße entlang.

Aber wir waren am Ufer des Flusses gesessen und hatten gesprochen wie Kameraden, wie Begeisterte, wie Missionare. Sicher war sie eine Missionarin, ist es heute noch. Sie ist überzeugt, dass ihre Patienten eine tragfähige, gute Grundeinstellung haben. Danach sucht sie, wenn nötig mit Hypnose. So war damals der Hypnomat entstanden, aus unseren Gesprächen am Ufer. Der Hypnomat ist ja nichts Besonderes, nur ein Werkzeug, das in allen Fällen zu absoluter Hypnose führt. Dann ist die Person ausgeschaltet. Die Reservoirs der Erinnerung stehen unbewacht. Es kann Altes heraus und Neues ungehemmt eingebracht werden. In den Reservoirs sucht Lindis nach der ursprünglichen, unbeschädigten Person.

Warum habe ich dann nur mit Psyris gespielt! Psyris greift in die Bausteine der Person, den Mut, die Angst, die Liebe zu einer Melodie. Ich hätte Psyris nicht veröffentlichen sollen. Jetzt schart Atarax seine Adepten um sich und lässt sie glücklich grinsen. Und Elmar breitet sein Netzwerk aus.

Diese Gefährten und Gefährtinnen von Atarax! Diese Patienten, wie sie auf den Empfangspapieren tituliert wurden, diese Gespielen von Atarax! Manchen habe ich in die Augen gesehen. Wenn er sie mit Psyris aus ihrem Kummer oder aus einer spastischen Nervosität geholt hat, dann ist die Iris ihrer Augen wie eine hohle Scheibe. Hellblau und strahlengeädert. Um den sehr kleinen schwarzen Punkt der Pupille etwas gelblich. Oder ein hohles Schwarzbraun, in dessen samtigem Dunkel keine Differenzierung erkennbar ist.

Stationen von Antennenschüsseln verfolgen Flugobjekte. Zwillingsschüsseln schwenken im Gleichklang. Wie wäre es, sie schwenkten unversehens auf mich, zwei hohle Scheiben. So schauen manche Augen der Psyris-Patienten. Die Methode wirkt nicht rund auf das Gemüt. Sie zwängt, sozusagen, Zufriedenheit zwischen die Gefühle. So werden die Augen zu einer Abschirmung.

Aber Atarax führte sein Regime vorwiegend mit anderen Methoden. Sich selbst setzte er als Medizin ein, seine Gloriosität fasziniert die Gefährtinnen und die Gefährten. Mit einem Lorbeerkranz auf dem Haupt inszeniert er seine Feste und lässt sich auf einem Thron zwischen Blumen tragen. Formal ein Schauspiel, aber als Realität akzeptiert. Er hatte findige Regisseure. Sie arbeiteten viel mit Blumen und Musik. Sie wussten genau, wie lang jede Begeisterung inszeniert werden sollte. Und sie boten Gartenlauben für die einen und hinter blühenden Bäumen versteckte Bäder für andere. Alle berauscht, und mit Geringschätzung für die übrige Welt.

Ich kann Psyris nicht mehr aus der Welt entfernen. Es kann ja sein, dass auch ein anderer Psyris erfunden hätte. Es war zu interessant. Es reizte mich. Ein Stück der Brüchigkeit des Ich zeigen: dass man Teile herausnehmen und andere einsetzen kann, Personen bauen kann. Ich war in einer freudigen Hektik, wie ein Alchemist, der mit leuchtenden Augen in seinem Gewölbe zischende Wässer mischt, den Teufel als Komplizen, und den Stein der Weisen erwartet.

Diese Spannung und Lebendigkeit brach mit solcher Intensität über mich, weil ich so viele Jahre nur dahingelebt hatte. Vom Abschied Ermelindes an. Sie hat gar nicht Abschied genommen. Und dann gab sie mir das Kind zu hüten. Jetzt ist Dagmar mein Kind geworden. Jetzt braucht sie meine Hilfe und kommt. Aber sie kommt gar nicht zu meinem Bett, weil ich nicht spreche. Seit ich hier bin, habe ich noch nicht gesprochen. Aber sie kommt, weil man in Verzweiflung immer noch Hoffnung hat. Oder vielleicht, vielleicht, weil sie an mich denkt.

Als kleines Kind kam sie zu mir und weinte und lachte, und ich war gezwungen, auf diesen Menschen zu reagieren. Ich stelle mir vor, wie unendlich unbeholfen und hölzern dieser allein lebende Mann war. Das Kind brach das auf. Ich lachte zurück und wurde wieder lebendig. Ich war wieder zu Hochgefühlen fähig. In dieser Stimmung kamen die Ideen zu Psyris. Es begann mit der Neugierde, mit dem Bewusstsein der Entdeckung, einem Eifer der Eroberung. Es begann mit dem Staunen über die Wirkung von kaltem Wasser. Manche Nebenszenen bleiben so deutlich und bunt im Gedächtnis. Ich sehe, und spüre auch in den Händen, wie ich einen alten Elektrodensattel des Hypnomaten nahm. Dann schaltete ich neue Programme darauf und es durchzuckte mich in unterschiedlichsten Weisen. Ich hatte nach diesen Versuchen keinen Zweifel, dass

Psyris das kalte Wasser darstellen kann. Und wie die Äußerlichkeit des Wassers innen wirken kann, das war immer schon bekannt, die Täufer verwandeln damit ihre Zöglinge.

Allerdings tappte ich mit meinen Versuchen im Dunkeln, und manche Impulskombinationen, die ich in einer Art Würfelspiel auswählte, waren schmerzhaft oder brachten Halluzinationen. Ich gab auf, denn zuletzt schaltete mich das System in eine unsinnige Hoffnung: Ich hatte das Gefühl, nein, ich wusste einfach, dass die Hand Ermelindes mir leicht über den Rücken strich und ich wusste auch, das sei das Zeichen, dass sie wieder bei mir bleibt. Ich hatte keinen Anruf und keinen Brief bekommen. Ich wusste es ohne Mitteilung.

Ich war verstört, denn ich hatte, einerseits, dieses unbedingte Wissen um Ermelindes Rückkehr, fand aber andererseits keinerlei Hinweis, dass sie käme, keine Nachricht von ihr oder über sie. Ich zerpflückte jedes Ereignis der vorausgegangenen Tage und fand nichts, das mir Hoffnung auf Ermelinde machen konnte. Aber sobald ich aufhörte zu analysieren, wusste ich wieder, dass sie kommt. Solcherart können offenbar Prägungen mit Psyris sein.

So scharfe Prägungen geschehen auch durch andere scharfe Situationen in manchen Lebensläufen. Mit Überzeugungen dieser Art werden hoffnungslose Kriege weitergeführt.

Wider besseres Wissen rief ich Lindis an. Aber dort waren nur nüchterne Worte, Organisationsfragen, das Kind betreffend. Mein Experiment mit Psyris hatte mir einen nicht zu erschütternden Glauben gegeben. Ich war unzurechnungsfähig. Langsam, über lange Zeit, arbeitete ich mich heraus.

Aber für Psyris hatte ich schillernde Begeisterung. Da war ja der Beweis. Psyris wirkt, Psyris kann eingreifen. Der Rest ist Detailarbeit. Ich dachte nur positiv. Ich war glücklich um die Erkenntnis, und ich war stolz. Über Erfindungen und Entdeckungen schreibt man in Fachzeitschriften. Ich versuche, mir vorzustellen, was ich damals dachte. Wie ich damals fühlte: Denn ein Entschluss folgt nicht aus dem Schlussbetrag einer errechneten Bilanz. Der Entschluss folgt aus einem Abwägen von Gefühlen. Eigentlich aus einem Spiel von Gefühlen. Vor dem Entschluss tauchen Argumente auf. Argumente sind Gefühle, jedes mit seinem Gewicht. Aber sie sind nicht gleichzeitig lebendig, sie steigen auf, das eine, das andere, wie Blasen aus einer Fumarole. Man muss versuchen, sie gleichzeitig zu betrachten. Veröffentlichen wollte ich aus Eitelkeit. Meine Firma wäre sicher dagegen gewesen. Wenn dieser Gedanke kam, wischte ich ihn weg. Ich freute mich, dass Psyris wirken kann. Dass ich die Gefährlichkeit von Psyris an mir selbst gespürt hatte, erhöhte den Reiz. Vielleicht spielten mir meine herumwandernden Gedanken auch einige Schwierigkeiten mit Psyris vor, einige Unfälle. Ich wischte die Gedanken weg. Die Gefühle und Gedanken stehen wie Kulissen, wie hintereinander am Horizont angeordnete Hügelzüge und Berge. Manche sind näher und grüner, andere, dahinter, bläulicher, schemenhafter. Die Kulissen scheinen um ihren Rang zu kämpfen, einmal ist ein Gedanke vorn, dann ein anderer. Es ist wohl so, dass damals in den hinteren, schemenhaften Reihen auch die Befürchtung war, Psyris könnte für flächendeckende Indoktrination benutzt werden. Ich ließ diese Kulisse im Hintergrund. Ich hätte Psyris nicht veröffentlichen sollen. Ich war damals zu hochgestimmt.

Wie lächerlich Atarax seine Patienten-Gefährten werden lässt. Achtzigjährige kommen zu ihm, weil sie Gerüchte von Lebenslust gehört haben. Mit Psyris kann er ihnen dauerhafte Fröhlichkeit einprägen. Man sieht sie am Strand, die Hände haltend hüpfen sie, die Arme beim einen Sprung nach hinten, beim nächsten nach vorn schwenkend. Im gleichen Takt werden die Schultern hochgezogen, dies dient zur Unterstützung einer gewissen Leichtigkeit. Mehrere Alte fassen sich zu Kreisen und lassen den Kreis mit einem seitlichen Wechselschritt drehen. Manch einer hat einen doppelten Wechselschritt nötig, um dem Drehen zu folgen.

Beim Tee danach sagen sie einander, wie schön das Leben sei. Ob diese Freude nur die Schicht erreicht, die durch Atarax modelliert wurde, ist unbekannt. Die Seelenkrücke scheint mit der Seele verwoben.

Meine Knochen sind durch keine Sprünge gefährdet. Allerdings, die Maßstäbe sind anders. Knochen brauchen ständige Lebendigkeit. Die kann ich nicht bieten. Sie bekommen von mir kein Signal. Sie verabschieden sich. Ihre Substanz läuft aus wie die Körner einer Sanduhr. Wenn sich jemand an den Rand meines Bettes setzt - wer könnte das sein? Albert vielleicht. Für den Kanzler ist ein Bettrand zu wenig. Allein schon durch Erschütterung könnten diese Knochen brechen. Vielleicht macht das gar nichts. Wie sollte ich überhaupt bemerken, dass ein Knochen gebrochen ist? Die Stücke bleiben doch ruhig aneinander liegen.

Wie viele Meilen sind diese Röhrenknochen gegangen. Vorrück, vor-rück; so viele Bewegungen der Gelenkpfanne. Nachts immer regeneriert. ‚Meilen' habe ich gedacht, anstatt ‚Kilometer'. Ich bin romantisch, sehnsüchtig.

Von der Düne sah ich aufs Meer. Es leckte gemächlich den Strand. Ich stand nicht hoch, und doch bewirkte die Aussicht ein Hochgefühl, ein Grundgefühl von Überlegenheit. Der Wind kam vom Land hinter mir, er wehte mir auf den Nacken und um die Ohren. Der Strand unten lag im Windschatten der Düne. Deshalb hatte die See eine spielerische Pause. Nichts peitschte sie hoch auf. Glatte, langsam heranziehende Wellen spielten in immer neuen Varianten den Sand herauf, in überraschenden Figuren der schnell versickernden Wassergrenze, kosend, foppend. Täuschungsmanöver ohne Ernst.

Glatt waren die Wellen. Sie konnten den Horizont spiegeln. Die im Dunst undeutliche Grenze zwischen Wasser und Himmel. piegeliges Graurot kam, Gelbgrau, Lilagrau. Die Farben, die ich auch jetzt so liebe.

Ich schaute hinaus ohne zu denken. In diesem Zustand sind die Zensuren geöffnet, und es können sich viele Triebe und Sehnsüchte aus den Farben, dem Glitzern und den Wassergrenzlinien ihre Nahrung holen. Woher diese Sehnsüchte kommen, habe ich nicht gefunden. Auch die Überlegungen zu Psyris haben mich darin nicht weiter gebracht. Aber die Sehnsüchte sind da, von Anfang an bis zu meinem Bett hier. Das Kind war voll davon, und jetzt, erwachsen, Dagmar beinahe erwachsen, umso mehr.

Das Kind konnte sich etwas so ‚von ganzem Herzen' wünschen, konnte bei einem Schmetterling hocken und jedes Falten der Flügel, jedes Suchen des Rüssels in den Blüten aufsaugen mit einer gewaltigen Sehnsucht, die ganze Welt zu kennen. Es sammelte aber nicht nur Bilder den ganzen Tag in sich hinein, es suchte auch nach Zusammenhängen. Wir machten am Abend einen Spaziergang. Der Himmel verfärbte sich, und das Kind fragte. Es schaute herauf zu mir, zu meinen Augen, vertrauensvoll und froh, und fragte: „Woher kommt das Abendrot?"

Die Frage machte mich traurig, sie zeigte mir meine Ohnmacht. Denn ich konnte nicht sagen, warum das Abendrot eine Besonderheit hat, warum es angreift. Das Kind wusste von sich aus um diese Besonderheit. Ich wollte nicht zugeben, dass ich über das Besondere, das Wesentliche, nichts weiß, ich sagte: „Das Abendrot wird durch die sehr schräg einfallenden Strahlen der tief stehenden Sonne hervorgerufen. Es enthält vorwiegend rotes Licht, denn der blaue Anteil der Sonnenstrahlung wird in den tiefen Schichten der Atmosphäre stärker absorbiert oder gestreut."

Mehr weiß ich auch heute nicht.

Sehr bald schon hatte sich Elmar Bekanntheit erworben. Es war seine Unpersönlichkeit, die Patienten anzog und überzeugte. Diese dunklen Augen im ernsten, beinahe traurigen, leicht schräg gestellten Gesicht deuteten auf ehrliches Nachdenken. Andere arbeiteten mit demonstrativer Einfühlsamkeit. Bei Elmar vermutete man nüchterne Professionalität. So wurde er bald empfohlen und kam in die Gästelisten der Gesellschaft. Manchen besorgten Eltern hatte er die Söhne und Töchter zu mehr Ernst und Zielstrebigkeit modelliert.

Im immerlächelnden Geschiebe von Cocktails fand man Elmars Ernst und seine bescheidenen Bewegungen besonders anziehend. Expressivste Begrüßungen erwiderte er mit einem beinahe kindlichen, vor allem aber knappen Lächeln.

Auf einer dieser Soireen wurde er der Frau des Unterrichtsministers vorgestellt. Sie war eine sich souverän bewegende Dame, die trotz eines Stakkatos von Grüßen und Erwiderungen in alle Richtungen beim Gespräch bleiben konnte. Die Themen der Psychotherapie waren ihr geläufig, sie sprach von dem und jenem Problem in ihrer Bekanntschaft, und ihre Fragen waren so gezielt, dass Elmar sich ertappte, beinahe zu viel von seinen Gedanken loszulassen. Die Dame, sah Elmar, hatte englockiges, dunkelblondes Haar, wie das alte Gold barokker Bilderrahmen. Die Pflege dieser Locken war noch nicht lange her, aber da sie in ihren Begrüßungsbewegungen und bei den Wangenküssen keine Rücksicht nahm, bekamen sie eine angenehme Wildheit. Es gelang nicht leicht, auch ihren Mann, den Minister, in das Gespräch einzubeziehen. Er war groß und sehr schlank. Er sah mit einem leicht irritierten Lächeln zu Elmar herunter. Das galt aber nicht Elmar. Vielmehr machte er den Eindruck, dem Geschiebe der Cocktailgläser etwas unglücklich und ratlos ausgesetzt zu sein. Seine Frau bemühte sich mit der ihr zur Verfügung stehenden Intensität, ihren Mann für eine Konsultation bei Elmar zu überreden. Der Minister litt an ständiger Rückenverkrampfung, die, wie seine Frau erklärte, nicht durch Starren auf Bildschirme oder dergleichen Verspannungen zurückzuführen war. Sie sprach so lange und verwendete so viele Facetten, dass ihr Mann schließlich, während er anderswohin gerufen wurde, Zustimmung nickte.

Elmar bekam den Unterrichtsminister in seine Stadt-Ordination. Er öffnete dem Minister die Tür des Behandlungsraums und sagte: „Bleiben Sie bitte stehen!" Er selbst blieb auch stehen, aber einige Schritte entfernt, und er schaute.

„Ich werde ohne Respekt sprechen", sagte Elmar. „Sie haben den Vorteil, groß zu sein, deshalb fällt ihre jämmerliche Haltung wenig auf. Ihre Haltung zeigt Unterwürfigkeit. Und dazu haben Sie ein seitliches Lächeln. So ein Lächeln haben ertappte Personen, die versuchen, Freundlichkeit zu bekommen. Wann spüren Sie Ihre Schultern?"

„Schultern und Nacken. Es fängt morgens an."

„Was denken Sie morgens?"

„Was eben dringend ist. Es ist immer zu viel."

Elmar ließ den Minister gerade stehen. Noch mehr! Noch mehr!

„Denken Sie an einen General! Denken Sie an einen Boxer! Er ist geduckt und vorsichtig im Angriff. Aber bevor er zum Angriff geht, ist er aufrecht. Er überlegt, denkt voraus. Die gerade Haltung gibt Souveränität. Sie müssen planen."

Elmar hieß den Rücken entblößen und legte einen Beutel mit heißem Wasser auf. Der Minister schreckte auf. Dann einen Eisbeutel, dann wieder heißes Wasser. Mit einer Geste deutete er an, dass dies für heute das Ende sei. Er setzte sich an seinen Arbeitstisch und machte überlegend Notizen. „Ich schlage vor", sagte Elmar, „dass Sie drei Tage zu mir in die Klinik kommen. Dort haben wir mehr Möglichkeiten. Und die nötige Zeit."

Der Minister wurde erst durch eine Reihe von Gesprächen, die seine Frau kunstvoll unternahm, zur Zustimmung gebracht. Sie benutzte zur Überzeugung auch ein schnelles Aufblicken, durch das ihr Haar in Bewegung kam, und ein leichtes Zusammenziehen der Augenbrauen, das Besorgtheit zeigte.

Elmar führte das Ehepaar im eigenen Wagen hinaus, in das Tal, durch den Wald, zum Hotel. Für Elmar war der Minister wichtig. Die Jugend muss radikal anders erzogen werden! Und dieser Minister hält entscheidende Fäden in der Hand!

Des Ministers Frau wies er mit Höflichkeiten auf die grandiose Szenerie des Tales und der steil aufsteigenden Almwiesen. Mit der ihr eigenen positiven Disposition schritt sie auch bald die Wege hinauf. Man sah sie stehen bleiben, sich umsehen nach allen Richtungen, weitergehen. Sie dachte wohl: wenn die Behandlung auch nutzlos wäre, drei Tage in dieser Umgebung hätten doch ihren Wert.

In seiner Ordination gab sich Elmar ernst, mit zügiger Vorgangsweise. Der Minister ließ sich den Elektrodensattel umlegen, ohne diesem Vorgang Beachtung zu schenken; das war eben eines der ärztlichen Geräte. Zunächst setzte Elmar Psyris auf Signale zur Erzeugung einer Stimmung von Leichtigkeit. Der Minister bekam das Gefühl, sein Blick sei ‚blank‘ geworden, wie Landschaft nach einem Regen. Bei einer zweiten Sitzung stellte Elmar eine gewisse Schärfe ein; das brachte ein Gefühl von frischem, forderndem Wind.

„Sie müssen“, sagte Elmar, „an Spalierobst denken. Die Bäume werden exakt gerade gezogen. So tragen sie Früchte.“ Der Minister war verwundert über die eigenartigen Wirkungen des Systems. Er versuchte, seine Schultern streng zu richten.

Elmar hatte bereits eine Reihe von Personen mit einiger Bedeutung in seine Behandlung genommen. Der Unterrichtsminister war Elmars erster Versuch, einen Probanden aus den obersten Rängen in seinen Griff zu bekommen. Er wählte einen Signalkomplex, der nach seiner Erfahrung zu einem systematischen Charakter führte. Elmar zielte auf eine Disposition zu Konsequenz und Ordnungssinn. Er wünschte sich einen gleich Denkenden; einen Kämpfer für Ernst und Verantwortung.

Der Minister saß auf dem Ordinationsstuhl, etwas vornüber gebeugt, den grauen Elektrodensattel über den Schultern, das Geschehen abwartend. Er war sehr schnell in diese Situation gekommen: bugsiert.

Als Elmar den Schalter drehte, hoffte er, einen wichtigen Mitstreiter formen und gewinnen zu können. Das wäre ein guter Schritt in Richtung seiner Vision einer ernsteren Welt. Das Elektrodenspiel erfasste den Minister. Es war nicht ein Zukken oder Aufbäumen wie es etwa die Folge von stechenden und ziehenden Schmerzen ist, vielmehr sah es aus, als wären die Gesten der Arme und Hände und das Herumwenden des Kopfes Ausdruck überaus intensiver Träume. Schließlich ließen die Bewegungen nach, und der Minister sank in eine bewusstlose Ruhe.

Als er dann aufschaute, sprach Elmar ihn in einem geselligen Ton an: Er habe in seinem Amt doch mit den verschiedensten Meinungen zu tun, mit Petitionen aller Art. Und er könne doch auf vielen Wegen Einfluss nehmen, nicht nur durch Vorlage neuer Gesetze, auch durch kleine Hinweise, Empfehlungen, oder durch bloße Meinungsäußerung.

„Sie sind doch mit mir sicher einer Meinung, Herr Minister, dass zur Erziehung der Jugend nicht nur das gehört, was wir Unterricht nennen."

Der Gesichtsausdruck des Ministers durchlief eine Reihe von Metamorphosen. Zunächst stellte die Mimik die Betäubung einer gewaltsamen Veränderung dar. Dann zeigten sich da und dort an den Wangen und um die Augen Bewegungen, Zuckungen mit Andeutung eines Lächelns. Gleichsam ein Lächeln über die Situation. Oder säuerliche Fältchen, wie Skepsis und Bedauern des Geschehenen. Langsam schien

Erholung einzutreten. Das Gesicht des Ministers erhielt den gewohnten Ausdruck. Er zeigte den Gesichtsschnitt des trockenen hohen Beamten. In die Politik war er nur durch eine Geometrie von Zufällen gekommen; vor noch nicht langer Zeit. Er ließ sich huldvoll aussehen, zugleich mit einem Versuch in Bescheidenheit.

Aber es blieb nicht bei diesem alten Gesicht. Sein bisher bekanntes Gesicht hatte einen eher passiven Ausdruck. So als sei er ein Mensch, der Ereignisse herankommen lässt, der erst aus Anlass reagiert. Jetzt aber entwickelte sich in seinem Gesicht eine Triebhaftigkeit, ein Wille, eine Ungeduld. Er bekam die Doppelfalte des Ungeduldigen zwischen seinen Augenbrauen. Er würde sofort aufbrechen, sofort Befehle erteilen.

Elmar beobachtete, neugierig. Nach etwas Zuwarten sprach er weiter:

„Die Schulen bringen den Kindern etwas Lesen und Schreiben bei. Aber sie müssten erziehen, Charakter bilden! Da wird die Meinung verbreitet, die Kinder sollten sich frei entwickeln, aus sich selbst heraus, sozusagen; ohne Anleitung, ohne Vorgabe eines Gestaltungsrahmens für das Leben. Diese Kinder spüren keine Schwerkraft zu einem Zentrum, sie stehen nicht auf einem Fundament."

„Auch eine Pflanze braucht Schwerkraft als Orientierung. Wächst sie ohne Schwerkraft in einer Raumkapsel, dann wird ihre Gestalt verwirrt. Wie Spalierobst sollte man Kinder beim Wachsen anleiten!"

Elmar wusste nicht, wie viel er reden sollte, wie viel zu diesem Zeitpunkt nützlich war. Der Minister reagierte noch nicht. In diesem Zustand, hoffte Elmar, könne er Meinungen einbrennen.

„Was soll diese sogenannte Selbstverwirklichung in völliger Freiheit und Beliebigkeit? Was in einem Menschen schlummert, wird erst im Kampf verwirklicht, gegen große Widrigkeiten, und Angst. Wir waren auch einmal ein Naturvolk.

Zur Initiation mussten die Jungen Schrecken und Entbehrungen durchhalten!"

„Ja!", sagte der Minister, „ja!" Und er nahm eine Haltung an, als sei dies eine öffentliche Deklamation.

Und er sprach das Zitat: ‚Meine Pädagogik ist hart. Das Schwache muss weggehämmert werden. In meinen Ordensburgen wird eine Jugend heranwachsen, vor der sich die Welt erschrecken wird. Eine gewalttätige, herrische, unerschrockene, grausame Jugend will ich. Jugend muss das alles sein. Schmerzen muss sie ertragen. Es darf nichts Schwaches und Zärtliches an ihr sein. Das freie, herrliche Raubtier muss erst wieder aus ihren Augen blitzen. Stark und schön will ich meine Jugend. Ich werde sie in allen Leibesübungen ausbilden lassen. Das ist das Erste und Wichtigste. So merze ich die tausende von Jahren der menschlichen Domestikation aus. So habe ich das reine, edle Material der Natur vor mir. So kann ich das Neue schaffen. In den Anstalten der Erziehung muss eine Jugend heranwachsen, die neugierig ist, die Ziele hat, die Ideale hat. Eine, die noch die geborene Seele hat, explosiv, überschäumend.'

Elmar war überrascht. Er freute sich über den Wandel, bekam aber Bedenken, wie weit dies denn beim Minister gegangen war.

„Herr Minister", sagte er, „Sie müssen bei uns mitarbeiten!"

Gerne hätte Elmar weiter gesprochen, aber er meinte zu spüren, es könne zu viel werden. Er führte den Minister hinter das Hotel; hinaus, wo die Almwiesen bis hoch hinauf in der Sonne lagen. Auf dem Kiesweg, an einer Wendung zum Chalet hinauf, wartete die Frau des Ministers. Sie ging gemächlich. Wie jemand, der unvermittelt und unerwartet in eine hindernisfreie Welt entlassen ist, aufatmend, aufschauend. Sie stand und schaute über die ungewohnten Distanzen.

Lächelnd, in freudiger Erwartung, wandte sie sich zu Elmar und ihrem Mann, die den Weg heraufkamen. Ihr engwelliges Haar hatte der Wind an diesem Tag wie dunkelgoldene Flügel um ihren Kopf verbreitert. Der Blick ihres Mannes war unstet. Sie versuchte, den Blick und die kleinen Bewegungen auf den Wangen und der Stirn zu analysieren. Obwohl sie sah, dass ihr Mann nicht entspannt war, fragte sie: „Hat er Dich ordentlich gelockert?" Sie schaute lächelnd, aber bald verwundert. Der Minister antwortete nicht und sah auch nicht in ihre Richtung.

Die Situation beunruhigte Elmar. Er sah, dass der Frau des Unterrichtsministers Änderungen nicht entgehen würden. Hier, wo auch andere Gäste in der Nähe waren, wollte er nicht mit Schwierigkeiten und Fragen konfrontiert werden, er wollte überhaupt die Frau des Ministers nicht mehr sehen. Mit ihrem Mann allein gelassen, konnte sie Seltsamkeiten einer Ermüdung zuschreiben. Elmar entschuldigte sich wegen dringender Termine. Ein Chauffeur stehe jederzeit zur Verfügung, wenn sie nachhause fahren wollten.

Der Plan Elmars war es gewesen, mit dem Minister eine Reihe längerer Gespräche zu führen, um ihn einzustimmen. Das war jedoch gar nicht nötig. Bald kolportierten die Zeitungen Äußerungen, die zu heftigen Kontroversen führten. Der Minister solle gesagt haben, die Schulen seien auf einem Kuschelkurs, die Schulen betrieben eine Vorspiegelung falscher Lebensbilder, die Schulen malten ein Schlaraffenland auf die Kulissen.

Elmar lächelte selbstgefällig. Sein Feldzug ließ sich besser an als erhofft. Er hatte keine Zeit gehabt, dem Minister Parolen zu geben. Aber das neue Denken kam von selbst aus dem neuen Charakter des Ministers. Elmar begann, an die nächsten Schritte seines Planes zu denken. Die Justiz vielleicht.

Der Minister schrieb Vorwörter zu Schulbüchern. Darin rief er auf zu einer ernsteren Beschäftigung mit allen Themen, privat oder öffentlich, denn, wie er sagte, die hohe Effizienz der Versorgungssysteme täusche eine sichere Welt vor. Die Systeme könnten aber aus scheinbar geringfügigem Anlass

- politisch oder materiell - unerwartet zusammenbrechen. Für solche Situationen sei eine Reserve an Ernst erforderlich. Katastrophen dürften uns nicht als spielende Kinder überraschen. Deshalb gehöre auch zum Lernen eine Grundeinstellung von Ernst und Verantwortung.

In Fernseh-Diskussionen vertrat der Minister dieselbe Linie, und wenn jemand von freier Entfaltung und spielerischem Anreiz sprach, wurde er ungehalten. Scharf und jähzornig konnte er dann werden.

Nach diesen Diskussionen änderte sich die Atmosphäre bei Cocktailgesprächen und in den Kolumnen der Leserbriefe. Als sei ein Ventil geöffnet, wagten sich Meinungen hervor, die der Zeitgeist stumm gemacht hatte. Mit dem Kelchglas in der Hand und fein metallisch klingelnden Ohrgehängen sagte eine Mutter zur andern: „Meine Tochter muss selbständig sein! Wenn sie ihre Schulbücher vergessen hat, werde ich nicht ins Auto steigen und ihr die Bücher bringen. Soll sie dumm dastehen vor der Klasse! Sie wird sich das merken."

Es bildeten sich Vereine und Verbände, Vortragsreihen wurden gehalten über die Charakterprägung beim Kleinkind, beim Zehnjährigen, beim Jugendlichen. Bücher erschienen: „Das konsequente Training zu Verantwortung, zu Respekt, Zuverlässigkeit, Courage, Hilfsbereitschaft, ..."

Mit dem Kelchglas in der Hand und fein metallisch klingelnden Ohrgehängen wurde gesagt: „Frei entwickeln lassen! Soll ich meine Tochter in einen Schokoladeladen stellen und sich frei entwickeln lassen!? Zuerst müssen ihr Grenzen beigebracht werden. Sie sieht sonst die ganze Welt als Schokoladeladen."

Das Ministerium unterstützte die Verbände, insbesondere einen Verein, der sich „Verein für kategorische Formung" nannte. Der Verein entwickelte ein Konzept mit Grundsätzen aus dem alten Sparta. Kinder sollten möglichst frühzeitig mit allen Aspekten des Lebens, auch den unguten, konfrontiert werden. Sie sollten mit Arbeiten beauftragt werden, mit Vorgaben für Zeit und Menge. Sie sollten Unfälle sehen, die Anlieferung von Verletzten in der Notaufnahme. Der Verein bildete Instruktoren aus, die Gruppen zur Arbeit führten, je nach Alter, in Gärtnereien, Werkstätten, zur Pflege. Der Minister ließ eine Verordnung ausarbeiten, die Firmen verpflichtete, Kindergruppen Arbeiten zu geben.

Wie aus dem Nichts standen allerorten Apostel auf: für Disziplin, Korrektheit und Ernst. Viele Verordnungen waren für diese Wende nicht nötig. Die Apostel vervielfältigten sich mühelos. Elmar versuchte nur selten, eine Schlüsselperson in seine Klinik zu bekommen. Ein Fall jedoch war ihm wichtig: Der Lektor eines Schulbuchverlages. Nach dessen Prägung mit Psyris wurden einige Autorenverträge gekündigt. An deren Stelle traten neue Mitarbeiter, mit klarerer Gesinnung.

Nicht im Sinne von Elmar war es, dass seine Gedanken in Form von Parolen und Geschrei auf die Straßen getragen wurden. Aber in Zeiten umbrechender Begeisterung ist das nicht zu vermeiden.

– 27 –

Monique wachte stets in den Nachtstunden auf, lange vor Tag. Wie ein in Gang gesetztes Uhrwerk wachte sie auf, und uhrwerkartig liefen ihre Verrichtungen. Sie hatte nicht die Bettschwere einer in vollem Schwang lebenden Person, die in spätabendlicher Begeisterung gefeiert oder unter langdauerndem Zwang gearbeitet hat, und im Morgengrauen erst in den tiefen Schlaf gelangt. Monique hatte nicht Leben in diesem Sinn. Ihre eigenen Sehnsüchte waren leer, beinahe leer. Sie stand deshalb auf, leicht, selbstverständlich, wie man vom Schreibtisch aufsteht, um ein Wörterbuch zu holen. Ihre Bewegungen waren sparsam, aber eilig. Die gewissenhafte Beflissenheit eines gerne Dienenden. Sie diente Uhling. Uhling war der kleine Rest ihres Lebens und zugleich ihre gesamte Welt.

Uhling war aufgetreten, als ihr eigenes Leben in die Apokalypse kam. Peinlich, ihre launischen Befehle im Restaurant. Sie sollten nur diesen spitz ziehenden Schmerz durch ihren Körper überspielen, diese Zerrung, prekär wie die Spannung einer Bogensehne an der Reißgrenze. Der Mann am Tisch schräg gegenüber, er wurde dann Uhling, hatte ihre Bedrängnis gesehen. Er war nicht so einer mit gemütlichem Körper. Er schaute nicht in müßiger Betrachtung von Tisch zu Tisch und dann auch zu Monique, wo schließlich sein Interesse beiläufig geweckt worden wäre. Nein, Uhling saß beunruhigt aufgerichtet, die dunklen Augen groß auf Monique gerichtet. Die Haare auf seinem Schädel waren schon stark gelichtet. Nach dem Habitus aber war er ein körperlich beweglicher Mann. Wie um sich noch gegen Kahlheit zu sträuben, bedeckte kurzer heller Flaum die Kopfhaut, wo dunkle Haare fehlten.

Dieser Uhling kam zu Monique. Wie ein besorgter Bruder setzte er sich an ihren Tisch. Er schaute auf Monique, die gerade gezwungen war, sich über ihren Teller zu krümmen, er schaute aber auch kurz rechts und links. Vielleicht, weil er Scheu hatte, gesehen zu werden, wie er sich zu ihr setzte, vielleicht weil er wissen wollte, ob Moniques Peinlichkeit beachtet wurde. Er sah aus wie einer, der Bekanntschaften nur umständlich macht. Aber zu Monique sprach er direkt, so als wüsste er schon lange von ihrem Joch. Es war zwischen ihnen eine Atmosphäre, ähnlich konspirativ wie unter Schulfreunden. Uhling kannte ja Moniques Verklemmungen nicht, aber er hatte erkannt, dass er sie aus der Öffentlichkeit nehmen musste. Monique hatte sich von ihm in die Anonymität der Straße hinausführen lassen.

Das war der letzte Abschnitt ihrer Normalität, einer Normalität, in der sie gegen die erstickenden, spitzen Schmerzen kämpfte. Auch der Kämpfer mit dem Rücken zur Wand, auch der Kämpfer gegen Übermacht, ist noch eine Person, hat Trotz, Hoffnung, wie immer unbegründet, und hat Verzweiflung. Erst später wurde Monique gebrochen.

Die ersten Wochen in Uhlings Wohnung glänzten auch jetzt noch im Hintergrund von Moniques verschattetem Bewusstsein. Dieser Uhling war so fürsorglich in seiner Ratlosigkeit. Wenn sie zur Tür hereinkam – sie hatte sich dazu bereit gefunden, bei ihm zuhause zu sein, hatte akzeptiert, dass sie nur so noch frei kämpfen konnte –, wenn sie zur Tür hereinkam und sich gerade noch gegen auftreibende Schmerznebel halten konnte, dann war Uhling unmittelbar neben ihr und führte sie mit leichtem Druck der flachen Hand zum Platz, an dem sie gerne saß. Dann brachte er das Wasser für die Pillen, deren Wirkung sie brauchte und hasste. Uhling beugte sich zu ihr, besorgt und machtlos. Er kniete sich neben ihren Sitz, weil sie meist gekrümmt saß, und er doch hoffte, einen Blick zu bekommen. Der Blick brachte ihm keine sachlichen Informationen, der Blick war nur verschreckt und wütend. Lediglich in Intervallen zwischen den schlechten Stunden lernte Uhling aus Gesprächen von Empfindungsengpässen und gedehnten Obsessionen, die für ihn unverständlich, jedenfalls nicht nachvollziehbar waren: Der kalte einzelne Tropfen auf der Schulter, der den Arm, von der Schulter bis in die Fingergelenke, für einen ganzen Tag fremd, kalt und im Zugreifen unsicher machte; das kurze Aufknattern eines Motorrades beim Ampelwechsel auf Grün, das viele Stunden im Ohr blieb und auf alle Gedanken drückte, die sich entwickeln wollten.
Aber zu dieser Zeit war Monique noch wütend auf solche Hindernisse. Wenn sie ihren Kopf hochwarf, so dass ihre

dunkeln, etwas rötlichen Haare wirr aufflogen, tat sie das weniger wegen eines Schmerzes als aus Ärger über die Behinderung. Uhlings beruhigende Hand tat ihr gut. Es war eine vorsichtige, schüchterne Hand, so als wüsste er nicht, was solch eine Hand wert ist. Er konnte ja auch nicht wissen, wie in Monique die Schmerzen und der lebendige Unwille abliefen. Aber das Nebeneinander tat ihr gut. Sie gingen auf der Straße nebeneinander. Sie saßen über einem Buch nebeneinander. Uhling mit Behutsamkeit und Sorge. Wenn Monique in schlechten Stunden den Kopf nicht heben konnte, führte Uhling sie mit seiner ruhig aufgelegten Hand. Wie man eben einen Freund führt, der sich verletzt hat. So lief die Zeit, in der sie alle Ärzte und alle Pillen ausprobierten.

In den guten Zwischenzeiten ging Monique mit schnellen Schritten und gar nicht sacht auftretend durch Uhlings Wohnung. Und sie saß nicht neben ihm, sondern gegenüber, oder schräg gegenüber. Und gegenüber ist anders als nebeneinander. Die veränderte Geometrie führt zu anderen Standpunkten. Nebeneinander sind die Personen zusammengespannt, einander gegenüber sind sie selbständig, frei für Zustimmung oder Ablehnung.

Selbst jetzt noch, mit ihrer zerstörten Seele, wenn sie in der Ecke nahe dem Fußende von Uhlings Bett saß, glänzte in der Vergangenheit der Augenblick, als Uhling ihr in die Augen geschaut hatte, und der Blick dann um die Augen herum, um die Stirn herum, über Haare und Wangen gewandert war. Die Zuwendung schlug damals um von Sorge zu Staunen, zu Bewunderung und dann großer absoluter Nähe. Solange die guten Intervalle dauerten, hatte Monique Bruchstücke eines Lebens. Die Erinnerung daran hatte die scharfen Medikamente und die letztendlich verwüstenden elektronischen Behandlungen überstanden. Auch wenn sie in der Ecke kauerte, lebte diese Erinnerung, in Nebel, und wenn sie hinübersah zum Bett, auf dem Uhling lag, schlafend oder nicht erkennbar wachend, dann bewegten sich doch hinter ihrem aussagelosen Gesicht die warmen Bilder der intensiven Zeitbruchstücke. Übermut hatte sie jetzt nicht mehr. Das Bewusstsein ihrer Selbst und die Kraft, etwas zu wollen, war durch die Behandlungen zerstört. Noch vor Wochen konnte ihr ein warmer Wirbel von Gefühlen kommen, ein warmes Kaleidoskop von Gefühlen, wenn Uhling sie fest in den Armen hielt. Bis sie für Uhling die Rettung hatte rufen müssen, konnte sie sich warm an ihn schmiegen, schmiegte er sich warm an sie. Glück konnte sie nach wie vor empfinden, Glück ist so tief unten in der Basis angesiedelt, dass Psyris und die chemischen Machinationen es nicht hatten ausmerzen können. Nur das Denken von Zielen und Wünschen, das Gefühl von Wünschen und Ehrgeiz war ausgelöscht. Sie lebte ohne Ich, in vollkommener Selbstlosigkeit. Aber sie konnte bescheiden schwelgen in Glück, wenn es ihr gegeben wurde.

Wie nüchtern ohne Hoffnung war dagegen diese Liegestatt, auf der Uhling jetzt gebettet lag. Dort in der Ecke Monique, die auf ihn wartete, über ihn wachte. Eigentlich nicht wartete, denn sie wusste sicherlich, dass es eine Wärme mit ihm nicht mehr geben konnte. Vielleicht fasste sie das, auch für sich selbst, nicht in Worte. Kluge Worte zu formulieren, war ihr nicht mehr möglich, das gehörte zum zerstörten Bereich. Aber in der Kategorie der Empfindungsbilder kam zu ihr aus dem Umkreis des Bettes sicher Hoffnungslosigkeit. An ihrem Gesicht war nichts zu erkennen. Sie hielt es ja auch gesenkt, weil sie niemanden mit einem mitteilsamen Gesicht, mit Bewegungen der Augen, der Augenbrauen oder der Mundwinkel ansprechen konnte.

Es war doch schon seit Wochen Uhlings Realität, aber jetzt überfiel es ihn: Er wird Monique nicht mehr anders sehen: nur als die stumme, zusammengekrümmte Wächterin. Es wird nicht mehr die warme Zuversicht geben. Er wird Monique nicht mehr das Minimum an Rückhalt geben können, das ihr kleines Leben nötig hat. Angefangen hatte das Mädchen Monique mit explosiver Lebensfreude – einige dieser Zeitstücke hatte Uhling noch miterlebt; dann war sie zu einem duldsamen Schatten geworden. Bald wird sie zu einer nicht verstandenen Alten, die ab und zu aus dem Haustor geht.

Diese vorgefassten Meinungen, mit denen das Leben ausgestattet ist, wenn es beginnt! Sie sind zäh wie fixe Ideen. Sie sind fixe Ideen. Diese Meinung, ein Recht auf die Entfaltung des Lebens zu haben, die immer wieder regenerierte Meinung, es werde Alles gut werden. Nur unter extremen Umständen werden diese Meinungen gelöscht. Diese Meinungen der Hoffnung sind notwendig, um jeden Tag zu beginnen. Sie sind etwas Transzendentes, weil sie aus einem Bereich kommen, auf den man keinen Zugriff hat. Man muss die Tageskalkulationen verlassen, um in den Bereich der Hoffnung zu kommen. So muss auch der Dichter vorgehen, das sagt Platon: „... , denn ein Dichter ist ein leichtes Ding und geflügelt und heilig, und nicht eher in der Lage zu dichten, als bis er begeistert wird und von Sinnen, und klarer Verstand nicht mehr in ihm ist.'

Und gerade in diesen Bereich des Charakters können sie jetzt mit Psyris hineinschreiben. Elmar schreibt um von flatterhaft zu konsequent, von umgänglich zu starrsinnig.

Mich hätte man in der Jugend schon umschreiben sollen. Immer habe ich auf eine Welt reagiert, wie ich die Welt haben will, nicht wie sie ist. Auch in den kleinsten Dingen. Andere wünschen sich nicht eine Welt, sondern schauen hin, wie sie ist. Die sind schon um die Kurve, wenn ich noch denke, ob es gut ist, dass da eine Kurve ist. So habe ich Ermelinde verloren. So war es auch im Steinbruch. Ich wollte das Mädchen retten. Notwendig aber war, den Rettungswagen zu rufen und auf die Rettung zu warten. Elmar könnte mich wahrscheinlich umprogrammieren, so dass ich gleich die Sache sehe und nicht meine Gedanken über die Sache.

Aber wie würde ich dann denken und mich fühlen? Ich wäre ja nicht Robert Uhling, lediglich mit anderen Eigenschaften. Da wäre ein ganz anderer Mensch. Ich würde mich nicht erkennen, niemand würde mich erkennen. Ich kann nicht sagen, mit anderen Reaktionen wäre ich glücklicher geworden. Das geht nicht, das wäre nicht ich.

Elmar hat sich ein Netzwerk von Klonen seiner selbst geschaffen. Nicht exakte Klone, er manipuliert nur beschränkte Reaktionsgebiete. Aber dort vertreten sie seine Anschauungen, gehen im gleichen Schritt und Tritt. Sie verstehen alle ihre eigene Vergangenheit nicht, so wie Paulus Saulus nicht versteht. Elmar hat sein Netz rund um uns beinahe zu Ende geknüpft. Jetzt nimmt er sich Richter vor. Bald ist sein Netz nicht mehr angreifbar.

Und Elmar wird sein Netz aus der Hand gleiten. Aus seinen Schülern bilden sich Horden.

Wenn ich mich so aufrege, piepsen im Schwesternzimmer die Monitore. Ich muss an anderes denken. Die Fenster sind zu dunkel. Die Hügel sind dunkel, und bis auf Punktlichter auch die Stadt. Wenn ich in meinem Leben Gedanken suche, kommt immer wieder der Fluss und die Brücke.

Jetzt sehe ich auch die Brücke im Dunklen. Aber das Licht von den scheinwerferartigen Lampen hoch oben spiegelt sich im Asphalt. Es muss ein Herbst- oder Winterabend gewesen sein. Die Feuchtigkeit auf dem Asphalt gefror und breitete ein Spinnennetz von Eislanzetten aus, das im Licht der Lampen aufblitzte.

In Abständen war die Brücke erleuchtet, jeweils bei einem hohen Pfeiler schaffte eine Strahlerlampe eine Lichtinsel. Eine karge Heimlichkeit breitete dieses Licht um die schweren eisernen Traversen. Auch der Wind war dort gebrochen. Weite Strecken von Dunkelheit trennten diese hellen Inseln. Und ich sah, wie eine Gestalt ins Licht eintauchte und dann, auf mich zukommend, wieder aus dem Licht in die Dunkelheit gelangte. Es war unverkennbar das Marionettenmädchen.

Das war vor Ermelinde. Das Marionettenmädchen war zart und einsilbig. Sie hatte einen weinroten Schal um Kopf und Schultern geschlungen. Die Farbe sah ich zwar nicht, aber ich kannte den Schal schon. Sie konnte den Schal in einem unauffälligen Schwung, in einer rund-geschwungenen Bewegung, um Schulter, Kopf und Hals legen. Die Bewegung war elegant und sparsam. So sprach sie auch. Sie kam abends aus der Montagehalle. Manchmal verließ ich den Konzern früh, so dass ich sie auf ihrem Heimweg abfangen und ein Stück begleiten konnte. Wenn sie mich sah, lächelte sie, aber nur andeutungsweise und mit ihrer Hand machte sie eine grüßende Bewegung. Sie hob den Arm nicht. Sie ließ den Arm, wie er sich im Gehen bewegte und hob nur zwei Finger zu einer wischenden Grußbewegung.

Der Wind zauste die Haare, die unter dem Schal hervor in die Stirne fielen, und er hatte vereinzelte Regentropfen in ihr Gesicht gesetzt, die im streifenden Licht glitzerten. Wir sprachen meist lange nicht. Das war ihr selbstverständlich und auch mir. Wir ließen die Brücke hinter uns und gingen in die Stadt. Hell erleuchtete Schaufenster und bunte Schriften gaben das Bild. Ich war auf die Brücke gegangen, um sie abzuholen, drüben im Dorf, aber sie war mir entgegengekommen.

„Es hat mir Freude gemacht, dir entgegenzugehen", sagte sie.

Zwischen den vom Schein der Lichter hell erleuchteten Fassaden der Häuser war der Himmel oben schwarz. Ein Schwarm Tauben hob sich hellgrau dagegen ab. Der Schwarm flog wie eine helle Wolke hoch zwischen den Häusern. Spielend ging es hierhin und dahin. Ein Vogel riss zur Seite aus, und der Schwarm folgte.

Sie sprach oft nicht, aber wenn sie einen Anlass spürte, konnten Erzählungen in langem Zug sprudeln. Sie war ja Marionettenspielerin.

„Du bist wieder ärgerlich, heute", sagte sie. Ich hatte auch diesen Tag ohne Arbeit zugebracht, gefangen in den Verzögerungen des Systems und der Meinungen. Das weiß blendende Fenster mit der Silhouette des Kollegen hatte ich vor mir gehabt. Ich machte eine unwillige Geste.

„Die Montagehalle ist auch nicht mein Paradies", sagte sie. Sie sagte es mit kleiner Stimme, in ihrer zarten, gutwilligen Art.

So wie sie auch über ihren Tag erzählte: Zu ihrer Halle ging es eine kurze Rampe hinauf. Im Vorraum gab es Gedränge vor der Stempeluhr. Die Wände waren weiß, die Farbe aber schon alt. Wegen des Lichts von oben leuchteten die Wände trotzdem grell. In der Garderobe gab es hastige Bewegung, Mitteilungsfetzen und das blecherne Schlagen der Spindtüren. In der weiten Halle roch es feucht und stumpf nach gewaschenem Boden, auch nach Farbe und Öl. Sie ging die Stirnseite der Halle entlang, vorbei an Getränkeautomaten und Plakaten über Unfallverhütung. In vielen langen, weißen Linien hingen die Leuchtstoffröhren von den Streben der Dachkonstruktion. Pfeiler, Stützen und Rohrleitungen unterbrachen die Sicht, und die fernen Teile der Halle lagen hinter einem Horizont von flimmernden und blitzenden Metallgeräten. An den Flanken der Halle liefen Gänge. In der Nähe ihrer Reihe wurde sie von einigen gegrüßt. Sie setzte sich an ihren Platz, und bald begann das Förderband zu rauschen. Dann sah sie die Umgebung nur mehr schemenhaft. Die Blumen, die in Körben über dem Fließband hingen, so zart und fremd in dieser Landschaft aus kaltem Licht und blitzendem Stahl wie die Mädchen und Frauen selbst, diese Blumen wurden für sie zu riesigen Gewächsen, und eine tropische Szenerie breitete sich vor ihren Augen aus, mit üppigem Grün und weißem Strand.

Oder sie sah die Köpfe ihrer Nachbarinnen links und rechts am Band oder auch derer gegenüber durch das Gestänge von Gestellen und über Geräten. Diese Köpfe verspann sie zu Märchengestalten. Das Mädchen links von ihr, mit dem mürrischen, trotzigen Blick und den tiefen Schatten unter den Augen, wurde zu einer bösen Fee. Gegenüber sah sie immer eine sorgfältig hochgesteckte Frisur, schwarzes Haar, von einem Band silberner Münzen gehalten. In diesem Mädchen sah sie eine ägyptische Prinzessin, und die stets wiederkehrenden Bewegungen des Mädchens deutete sie als Gebet und Opferhandlung.

Die halbfertigen Geräte kamen langsam von links auf dem Band. Ein metallischer Arm schob sie auf eine Abstellplatte. Dort wurde das Gerät zur Arbeit festgeklemmt. Rechts, in verschiedenen Farben, standen Behälter mit den Teilen, die sie einzubauen hatte. Zu dem seltsam geformten Teilchen aus Stahl, das sie auf eine Achse zu stecken gelernt hatte, pflegte sie ein ganz besonderes Verhältnis. Während der tausend Male, die sie seinesgleichen in die Hand genommen hatte, war sie mit ihm Freund geworden. Sie wusste, wie es aufblitzte, wenn sie es aus dem Vorratsbehälter nahm, und wie sich die Reflexe wandelten, während sie es auf die Achse steckte. Sie kannte die Riefen, die die Stanze auf der sonst blanken Fläche hinterlassen hatte, und sie hatte das Klicken im Ohr, mit dem das Teilchen in seine Position schnappte. Das Teilchen wurde ein Partner für Gespräche, während sie es, oft und oft in den Stunden, in stets gleichbleibender Gestalt einbaute. Sie erzählte ihm Geschichten, es war ein Zuschauer ihrer Gedanken, es half ihr beim Wandern der Phantasie, denn es blitzte immer hell auf, und wenn sie nicht scharf hinsah, wuchs das Blitzen zu einem Farbenreigen von wunderlichen Gestalten.

Sie war das Marionettenmädchen. Die Geschichten, die ihr während des geläufigen Hantierens kamen, spielte sie am Sonntag den Kindern vor, und dann sprudelte ihre Sprache.

Als hätte sie während ihrer stummen Arbeit die Worte aufgespart. Sie sprach mit den Nachbarinnen nur einsilbig, nur wenn nötig. Sie schreckte auf, wenn nebenan über einen schlüpfrigen Witz lauthals gelacht wurde. Von der Musik, die Lautsprecher flächendeckend verbreiteten, ließ sie sich wieder zurücktragen.

Uhling fuhr eines Sonntags zu der Schule, die das Mädchen genannt hatte, und setzte sich in die letzte Reihe. Die Kinder sahen nur das Spiel auf der Bühne. Als der Vorhang fiel und die Spannung sich in großem Stimmengewirr löste, kam das Marionettenmädchen hinter dem Theaterkasten hervor. Sie sah Uhling. Wie ein kurzer Schreck blitzte etwas Freude in ihrem Gesicht auf. Pianissimo, wie alles an ihr. Als Begrüßung hob sie ihre Hand zu Uhlings Wange, bildete eine kleine kalte Faust und strich leicht über die Wange.

Als das Marionettenmädchen zu Verwandten verreisen musste, begleitete Uhling sie zum Bahnhof. „Ich hasse diesen Zug", sagte sie. Während sie auf die Türe des Waggons zugingen, hielt sie sich sehr dicht an Uhlings Seite. An der Tür blieb sie stehen, den Schal um Kopf und Schultern geschlagen, und sah auf die ölschmutzigen Achslager. Sie stand, als sei noch nicht entschieden, dass sie abfuhr, und hörte auch den Pfiff des Schaffners nicht. Uhling stützte sie beim Einsteigen und winkte. Sie schaute zurück, konnte aber an Uhling nichts erkennen.

So habe ich Uhling gesehen.

Ilona wachte zuerst auf und fand sich in ihrem Büro und fand sich auf ihrem Sofa mit dem Kanzler zusammengedrängt. In den jungen Jahren war sein schwerer Körper ein Symbol für Kraft. Und er konnte damals diesen Körper zu blitzschnellen Aktionen bringen. Sie sah jetzt ein fleischiges Gesicht.
Er wachte auf. Ihn hier liegen zu haben, war verstörend. Fast nie betrat er ihr Bürogebäude, auch früher tat er das nicht. Er öffnete die Augen mit verzogenen Lidern und Wangen. Ruckartig blickte er herum und erkannte die Situation. Er schaute sie mit weit aufgerissenen Augen an: „Ilona! Tu es für Philipp! Er hat noch drei Tage!"
„Dann lass von Dagmar!"
„Aber sie kommt! Sie kommt, auch wenn ich sage: komm nicht! Sie glaubt mir nicht, dass ich es meine! Sie kommt und steht auf der Rampe oder wo sie mich sonst vermutet."
Der Mann, der da lag, war jämmerlich. Er sah aus wie ein plärrendes Kind. Ein Kind aber, das ein breites, dickfaltiges Gesicht hat. Schweißklebrige schwarze Haarzotten hingen hinein. Er griff nach Ilona. „Tu es für Philipp! Gib mir das Gerät!"
„Bring Dagmar her. Sie soll sagen, dass sie dir aus dem Weg gehen wird!"
„Das wird sie nicht tun. Ilona! Wir bringen das in Ordnung. Aber das gelingt nicht sofort. Tu es für Philipp. Denk, was mit Hubert geschehen ist!"
„Was musst du auch solche Spiele treiben. War dir Hubert nicht genug? Musst du noch einen von diesen Burschen in Gefahr bringen – und dich selbst dazu!?"
„Meine Jungen trainieren brav und ehrlich. Aber sie haben doch gegen die Schützlinge der Mafiosi keine Chance! Da werden in Kellerräumen raffinierte Dopingstoffe gebraut und den speziellen Schützlingen gespritzt. Den Kontrolleuren

sind sie noch unbekannt, und die Kontrollen bleiben negativ. Philipp hat gegen diese Leute keine Chance. Er ist gut! Er ist ausgezeichnet! Ich will ihm mit Psyris helfen."

Der Kanzler telefonierte mit Philipp: Wie geht's dir? – Danke Chef, bin in Super-Form.

Nico saß in wippender Nervosität zwischen seinen Computern. Er schaute von einem Bildschirm auf den anderen. Es liefen Girlanden oder Comics als Bildschirmschoner. Nico hackte auf Tasten, um die Schirme wieder zu aktivieren, aber er tat sonst nichts. Er klickte den Kalender an und sah, wie bald Philipp seinen Kampftag hatte. Selten fühlte er sich in seinem Leben gedrängt. Er ließ seine Tätigkeiten so dahinfließen. Aber Philipp kannte er. Und Philipp hatte er falsch programmiert. Vom Kanzler hörte er nichts. Der saß angeblich in seinem Büro. Nico ging nicht gern in die Chefetage. Es war ihm dort alles zu ordentlich, es sah alles zu wichtig aus. Die Farbe der Wände schaute wichtig aus, der Gummibaum stand in einem wichtigen Topf. Die Schritte auf den Korridoren hatten wichtigen Klang. Wichtigkeit bedeutete für Nico Eitelkeit. Aber Philipp war ihm wichtig. Es verstörte ihn doppelt, dass jetzt etwas für ihn selbst wichtig war. Er griff beinahe zum Telefon, um den Kanzler anzurufen. Aber was bringt Gerede am Telefon. Mit fahrigen Bewegungen stand er auf, stieß seinen Federdrehsessel weg, ging zur Tür seines Computerraums, zögerte, und ging dann hinaus in die allgemein zugänglichen Korridore. Er trug eine graugelbe helle Hose. Die Hose war als kleine Größe gekauft und doch zu weit, mit einem Gürtel zu engen Falten gezogen. Ging man hinter Nico her, so sah man, wie die Falten sich mit den Schritten hin und her umlegten. So als gäbe es gar keinen Träger der Hosen. Den Kragen seiner grauen Windbluse hatte Nico nicht richtig gelegt. Das betonte noch den hoch oben vorgekrümmten Rücken und den aufwärtsgeknickten Hals. Der offizielle Weg zum Kanzler ging durch das Sekretariat. Aber denen im Sekretariat wollte er nicht die Chance geben, ihn abzuweisen. Der Kanzler hatte noch seine direkte Tür zum Gang. Nico stand an dieser Tür. Sehr dicht, sich beinahe anlehnend, so als wollte er horchen. Er hielt den Knauf in der Hand – der sich allerdings nicht drehen ließ. Sein Blick wanderte das Türblatt auf und ab. Um hinauf zu schauen, musste er den Kopf noch weiter in den Nacken legen. Er schaute den Rand des Türblattes an, wo sie vielleicht aufgehen würde.

Er klopfte und sagte „Nico" und wartete. Nochmals: Klopfen und „Nico".

Die Tür wurde aufgerissen, und als Nico in den Raum schauen konnte, war der Kanzler bereits wieder auf halbem Wege um seinen Schreibtisch herum zu seinem großen Sessel gehetzt. Nico setzte sich ihm gegenüber, ohne Aufforderung, denn der Kanzler und er hatten jetzt eine gemeinsame Angst.

„Sie gibt es mir nicht! Sie gibt es mir nicht!" So wie der Kanzler aussah, sah Zerfall aus. Er war wie ein Batzen in den Sessel geklebt. Über dem breiten Bauch platzte das Hemd auf. Eine Sekretärin kam mit einer Frage herein. Sie schaute erstaunt auf Nico. Der Kanzler winkte sie hinaus: „Tun sie nur, tun sie nur, sie wissen schon!"

Der richtige Kanzler ließ nichts, aber auch gar nichts, aus seinen Griffen. Wenn einer mit einem guten Vorschlag kam, stimmte der richtige Kanzler nicht zu. Er lobte zwar, traf aber eine etwas andere Entscheidung. Ein Beweis, sozusagen, dass immer er die größere Erfahrung, das hellere Gespür hatte.

„Sie gibt es mir nicht! Sie gibt es mir nicht! Nico."

Ein gerahmtes Foto von Philipp hatte der Kanzler vor sich auf der Platte des Schreibtischs stehen. Er wuchtete sich hoch, stützte sich mit dem Ellenbogen auf den Tisch und drehte das Bild, so dass Nico es auch sehen konnte. „Das ist er, schau!"

Nico wollte das Bild nicht sehen. Es war ja der Philipp, den er mit Psyris falsch programmiert hatte. Wieso fuhr ihn der Kanzler nicht wütend an?

„Schau, wie exakt er den linken Fuß setzt! Der Oberkörper gesenkt, der rechte Arm niedergestreckt! Bis in die Fingerspitzen!"

„Schau, in welcher Form er ist! Diese Oberschenkel!"

„Und wie behutsam er die Kugel an den Hals legt."

„Chef!", sagte Nico.

„Alles Kraft, Konzentration, Präzision!"

„Chef! Du musst – Pardon! – das mit Dagmar – stoppen !"

„Aber das kann ich nicht, das geht ja nicht! Sie hört nicht! Sie passt mich ab, sie kommt herein, wenn ich die Tür öffne, sie schlüpft herein. Ich sage: Dagmar, das geht nicht. Ich muss die Tür schließen, weil wir ja reden müssen. Ich sage: Dagmar, ich schätz dich, du bist wunderbar, aber bitte bleib weit weg! Sie geht nicht. Sie geht einfach nicht. Sie steht, lehnt an der Aktenkonsole, wie, wie, schwankend wie eine Antenne, wie ein Paradiesvogel, nein, und sie schaut mich an, mit so einem leuchtenden Lächeln. Sie glaubt mir nicht."

„Chef!"

„Weißt du, einfach prächtig, weißt du, das Leben hat an ihr noch keine Spuren hinterlassen, sie ist gerade fertig, frisch aus dem Geschenkpapier."

„Chef!", sagte Nico, zugleich mit Angst und mit Lächeln, „wir müssen sofort etwas tun!"

„Jep, jep", sagte der Kanzler. Dazu ein Klopfen der Finger auf der Armlehne. „Jep, jep."

Nico richtete sich etwas auf. „Ilona könnte zu ihr gehen." Der Kanzler reagierte nicht. Und Nico winkte von sich aus ab. Ilona dem Mädchen gegenüber: Da kommt kein Resultat. „Soll Albert versuchen, mit ihr zu reden?" Der Kanzler machte eine Handbewegung, die vielleicht bedeutete: eventuell.

Nico ging nochmals zu Albert.

Zu Albert ging Nico ungern. Mit einem Gedanken an Albert war, selbstverständlicher Weise, immer auch seine, Nicos, Vergangenheit verknüpft, mit peinlichen Reflexionen und verbleibender Angst.

Im Vorzimmer verlangte Nico mit aufgeregter Wichtigkeit nach sofortigem Einlass. Albert ließ ihn kommen. Alberts selbstsicheres, üblicherweise etwas lächelndes Gesicht, das kaum alterte, hatte Nico gegenüber eine Andeutung von Widerwillen, von Belästigtsein. Nico war sein Schützling. Zumindest gewesen, vor langer Zeit. Gütigkeit wäre deshalb angesagt. Albert wusste aber heute so wenig wie damals, ob es richtig war, ihn der Justiz zu entziehen, ihn untertauchen zu lassen. Deshalb blieb eine säuerliche Empfindung. Aber einen Studienkollegen lässt man nicht ohne Hilfe. Für einen Studienkollegen gelten andere Bestimmungen. Er war als ein so unendlich armer Wurm zu ihm gekommen. Er hatte sich gekrümmt wie ein Wurm. Weil er es nicht fertig brachte, seinen Fehler zu melden, weil er es mit Sicherheit nicht fertig brachte, sich der Justiz zu stellen.

Albert konnte nicht nachvollziehen, warum ihm angesichts dieses in Wahrheit widerlichen Häufleins Elend damals der Kanzler eingefallen war. Unvermittelt hatte sich das Bild eingestellt: dieser großspurige, präpotent-charmante Transportunternehmer könnte Unterschlupf organisieren.

„Albert", sagte Nico, „ich habe Psyris falsch programmiert!"

„Habe ich gehört. Der Kanzler muss ..."

„Nein, du musst mit Dagmar sprechen. Sie läuft ihm nach, sie lässt sich nicht abweisen. Der Kanzler tut nichts mehr."

Albert reagierte nicht.

„Du musst helfen! Philipp wird spastisch werden und vielleicht nie mehr herauskommen! Und dann werden sie Verdacht schöpfen."

„Was macht ihr auch so dumme Spielereien!" Albert war wütend. Als vor Jahren der erste Verdacht aufgekommen war,

Elmar habe Patienten mit einem elektronischen Gerät manipuliert, hatte sich Albert vehement engagiert. Es war die Lex Elmar entstanden: Psyris wurde verboten. Jetzt sollte er ein gestohlenes Psyris-Gerät retten.

„Tu's für Philipp. Bitte!"

„Bist du fähig, etwas zu versprechen?", fragte Albert. Nico schaute mit großen Augen aus schon dünnen Augenlidern. „Ja."

„Wenn diese Affäre vorbei ist, bringst du mir das Gerät. Es wird vernichtet. Gib mir Dagmars Nummer."

Es antwortete eine melodische Stimme. Sie war sehr jung, aber doch souverän, freundlich, gewandt. Albert meldete sich. Darauf gab es nur ein paar scharfe Worte. Dagmar wusste sofort, worum es ging. „Geh zu Ilona!", rief sie ins Telefon. Und legte auf.

– 29 –

Jetzt kommt Nico zur Tür herein. Er atmet heftig. Er keucht beinahe. Wo habe ich ihn zuletzt gesehen. Auf einem der Feste im LKW-Hof; in dieser kleinen Kantine im obersten Stock. Er war immer neben dem Kanzler, hinter dem Kanzler, auf der anderen Seite neben ihm. Mich hat er begrüßt und verabschiedet. Sonst nichts. Er will nicht mit Leuten sprechen, die von ihm wissen.

Er kommt hierher nicht zu einem Krankenbesuch. Er ist nicht von sich eingenommen, er zwingt sich herein, er windet sich herein, er glaubt sicher nicht, dass sein Besuch mir gut tut. Er ist außer Atem. Aber vielleicht gar nicht, weil er gelaufen oder gestiegen ist. Ob ich ihm damals auch weitergeholfen hätte? Er wird mich mit DU ansprechen, weil wir uns alle immer schon DU nannten. Er hat sich sein ganzes Leben gehetzt gefühlt. Seine Knochen zeigen es. In dieses oder in irgendein Krankenhaus zu gehen, muss ihm schwer fallen. Vielleicht auch an einer OP-Tür vorbei.

Der Kanzler ist ja gutmütig, trotzdem, Nico hängt vollkommen von ihm ab; an einem Faden. Es gibt Menschen, denen man nichts übel nehmen kann. Der Kanzler ist so einer, der positiv bannt. Der Kanzler ist ein glückliches Tier. Was er will, tut er. Keine Regulierungen und Begrenzungen und Ordentlichkeiten. Einem Tier kann man nichts übel nehmen. Gesucht ist die Balance zwischen Impuls und Reflexion. Gewünscht wird ein Mensch, der heiß fühlt, aber auch sachlich denkt. Ich habe mich meist in Sachlichkeit verloren. Weil ich in Reflexion erstickte, liebe ich den Impuls, wenn auch wiederum nur reflexiv. Ich neide dem Kanzler seine Unbegrenztheit. Man kann wütend auf ihn sein und ihn doch beneiden und schätzen, eigentlich lieben.

Das ist auch, was Dagmar an ihm festhalten lässt. Sie sieht in ihm alle farbigen Räume, die das Leben vielleicht bietet. Die Knaben um sie herum: nur Unbeholfenheit. Vielleicht einmal ein dummer Exzess, dann wieder zurück in Belanglosigkeit. Sie hält sich fest, wie an einem Kletterseil. Sie will dort hinauf zum Gipfel, von dem aus man die ganze Welt sieht. Wenn sie nachlässt, und sich abseilt, kommt sie hinunter ins Gebiet der kindischen Scherze.

Ich liebe mein Kind und ich freue mich, dass dieses Mädchen so starke Sehnsucht haben kann. Aber ich weiß, dass der Kanzler zu ihrem Unglück würde. Ich widerspreche mir: Ich verherrliche das Überbordende, und ich verlange Nüchternheit von Dagmar. Aber ein Vater will für seine Tochter nicht kurzes Glück, noch so groß, wenn er für den Rest des Lebens Elend vermutet. Vielleicht Elend. Es ist nicht lange her: Als ich noch zuhause war, habe ich unendlich viel Gerede über Vernunft von mir gegeben. Dass sie das überhaupt angehört hat. Nur von mir hört sie das an. Vom Vater hört sich eine Tochter viel an. Sie ist ja doch meine Ziehtochter geworden, echter als ein anderer eine gezeugte Tochter hat. Ich habe schlecht vom Kanzler gesprochen, ich habe seinen schweren, unförmigen Leib beschrieben, den er nicht mehr mit Muskeln, flink wie ein Bär, bewegen kann. Ich habe von Ilona gesprochen, habe gesagt, dass Ilona ähnlich ist, zum Kanzler passt, zu ihm gehört. Aber Ilona existiert für meine Dagmar nicht, Ilona ist ein Nichts, vor einem Nichts kann man nicht Rücksicht nehmen, braucht man nicht Rücksicht zu nehmen.

Was will Nico von mir? Er bereitet sich vor, etwas zu sagen. Ich liege da und bewege mich nicht und meine Augenlider sind, wahrscheinlich immer, kaum geöffnet, so dass er unsicher ist, ob ich ansprechbar bin. Er ist so ein jämmerlicher Mann, nein, ein jämmerliches Wesen. Vielleicht ist er das erst in dem Augenblick geworden, als er aus dem OP ging und zögerte und zögerte, von der zwischen den Gedärmen des Patienten vergessenen Klemme zu berichten.

Vielleicht ist er nur jämmerlich, weil er nach der ersten Jämmerlichkeit keinen Punkt gemacht hat. Er ist immer, unter dem übermächtigen Schutz des Kanzlers, in dem Zustand des flüchtigen Feiglings geblieben. Er weiß, dass der Kanzler irrational ist. Jetzt kommt Nico ans Bett, ans Fußende. Er greift nach dem verchromten Rohr meines Bettgestells. Er muss sich da festhalten, damit er sich auch wirklich traut.

Was will Nico? Nico denkt nur an sich – oder er denkt nach den Wünschen seines Kanzlers. Dem ist er hörig; muss er ja sein. Albert sagte, wie viele Nächte ist es her, der Kanzler sei in Schwierigkeiten. Warum soll ich das wissen? Warum wurde mir das dringend gesagt? Nico kommt nicht, weil der Kanzler um Dagmar scharwenzelt. Ihm ist um sich selbst bang. Vor einer Minute war mir ganz warm beim Gedanken an den

Kanzler, der sich so viel Freiheit nimmt, der sich nicht von den Regeln einschüchtern lässt. Aber Psyris in seinen Händen! Da wird der Übermut hässlich. Mir wäre besser, es gäbe Psyris nicht. Ich hätte Psyris nicht veröffentlichen sollen. Ich wusste, dass der Kanzler ein Gerät hat, aber unternommen habe ich nichts. Solche Aktionen entstehen nicht in mir. Das ist wie eine angeborene Geste: eine Situation zu betrachten, nachdenklich, wenn ein anderer schon zuschlägt.

„Du musst Dagmar stoppen!"

Ich muss das verfolgen, heute Nacht habe ich genug Zeit. Diese Geste des Zögerns. Ich muss schauen, an wie vielen Punkten meines Lebens diese Geste gewirkt hat. Wie eine Weiche am Verschubbahnhof.

Jetzt sagt Nico, ich soll Dagmar stoppen. Ist er so völlig auf den Kanzler eingestimmt? Den Kanzler muss man stoppen! Nico keucht. Es scheint ihm außerordentlich wichtig, ganz außerordentlich wichtig, so wie lebenswichtig. Will er noch einmal etwas Gutes tun, sozusagen noch Absolution gewinnen? Seine Augen leuchten auf mich aus ihren mageren Sockeln, sie stieren auf mich. Er weiß nicht weiter, weil ich nicht reagiere. Er scheint verzweifelt, er bereitet noch einen Versuch vor.

Ich spreche nicht. Es ist eigenartig. Irgendetwas scheint sehr wichtig zu sein. Aber ich spüre nicht, dass es wichtig ist.

„Ilona gibt unser Psyris-Gerät nicht heraus!"

Ilona! Ilona habe ich immer gemocht. Sie ist so wie der Kanzler. Sie schlägt drein und lacht dazu! Ihr geht aber die Umsicht nicht verloren. Sie hat auch so einen Schwall von Haaren wie Monique. Aber ihr Haar ist kohlrabenschwarz und zottig. Zottig sollte man nicht sagen. Es fehlt das Wort. Vielgestalt, vielleicht. Ein Medusenhaupt. Auch das sollte man nicht sagen. Ilona ist aggressiv mit ihrem braunen und ihrem grünen Auge. Sie ist aggressiv, aber freundlich und umsichtig. Hat sie dem Kanzler sein Psyris weggenommen!? Gut. Warum ist Nico so außer sich?

Ich stelle keine Fragen. Das sollen die untereinander tun. Es ist eigenartig: Ich habe das Empfinden, ich hätte in diesem Raum das Recht, nicht zu sprechen. So als wäre das ein letztes Stück Souveränität.

Nico steht nervös in der Türe. Er ist verstört. Ratlos.

Am meisten sprach ich vielleicht mit Ermelinde. Damals, als ich im Konzern noch wütend war. Wütend sein ist gesund. Wütend sein schafft Kraft. Ich hatte den Kopf voller Ideen. Damals saß ich mit Erml am Ufer und sie entwickelte dieses Konzept der Orthothymie. Das begeisterte mich. Natürlich! Der Mensch, wenn er gut geboren ist, kommt auf die Welt mit allen Fakultäten: zu gehen, zu springen, zu weinen, zu lachen, gerade zu stehen. Dann nützen sich diese Geburtsdispositionen ab. Meine habe ich abnützen lassen. Ich bin schon lange nicht mehr gerade gestanden. Erml will ihre Patienten wieder in die richtigen Einstellungen bringen. In solchen Gedanken fühlt sich ein Steuerungstechniker zu Hause.

Mit dem Kind Dagmar habe ich viel gesprochen, und vor kurzem noch mit der groß gewachsenen Dagmar. Sprechen ist eine unruhige Sache. Fortwährend wird das Gesicht in alle Richtungen verzerrt. Die Gedanken werden wie durch Lärm ratternder Maschinen gestört. Wie schön sind Marmorbüsten! Ich finde es gut, wenn meine Lippen geschlossen und gerade sind, einfach ruhig, einfach ohne Anbellen der Welt. Ermelinde brachte mir das kleine Dagmar-Kind im Tragekorb. Ermelinde weiß, dass ich am Abend nicht gerne ausgehe. Sie hatte etwas, ich weiß nicht was, vor. Ich konnte ihr nie diese unbesprochenen Entscheidungen übel nehmen. Andere würden das Dominanz nennen. Ich liebe sie wegen dieser Freiheit, die sie sich nimmt. Sie hat eine Aura von Freiheit, von Selbstbestimmtheit, von Rücksichtslosigkeit. In diesen Disziplinen bin ich so fremd. Auch ihre Erfolge sind dort begründet.

Zum Kind im Tragekorb sprach ich natürlich wie allgemein üblich in einem dümmlichen Baby-Gestotter. Mit betont liebevollem, grinsendem Gesicht. Vielleicht ist das auch richtig so. Das Kind hat ein Wahrnehmungsvermögen für freundliche Gesichter, und die Dada-Sprache entspricht vielleicht dem auditiven Vermögen.

Ich habe es getragen und ihm Vögel und Bäume gezeigt, ich habe ihm die Berge gezeigt, auch zur Zeit des Sonnenaufgangs, und später auch von oben die Täler unten. Das Kind hat fortwährend gefragt, so habe ich fortwährend geredet. Schwerer war es später, als das Interesse für Menschen kam, und das Mädchen selbst noch nicht wusste, was mit dem Interesse anzufangen sei.

Ich habe mit ihr über schöne Sachen geredet, die sie anziehen wollte. Eher zögerlich habe ich gesprochen. Was soll ein Vater einer Tochter über schöne Kleider sagen, er kann sich ja nicht vorstellen, will nicht, dass irgendjemand Hand an sie legt.

Wir gingen durch den Wald auf eine Lichtung, wo eine Kapelle stand. Sie sah Betende vor der Kapelle knien, und sagte:
„Ihr Glaube ist nicht so stark, dass sie nicht Hoffnung brauchen."

Sie kam auch, aus der Schule, mit einem Gedicht, und sollte darüber schreiben, so als habe sie ein ganzes Leben Erfahrung:

‚Hast du Verstand und Herz, so zeige nur eines von beiden,
Beides verdammen sie dir, zeigest du beides zugleich.'

Wir redeten hin und her, denn es kamen zu viele Gedanken. Anderswo habe ich viel zu wenig geredet, damals im Kunststoff-Konzern. Ich war beleidigt und wartete auf mein Recht. In allen Gängen hätte ich von meinen neuen Methoden reden müssen, davon schwärmen müssen. Dann wäre vielleicht Stimmung für mich entstanden. Aber Stimmung ist Politik. Mein Recht! Auf mein Recht wartete ich. Ich ließ meine Gegenüber, diese hämischen Silhouetten vor den Fenstern, die hellweiß blendeten, ich ließ diese sogenannten Arbeitskollegen spüren, dass der Konzern, dass ‚man‘, wer immer, weil ich ja hochqualifiziert war, mir ordentliche Räume und die notwendige Ausrüstung geben musste.

Wo und wann gibt es ein Recht, ein Anrecht? Es gibt kein Anrecht, mit zwei Beinen geboren zu werden. Im Reich eines Himmelskönigs ist vielleicht ein Recht auf Ewigkeit gegeben. Hier unten stehen einige menschliche Rechte und Regelungen in den Akten. Aber auf der täglichen Spielwiese gibt es keine verbrieften Zuteilungen.

Die Informationen laufen quer über die Korridore, durch die Kantinen und über die Parkplätze. Das geplante Gewebe der Organigramme wird durchwirkt von andersfarbigen Fäden. Es heißt; man sagt sich; es ist gewiss: dass auf dem neuen Strategiepapier bereits das Wort ‚Schublade!‘ steht. So wird gehandelt. Aus Selbsterhaltung, aus guter Erfahrung, gegen die Strategie aus der obersten Etage und, vermeintlich, zum Besten des Konzerns. „Glauben sie, Uhling, Ihre neuen mathematischen Methoden sind in diesem Konzern anwendbar? Der liebe Vorstand …“ Eine Handbewegung.

Es gibt mächtige Korridorfürsten. Zugeteilte Räume werden umgewidmet. Nach einem Urlaub findet sich der Schreibtisch in eine Ecke gestellt, die zugehörigen Akten daraufgestapelt. Eine vom Vorstand genehmigte Bestellung wird nicht abgezeichnet. Das Papier findet sich nicht. Der Vorstand ist verreist. Die Silhouetten vor dem Fenster lachen wissend, „Lieber Uhling, im Konzern gibt es auch andere Arbeiten!" In den Korridoren ist Bedauern für Uhling. Mädchen bringen Kaffee, und am Montag Blumen aus dem eigenen Garten. Die Verfilzung im Nichtstun muss durchgehalten werden bis Dienstschluss.

Der Winter war nun endgültig gekommen und Schnee lag auf den Straßen. Die Flocken tanzten vom dunklen Himmel herab und leuchteten im Licht der von hoch strahlenden Lampen.

Die Schritte der Vielen, die aus dem Konzerngebäude strömten, waren gedämpft. Stumm gingen sie auf der Straße, und ihr Atem dampfte hell vor dem dunklen Hintergrund des Ufers und des Flusses. Das Licht von den großen Gebäuden reichte kaum bis ans Ufer. Dort hob sich der Schnee nur schwach vom noch dunkleren Wasser ab. Das Ufer war teilweise vereist. Dünne Dächer von Eis ragten von den Steinen aus über die Wasserfläche hinaus. Die Wellen schlugen von unten dagegen. Das Geländer der Brücke und die Streben waren von Schnee bedeckt, so wurden ihre Linien noch schärfer nachgezeichnet. Während ich über die Brücke ging und mir der Wind, der immer über den Fluss spielt, kalt und stets aus anderer Richtung ins Gesicht kam, ließ die Wut nach. Ich dachte an die abendliche Arbeit, ich hoffte ja noch immer auf die Assistentenstelle bei McHenry. Und ich erinnerte mich an die Marionettenspielerin. So fiel die Spannung ab.

Wie zum Trost, aber mit Hinterlist, gaben sie mir andere Arbeiten. Durch Arbeit sollte ich befriedet, ruhiggestellt werden. Vielleicht brauchte irgendjemand, irgendeine Abteilung diese Arbeiten. Aber wozu meine Ausbildung, meine Qualifikation? Es stieg Ekel auf, erstickend.

Es stiegen auch, eine andere Art Trost, Bilder aus der Zeit auf, als das Leben, es war gar nicht so lange her, geradlinig aufwärts ging, dort in der Stadt der Eltern, Vaterstadt hatte man gesagt. Es war noch alles Interessiertheit, neugierige Arbeit, Faszination.

In der Stadt meiner Eltern wehte der Wind oft von den nahen Bergen. Der Wind kam im Winter kalt und hart; aber die Luft war rein wie Kristall, so dass man sich an der Kälte freute, und die warme Stube und die Kälte draußen ein freundlicher Gegensatz waren. Der Wind pfiff dann leise im Kamin. Und wenn der Schnee kam, brachte er die weihnachtliche Feierlichkeit.

In manchen Nächten konnte der Winter die Stadt verzaubern. Er bedeckte die Zweige der Bäume und die Zäune mit

Raureif, mit langen bizarren Kristallen, in denen sich das Licht aus Laternen und Fenstern wie knisternd brach. Der schäbigste Lattenzaun wurde zur stattlichen Umfriedung eines Schlosses.

Zu Ende des Winters, wenn der Schnee schmolz, fragte man sich, ob in diesen Tagen wohl der Frühling komme. Das Wetter war wechselnd, einmal taute es, dann fror der Boden wieder. Aber eines Tagen kam ein Wind aus den Bergen, spielend, sich wendend, und zwischen den Wolken kam ein helles Blau, wie man es schon lange nicht gesehen hatte, und der Wind brachte den Geruch von feuchter Erde, die würzige Luft, die einen plötzlich weckt. Dann wusste man, dass der Frühling begonnen hatte. Und dieser Wind wehte durch alle Straßen, bis in die letzten Winkel.

Der Sommer stand oft schwer über der Stadt. Draußen, auf dem Land, war das Korn gelb, die Wiesen dürr. Wie eine heiße Säule ruhte die flimmernde Luft über den Feldern. In der Stadt schien die Sonne grell auf die heißen Steine. Das Leben zog sich zurück in die Häuser und Lauben. Das Leben begann wieder im September. Mit Fröhlichkeit. Doch nicht wie im Frühling, spielend und lachend. Im Herbst kam der Wind träumerisch, schwer vom Geruch der Ernte; aus den Wäldern, die von der Hitze des Sommers befreit waren, noch ihr Grün trugen, aber doch nicht mehr trieben, denn das Ende des Jahres war nahe. Der Wind brachte dann auch bald die ersten Blätter und moderigen Geruch und Nebel am Abend. Doch der herbstliche Himmel war oft noch hell und klar, und die Sonne brachte das Rot und Gelb der Blätter zum Leuchten.

Diese Zeit kam dem Wesen der Stadt am nächsten, denn sie liebte die Pracht des Herbstes und die Verklärtheit des zu Ende gehenden Jahres. Sie war, wie der Herbstwind, voll Freude, Melodie und Wehmut.

Es ist erst Juli, und ich habe heute schon Wehmut. Dort draußen jenseits der Fenster liegt die Stadt mit ihren Hügeln in der Sonne, aber sie ist zeitlos weit von mir entfernt. Die da hereinkommen, glauben, mein Geist sei so ein papierdünnes Nichts wie mein Körper. Aber ich bin über alle Maßen erregt. Ich bin verzweifelt traurig, dass ich diese Stadt nicht mehr betreten werde – so wird es doch sein. Und ich bin überschwänglich glücklich über meine Bilder von der Stadt, und ich rieche die trocken-heiße Sommerluft dort draußen. Ich bin gierig danach. Dann folgt selbstverständlich die Wehmut. Es folgen die Bilder der totalen Schwärze, die Bilder ohne Farbe, die Bilder, die gar nicht wissen, was Farbe ist. Sie müssen kommen, weil sie wahr sein werden.

Aber deshalb will ich doch nicht auf meine jetzige Lust und Gier verzichten! Buddha fand es richtig, sich von seiner Gier zu lösen, weil dann auch Leid und Kummer ihn nicht mehr berühren konnten. Nicht zu viel, zu wenig Gier habe ich gehabt, oder zumindest gezeigt, in meinem Leben! Immer vorsichtig, zögerlich. Wer weiß! Vielleicht wäre Ermelinde nicht gegangen, hätte ich mehr nach meiner Lust und Laune gelebt. Ich stand am Fenster und dort unten ging sie auf dem Gehsteig, mit sicheren Schritten, immer weiter und ferner. Ich sah sie immer als etwas Unnahbares, Stolzes, für mich gar nicht Erreichbares. Vielleicht hätte ich nicht so vorsichtig, herantastend, sie scheu beobachtend sein sollen. Vielleicht hätte ich meine Lust und Laune laut zeigen sollen. Fordern. Ob Lindis dann geblieben wäre? Vielleicht ist unter ihrer Hoheit und der effizienten Ausrichtung auf ihre Ziele mehr Wärme, mehr mögliche Verbindlichkeit. Mit Lust und Laune hätte ich den Anschluss an ihre Wärme vielleicht zu Stande gebracht. Sie ging, und ich sah sie für Jahre höchstens von fern. Bis sie mir ihr Kind brachte, letztlich ganz in meine Obhut. So viel Vertrauen hatte sie doch in mich.

Buddha meint offenbar, ohne all diese Lust und Kümmernis hätte ich blanke Seligkeit. Buddha beklagt das Leben der Nicht-Erleuchteten: Es sei ein Jammer in ewiger Wiederkehr:

Der Unwissende ist in die Funktionalität des Diesseits gezwungen, in ewigen Kreislauf von Geburt zu Kummer, Jammer, Schmerz, Gram, Verzweiflung, Alter, Tod und wieder zur Geburt. Warum aber hat er nicht aufgezählt: Geburt, erster Blick ins Licht, jauchzendes Kinderspielen, freudig fiebernde Neugierde in alle Richtungen der Welt, verwunderte Freude über das Entstehen der Liebe, Freude über das gebaute Haus, Freude an Kindern. So viele Heilsbringer gründen ihre Lehre auf Jammer.

Monique würde ich das Heil wünschen. Sie hat ihr Teil des Lebens nicht gehabt. Freunde habe ich gefragt, was das Heil ist. Genau genommen habe ich keine Freunde gehabt. Albert vielleicht? Albert würde über solch eine Frage nur lachen. Er lebt zwischen praktischen Dingen. Aber man kommt auf einem Bahnsteig nach Mitternacht in Gespräche, die bei Tag nicht gewagt werden. Mit unbekannten Leuten, mit irgendwem, kann man über das Heil sprechen. Viele wissen, dass es das Heil gibt. Aber was das Heil ist, kann keiner sagen. Es scheint eine inhaltlose Herrlichkeit zu sein. So wie es eine Sehnsucht ohne Inhalt gibt. Diese Sehnsucht stellt sich ein, wenn man glücklich ist, oder auch bei Traurigkeit, solange noch genug Kraft da ist, an das Glück zu denken. In solchen Augenblicken tun die Augen nicht weh, sondern sind blank und können weit und ruhig schauen. In diesen Augenblicken möchte man die Welt umarmen, erobern, aber was man erobern will, ist nicht gesagt, ist gar nicht gefragt, es ist eine inhaltlose Herrlichkeit, es ist die platonische Idee der Herrlichkeit. Ich muss mich über mich selbst mokieren, denn manchmal, es kann nach Mitternacht sein, oder wenn es draußen schon Tag wird, manchmal drängt sich auch jetzt in mir die Möglichkeit einer Herrlichkeit auf. Obwohl ich doch weiß, dass der Faden reißen wird.

‚... und wenn der Tod da ist, bin ich nicht mehr da‘, sagte der Alte. Einige meiner Neuronenkomplexe funktionieren eben noch, und sie sind nur für das Leben konstruiert. Es muss eine Vernetzung geben, die, wenn gezündet, Herrlichkeit ergibt. So wie es ein Netzwerk gibt, das die Idee des Kreises enthält. Man kann ein Kind „etwas Rundes" suchen lassen, und es versteht: das kann die Sonne sein oder ein Apfel oder ein Ball. Ein Ganglion ist für das Runde verantwortlich, eines für die Herrlichkeit. Nicht es selbst ist Herrlichkeit, aber es ist der Schalter dorthin.

Buddha spürte in sich die Idee der Herrlichkeit, wie andere Erleuchtete – ‚91 Weltzeitalter' vor ihm. Und was er in sich spürte, stellte er in die Ewigkeit, in irgendeine Welt, die nicht von dieser Welt ist, denn von dieser Welt hier sah er nur den Jammer.

Ich wäre glücklich, ich könnte an einen Ort oder auch Un-Ort der Herrlichkeit glauben. Er wäre warm, er wäre rein, es wären alle Werke richtig, er hätte die unzweifelhafte Liebe. Viele von den Reisenden, mit denen man nach Mitternacht auf einen Zug wartet, wissen, dass es diese Herrlichkeit gibt. Es ist seltsam: Der eine Reisende kann nur so denken, der andere nur anders. So sehr sich auch die Freundschaft in einem mitternächtlichen Rausch erwärmt. Jeder hat einen Stein, in den seine Gedanken gefräst sind. Alle Reden der anderen, die den eigenen Engrammen widersprechen, schmelzen wie Schnee auf diesem warmen eigenen Stein.

Das Teuflische an Psyris ist – einer wie ich sollte nicht ‚teuflisch' sagen – das Teuflische an Psyris ist, dass es die Engramme auf den Steinen umfräsen kann. Mit seinem elektronischen Zugriff kann Psyris löschen und neu fräsen. Man kann einem Saulus den glitzernden Gummi von Psyris über die Schultern legen, er geht weg, und ist Paulus. Elmar interessiert sich für andere Wandlungen.

Schon als Student ging Elmar schnurgerade, ohne rechts und links zu blicken. Er kam in den Hörsaal und ging mit dem Fixierungsblick einer Schlange auf seinen Platz zu; immer denselben. Andere setzten sich hier oder da, wie es sich ergab. Er kam früh genug, um seinen Platz frei zu finden. Er kam mit sehr ernstem Blick zur Tür herein. Die braunen Augen unter den braunen Augenbrauen und dem dunkelbraunen Haar wie trauernd und zugleich hart. Den Kopf hielt er damals schon leicht schräg, so als überlege er, wie einem Unverständigen entscheidende Dinge zu erklären wären. Er sprach sich selten aus. Seine Korrektheit verlangte, nur über Wichtiges zu sprechen. Wurde Korrektheit unterbrochen, so reagierte er scharf und unerbittlich. Als ein Student seine Seminaraufgabe aus einer fünf Jahre alten Arbeit abschrieb, machte er mit überall hörbarer Stimme Vorhaltungen. Es klang hasserfüllt. Nur mit Mühe konnten wir ihn hindern, eine offizielle Anklage einzuleiten. Sogar ich redete auf ihn ein. Andere wurden tätlich. Das war erforderlich.

Jetzt überzieht er alle Regionen mit seinem Netzwerk korrekter Sprengelwächter. Heerscharen eifern seiner Korrektheit nach. Sie ergötzen sich an Korrektheit mit Argusaugen auf Fehler. Sie sehen die Welt auftauchen aus dem Sumpf der Beliebigkeit und aufsteigen zu korrekter Strebsamkeit. Im Hörsaal war Elmar lediglich einer von den Sonderlingen. Wir sind ihm aus dem Weg gegangen, aber er war doch immer wieder bei uns oder unter uns. Sah man zu ihm, so erschien der Schimmer des Lächelns einer Person, die sich abgelehnt fühlt und zugleich selbstsicher ist. Wir haben ihn damals als Mitläufer gesehen oder eigentlich gar nicht gesehen: Als einen, der bald irgendwo in der Masse unsichtbar wird. Jetzt hat ihn seine wortkarge Selbstsicherheit ins Zentrum gebracht.

Mich erreicht er ja nicht mehr mit seinen Leistungsmaximen. Ich bin nicht durch sein Sieb gefallen. An mir exerzieren seine Wächter gar nicht ihr Sieb. Aber die Ausgegliederten werden das Fanal seines Systems. Ermelinde kam weinend vor Wut. Meinetwegen hat sie wohl niemals geweint. Ein kleines Kind sei ihr gebracht worden, unansprechbar. Augen, die starr oder eher unendlich langsam irgendwohin in einen Nebel schauten. Auch, es mit seinem Namen anzusprechen, bewegte nichts in seinen Augen. Heimlich hatte man ihr das Kind gebracht. Es war aus der Leistungslinie gefallen.

Welche Verluste Elmar hinnimmt! Es scheint, er ist seinem Trauma nicht gewachsen. Immer wieder fing er an, auch auf den Kongressen, von seinem ersten Patienten zu sprechen, von dem jungen Mann, der unansprechbar und fußwippend im Sofa seiner soeben eingerichteten Ordination versunken war. Diese Konfrontation muss ihn an seinen Grundmauern getroffen haben, muss ihn an Gott und der Welt – vielleicht nicht an Gott –, an seiner Wahrnehmung der Welt haben zweifeln lassen. Er saß – als einer der korrekt studiert und gearbeitet hatte, der korrekt an seinem Schreibtisch saß – einem gegenüber, der nicht anfassbar war, der Worte überhörte, der lächelnd in der Welt seiner Kopfhörer lebte, den rechten Knöchel auf dem linken Knie, wippend.

Dieser junge Patient schwebt in einer Gesellschaft, durch deren Funktionieren er sich tragen lässt. Er nippt, sozusagen, am Leben, das sowieso geboten wird. Der Vater setzt ihn auf einen Job, aber er kann nicht in der Kategorie der Notwendigkeit denken. Er nippt an dem Job. Und versinkt wieder in seine Kopfhörer. Die Regelmäßigkeiten der Gestirne sind für ihn keine Rhythmen, die Sphären bringen kein Staunen, kaum nimmt er den Rhythmus der Sonne wahr. Bürozeiten sind schrullig. Unter seinen Freunden und mitschwebenden Gespielen ist das ennui, die süßliche Versäuerung, so satt, dass der Erlebniszwang hungert. Deshalb kommt es zu spielerischen Exzessen. Happy Slapping. Die Exzesse gehen bis zum Fließen von Blut, denn Grenzen sind im spielerischen Schweben nicht eingeübt.

Der junge Patient war Elmars Trauma.

Deshalb setzte er alles daran, die Welt vom Verschweben in Beliebigkeit zu retten. Ernst und Leistung müssen bereits durch die Spielsachen, richtiger: durch die Gegenstände der Kinderstube repräsentiert sein. Die Sprengelwächter weist er an, auf läppisches Spielzeug zu achten, es in Gesprächen und auch öffentlich zu ächten. Schnell finden sich Schaulustige, die mit Fingern auf lässige Eltern zeigen.

Leistungslinien lässt der Minister in den Schulbüchern definieren. Für Typen wie Elmar sind Leistungslinien ein Sport, sie warten mit neugieriger Erwartung darauf, dass die Latten höher gelegt werden. Training beginnt mit Überforderung. Auf einem der Kongresse sagte Elmar, er arbeite noch an einer Lösung für diejenigen, die durch das Leistungssieb fallen. Für die Antriebslosen und diejenigen, die nicht mithalten, müssten Regelungen getroffen werden. Das sagte Elmar mit schräg liegendem Kopf und mit Blick ins seitliche Nichts. Aber die wichtigen Direktiven waren, Leistungen zu loben und die Willigen und auf Leistungen Stolzen in höhere Gruppen aufzunehmen.

Wenn sich die Welt nicht in zynisch grinsendes Wippen verlieren soll, wenn das Blut noch eigenen Drang zu Tätigkeiten verspüren soll, wenn der Geist noch ohne Erlebnismedikamente neugierig und zum Aufbau drängend bleiben soll, dann muss eine Atmosphäre des Ernstes und des Aufbaus gebildet werden. Hohe Zielsetzungen müssen in allen Lebenslagen gelten.

Das Kind hatte wohl anfangs einige Ansätze gemacht, den gestellten Aufgaben zu folgen, aber bereits nach dem ersten Misserfolg wurde es links liegen gelassen, mit einem kleinen Lächeln übersehen. Mit Wut und Tränen in den Augen erzählte mir Ermelinde das.

Die Gruppe der Schnellen und Starken ist unerreichbar. Die Obrigkeiten, die Sprengelwächter, kümmern sich nur um diese und fördern sie zu weiteren Tätigkeitsstufen. Elmar hat für Randgruppen keine Verwendung. Er bedauert, dass die Riten der grauen Vorzeit nicht mehr in Kraft sind. Schon im Hörsaal hat er sich begeistert und über Berichte von Reisenden referiert: Die Halbwüchsigen in Gesellschaften, die dem Ursprung noch nahe sind, warten ungeduldig auf den Tag ihrer Initiation, obwohl ungewiss ist, ob sie die Prüfungen bestehen, die physischen und die psychischen. Drei Tage müssen sie irgendwo auf sich allein gestellt Ausdauer, Mut und Kraft beweisen, in einem Ausmaß, das viele überfordert, und in den Nächten sind sie wunderlichen Geräuschen ausgesetzt, die Schreckensgestalten ihrer Mythologie lebendig drohen lassen. Wenn sie dabei seelischen Schaden erleiden, sind sie ungeeignet.

Elmars Sprengelwächter achten auf ernste Lebensführung in ihrem Bereich. Freilich, viele dieser Wächter sind selbst ernannt und schwimmen auf der Woge. Eine Mode ist diese Ernsthaftigkeit geworden. Es gibt viele Ernsthaftigkeiten, und jeder segelt unter einer anderen Überzeugung. Sie schimpfen einander Häretiker und tüfteln an Definitionen. Aber Ernsthaftigkeit zu definieren, ist so eine Münchhausenarbeit wie das Unterfangen, den Sinn des Lebens zu definieren.

Journalisten versuchen, ins Netzwerk der Sprengelwächter einzudringen. Sie wollen Beweise finden für Elmars elektronische Manipulationen. Aber er entwischt ihnen; sie können Elmar den Gebrauch von Psyris nicht nachweisen. Und das Publikum hilft nicht. Die selbstherrlichen Denunziationen der Sprengelwächter, durch die viele ihre Freunde und unversehens ihre Positionen verlieren, die scheinen im neuen Zeitgeist nicht zu zählen. Anklagen sind nicht zustande zu bringen, Zeugen reden Belangloses. Schikanen werden bagatellisiert. „Wir wollen doch keine Unterhaltungswelt!“, sagen wohlmeinende Alte im Selbstbewusstsein ihrer Ernsthaftigkeit. Für die wachsende Zahl der an den Rand Getriebenen hat niemand Augen.

Es scheinen gar nicht so viele zu sein, die Elmar mit Psyris geprägt hat. Sie sind sozusagen eine erste Aussaat, sie dienen als Kristallisationspunkte. Es wächst eine Vielzahl von Nachahmern, die sich als Apostel derselben Philosophie fühlen. Aber, wie das immer schon war: Ideen werden schlecht kopiert, und es bilden sich Faktionen. Elmar tut nichts gegen diese Eiferer, die unter seinem Namen zu wüten beginnen.

Buddha, der Milde, griff gegen Mönche mit wilden Ideen hart durch. Sicher ein Stolperstein auf seinem Weg zur Erlösung; auf diesem Weg durfte man nicht eifern. Elmar hofft, durch die Hilfssheriffs schneller zum Kippen der Gesellschaft zu kommen.

Die Gesellschaft nimmt ohne Zweifel an, dass die Predigten der Wächter auf Elmar zurückgehen. Niemand hat einen Beweis, aber man meint, es zu wissen. Darum nennen sie die Wächter Elmire. Sie haben alle die Beliebigkeit satt und sehen die neuen Maximen wie die Sonne nach Nebeltagen. Sie sehen das Aufkommen der Wächter als Initiative der Menschlichkeit. Die echten und die nacheifernden Wächter sind für die wenigsten unterscheidbar. Die Echten sind trockener, automatenhafter. Die Selbsternannten sind sanguinischer, manche charismatisch, geborene Rattenfänger.

Ich konnte die echten Elmire ganz gut erkennen, als ich noch auf Straßen und Plätzen unterwegs war. Wer von Elmar mit Psyris behandelt ist, hat einen anderen Gang, einen kompromisslosen Schritt, den Missionarsschritt. In der Führung ihrer Sprengel sind sie effizient, wortkarg, mit harten Worten. Sie setzen Standards: Sauberkeit, Ordnung, Training, Richtung auf Ziele. Und sie machen alle, die abweichen, verächtlich. ‚Nutzlose Schmetterlinge' ist das Schimpfwort für Lustige und Träumer. Ich erkenne die echten Elmire an ihren Augen.

Wenn ich Dagmar in die Augen sehe oder Lindis – das ergab sich ja nicht oft –, dann sehe ich gar nicht die Augen sondern die ganze Person. Ich bin mitten drin in der anderen Person mit meinen Gefühlen; und spüre ihre Gefühle. Glaube ich jedenfalls. Es gelingt ja nicht. Wenn mich ein Elmir ansieht, dann sehe ich nicht die Person, sondern die Iris und die Pupille, geometrische Details. Die Augen haben nicht die Flexibilität einer Gefühlsübertragung. Die Pupillen stechen, aber die Pfeile bleiben aus.

Psyris ist ja nur eines von vielen Mitteln, den Menschen in eine andere Form zu gießen. Die Regeln des heiligen Benedikt stellen solch eine psychophysische Dampfwalze dar. Der heilige Zwang, zu allen Unzeiten der Nacht aufzustehen, Zeiten, die für Körper und Seele unangemessen sind, hält das System in ständiger Überreizung. Auf diese ins Fieber getriebenen Neuronen werden in unendlicher Wiederholung die Bilder der Gebete geprägt. Um Mitternacht beginnt die Vigilie mit Lob und Preis und Gebet bis zum Hahnenschrei, und über den Tag folgen sieben Andachten. So entsteht Glaube, der nicht auslöschbar ist. Eine unauslöschliche Verletzung der geborenen Seele. Bringt Psyris eine größere Verletzung?

Auch der große sanfte Erleuchtete beschritt den Weg der seelischen Versteinerung. Er wählte zwar einen bedachtsamen Weg, den Mittelweg zwischen dem Orgienleben fürstlicher Söhne und der Selbstgeißelung asketischer Einsiedler, aber er predigte mit Unablässigkeit, dass die Welt schlecht sei, weil alles in dieser Welt vergänglich ist. Und die jungen, weisheitshungrigen Mönchlein, die zu ihm kamen, saugten seine Ansicht auf und bekamen die Predigt tausendfach wiederholt, bis sie nicht anders denken konnten und den Weg aus allen irdischen Angelegenheiten und aus dem Ich gingen. Sie wussten dann nicht mehr, dass die Freude ein Götterfunke ist.

Allerdings erwartet Buddha im Dasein jenseits von Werden und Vergehen höchstes Glück. Darf er denn etwas erwarten, darf er diese Begierde der Hoffnung haben?

Mit solcher Beliebigkeit spielen mir die Erinnerungen Bilder vor! Die Terrasse, vom warmen Lampenlicht aus den Fenstern hinter mir in warmbräunlichen Schattenfarben erleuchtet. Die Bilder sind nicht mehr deutlich. Ich sehe nicht, ob die Terrasse eine steinerne Balustrade hatte oder ein metallenes Geländer. Der Grund jenseits der Terrasse fiel jedenfalls zur Stadt hin ab. Auf dem Terrassentisch standen leere Gläser, auch halbleer getrunkene. In den Gläsern glänzte das Licht aus dem Haus, und wenn sich drinnen, hinter den Fenstern, Gäste bewegten, wischten Schatten über den Tisch. Ich trat an die Balustrade oder an das Geländer. So bekamen die Augen mehr Dunkelheit, und die Sträucher und Rasengebiete des Gartens entwickelten sich aus der Dunkelheit. Darüber, so schien es, das Panorama der gesamten Stadt. Lichterketten. Ferne Lichter flackerten unstet. Durch das Laub seitlich stehender Bäume funkelte es zeitweise.

Das warme Licht aus dem Haus, der mühelos-freundliche Umgang der Gäste und das weite Panorama trugen mich, ja, wie ein fliegender Teppich trägt.

Ich, Uhling, war nicht versiert in lachenden Worten. Sie hatten jedoch eine Magie für mich, die Magie einer anderen Welt, wo das Haus groß und der Blick über die Stadt hoheitsvoll ist. Meine Eltern wären hier passende Gäste gewesen. Vom Elternhaus war ich, Uhling, jedoch weit entfernt.

Drinnen stand Ermelinde. Im großen Raum hinter den Fenstern stand sie mit Glas in der Hand. Der Arm hochgewinkelt, das Handgelenk locker und das Glas zwischen einigen Fingern. Es schien, sie gäbe ihrem Gegenüber Kommentare zum gängigen Gespräch; etwas freundlich, aber zurückhaltend.

Sie war ja auch in unserer bescheidenen Wohnung zurückhaltend. Nicht zurückhaltend, trocken würde ich sagen, sie hatte eine Freundlichkeit, wie man sie einem zeigt, den man duldet. Es ist mir nie gelungen, sie aufzuschließen. Wie schön wäre es gewesen, sie aufzubrechen, nein, sie zum Öffnen zu bringen, so dass ein heißer Schwall von Freude, Begeisterung hervorgebrochen wäre; und ein großes, bedingungsfreies Du. Aber das sind Träume eines, der selbst keinen heißen Schwall hervorbringen kann, und so hat er es, habe ich es, auch nicht um sie verdient.

Vielleicht hatte es mir Pluspunkte gegeben, dass ich bereits Arbeit hatte und sie noch Studentin war, und die anderen jungen Männer um sie auch noch Studenten. Von mir wusste man, dass ich morgens in dieses lang hingestreckte Gebäude aus grauen Fassadenplatten und spiegelnden Fenstern ging. Das ließ Ermelinde vielleicht fühlen, ich sei ein fertiger Mensch. Und ich hörte ihr zu, wenn sie darüber sprach, wie sie Patienten zurückführen wollte zu den doch zumeist gesunden Parametern der Geburt.

Aber nichts war fertig an mir. Eingebildet und selbstliebend war ich.

Lächeln würde ich, wenn ich lächeln könnte. Eingebildet und selbstliebend bin ich auch heute noch. Es gibt wahrscheinlich keinen Zustand, in dem Selbstliebe nicht aufrecht bliebe. Kann ein anderer schneller laufen oder schneller rechnen, so tritt ein schützender Mechanismus in Kraft, der Laufen und Rechnen für unwichtig erklärt; so kann die Selbstschätzung ungestört bleiben. Auch am Ende, wenn einer auf der letzten Liegestatt den Enkeln den Segen gibt, tut er das mit einer Autorität, die auf Einschätzung des eigenen Ich beruht. Und wenn einer sein eigenes Ende vollziehen will, tut er das, weil er sich zu schade ist, das Ende irgendwie geschehen zu lassen.

Ich war keineswegs fertig. Die lächerlichen Prüfungen und Diplome, in denen ich brilliert hatte, wiesen mich als „hochqualifiziert" aus. Das hatte ich in meine Eigenliebe eingebaut. Und somit war ich berechtigt, durch die Welt, durch das Leben, auf Händen getragen zu werden. Jetzt noch steigt mir die Scham hoch, wenn ich mich fluchen höre: „Dieser McHenry ist ein Schuft". Der liebe Professor; sein rosiges Gesicht mit soigniertem weißem Haar. Er konnte damals nicht anders, er konnte mich als Assistenten erst ein Jahr später brauchen. Jetzt weiß ich, dass die Logistik des Lebens Veränderungen diktiert. Damals ereiferte ich mich in Schmähworten.

So säuerlich war ich damals, während die Studenten mich als den bereits ernsthaft Tätigen sahen. Dieses Schmollen trug ich auch mit mir in den Konzern und ließ es dort noch anwachsen. Grund genug gab es. Am Tag meiner Vorstellung war alles groß und großartig und weit gewesen, so weit wie die Arme des Bereichsvorstands beim Empfang. Am Tag des Arbeitsantritts kam ich zum Portier, der wusste nicht, wohin er mich stecken, ja, ‚stecken' sollte. Dann telefonierte er diesen Hämischen herbei, und der grüßte „Guten Morgen, Freund!". Was sollte ‚Freund'!?

Er stöhnte neben mir die Treppe hinauf und roch nach Rauch. „Wissen Sie, was Sie hier tun sollen?", fragte er. Ich war erstaunt, dass das nicht alle wussten. Ich wollte keine sprachtote Zeit, während wir ins nächste Stockwerk stiegen. Ich war nicht so stark. Ich erklärte, welche Arbeit, welche ‚Mission' ich hätte. „Das wird nichts!", sagte er. „Das kriegen Sie da nie durch. Brauchen wir auch nicht." Wir gingen eine Weile auf dem spiegelnden Gang, dann schob er mich durch eine Türe und setzte mich an einen Tisch. Den Tisch, an dem ich dann lange saß. Und er setzte sich an den seinen. Und es erschien seine Silhouette schwarz vor dem Fenster.

Er telefonierte mehrmals: „Ja, wir haben da einen Neuen ..."
Es kam die Direktionssekretärin, man hatte schon die harten Schritte auf dem spiegelnden Kunststoffbelag des Korridors gehört. Sie grüßte geflissentlich und nahm mich, sozusagen, seitens der Firma in Empfang. Aber das lief nur darauf hinaus, dass von dem Tisch, der mir zugewiesen worden war, Akten

und Schreibzeug weggeräumt, weggewischt wurden. Man deponierte sie auf irgendeiner Fläche in einer Ecke. „Der Herr Bereichsvorstand wird Sie rufen lassen", sagte sie. Sie schaute mich an: aus ihrem robusten Gesicht, aus ihrem robusten Körper, einerseits mit stark strahlendem Blick, um mir Positives und Zukünftiges zu vermitteln, andererseits prüfend. Sie trat dann zurück, erleichtert, denn sie hatte zunächst ihre Arbeit getan.

Sie schaute prüfend, und ich sehe heute, dass sie mich mit ihrer Erfahrung einschätzte als einen, der gerade erstmalig in ein solches Getriebe gekommen war; es zeigten sich an ihm noch keine Kanten. Er schaute nur, was auf ihn zukam, bis zu Aktionen wären Anläufe nötig.

Uhling war verstört wie beim versehentlichen Öffnen der falschen Tür, einer Türe zu Nebenräumen. Das Bild seiner Laufbahn, wenn McHenry schon nicht bei seinem Wort blieb, war eine gehobene Fahrt auf dem Fahrzeug seiner Qualifikationen.

Am Vorabend noch hatte Uhling in einer Stimmung sicherer Erwartung gelebt. Zukunftserwartung bringt auch die Fahrt mit der Bahn in eine neue Stadt. Die Schienen selbst haben mit ihren weit ausholenden Schleifen in noch nicht Sichtbares den Charakter der Zukunft, und das Klopfen und Rukken der Räder, wenn sie über Weichen rollen, symbolisiert Richtungsentscheidungen.

Noch am Abend der Ankunft ging Uhling von dem kleinen Hotel, das ihm genannt worden war, durch die Gassen und auf die Plätze der Stadt. Es war eine kleine, nicht anspruchsvolle Stadt. Und er nahm eine größere Straße, vielleicht Hauptstraße, die nach dem Plan zum Fluss und zur Brücke führte, denn dort war die Adresse des Konzerns. Stromabwärts, dem älteren Teile der Stadt zu, war die Uferstraße schmal, dunkel und holprig gepflastert. Stromaufwärts hatte sie breite Fahrbahnen, durch Peitschenlampen hell erleuchtet. Eine Promenade führte unter zwei Reihen junger Bäume den Fluss entlang. Zwischen der Promenade und dem Ufer lief, abfallend, ein Streifen gepflegten Rasens. An dieser Straße lag die lange Fassade des Konzerns.

Er stand auf der Promenade, dem Portal gegenüber. Vom Fluss her wehte der Wind feuchtkalt. Das Licht der Straßenlampen spiegelte sich in nassen Flecken auf dem Asphalt der Straße. Es hatte am Nachmittag geregnet. Für Uhling waren die vielen Reihen großer Fensterscheiben und die glatten Steinplatten der Fassade der Eintritt in eine Zukunft mit Versprechungen. Die klare Geometrie hatte allerdings keinen Charakter außer Sauberkeit und Ordnung. Großzügigkeit vielleicht. Durch den gläsernen Windfang des Portals schimmerte noch Licht. Auch oben waren Fenster erleuchtet. Es musste eine Stätte guter Arbeit sein.

Er kehrte um, das Ufer entlang, an den schwer aufragenden Pfeilern der Brücke vorbei zum bescheidenen Teil der Stadt. Die Brücke führte hinüber zu vereinzelten Lichtern. Das Wasser zog still. Nur wo sich der Schein der fernen Lichter brach, sah man die Bewegung. Große glatte Flächen, von krausen Linien in Domänen geteilt, zogen rasch dahin.

Und dann saß ich am nächsten Morgen an einem Tisch, für mich ein Behelfstisch, in das Zimmer geschoben von einem, der mich zur Begrüßung ,Freund' nannte und der zu meinen Andeutungen, was meine Tätigkeit sein sollte, nur flippende Handbewegungen hatte: ,Das werden die dort' – und er zeigte mit dem Finger nach oben –,in dieser Firma nie durchbringen'. Und ich saß den Tag über an dem Tisch und las Broschüren und Konzernzeitschriften und wartete, dass der Bereichsvorstand mit zum Gruß weit geöffneten Armen von einer Reise zurückkäme. Und am Abend strömte ich mit allen, die brummten oder lachten oder kicherten, durch die

Korridore. Oft hörte ich das Wort „Wir!", „Wir!". Bis hinunter durch die Glasdrehtüren und hinaus in die Luft, die herb war.

Dies war die Zeit, in der ich sonntags, oder am Abend auch, den Fluss entlang lief. Dort hatte sich Lindis über meine kleine blutige Wunde gebeugt. Die Gespräche waren es, die uns zusammenbrachten. Vielleicht tat es ihr gut, Ohren zu finden, die ihr zuhörten, jemanden außerhalb der Runde ihrer Studentenfreunde. Ich hörte ihr zu, aber eigentlich sah ich nur: sah sie in meiner Nähe am Ufer des Flusses sitzen. Die Sonne glitzerte in den vorbeiziehenden Spielen der Wasseroberfläche und in Ermelindes Haar. Die Nackenlinie und die Haltung ihrer Arme und die Handhaltung und das leichte Krausziehen der Stirn im Versuch einer schwierigen Erklärung. Ich saß am Ufer, und die Welt war so in Ordnung und so fundamental wunderbar, wie das überhaupt machbar, fassbar, empfindbar ist. Zu der Empfindung eines solch Wunderbaren gehört auch die Gewissheit der Erwiderung. Aber die war nicht da, nicht so, wie ich das fühlen wollte. Darüber gingen mir dann die Augen auf, als Lindis wegging. Am Ufer hatte sie vielleicht gerne einen Begleiter neben sich, der zuhörte, und irgendwelche Schichten in ihr spürten vielleicht auch gerne einen jungen Mann an der Seite, aber das war nur ein positiver Beitrag wie gutes Wetter, das man nicht wahrnimmt, dem man nichts dankt.

Wichtiger war, dass ich auf ihre Gedanken einging, und natürlich reizten mich die Mechanismen der Hypnose. Es musste da eine Plattform geben, wo alle Regungen aus den Regionen des Körpers und der Erinnerung und aus den Quellen der Wünsche und Leidenschaften repräsentiert sind, eine Schalttafel, auf der jeder Wunsch und jede Angst einen Zeiger hat. Der vorwitzigste Wunsch bekommt dann den Zuschlag, und bekommt den Weg frei zur Ausführung und zum Bewusstsein. Ermelinde wollte aber die schüchternen Zeiger zum

Sprechen bringen, die oft übertönten Anzeigen von Fehlständen im Körper und in der Person.

Ermelinde hatte keine Fehlstände. Wenn nicht die fehlende Wärme für mich. Das darf ich aber so nicht deuten. Und heute noch geht sie aufrecht. Sie saß damals neben mir, weil ich auf ihren Linien mitdachte. In meine Begriffswelt von Programmen und Steuerungen passte dieser Zugriff aufs Unbewusste mühelos als Herausforderung.

So entstand der Hypnomat, abends und mit Albert und den Freunden. Aber im Konzern saß ich den weißen Fenstern gegenüber und wartete. Der Bereichsvorstand war verreist, in Konferenz, beschäftigt, verreist. Ich saß im Gebäude des Konzerns und saß in Schwebe, in Quarantäne. Ein Fremder, dem man aus gutem Benehmen zunickte. Die Sekretärin, aus anderen Gründen die Tür öffnend, sah mich und schaute beinahe erschrocken, aber auch überlegend. Sie brachte ein Gespräch mit einem aus den oberen Rängen zustande. Der entledigte sich der Aufgabe durch Reden und Reden. Einen Bezug zu mir hatten diese Reden nicht. So als wäre für mich keine Tätigkeit vorgesehen. Es wurde mir zugetragen, dass er die auch gar nicht wollte.

Dabei war diese noch nicht zustande gekommene Arbeit im Konzern in meinen Gefühlen nur eine Verlegenheitslösung. Denn die mir zustehende Position und die mir zugesagte war die des Assistenten bei McHenry. Und ich setzte auch immer wieder dazu an, mich vorzubereiten, mich mit den Algorithmen McHenrys vertraut zu machen, für nächstes Jahr, denn dann würde er mich ja rufen. Wenn ich abends das Portal des Konzerns verließ, wenn auf der Brücke sich die Fußgänger vereinzelten, wenn ich begann, das Plätschern des Wassers an den Brückenpfeilern zu hören und ich in Richtung auf mein kleines Zimmer, drüben im Dorf, ging, hatte ich diese Vorsätze. Aber die Tage waren so langandauernd fremd, dass ich am Abend müde wurde.

Müde ist nicht das richtige Wort; ich war stumpf. Da war keine Lust, etwas zu tun, was immer zu tun. So war ich beschaffen, als ich Lindis kennen lernte, als sie mich kennen lernte. Warum sie mir trotzdem Ja sagte, verstehe ich jetzt nicht. Für sie ist Ordnung wie ein Lebenselixier. Sie bringt alles in Ordnung und richtet sich dann vollständig auf das Neue. Vielleicht sagte sie Ja, um Ordnung zu etablieren. Wäre ihr statt mir damals am Uferweg ein Gott begegnet, vielleicht hätte sie sich durch die Stärke gestört gefühlt.

Für mich aber war Lindis nicht eine Begegnung, wie sie zum üblichen Lebenslauf gehört, sondern die absolute Begegnung, die Herrlichkeit schlechthin. Eine überhaupt nicht überdenkbare Herrlichkeit. Die Augenbrauen, die in feinen Bewegungen die Folge ihrer Gedanken widerspiegelten. Meine in allen anderen Belangen des Tages üblicherweise laufenden Analysen waren außer Kraft, ich stellte nicht die Frage, warum Lindis für mich ein Wunder war. Sie war es, und zwar so, als wäre dieses Wunder immer schon, allerdings verborgen, Teil meines Lebens gewesen, jetzt aber geöffnet worden.

Sie hatte diesen Charme der sicheren Aktion. Wenn sie mit ihrer Familie sprach, wenn sie mit meinen Eltern sprach. Bei den Zeremonien war sie freundlich, ließ aber keine großen Gesten aufkommen. All dies ging für sie schnell vorbei.

Sie ließ sich lieben. Diese Worte verwendet offenbar die Erinnerung. Ich dagegen war nie lebendiger als damals. In Schritten, die aus dem Nichts oder aus dem Unbekannten auftauchten, gingen mir die Augen auf, und die Hände bekamen Wahrnehmungen, so bunt und vielfältig wie optische Welten. Wie kann Berührung so viele Mitteilungen bringen, so viel Wissen? Ich ließ das mit mir geschehen, und zugleich war das Geschehnis in mir. Lindis, ich weiß nicht, sie ließ zu. In ihrem Gesicht konnte ich nicht lesen. Als sie dann doch die Kontrolle über ihre Ruhe verlor und sich ihr Kopf zurückwarf, da war etwas wie eine Geste, ich empfand es als einen Ausruf: „Und das mir!"

Wie können nur sogenannte heilige Leute die Liebe als ein Übel deklarieren!? Wenn sie in besserwisserischem Hochmut über die Liebe zu Gott predigen, sollten sie doch die Schriften, die sie heilig halten, nicht vergessen. Dort steht, dass Gott alles geschaffen habe, dass also die irdische Liebe von eben diesem Gott behutsam gebildet sei. Sie haben ihre eigene Liebe schlecht verwaltet.

Der sechste Adept von Buddha, der feine Kaufmannssohn Jaso, liebte zum Überdruss. Lange drehte sich sein Leben um fünf Gespielinnen. Bis er eines Morgens aufwachte und Überdruss empfand. So ist es: Nach Prasserei kommt Kater. Und in dieser Verfassung sah Jaso nur in Askese das Heil und übte sich mit dem Erleuchteten.

Die Heiligen sagen dann gerne, das Geistige sei nur bei Verachtung des Irdischen möglich, und sie nennen das Irdische mit Vorliebe das Fleischliche, damit man durch Bilder von Blut abgeschreckt wird. Auch für Augustinus gab es nur das Entweder-Oder, er meinte, nur in den Glauben an seinen Gott kommen zu können, wenn er das Irdische vollkommen verließ und es mit möglichst hässlichen Worten belegte. Und seine irdischen Pflichten im Stich ließ. Viele Jahre, ausführlich bekennt er es selbst, schwelgte er im Irdischen, bis ihm der Überdruss kam, und er keinen Mittelweg fand. Es scheint, Heilige sind nicht stark genug für mittlere Wege.

Was soll das Widerwärtig-Fleischliche sein, wenn ein Mensch aus Sorge und Liebe den anderen ans Herz drückt? Wegen heiliger Theorien gab es Brautpaare, die schworen, einander nicht zu berühren, damit sie sich Gott widmen könnten. Der Heilige darf sich nicht an Menschen wenden, nur an Gott. So verschlungene Wege kann fanatische Heiligkeit den Menschen führen.

Ermelinde, glaube ich, legte nie ihren Kopf an meine Schulter. Vielleicht dachte sie, oder fühlte, sie würde sich mir ergeben. Monique kuschelt sich zu mir. Sie sucht bei mir einen Hafen, weil sie auf der Welt nicht mehr allein sein kann. Mir aber gab sie damit Zuversicht.

So war ich, so war Uhling.

– 30 –

Albert saß in seiner Ordination, am Schreibtisch. Es war Sonntag, und es war still. Er saß nicht oft an seinem Tisch, um nachzudenken. Das Nachdenken über Patienten, über Zuhause, über die Steuer, lief neben den Routinearbeiten, auch im Hintergrund von wesentlichen Gesprächen. Wenn Albert nachdachte, hatte er nicht das Gesicht eines Menschen in Problemen. Er zog nicht etwa die Stirn kraus und die Brauen hoch. Womit er sich und der Welt gezeigt hätte, dass da ein Problem ist, eine tragische Situation, eine Wichtigkeit. Sein Gesicht war gleich dem eines Kapitäns vor einer engen Hafeneinfahrt, ruhig; oder das eines Bauern, der das Wetter betrachtet, um die Tagesarbeit zu bestimmen. Eines nicht mehr ganz jungen, aber seines Tages sicheren Bauern.

Albert dachte an Dagmar, dieses ätherische Jugendwesen in seinem Verzweifeln. Auch an den Kanzler, in wahrscheinlich aussichtsloser Lage und, da seine Kraft nachließ, nicht mehr schnell in seinem schweren Köper. Sollte er, Albert, wenn er schon könnte, dem Kanzler aus der Falle helfen? Wie das so alles gekommen war. Sie hatten alle so spielerisch angefangen. Nein, nicht spielerisch: einfach; ohne schwere Gedanken und ohne verspielte Gedanken, einfach auf dem Weg in das Leben, und das war das Ärztliche, das Therapeutische. Einfach lernen, was es gab, und tun. Nein, sie waren nicht alle spielerisch, Elmar nicht und auch Ermelinde nicht. Ermelinde war immer zielgerichtet, auf eine Berufung ausgerichtet. Oder war dabei Ehrgeiz? Sicher. Das lässt sich nicht trennen. Jede selbstlose Tat wirft auch Genugtuung ab.

Und Albert dachte an die Zeit, sie liegt jetzt schon lang zurück, als Uhling den Hypnomaten entwickelte. Es haben ja alle viel dabei mitgeredet, Ermelinde, Elmar und die anderen. Ich selbst, sagte sich Albert, habe auch viel mitgeredet, vielleicht auch wesentliche Vorschläge gemacht, aber die Ehre hätte schon Uhling gebührt. Er ist ein guter Kerl. Meine Patentanmeldung nahm er mir nie übel; vielleicht wurde er etwas wortkarg damals. Aber was musste er auch so lange zögern!

Den Hypnomaten konnten wir alle gut brauchen. Hypnose auf Knopfdruck. Aber Psyris! Diese gefährliche Quadratur des Hypnomaten! Wenn Philipp bei seinem Stoß stolpert oder sich dreht und dreht und immer weiter dreht? Man könnte es geschehen lassen. Dann käme der Kanzler in Verdacht. Dann würde auch gegen Elmar schärfer vorgegangen. Aber Philipp, diesen mit beharrlicher Freude trainierenden, starken, einfältigen, gutgläubigen Philipp mit der verdorbenen Programmierung in sein Unglück stoßen sehen!?

Albert meldete sich bei Ermelinde an.

„Erml, ich muss noch mal mit dir reden!"

Ermelindes Ordination sah nicht so viel anders aus als die Alberts. Albert nahm den Stuhl, der an der Seite ihres Tisches stand, und setzte sich, ihr schräg gegenüber. Ermelinde sah Albert ruhig an. Sie hielt sich etwas distanziert. Und: als sei sie unnötig durch ein nutzloses Gespräch gestört.

„Ich habe Nico damals gedeckt", sagte Albert.

„Ein unnötiges Geschöpf. Ich muss immer an so ein kleines Nagetier denken, das hinter einer Ecke hervorschaut. Wenn es erschrickt, verschwindet es und schaut hinter einer anderen

Ecke hervor." Ermelinde lächelte, weil sie die trockene Linie verlassen hatte. Nur kurz.

„Es geht um Philipp, um Nico, aber auch um den Kanzler."

„Sprich mit Ilona. Sie soll etwas Weisheit ihres Jahrgangs zulassen. Auf meine junge Dame habe ich keinen Einfluss."

„Du hast Philipp doch auch trainieren gesehen. Er ist naiv, aber wie behutsam er die Kugel in seinen gespreizten Fingern hält und gegen den Hals hebt. Ganz Wille und Konzentration. Und dann bricht er in diesen genau bemessenen Kraftwirbel aus, in dem er die Kugel in die Weite stößt! – Willst du, dass er jetzt, in diesem Wettkampf, auf den er so hingearbeitet hat, aus dem Wirbel nicht mehr herauskommt, dass er sich spastisch und schreiend weiterdreht?"

Ermelindes Hände lagen flach vor ihr auf der Tischplatte. Sie schaute Albert an und ließ Zeit vergehen. Sozusagen, um alles, was schon einmal vergeblich versucht war, abzuschreiten. Dann drehte sie die rechte Hand so, dass die Handfläche nach oben zeigte; und drehte sie wieder zurück.

***

Nico saß vor seinem Schirm und seiner Tastatur. Er saß zurückgelehnt, in der rechten Hand eine bunte Getränkedose. Er trank aus einem Trinkhalm, dessen Rohr abgewinkelt werden konnte. Er arbeitete so, als wäre es nur eine Frage von Viertelstunden, dass er Psyris wieder hätte. Dann ginge es schnell: nur das korrigierte Programm aufspielen und ins Flugzeug steigen. Die Flüge waren reserviert. Philipp hätte Vertrauen zu ihm. Ohne viel Erklärung. Wenn Philipp den Platz am Podest gewinnt, wird er an die Korrektur nicht denken, keine Fragen stellen.

Auf dem Schirm las Nico die Namen der Programme, die er für Psyris schon entwickelt hatte. Die ersten waren sehr vorsichtig. Zu einem Unfall war es nie gekommen. Manchmal entstanden Eigenheiten. Einen der Kugelstoßer hatte er darauf programmiert, dass er im entscheidenden Moment kein Gefühl mehr für Erfolg oder Misserfolg hatte. Das führte zwar zum Sieg, aber der gute Sportler hatte in keiner Situation seines Lebens mehr Gefühl für seine Chancen.

Nico verglich frühere Programme mit dem korrigierten für Philipp. Wieder und wieder, um ganz sicher zu sein, dass es jetzt fehlerfrei war. Dann aber dachte er wieder an die immer kürzer werdende Zeit bis zum letztmöglichen Flug, und wurde höchst unruhig. Er drehte sich mehrmals auf seinem fünfbeinigen gefederten Sitz, stand auf, verließ die Räume der Datenverarbeitung und ging zum Kanzler.

„Wir müssen Philipp anrufen!", sagte er, kaum war die Tür hinter ihm geschlossen. Er trat nicht auf wie der servile Geduldete. Der Kanzler fuhr aus seiner Untätigkeit hoch, stieß, spuckte ein Wort aus, drehte sich und schaute in die Fenster.

Nico setzte fort: „Wie steht es mit Ilona?"

„Ilona, Ilona! Stur wie ein Bock!"

Der Kanzler drehte sich wieder zu Nico, schaute ihn an, lehnte sich auf seine Unterarme, die auf den Schreibtisch gestemmt lagen, und sprach eindringlich mit zusammengekniffenen Augen: „Du dünner Schleichfuß, du hast überhaupt keine Ahnung, wer Ilona ist, du kannst gar nicht wissen, wer Ilona ist, du hast dafür gar keine Wahrnehmungsmöglichkeit. Ilona ist gerade und herzlich und hart. Du weißt nicht, was gerade ist, und nicht, was herzlich ist, und nicht, was hart ist; das schon gar nicht. Ilona hat mich von der Straße aufgelesen. Ich habe auf der Welt nichts anderes gekannt als vor meinem großen Lenkrad die Straßen. Sie ist zu mir eingestiegen und hat sich lustig gemacht über mich. Ich war verzweifelt und wütend. Aber wenn sie mir gezeigt hat, wie naiv ich bin, hat sie mit einem Auge gezwinkert. Mit dem braunen, mit dem grünen hat sie mich beobachtet. Und ich habe sie gefragt, und sie hat ‚ja' gesagt. Und wenn Ilona das sagt, dann gilt das.

Jetzt will sie wissen, ob es andersrum gilt. Da kann ich nicht sagen: ,Warte mal, schau mal, das ist doch!'.‟

„Aber es geht jetzt um Philipp!‟

„Nein. Es geht um Ilona und den Jammersack, der auf diesem Stuhl sitzt. Jetzt sind die anderen einmal unwichtig. Du und alle. Hol mir Dagmar, dann kommt ein Gespräch mit Ilona.‟

***

Ilona hatte gedacht, das Pfand, das sie versteckt hielt, dieses Psyris-Elektronikkästchen, sei ein starker Hebel; sie könne damit ihren Kanzler und dieses Mädchen Dagmar vor sich zwingen und zur Rede stellen. Es war ganz deutlich, dass der Kanzler und sein hinterhältiger Schatten diesen Elektronik-Modul verzweifelt dringend brauchten. Sonst hätte Nico nicht Ilonas Büro durchstöbert und ihr im Warenlager aufgelauert.

Der Kanzler schien zwar äußerst gespannt und aus seinem Gleichgewicht, aber er tat nichts. Illona hätte gerne eine Szene gesehen, in der der Kanzler ihr das Mädchen Dagmar zu Füßen legt und dann wegstößt. Er hatte aber nur Ausflüchte: das Mädchen lasse nicht mit sich reden. Immer wieder hatte Ilona Dagmar im Umkreis des Kanzlers gesehen, auf dem Parkplatz der LKWs, im Eingangsbereich des Bürogebäudes. Da war nichts Gewisses.

Einen Versuch wollte sie noch machen. Es gelang ihr, Dagmar auf der Straße abzufangen. Das Mädchen schreckte beinahe panisch zurück. Ilona hatte sofort nach ihrem Handgelenk gegriffen. Das Handgelenk fühlte sich schlank an wie Knöchelchen eines Vogels. Ilona machte aus ihrer Hand, aus Fingern und Daumen einen festen Ring, aber weit, damit die schlanken Knochen nicht beschädigt würden. Dagmar zog an ihrer Hand. Was so ein vogelzartes, so ein kürzlich erst für Liebreiz und Hoffnung in die Welt gekommenes Wesen für einen hassenden Blick hervorbringen konnte! Ilona sah die Lieblichkeit und den Hass.

„Ich weiß, dass man Sie lieben kann", sagte Ilona.

„Sie wissen nichts, und Sie verstehen nichts!", war die Antwort. Ilona wandte sich ab und ging und wusste nicht, was sich jetzt in ihr entwickeln würde.

– 31 –

Der Chefredakteur war eine der wenigen Personen, die Elmars Tätigkeiten schon frühzeitig bedenklich fanden. Anlass war ein Prozess, den die Familie einer Patientin gegen Elmar anstrengte.

Die Patientin war auf eigenen Beschluss zu Elmar gekommen und hatte über starke Schwankungen ihrer Befindlichkeit geklagt – wenn dieses Wort gestattet sei, sagte sie mit einem entschuldigenden Lächeln. Nach dem ersten oder zweiten Termin bei Elmar änderten sich die Symptome der Patientin in unverständlicher Weise: Sie konnte nicht mehr allein gelassen werden und hatte in kurzen Intervallen Aufwallungen von Tatendrang, gefolgt von unzugänglicher Nachdenklichkeit. Wie in einem Sägezahnmuster begann es mit einem klaren, aufwärtsgerichteten Blick und einem Hochfahren des rechten Arms, einer Geste, als wolle sie rufen: „Auf, packen wir's an!" Gleich darauf fiel sie in tiefe Kleinmütigkeit. Daraus fuhr sie nach kurzer Zeit wieder hoch und ihr Arm machte die auffordernde Geste. Man hatte den Eindruck, der Wechsel sei Folge von Überlegungen. Er war viel schneller als die der Wissenschaft geläufigen Gemütsschwankungen, die ja Veränderungen des Chemismus im Körper des Patienten zugeschrieben werden. Die Symptome der Patientin waren unbekannt, und der Prozess sollte klären, was denn bei Elmar geschehen war.

Der Chefredakteur verfolgte den Prozess, und er erinnerte sich daran, dass auf einem medizinischen Kongress von einem neuen Gerät namens Psyris gesprochen worden war, das, wie es hieß, starke Eingriffe ermöglichte. Der Redakteur versuchte, die Ermittlungen in diese Richtung zu lenken. Ein Nachweis gelang nicht. Aber der Redakteur erreichte doch, dass der Gebrauch des Gerätes in einem ad hoc formulierten Gesetz verboten wurde. Das Gesetz wurde dann als ‚Lex Elmar' apostrophiert. Es gab nur Gerüchte, dass das Gerät tatsächlich existiere.

Wegen seines Berufes sah der Redakteur viele Augenpaare. An den Augen der Patientin war dem Redakteur aufgefallen, dass die Iris wie eine aufgesetzte Scheibe aussah, aus fein gezeichnetem Porzellan oder Glas. Die Irisscheiben um die schwarzen Pupillen hatten nicht die matte Traumruhe, wie sie an Menschen, die in Anstalten aufgenommen werden, üblicherweise zu sehen ist. Die toten Irisscheiben der Patientin hafteten dem Redakteur im Gedächtnis, immer wieder spürte er Argwohn.

Journalisten, die ihrem Publizieren ganz ergeben sind, gehen jedem vermuteten Geruch nach, auch einem Geruch, der nur als Gedanke in die Nase kommt.

So entschloss sich der Redakteur, Elmar nachzuspüren. Er beobachtete Elmars Stadthaus und stellte fest, dass die Ordination dort nur zeitweise, nur ‚nach Vereinbarung' aktiv war. Verständlich, denn es lief ja auch Elmars Werbung für Therapien im Berghotel, „im heiteren Ernst der Bergwelt". Der Redakteur packte Kleidung und Bücher, wie man für einige Urlaubstage packt, um für eine eventuelle Fahrt bereit zu sein. Er verfolgte die Wege Elmars: zu Ämtern, zu Adressen, denen er keine Bedeutung geben konnte, auch zur Bibliothek der Universität. Schließlich begab sich Elmar auf die Ausfallstraße, die in die Berge führte.

Der Redakteur musste den Wagen Elmars nicht im Auge behalten, denn das Tal führte nirgends anders hin als zum

Hotel und zu einigen Holzplätzen. Es ging zunächst durch das reiche Ackerland, das den Bergen vorgelagert war. Dort, auf dem leicht welligen, offenen Gebiet, lag auch am Abend noch Sonnenwärme. Im engen Tal wurde es aber bald dunkel. Nach einer Reihe von Wendungen der Straße, bei denen jeweils neue, jetzt schon düstere Rücken von Steilwald und einigen Felsen auftauchten, stand plötzlich das Hotel strahlend in seiner Nachtbeleuchtung auf halber Höhe. Und der große Parkplatz gleißte im Flutlicht, als sei er städtisch. Um zum Hotel zu gelangen, musste der Redakteur in eine Limousine des Hotels umsteigen. Das Gepäck versorgten eifrige Hände. An der Rezeption sagte die Dame etwas vorwurfsvoll: „Sie haben nicht reserviert!"

Der Chefredakteur erwiderte lächelnd, es sei doch sicher für ihn noch ein Platz zu finden. Inzwischen hatte die Dame den Namen nochmals gelesen, blickte kurz auf und wieder zurück auf den Schirm des Systems, und reichte den Schlüssel mit herzlichem Willkomm.

Der Ausflug galt der Jagd auf die Tätigkeiten Elmars, aber der Redakteur trat auf den Balkon seines Zimmers, bekam die feuchte Waldluft in die Nase und sah, abgewandt von den Lichtern des Hotels, nichts als die dunklen Rücken und, noch etwas grau, hoch darüber den Himmel. Er konnte nicht verhindern, dass sich neben seiner Jagdarbeit auch Entspannungsgefühle entwickelten.

Gegen Abend schaute er noch mehrmals in die Bar. Elmar war nicht zu sehen. Am nächsten Morgen ging er früh in den Frühstückssaal. Es gab noch kaum einen Gast. Die Sonne schien durch die weite Glasfront herein. Der Blick war frei auf ein grandioses Panorama. Der Redakteur kam in eine Hochstimmung, in ein ungetrübtes Ruhe- und Freiheitsgefühl. Sein üblicher Morgenkaffee bestand aus automatischem Nippen zwischen Wortfetzen, die dahin und dorthin zu richten waren. Hier wurde das Frühstück zur feierlichen Handlung.

Schließlich ging der Redakteur durch das Foyer zum rückwärtigen Ausgang, sah die Almwiesen bis zum Horizont steil oben und nahm den Weg, der in weißen Kies-Serpentinen begann. Die Grandeur der Szenerie, der hürdenlose, so weite Abstand zum nächsten Bergstock gegenüber, die morgendliche Stille, die wie Taubheit wirkte: das waren so ungewöhnliche Koordinaten, dass dem Redakteur seine kleinliche Recherche deplaciert, kindisch vorkam.

Gefühle werden in solchen Situationen instabil. Die Größe der Dimensionen und das Schweigen enthielten gleichsam hohle Elemente. Auch ein Niveau zu geringer Reize kann zu Chaos in den Erwartungsgefühlen führen, zu einer Stimmung des Ominösen, nicht gehalten durch Handfestes.

Der Redakteur rief sich zur Ordnung, betrachtete nochmals die weite Kulisse, aber nicht, um Stimmung aufzunehmen, sondern wie ein beurteilender Tourist, und kehrte um. Überraschend weit unten lag wie ein langer Balken das Hotel. Auf dem Weg, der vom hinteren, dem rückwärtigen Ausgang des Hotels zur Höhe heraufführte, kam eine Gestalt. Sie ging die weißen Serpentinen zum Chalet herauf, aber dann weiter, und konnte nicht anders als auf den Redakteur treffen. Es war Elmar.

Charakteristisch, dass Elmar so bald die Konfrontation suchte. Der Abstand wurde geringer, und dem Redakteur kam unvermittelt das Bild von Feldherren alter Zeiten, die vor der Schlacht aufeinander zugehen. Es gab diese Zeiten: als Feldherren ihre Heere stehen ließen und einander zum Zweikampf forderten. Ein Leben war ein Heer wert. Heute gilt das nicht. Ein Leben wird viel zu hoch geschätzt. Es wird nicht mehr für etwas eingesetzt, nicht in ruhigen, gefälligen Gesellschaften.

Ein paar Schritte ging der Redakteur Elmar entgegen. Elmar reichte die Hand. Er hatte ihm ja auch damals, als die Lex Elmar beschlossen wurde, die Hand gegeben. „Ich begrüße Sie, Herr Redakteur, in unserem Hotel. Sie wollen sich einmal ansehen, wo ich arbeite!"

„Ja, würde mich interessieren", sagte der Redakteur mit dem notwendigen Lächeln. Beide mussten leichte Umgänglichkeit spielen. Die ist notwendig, wenn Parteien, die im Streit stehen, weiterhin miteinander reden wollen.

„Ein paar Tage Ruhe können ihnen sicher nicht schaden. Als Journalist führen sie ja ein, wenn ich so sagen darf, zerfranstes Leben, in dem sie sich geistig ständig drehen. Jede Nachricht formulieren sie so um, dass sie zum Volksfest oder zur Apokalypse wird. Es muss anstrengend sein, die Sache nie beim Namen zu nennen. Schon auf der ersten Seite sind Sie dem Publikum gefällig mit einem Bild, das dieser Spaßgesellschaft Spaß macht. Oder Sie verschaffen ihr ein leichtes Gruseln, das im Lehnstuhl weiter nicht stört. – Herr Redakteur, Sie verpacken den Ernst in Unterhaltung. Sie sollten Ihre Leser zum Ernst erziehen!"

Elmar sprach die letzten Worte in einem anderen Tonfall, mit Wichtigkeit. Er fiel oft aus einer aufgesetzten Rolle der Verbindlichkeit in seine Kompromisslosigkeit. Ohne etwa zu fragen, wie der Redakteur seinen Vormittag verbringen wolle, führte Elmar ihn ins Hotel, zu den Lifts, und ohne weitere Bemerkungen ins Untergeschoss. Dem Redakteur war nun nicht klar, was dieser Besuch bringen konnte, denn alles, was er präsentiert bekäme, wäre selbstverständlich harmlos. „Die meisten Patienten", sagte Elmar, „sind gesund und glauben nur, zu leiden. Sie wissen nichts mit sich anzufangen. Sie sind verwirrt bezüglich ihrer Ziele. Sie trinken mit Freunden, um zu lachen, sie gehen ins Kino, um zu lachen, sie sehen fern, um zu lachen, sie hängen sich ein Bild zum Lachen über den Schreibtisch, in den Schulbüchern geschieht alles mit Humor und wird mit grinsenden Gesichtern illustriert. Die Leute befinden sich ständig wie betrunken in einem Lächelzustand, sie sind einem circulus vitiosus des Kicherns verschrieben. Die Szenerie der Gesellschaft ist ein Raum mit vielen Türen, und welche Türe man auch öffnet, jedes Mal knallt einem ein fröhliches, verschmitztes, grinsendes Gesicht entgegen, der Ausweg in das wirkliche Leben ist kaschiert. Die Menschen schwimmen auf diesem Lachen und Grinsen und wissen nicht, wo fester Boden ist.

„Wenn diese Infrastruktur der Kulissen einmal versagt, werden sie nicht wissen, wie man mit Ernstfällen umgeht. Wir müssen Ernst üben. Erst wenn man Ernst gedacht und gefühlt hat, darf auch das Lachen kommen.

„Stellen Sie sich eine Bevölkerung vor, die von einem perfekt funktionierenden Versorgungssystem in ständigem Grinsen gehalten wird. Es gibt keine Aufgaben und Verantwortungen. Es gibt kein Denken mehr. Das kann nur das Ende der Spezies sein."

Elmar öffnete die Tür zu seiner Ordination und bat weiter. „Ich frage die Patienten, was sie aus ihrem Leben machen wollen. Viele sind ganz verwirrt, wenn diese Frage kommt. Aber nach ein par Sitzungen schauen sie nachdenklich, und etwas verschämt beginnen sie über mögliche Lebenslinien zu sprechen. Sie sagen: ‚Ich könnte ja …' Einer studiert plötzlich fanatisch, eine Patientin kämpft sich in eine politische Karriere. Auch wenn der neue Eifer nur Schmetterling-Sammeln ist, plötzlich sind sie gesund. Auch Liebe zu Schmetterlingen ist Ernst."

Elmar führte in den nächsten Raum. „Hier behandle ich die resistenteren Fälle. Mit Hypnose. Wie sie wissen, verwende ich den Hypnomaten." Elmar konnte einen seitlichen Blick zum Redakteur nicht unterdrücken. Schließlich war dies die entscheidende Frage im Prozess gewesen: Hatte Elmar nur mit Hypnose gearbeitet, unterstützt durch den Hypnomaten, oder war Psyris im Spiel gewesen?

Elmar öffnete einen Schrank, holte einen Elektrodensattel heraus und legte ihn über die Lehne eines Behandlungsstuhls, als wollte er sagen: Sehen Sie, ich arbeite mit dem Hypnomaten.

Aber der Redakteur konnte nicht beurteilen, ob dieses Sattelzeug zum Hypnomaten gehörte oder zu Psyris. Es hieß, der Psyris-Sattel sei ähnlich, habe nur ein paar Elektroden mehr. Unklar, woher die Leute das wissen wollten. Der Redakteur sah sich in einer nutzlosen Situation gefangen, denn er konnte nun nicht mehr die Tätigkeiten Elmars aus einer Anonymität beobachten. Elmar hatte ihn abgefangen. Was Elmar sagte, das musste er akzeptieren. Eventuelle weitere Tage im Hotel stand er sicher unter Beobachtung. Beide schwiegen; länger als angenehm. Elmar zog Schubladen auf und legte Gegenstände auf eine Konsole.

Elmar hätte gerne mehr Zeit gehabt, um sich zu überlegen, wie er den Redakteur dazu bringen könnte, sich den Elektrodensattel über die Schultern legen zu lassen. Es fiel ihm noch kein plausibler Vorwand ein. Vielleicht würde es im Zuge weitschweifiger Diskussionen über gesellschaftspolitische Themen, über Permissivität und Disziplin, gelingen. Er könnte, wenn die Gesprächsatmosphäre locker genug würde, vorschlagen, den Elektrodensattel doch einmal ,zum Kennenlernen' anzulegen. Aber der Redakteur, dieser gegen ihn aktivste Rechercheur, wäre sicherlich zu skeptisch. Er würde mit einer verneinend winkenden Handbewegung ablehnen und in seinen Augen wäre Verdacht zu lesen.

So schlug Elmar mitten im Gespräch zu. Er traf den Redakteur mit der Handkante in die Kniekehle, brachte ihn zu Fall, hatte die Nadel in der Hand und setzte die Injektion im Moment, als die Schmerzen des Falls einsetzten, so dass der Redakteur den Einstich wahrscheinlich nicht wahrnahm. Elmar stotterte von Ungeschick und stotterte Entschuldigungen. Aber die Injektion wirkte schnell. Dann legte Elmar dem

Redakteur den Psyris-Mantel um und ließ das Programm die Prägung spielen.

Bisher war im Ablauf seiner Arbeitstage die Gemütslage des Redakteurs bestimmt gewesen durch die ständig hereinkommenden Berichte der Nachrichtenagenturen; sie wurden für ihn bereits nach Erregungswert gesiebt. Er war getragen und in schnellem Lebensrhythmus gehalten durch diesen Strom von Hochstimmung und Schaudern. Er tänzelte, sozusagen, zwischen und mit diesen Nachrichten, die wie sein Eigentum und seine Kinder waren und die er an seine Mitarbeiter austeilte wie eine Ausspeisung, wie Morgengaben, denn die konnten daraus die Wortmengen formulieren, die ihren Tag und ihre Wertschätzung bedeuteten. Der Redakteur war bisher süchtig gewesen nach diesem Getragenwerden durch Neuigkeiten und dem Verteilen der Themen.

Aus dem Stupor der Behandlung mit Psyris erwachte der Redakteur mit einem Gefühl klarer und scharfer Sicht. Sein Befinden war das eines Leitenden. Zwar auch mit gütlich-aufmunternder Hand, aber richtunggebend. Er hatte Verantwortung und fühlte jetzt eine Aufgabe.

Elmar beeilte sich, so wie sich das bei anderen Prägungen bewehrt hatte, sofort über Grundsätzliches zu sprechen.

„Ihre Stellung in der Zeitung, Herr Redakteur, bringt ihnen viel Verantwortung!"

Die Gesichtszüge des Redakteurs sammelten sich. Sie kamen aber nicht zurück zu dem umgänglichen Lächeln, das seine Standard-Mimik war, vielleicht getönt mit etwas Süffisanz. Er schaute nachdenklich, schließlich überlegend.

„Was Sie schreiben, werden viele kopieren; und viele werden plötzlich laut sagen, was Sie schon lange dachten!" Elmar beobachtete den Redakteur. Vielleicht so, wie man einen Schmetterling betrachtet, der sich aus der Puppe löst und sich entfaltet. Es gibt immer ein Bangen, ob die Entfaltung makellose Flügel zeigt. Und Elmars Prägungen waren ein Risiko. Die Reaktionen fielen unterschiedlich aus. Sie konnten auch zu seltsamen Resultaten führen.

„Wir müssen die Menschen auf das Wesentliche lenken, wir müssen Ziele geben. Die Menschen verkommen in einem Sumpf läppischer Zerstreuungen. Nichts ist wichtig."

Elmar war erregt. Seine sonst so blasse Haut rötete sich. Er schaute mit gespannt weiten Augen auf den Redakteur. Er musste noch Zeit geben. Er redete einfach weiter. „Der Staat kommt zum Stillstand. Verantwortung ist eine Eigenschaft, über die man sich lustig macht. Konsequenz wird bewertet wie psychische Verknotung, wie Autismus. Wenn jemand verbissen arbeitet, muss er Psychopharmaka bekommen. Der Grundzustand der Welt wird die Vergnüglichkeit. Etwas tun zu müssen, ist Ausnahmezustand. Die Leute machen, wenn es gar nicht anders geht, hier etwas, dort etwas, dazwischen sitzen sie und wippen mit dem Fuß.

„In allen Zeiten dachte man an die Zukunft, an Generationen, an die Ewigkeit: beim Bau einer Brücke, bei der Wahl der Farben für ein Gemälde. Diese Jungen wachsen auf in einem System, das ohne Zutun immer funktioniert. Sie leben nur im Augenblick. Die Amüsierer nehmen überhand. Dass für dieses System Planung, Aufbau, Ausdauer nötig war, das wissen sie nicht, denken sie nicht, können sie nicht fühlen. Sie haben nur Spielen und Lächeln gelernt. Jede Dauer über zehn Minuten ist für sie in einem Nebel.

„Stellen Sie sich vor, Herr Redakteur, die Amüsierer nehmen wirklich überhand. Sie haben den Begriff der Sorge nicht, der Vorsorge. Das System läuft noch eine Weile, getragen von den alten Planungen, aber bald wächst das Unkraut auf den Äckern, und der Rost in den Maschinen. Dann ist niemand mehr da, der planen kann. Niemand, der planen will, sie haben die Kategorie des Planens gar nicht. Aus dem Lächeln und Grinsen wird Panik. Die Lächler sind auf dem Weg zurück ins Paradies, in die Zeit vor der Erkenntnis, aber das Paradies gibt es nicht mehr. Und wären sie dort, sie würden nicht nach der Frucht der Erkenntnis greifen. Prometheus gibt es nicht mehr.

„Herr Redakteur, wir müssen diese Welt retten! Ein ernster Lehrer kann lächelnd unterrichten, aber wer seine ganze Jugend nur gegrinst hat, kann kein ernster Lehrer werden.

„Es ist Sokrates, Herr Redakteur, der sagt: ‚Der Staat ist nur durch radikale Umkehr zu retten, nur wenn er auf eine sittliche Grundlage gestellt wird, und nur mit Hilfe derjenigen, die das größte Wissen und die größte Übersicht haben.‘ Wir müssen, Sie und ich und einige andere, wir müssen Ernst und Verantwortung wiederbringen.“

Der Redakteur saß jetzt aufrecht. Er sah Elmar noch nicht an. Seine Gedankenbahnen waren wohl noch im Umbau.

„Wer immer nur lächelt und sich zum Grinsen aufputschen lässt, kann keine Sehnsucht mehr haben. Diese Lächelnden können nicht mehr staunen. Sie haben keinen Drang mehr, über das Jetzt hinauszuwachsen, sie wünschen sich nicht mehr die Unendlichkeit. Sie sind keine Menschen mehr.

„Ist es nicht so, Herr Redakteur, dass Artikel, die Ehre und Verantwortung ernst nehmen, abgelehnt werden? Beliebigkeit ist der Gott.“

„Ja, Beliebigkeit!“, sagte der Redakteur.

„Was soll die grenzenlose Freiheit! Wenn wir frei sind von Schwerkraft, taumeln wir sinnlos. Suchen sie Schreiber mit Ernst und Begeisterung!“

„Begeisterung!“, wiederholte der Redakteur und sprach dann weiter: „Wer immer strebend sich bemüht ...“

Elmar schreckte auf: Tatsächlich, der Redakteur reagiert, und wie es scheint, in der richtigen Weise. Er plaudert nicht nach. Der Blick des Redakteurs richtete sich mit einer wachen Frische schräg in die Höhe des Raumes. Er sagte: „Der Journalist hat einen Auftrag zur Bildung, zur Menschen-Bildung!“

Elmar freute sich schon, Gleichklang zu spüren: „Und die Flut von Beliebigkeit nicht weiterzugeben."

Vor Elmar erschien wieder die Erinnerung an seinen jungen Patienten, bei dem die Launen und Regungen im Kitzel des Augenblicks zum Zuge gekommen waren, so beliebig verstreut wie Regentropfen. „Man muss der Jugend Ziele einprägen", sagte er.

Und der Redakteur setzte fort: „Mehr ist nötig: man muss sie so formen, dass sie überhaupt Ziele haben können, dass sie die Kraft eines Zieles spüren können."

Elmar überkam das Gefühl, er habe einen Bruder. Sie wechselten einander ab bei der Formulierung ihres Programms: „Es sind uns ja, Herr Redakteur, die Katastrophen auf der Welt nicht verloren gegangen! Machen Sie die Not zum Leitartikel. Es gibt genug Not, an der die Menschen ihren Ernst üben können. Es ist nicht nötig, sich in kichernde Zerstreuung zu begeben, damit die Lebenszeit vergeht!"

„Themen der Not!", sagte der Redakteur. „Auch das kann gelesen werden."

„Es sind noch nicht alle Häuser gebaut. Es sind noch nicht alle Menschen reich. Sie haben die Mittel! Führen Sie die Stimmung der Menschen an!"

Mit Bewusstheit von Wichtigkeit: „Die Stimmung führen!"

„Bücher, nicht für Zerstreuung, sondern für Sammlung! – Musik, nicht für Zerstreuung, sondern für Sammlung!"

Elmar schaute mit großer Erwartung auf den Chefredakteur. „Ja", sagte dieser, „ernste Dinge ernst nehmen! Die Heiterkeit kann dann folgen."

***

Die Atmosphäre in den Redaktionsräumen änderte sich schnell, wenn auch zunächst kaum bemerkt. Einzelne Worte des Chefs genügten, eine Wendung herbeizuführen. Wendung und Veränderung begeistern immer.

Beliebigkeit wurde das zentrale Wort. Kollegen, die davon schrieben, dass freie Inspiration nicht durch Vorurteile eingegrenzt werden dürfe, wurden verlacht. Wo sei denn die Grenze zwischen Vorurteilen und Urteilen? Wo sei denn der Boden, auf dem sie stünden, während sie ihre Inspirationen haben? Schon Archimedes habe von der Notwendigkeit des fixen Punktes gesprochen.

Die Vertreter der Permissivität, auch nur um des Schreibens willen, wurden im Tagesablauf ignoriert, ausgegrenzt, schließlich hinausgedrängt.

Die Redakteure des Chefredakteurs entwickelten sich in wenigen Wochen zu Häschern. Eine bunt bemalte Klobrille brachte hitzige Eskalation. Sie hing in strahlend-exzellenter Beleuchtung an einer Wand des Kunstpalastes, Blümchen auf dem weißen Sitzoval. Dies wurde gedeutet als das Machwerk einer orientierungslosen Seele, ohne Bezug zu den Wichtigkeiten des Lebens, einer zerstreuten, zerfetzten, kaleidoskopisch irrlichternden Seele. Gegen solch grinsende Beliebigkeit muss die Redaktion harte Kommentare geben.

Die Leserschaft zerfiel in Parteien. Begeisterte Briefschreiber fühlten sich erleichtert durch den neuen Ton und verwiesen auf Lykurg, Platon, Morus. Erziehungskünstler aller Zeiten wurden ausgegraben.

Ein Beitrag:

„Früher gab es die Erziehung im Hause des Meisters. Heute brauchen wir eine Erziehung in pädagogischen Arbeitskampfstätten, Kampf muss dort herrschen, ein Erdienen des Lebens über Kampf und Leiden bis zum endlichen Besitz der Lebenstüchtigkeit. Wir benötigen eine Berufserziehung, die auf Willen zur Leistung zielt."

Ein anderer:

„Wir haben Traktate gelesen: Sucht sei nicht ein Vergehen, sondern eine Krankheit. Macht diese Libertinisten mundtot! Wir haben Gesetze und wir haben Vernunft. Ist jeder Wunsch, der in mir aufsteigt und Gesetz und Vernunft widerspricht, eine Krankheit? Lasst verquere Wünsche aufsteigen! Wir haben das Werkzeug des Willens gegen das eigene Ich. Lacht, liebe Leser, meinen Beitrag nicht aus; so schrieb John Locke: ... dass ein Mensch imstande ist, sich selbst seine eigenen Wünsche zu versagen, seinen eigenen Neigungen entgegenzutreten und lediglich dem zu folgen, was die Vernunft ihm als das Beste anweist, mag auch die Begierde in andere Richtung gehen."

Elmar benutzte die neue Strömung. Er hatte ja bereits ein Netzwerk von Psyris-geprägten Missionaren, aber vielleicht wäre das gar nicht nötig gewesen. Überall bildeten sich Zellen, die seine Ideen aufgriffen; nein, sie griffen die Ideen nicht auf, es war, als hätten sie unter dem Druck der permissiven Doktrin geschlummert. Es bildeten sich Klubs; eifrige Mitglieder beobachteten die Straßen und Eingänge der Häuser. „Habt ihr auch gesehen, wie lässig die drei immer an der Kreuzung herumstehen, mit hämisch verzogenen Gesichtern lachen sie glucksend." „Habt ihr auch gehört, welch tranige, sentimentale Musik dort immer aus den Fenstern kommt?" Sie montierten öffentlich Schaukästen ihrer Klubs, nannten sich Wächter und hefteten Mahnschriften in die Kästen.

Auch Dagmars Gehabe fiel ihnen auf. Zu zweit kamen sie an ihre Tür, so wie Beamte der Sozialhilfe oder Gesandte eines Gottesreiches, und stellten sie zur Rede: was sie denn mache, wieso sie zu allen Zeiten, offenbar ohne Beschäftigung, in den Straßen zu sehen sei.

Die Sprengelwächter bildeten ihre Vereinigungen, landesweit, länderweit. Der Volksmund nannte sie Elmire. Undeutlich, aber doch kaum bezweifelt, war die Meinung verbreitet, Elmar sei das Zentrum der neuen Unruhe, der neuen Ideen. Eindeutig greifbar war Elmar nicht.

Die Sprengelwächter berieten über ihre Philosophie, über ihr Vorgehen. Lässige Mitglieder ihrer Sprengel, Menschen, die zum Leben nichts beitrugen, die ihr Leben vertändelten, sollten ermahnt werden. Man konnte sie für eine Zeit aus ihrem Leben nehmen und schulen. ‚Erfrischungslager' sollten die Institutionen heißen. Wenn es erst gelänge, auch den Justizminister zu prägen, dann könnten die Erfrischungslager gesetzliche Basis bekommen.

Sie kamen an Dagmars Tür, und Dagmar stand im Rahmen, als wäre sie aus einer schweren Bewusstlosigkeit gerissen worden. Ihre Augen fokussierten nicht auf die vierschrötigen Besucher. Die Augen konnten nicht fokussieren, denn all diese Dinge der Welt waren für Dagmar unwichtig, nur weit draußen, in einem fernen Umkreis wahrnehmbar wie Projektionen. Sie selbst war nur betroffen von Liebe und dem drohenden Bruch der doch selbstverständlichen Lebenslinie und den wie Geschrei anmutenden beschwörenden Worten, mit denen sie bedrängt wurde.

Die Emissäre sahen im Rahmen der Tür ein höchst schlankes Mädchen. Es lehnte dort wie gebrechlich aufgerichtet. Sie spürten, dass dieses Mädchen in einer Welt lebte, von der sie selbst nichts wussten, zu deren Begeisterungen und Bestürzungen sie wenig Zugang hatten.

Die Wächter, die sich als forsche Missionare auf den Weg gemacht hatten, standen eine Weile, ohne sich bewegen oder auch nur denken zu können, so als müssten sie plötzlich zugestehen, es gebe Erscheinungen. Sie hatten es nicht nötig, sich zu besprechen. Sie kehrten um, ohne ihre Ermahnungs- und Drohformeln gesprochen zu haben.

Mehrmals, wenn der Wächter im Grunde ein Bauer war, mit rechtschaffener, intakter Seele, entwickelte sich eine Scheu, ein Staunen angesichts solch eines ätherischen Wesens. Und so blieb es verschont.

– 32 –

So früh ist Monique doch noch nie gekommen! Hinter ihr steht eine Nachtschwester. Sie muss neu sein; sie schaut argwöhnisch. Ich sehe die Schwester nur als schwarze Gestalt, der Gang hinter ihr schimmert lichtgrün, wenn das Licht auch herabgestuft ist. Die Schwester hat ihr Haar hochgesteckt, und ihre Kontur sieht kräftig aus. Wenn nötig, wird sie mich zügig und gewissenhaft und mit besorgtem Blick umbetten. Männliche Pfleger sind anders. Sie schauen nicht so besorgt. Manchmal kommt der Füllige. Er könnte mich mit zweien seiner dicken Finger hochheben. Und er lacht.
Monique geht nicht in ihre Fensterecke. Sie kommt und beugt sich dicht zu mir. So als sei dieser Tag anders. So früh ist sie noch nie gekommen. Es ist Sommer, und doch hat der Himmel erst einen schwachen Schein. Die grünen Reflexe an den Metallrahmen des Fensters sind schärfer als das Licht des Himmels. Das ist ein schwaches Licht, scheues Weißlichgrün. Gerade stark genug, dass die Hügel davor eine Kulisse bilden.
Ermelinde wird wohl nicht kommen in diesen Tagen. Sie wird denken, sie kann mir nicht helfen. Als sie da war, sprach ich nicht. Also wird sie denken: was soll dann der Besuch? Als sie noch bei mir war – und ich klagte über die Verzögerungen im Konzern und die Irreführungen und Lustlosigkeiten, sicher wiederholte ich das jeden Abend –, da hörte sie manchmal nicht zu und manchmal schon. Dann schaute sie mich an, mit zu ihrer Arbeit gesenktem Kopf, aber schräg heraufschauend, und mit leichten Falten über den Augenbrauen, als woll-

te sie fragen: „Na und? Was tust du?" Vielleicht fragte sie das auch hin und wieder tatsächlich.

Ich hatte keine Antwort. Wahrscheinlich drehte ich mich weg, als sei ihre Frage nur rhetorisch. Und wir seien uns sowieso einig, dass ich einer war, dem Unrecht geschieht.

***

Gegenüber all den Widrigkeiten im Konzern stellte sich für Uhling doch eine gewisse Gewöhnung ein.

Er kannte die grau-und-weißen Gänge, die über die Länge des Konzerngebäudes liefen, die Bilder von Kunststoff-Maschinen und Werkshallen, die in jedem Stockwerk dem Lift gegenüber hingen, und er kannte die Gesichter, die ihm morgens oder abends oder auf dem Weg in die Kantine begegneten. Auch der große Zeichensaal war eine Stätte, die eine Qualität von Zuhause hatte. Eine weitere Boshaftigkeit – oder war es doch eine Notsituation? – brachte ihn dort hin.

Am Morgen hatte er einen Stoß von Papieren und Ordnern auf seinem Schreibtisch vorgefunden. Er schaute seine Zimmerkollegen mit der Frage an, wem das wohl gehöre? Das sei ein Reklamationsfall. Dringend. Er solle aushelfen. Ja, Uhling dachte wohl, das sei ein weiteres Manöver, ihn von seiner, der ihm vertraglich zugesagten, Arbeit abzulenken, aber nach Rückfragen im Sekretariat begann er, die Papiere zu lesen. Es ging um eine große Konstruktion, einen Wärmetauscher. Offenkundig war die Dimensionierung fehlerhaft. Also musste neu gezeichnet werden.

Zu dieser Zeit wurde noch von Hand gezeichnet, mit Tusche auf transparentem Papier. Fehler wurden mit der Rasierklinge weggeschabt, darüber konnte ein neuer Strich gezogen werden.

Der Saal war lang. Die hohen, schräg gestellten Tafeln der Zeichenbretter verdeckten den Hintergrund. Ein Brett stand steil hochkant hinter dem anderen, zehn auf der Fensterseite, zehn an der gegenüberliegenden Wand. Durch den Gang, der dazwischen frei blieb, ging Uhling. Die mit Gegengewichten versehenen, in beliebigen Winkeln verstellbaren, zumeist hochgerichteten hölzernen Zeichenplatten verdeckten den jeweils dahinter stehenden Mann; er war zwischen zwei Wänden gleichsam eingesperrt. Über die Bretter nach oben ragte das Gestänge, das die gekreuzten Lineale parallel zu verschieben gestattet. Es war laut im Saal. Für diese Art der Arbeit ist Ruhe nicht so wichtig. Die Zeichner waren meist sehr junge Burschen. Sie pfiffen und erzählten einander Witze oder die Taten des Samstagabends. Jeder hatte sein kleines Reich persönlich gemacht: An den Pfeilern zwischen den Fenstern, in den Ecken des Zeichenbretts das Foto eines Mädchens, Fotos anderer Mädchen, Urlaubskarten, ein Motorrad. Eine Schwingtür führte vom ersten Saal in einen zweiten. Auf der Schwingtür klebte eine Zeichnung, Hirsche mit verkeilten Geweihen, darunter das Motto „Der Klügere gibt nach". So wurden diese Säle ein bewohntes Gebiet.

Für die Korrektur des Wärmetauschers zuständig war ein kleines Männchen mit spitzem, faltigem Gesicht im letzten Winkel des Saales. Die Abschlusswand des Saales hinter ihm war mit einem Mosaik von Hundefotos bedeckt, und Uhling konnte der Aufregung des kleinen Zeichners nicht ausweichen: Er war, wie jede Nacht, um zwei Uhr, mit seinem Windspiel auf die Landstraße gegangen, er auf dem Fahrrad, der Hund auf den Wiesen nebenher. Eine Polizeistreife habe ihn angehalten; wegen Tierquälerei. So endeten seine Freude auf dem Fahrrad und die Freude des Hundes auf den Äckern.

Das Thema des Wärmetauschers musste warten, denn wichtiger waren das Kopfschütteln über diesen Unverstand, und die Begeisterung über seine Hunde, ihr Muskelspiel, ihre Kraft, ihren Mut, ihren Ehrgeiz. Von all dem sprach das Männchen mit dem faltigen Gesicht und der Zigarette zwischen nikotingelben Fingern. Kraft und Schönheit galten für ihn selbst schon lange nicht mehr, sie waren aus seinem Ich in diese lebendigen Gegenstände seiner Liebe gewechselt. Ihm genügte die kaum hüftbreite Passage vom Mittelgang des Saales in den schmalen Arbeitsfleck zwischen Zeichenbrett und der Bilderwand der geduldigen, fragenden, zutraulichen Augenpaare seiner Hunde. Dieses Leben war arrangiert, der Fleck zwischen Zeichenbrett und der Bilderwand das Zuhause.

Ebenso baute sich für Uhling ein Panorama von Gewohnheiten auf, von Stimmen, die ihm bekannt waren in den Korridoren, von zur Routine gewordenen Bewegungen auf den Handläufen von Geländern oder den Kontrollknöpfen der Lifts, von Gerüchen und Geräuschen aus der Kantine, vom Hüsteln, das zu bekannten Personen gehörte. Die Kantigkeiten der Empfindungen der ersten Wochen rundeten sich ab. Durch die Schwingtüren, von der Straße kommend, in das Gebäude des Konzerns zu treten, war das Eintreten in eine bereits angeeignete Umgebung.
Stattdessen hätte Uhling beharrlich verzweifelt bleiben müssen, denn er sah sich doch, wie es gerecht gewesen wäre, als Assistent von Professor McHenry, oder, in einer Zwischenlösung, als Chef-Steuerungsingenieur des Konzerns; und er hätte sich auf eine weitere Chance bei McHenry vorbereiten können oder sollen. All diese Schichten vermengten sich jedoch und schwächten einander ab. Er ging morgens durch die Schwingtüren in die gewohnte Umgebung.
Sie standen zur selben Zeit auf, Ermelinde und Uhling, jeder wickelte die notwendigen Verrichtungen ab, bis die Wohnung, das Haus verlassen wurde. Uhling kaute sein Frühstück mit einem Gesichtsausdruck von Abwesenheit; die Mimik war auf ein leichtes Lächeln eingestellt, so als sei er zufrieden, insbesondere mit sich selbst zufrieden. Die schnellen Kaube-

wegungen sollten vielleicht die Geschäftigkeiten des kommenden Tages andeuten.

Enden würde der Tag allerdings mit einem Gesicht von Missmut und Störrigkeit.

Ermelinde saß eher überlegend und vorausdenkend am Frühstückstisch; senkrechte Falten zeichneten sich zwischen den Augenbrauen, und während sie aus einer Tasse trank, blickte sie manchmal, von unten herüber, zu Uhling, und fragte sich über Uhling.

Bevor Uhling den Konzern betrat, mochte er die Reflexe der Lampen auf der regennassen Fahrbahn gesehen haben, auch auf den kahlen, nasstropfenden Zweigen der Bäume. Jeder der dunkelrindigen Bäume zeigte seine Gestalt durch kalt glitzerndes Geäst. Nach Eintritt ins Haus wurde allen, die kamen, warm.

Ein erschrecktes Aufwachen gab es für Uhling, als unvermittelt alle Lichter Grün zeigten. Eine Vorstandssitzung hatte aus Gründen, die nie deutlich wurden, sein Projekt genehmigt, und Uhling wurde die Person im Zentrum der Systemänderung des Konzerns. Uhling saß zur Rechten des Vorstands. Er saß mit grad gerecktem Rücken und mit einem frisch angelegten Gehabe, das seinen Befugnissen entsprach.

Just in diesen Tagen kam von Professor McHenry die Mitteilung, Uhling könne nun die Assistentenstellung haben; er freue sich auf die Zusammenarbeit.

Beim Angebot mehrerer Möglichkeiten, mehrerer Lebensperspektiven, sollte ein Hochgefühl, ein Souveränitätsgefühl freier Entscheidung entstehen. Uhling fühlte sich durch Wahlmöglichkeit in die Enge getrieben. Er formulierte Fluchworte.

Uhling glaubte nicht an Vorbestimmung, nicht an einen Richter und nicht an ein für ihn von den Weltläuften verbrieftes Recht auf dies oder das. Aber in der Situation des Augenblicks galten nicht Überlegungen, sondern die viel schnelleren Reaktionen des Charakters: Die sagten: Ihm ist Unrecht geschehen. Er ist vor eine Entscheidung gestellt, und jede Variante bringt ihm Peinlichkeit. Gequält war Uhling. Von einem Zimmer ins andere ging er, stand an den Fenstern und legte die Hand unruhig an die Scheibe. Morgens, bevor er in den Konzern ging, und abends. Ermelinde sah ihm zu, wie man einen eigenartigen Fremden betrachtet.

Es kam ein Brief von McHenry: Er warte auf Uhlings Zusage. Uhling erhitzte sich in Entschlüssen. Für, gegen, für, gegen. Nach jedem Entschluss fühlte er sich leicht und klar und obenauf. Im Konzern hatte er konkrete Umgebung und jetzt, da er in die Kreise des zentralen Geschehens aufgenommen war, bekam er auch Respekt. Der Pförtner hatte ein Nicken für ihn.

„Was möchtest du?", fragte Ermelinde, so als wollte sie ihn auf einen Weg des Nachdenkens führen. Er sprach aufgebracht, einmal gegen den Konzern, dann gegen McHenry. Schließlich begann er, so als hätte er unvermittelt einen Grund, die Szenerie seiner Assistententätigkeit leuchtend zu schildern, und für den Konzern hatte er verächtliche Beschreibungen.

Am folgenden Tag gefiel er sich in einem Gefühl von Freiheit und Handlungsstärke. Er saß mit Wichtigkeit an seinem Schreibtisch im Konzern und formulierte in höchster Korrektheit eine Absage an McHenry. Es war darin von übernommener Verantwortung die Rede. So lebte er eine Zeit lang in Selbstgefühl.

Die nächste Wendung kam, als er von einer Dienstreise zurückkehrte: Sein schönes Zimmer war dicht gedrängt von Schreibtischen besetzt. Die Direktoren waren verreist, Aufklärung war nicht zu bekommen. Die Chefsekretärin sagte ihm: ein privates, nicht ein autorisiertes Gespräch, eine Mitteilung aus menschlicher Hilfe: Der

Konzern stünde plötzlich vor dem Abgrund, ein Prozess wegen eines Schadensfalls. Das Projekt Dr. Uhling sei zurückgestellt. Jahre.

Der Gang über den Fluss wurde zur Ironie. Was sollte der frische, Mut zutragende Wind vom Wasser? Langgliedrig und schlank ging Uhling über die Brücke. Seine breite Stirn sah dünnhäutig aus und seine großen Augen waren nichts als dunkel. Kein Zusammenhang zwischen den Visionen und dem Lauf des Lebens. Der zeigte sich in belanglosen Windungen. Kein Zusammenhang zwischen dem Tun, auch mit Geduld, und einer Entwicklung des Lebens, sei es zur Freude, sei es zur Selbstgefälligkeit.

Für Uhling wurde der Konzern zur Vorzeigestätte für Inkonsequenz, Intrige, Missgunst, Häme. Die Zukunft versprechende Fassade aus Glas und noblem Stein eine Kulisse von bösartiger Inkonsequenz. Zu Unrecht spiegelten sich in den Scheiben ein blauer Himmel mit kleinen, weißen, bauschigen Wolken darin; und die zittrigen Blätter der Uferpappeln. Er verließ den Konzern abrupt. Als Flucht und als trotzige Antwort. Anderes konnte nur besser sein.

Er wechselte zur Firma für Steuergeräte. Dort kannte er Leute. Und mit dem Wechsel kam er auch wieder in die alte Stadt, die Stadt, die er kannte. Mit hastiger Aktivität drängte er auf Übersiedlung. Er unterstellte, dass Ermelinde mitginge, er redete, er argumentierte, er gebrauchte hastige Worte mit Schärfe.

In der Stadt war die Wohnung hoch oben an dieser großen Straße. Ermelinde ging ihrer Wege. Sie kam ruhig und ging ruhig. Für Uhling, der sich in die neue Firma einordnen musste, war dies Ruhe und Ordnung im Hintergrund.

„Kannst du jetzt deine Kenntnisse einsetzen?" Uhling schaute hin und her und sagte: „Ja ja."

***

Dann kam dieser Tag, an dem Ermelinde sich vor mich hinstellte. Ich saß mit einer Zeitung. Erst später sah ich im Bild der Erinnerung, dass sie gekleidet war wie für eine Reise. Sie sprach mich mit meinem Namen an, mit dem Namen, den sie auch sonst täglich gebraucht hatte, und sie sagte, dass sie nicht mehr wüsste, warum sie hier sein sollte, es sei wie Trinken, wenn man keinen Durst hat.

Sie sagte noch ein gutes Wort, welches, weiß ich nicht. Ich hörte es nicht. Sie drehte sich schon zum Gehen, noch bevor ich aufgestanden war, denn alles in mir war langsam. Sie ging zur Eingangstür, ich sollte sagen: Ausgangstür. Dort standen Koffer. Sie öffnete die Tür und ging hinaus. Auf der Schwelle winkte sie mir noch mit einer kleinen Bewegung zu, ein Schwenken der Handfläche. Sie schloss die Türe selbst. Ich hörte noch Schritte, die abwärts gingen. Die Koffer wurden später von einem Boten abgeholt.

Ich ging zum Fenster, von dem die Straße unten zu sehen ist. Sie kam ins Blickfeld, sie schritt ins Blickfeld, unten auf dem Gehsteig. Schon als sie vor mir stand, und insbesondere, als sie sich in der Tür zum Gehen wandte, war mein Gedanke: Ordnung! Gäbe es Göttinnen wie in der Antike: So würde die Göttin der Ordnung dargestellt. Die Kleidung ist makellos, für einen ernsten Gang in der Stadt. Die Schritte sind ordentlich. Aber auch innerlich ist sie in Ordnung. Sie hat überlegt, in diese Richtung, in jene Richtung, sie hat entschieden, sie hat gehandelt. Es sind keine Spuren von Zweifel oder Ungenauigkeit geblieben. Kein Händeringen. Sie hat für sich erreicht, was sie ihren Patienten zurückgeben möchte: Die ursprüngliche Ordnung, unzerstört vom Leben.

Sie ging: regelmäßig. Ihre Schritte waren, sozusagen, die Urform des Gehens. Sie musste wissen, dass ich am Fenster stehe. Aber wie liebte ich diesen aufrechten, ordentlichen Körper. Er war makellos in Ordnung. Aber zu seiner Makellosigkeit gehörte auch seine matte Glätte, seine für die Hand melodische Kühle oder auch Wärme.

Wie ein Peitschenknall durchfuhr meinen Körper eine maßlose Begierde nach dem Körper, der dort unten schritt, Peitschenhiebe jämmerlicher Lust, nie mehr zu erreichender Erwiderung, trieben mir Druck in die Augen, bis sie nichts mehr sahen.

Was erdreistet sich dieser Heilige, dem die Heiligkeit aberkannt werden muss, zu sagen:

„Nichts müsse ich, habe ich bei mir beschlossen, so fliehen, als das Beilager. Es gibt nichts, glaube ich, was den männlichen Geist so aus der Feste wirft wie die Kosungen des Weibes ..."

In welcher Verirrung der Seele meinte er, dem innigst geliebten Herrn und Gott nur dienen zu können, wenn er seine langjährige Gefährtin und Mutter seines Sohnes verließ? Wer denn, wenn nicht der von ihm in jedem Absatz seiner Schriften gepriesene Gott, hat die Liebe geschaffen und die Schönheit für die Augen und die Melodien für die Ohren. All dies verteufelt der Heilige. Selbst den Gesang wollte er aus der Kirche verbannen, weil die Freude des Ohres zu diesseitig sei. Solches dachte Augustinus.

Die markantesten Heiligen, auch die alten Väter der Wüste und die Jünger Buddhas, scheinen gespaltene Seelen zu haben. Sie müssen die Schönheit hassen, wenn sie denken, und sie müssen das Denken hassen, wenn sie lieben. Zwischen ihrer Physis und ihrer Psyche scheint die Möglichkeit des Gleichgewichts zu fehlen. Wie anders kann die Behauptung entstehen, dass die Liebe den Geist ausschaltet und gar noch in Tristesse führt. Die so Ungleichgewichtigen hassen ihr anderes Ich. Sie werden zu Fanatikern. Und den Fanatikern folgen die Scharen.

Lindis nannte ich sie, wenn ich meinte zu spüren, dass zärtliche Worte zulässig seien, Erml nannte ich sie, wenn es um Tätigkeiten des Alltags ging. Sie ist aber Ermelinde.

33

Was stürmen sie so herein? Als müssten sie voreinander weg-
laufen, als kämen sie zu mir um Hilfe. Ermelinde als Erste.
Das ist ungewöhnlich. Ermelinde sieht man nie eilig. Schon
gar nicht mit anderen. Jetzt kommt sie als Erste und zieht
Dagmar an der Hand herein. Dahinter drängt Albert. Haben
sie gestritten? Soll ich schlichten? Ich kann doch nicht! Jetzt
sicher nicht. Auch sonst, meine Stimme wurde doch nicht
gehört. Wenn zwei einen Disput hatten, und ich sagte etwas
dazu, dann hörten die das gar nicht. War meine Stimme zu
leise? Es war einfach mein Gewicht, in einem Disput habe ich
kein Gewicht.

Monique ist auch erschrocken. Sie schaut auf aus ihrer kau-
ernden Haltung, sie schaut auf, um mich zu fragen, was das
soll. So viel Lärm und Aufregung. Sie schaut so, als wären wir,
Monique und ich, die Einen, die zusammen gehören, und die
anderen die Anderen.

Albert sagt: „Philipp ist in Gefahr!"

Ich soll das verstehen. Und dann kommt Ermelinde auf mich
zu, an die Seite meines Bettes, und beginnt zu sprechen.
Schon lang hat sie mich nicht angesprochen, denn sie weiß
ja, dass ich nichts sage. Aber sie kommt mit den Allüren eines,
der Vorwürfe macht. „Sag diesem Kind jetzt, dass sie diese
dumme Verliebtheit aufgeben soll!"

Mit harten, für sie ungewöhnlich schnellen Schritten ist Ermelinde gekommen. An Frauenschritten kann man die Erregung hören. Die winzigen Absätze an ihren Schuhen müssen
hart konstruiert sein. Der Rhythmus der klackenden Schritte
verrät die inneren Dispositionen.

Und auch Albert spricht. Er hat Mut bekommen, so zu tun,
als könne er mit mir reden, weil Ermelinde das tut. „Nico hat
Philipp falsch programmiert, und Ilona hat das Psyris-Gerät
an sich genommen. Unserem Philipp wird vielleicht ein Mei-

sterstoß gelingen. Aber dann wird er durchdrehen, vielleicht aus seinem Wirbel nicht mehr aufwachen."

Wie kommt Albert dazu ,unser Philipp' zu sagen? Er hat doch bisher nicht viel Interesse für den Kanzler und seine Kugelstoßer gehabt. Das kommt von der Gefahr. Gefahr bringt Interesse, auch Sympathie.

Irgendetwas müssen sie getan haben, das ich nicht mehr gehört habe; es muss geschehen sein, nachdem ich hier hereinkam. Der Kanzler hat schon lange mit Psyris experimentiert. Das hat sich bei uns herumgesprochen.

Ich hätte Psyris nie veröffentlichen sollen.

Und jetzt schickt der Kanzler seinen Philipp, mit Psyris konditioniert, in die große Arena, damit seine Kugel weiter fliegt als alle anderen! Und Nico will ihn noch umprogrammieren. Und Ilona hat das Gerät. So scheint das zu sein.

Dagmar hat sich freigemacht und ist zur Tür gewichen. Aber Albert steht vor der Tür. Dagmar schaut äußerst verschreckt zu mir. Sie weiß, alle sind gegen sie, auch ich. Das ganze Jahr habe ich auf sie eingeredet, versucht, sie aus ihrer Fixierung auf den Kanzler zu lösen. Vielleicht ist jetzt der Druck groß genug. Sie ist so zart und so hartnäckig. Sie ist in Panik. Ich werde ihr sagen: „Dagmar, du musst den Kanzler lassen, du musst Ilona ihren Kanzler lassen. Sonst passiert wer-weiß-was mit Philipp". Eine Angst um Philipp kann sie vielleicht so weit bringen.

Ich wollte ja nie sprechen, seit ich hier bin. Warum? Eine Laune? Eine Marotte eines Bettlägerigen? Ein Privileg des Kranken? Das ist ein falscher Ausdruck. Ich bin nicht krank. Es fehlt mir ein Stück.

Alle blickten auf Uhling, denn sein Kopf hatte sich bewegt. Sein Kopf lag sonst immer nur ruhig, friedlich eigentlich. Und die Augenlider öffneten sich aus der Spaltposition. Die Augen wurden groß, wie man sagt: feurig. Dann kam aus seinem Mund ein Zischen, ein Blabbern, ein Krächzen unter größtem Druck. Man hätte vielleicht das Wort „Dag" verstehen können. Mehr kam nicht, und sein Kopf fiel zurück, er schien tiefer zurückgekippt als zuvor.

Die größte Angst hatte vielleicht Monique, die größte Verzweiflung Dagmar. Sehr schnell kam eine Schwester zur Tür herein. Der Monitor hatte Außergewöhnliches gemeldet. Die Schwester wies alle, bis auf Monique, aus dem Raum.

Nun weiß ich, wie es mit dem Sprechen steht. Es ist nicht so, dass ich nicht will. Ich kann es nicht. Jetzt, wo alle anderen weg sind, kommt Monique. Sie streicht mir über die Stirn. Ermelinde warf mir zuletzt noch einen Blick zu. Die Bedeutung, die ich aus dem Blick las, war: ‚Auch das kann er nicht'. Vielleicht war da aber doch etwas mehr Zuneigung.

Monique streicht mir über die Stirn. Das fühlt sich an, als wäre alles gut, als bliebe immer alles gut. Streicheln ist ein Stück Ewigkeit.

Ich war doch immer der Ansicht, es sei Sache der Laune: Wenn ich schon hier liegen muss, dann nehme ich mir das Recht, nicht zu sprechen. Eine kindische Idee. Und die ganze Zeit war im Unterbewusstsein längst bekannt, dass ich gar nicht kann. Man hat mir das vorgespielt, mich betrogen. Man hat mich glauben lassen, im guten Glauben gelassen, dass mit meinem Sprechen alles in Ordnung ist. Und man hat mir die launige Idee geliefert, nicht sprechen zu wollen. Verpackt auch noch mit dem Gefühl, das sei meine eigene Idee. Es war nicht meine eigene Idee, es war die Idee einer anderen Person, des Unterbewusstseins. Unterschoben.

Das Unterbewusstsein hat eine Menge vorgefertigter Betrugsrezepte. Bei Gelegenheit werden sie geliefert. Deshalb kann auch schon ein Säugling, ohne noch von der Welt etwas erfahren zu haben, seine Mutter mit einem Täuschungsmanöver überlisten.

Wie konnte ich nur, es ist lange her, so glücklich sein! Nein, ich sehe es immer wieder, sobald ein leuchtendes Bild aus der

Vergangenheit auftaucht, bin ich jetzt hier glücklich. Ich bin ein Schmarotzer meiner Vergangenheit. Ich bin glücklich, obwohl ich es nicht sein sollte. Man könnte sagen, es sei eine vorgespiegelte Glücklichkeit. Stimmt nicht, ich bin tatsächlich glücklich. Wir hatten eine Stufe im steil ansteigenden Tal erreicht und gingen über ebenen, feuchten Waldboden. Dicht bemooste Stämme lagen quer. Hier musste sich ein See gestaut haben, bis er versandete, so dass Wald darüber wachsen konnte. Hoch oben lag das Tal, und breit. Auf den Wald folgten sumpfige Wiesen. Sümpfe sind abweisend und auch noch im Sonnenlicht magisch, weil unbetretbar. Zwischen den Büscheln von Sumpfgras mit den fremdartigen Ährenrispen sickerte braunes Wasser. Dort lagen auch einige Knollen von Raseneisenerz.

Damals konnte ich glücklich sein, und jetzt wieder. Nachdem Ermelinde damals dort unten von mir weggegangen war, blieb mein Leben stehen. Ich erinnere mich nicht, dass mir in der Zeit nach diesem Tag von irgendetwas heiß oder kalt geworden wäre. Ich wickelte den Arbeitstag ab. Nicht unfroh, könnte man sagen.

Das war eine feste Gemeinschaft, eine auch starre Gemeinschaft, damals in der Firma für Steuergeräte. Über viele Jahre änderte sich wenig. Die Gänge, die Arbeitsräume, die Personen, die an der Geräteentwicklung arbeiteten, waren eine konstante Umgebung. Auch die Arbeit im Technikum blieb, mit Variationen, die gleiche. Von draußen kamen Aufgabenstellungen, die Entwicklungen wurden ausgeführt und abgeliefert. Die Mitglieder des Technikums hatten recht unbewegliche Eigenheiten. Zu anderen Abteilungen der Firma gab es wenig Kontakt, und dort wusste man nichts von den Lebensgewohnheiten des Technikums.

Jeder hatte und behielt seinen Arbeitsplatz mit der ihm eigenen Ordnung, hatte sein Spezialgebiet und seine Funktion.

Auch Nebenaufgaben, die nichts mit der technischen Arbeit zu tun hatten, waren und blieben verteilt, wie es sich durch den Charakter oder einen Präzedenzfall ergeben hatte. Das englische Lexikon wohnte auf einem bestimmten Arbeitsplatz und blieb dort. Wenn, etwa einmal im Jahr, vom Gesundheitsamt die Frage nach Blutspendern kam, nahm immer derselbe das Formular und ging in der Runde. Auch für die Gruppierung, in der man mittags in die Kantine ging, hatte sich eine Gewohnheit gebildet, zwanglos, aber beständig. Und es herrschte große Vorsicht gegenüber Änderungen in dem einmal eingestellten Gleichgewicht innerhalb der Gruppe.

Diese Gleichmäßigkeit des Tagesablaufes hatte auch die privaten Gewohnheiten der Männer und der einen Frau zu stärkerer Fixierung gebracht.

Der jüngste unter den Kollegen Uhlings war Kratki. Kratki kam morgens zwischen sieben Uhr fünfundzwanzig und sieben Uhr neunundzwanzig mit seinem Sportwagen. Wenn er die Einfahrt passiert hatte, gab er stets noch einmal Gas, so, dass der typische Klang seines Auspuffs zu hören war. Er schwenkte dann auf dem Fabrikhof in einer weiten Kurve nach rechts und parkte auf dem letzten, außen rechts gelegenen Parkplatz, am Zaun. Kratki fuhr die Kurve über den Fabrikhof jeden Tag genau gleich. Man wusste, dass er durch das Schlagloch vor seinem Parkplatz fahren und wie der kleine Wagen nicken würde. Bei Regenwetter sah man in Gedanken schon, noch während Kratki die Kurve über den Hof zog, die kleine Fontäne, die aus dem Schlagloch spritzen musste.

Für sein Äußeres hatte Kratki kein Gefühl. Er trug Anzug und Krawatte, weil man das so tat, aber er fuhr ohne Bedenken mit diesem Anzug durch Regen. Das Dach des Wagens schloss er ungern. Eher wickelte er sich einen dicken, hellbraunen Wollschal um den Hals. Er kam dann mit nassen

Haaren, nassem Schal und nassen Rockaufschlägen ins Labor. Dort ging er geradewegs an seinen Platz, putzte die Brille und begann zu arbeiten.

Wenn er ein Problem gelöst hatte, ging er zu dem, der das Resultat brauchte, sagte „Schau!" und ging an seinen Platz zurück. Es konnte dann sein, dass er für ein paar Minuten zu einem Buch griff, das nicht zum Arbeitsbereich des Technikums gehörte, etwa: ‚Die Topologie der Fadenräume'. Er liebte die Verstrickung in abstrakte Strukturen. Er verließ die einfachen Maßstäbe von Fern und Nah und Oben und Unten, und suchte die Mathematik von Räumen, die etwa die Struktur verhedderter Fischernetze haben.

Er sagte auch nichts, als aus der Stille des Laborraumes zu hören war: „Man hat Kratki angeblich mit einem Mädchen gesehen!" Auch von anderen war nichts zu hören, außer einem „Hui!" da und einem „Hui!" dort.

Der Senior im Labor war Binder. Wenn Binder das Wort ‚Hui' sagte, war das nicht ein Ausruf, nicht ein lustiger, neckender, anzüglicher Ausruf, wie der bewundernde Pfiff nach einem Mädchen auf der Straße. Er sagte das Wort ‚Hui' langsam, als ein trockenes Zitat.

Denn jede direkte Gemütsäußerung war für Binder tabu. Er hasste das Direkte. Frisches Wollen, ehrgeiziges Arbeiten oder gar Gedanken an eine Verbesserung der Welt oder auch nur des Technikums, waren ihm zuwider. Ein offener, auf Taten gerichteter Blick war für ihn so unqualifiziert und verjährt wie das kolportierte Grölen des Urmenschen. So bedeutete das langsame Sprechen des ‚Hui' mehreres: dass eine etwaige Begeisterung Kratkis für ein Mädchen lächerlicher Ausdruck von fossilen Trieben sei, und auch, dass die in solch einem Labor gegen einen Verliebten gerichteten Hänseleien lächerliche Tradition bedeuteten.

Obwohl diese Überzeugungen für Binder ernst waren, konnte er dies, seiner Einstellung entsprechend, nicht sehen lassen.

Seine Mimik zeigte deshalb nicht Ernst, wenn er etwas ernst meinte, sondern ein Grinsen, das Geringschätzung für jegliche Art von Begeisterung bedeutete, auch Ironie bezüglich seiner eigenen Überzeugung.

Der lange Gang, der zum Laborraum führte, war zu beiden Seiten verglast. Dahinter Gerätetische und Kabelbündelungen. Morgens kam Binder mit wischenden Schritten und verschleiertem Blick hinter seiner Brille durch den Gang. Stand die Tür zum Laborraum einen Spalt offen, so stieß er mit dem Fuß dagegen. Grüßte jemand, so war sein Quittieren kaum zu vernehmen. An seinem Arbeitstisch angekommen, ließ er seine Tasche hörbar auf den Tisch fallen, lehnte sich an den Tisch, griff nach der Zeitung in der Manteltasche und begann zu lesen. All das: ein inzwischen alt gewordener Protest gegen Ordentlichkeit und Ordnung.

Laut lachte er auf und schlug mit der Hand auf das Zeitungspapier: „So blöd die Menschen! Da kann eine nicht so hoch springen, wie sie will, die Latte fällt, und ein Reporter erwischt sie, wie sie heult. Wozu das Hopsen überhaupt gut sein soll!?" Daraufhin schmiss er die Zeitung zwischen die Messgeräte auf seinem Tisch, ging zur Reihe der Spinde an der Seitenwand des Raumes, hängte seinen Mantel hinein und zog den weißen Labormantel an. Als Nächstes ging er zu dem kleinen Waschbecken, wo man sich Laborhände waschen konnte, und erledigte seine Rasur.

Von diesem Kulissenspiel der Verachtung für alle Regeln und Gehörigkeiten ausgenommen, war seine eigene Arbeit. Die erledigte er mit größter Effizienz. In technischen Fachausschüssen war seine hohe Qualifikation geschätzt. Es lief bei ihm, sozusagen, das Räderwerk der Arbeitslogik reibungslos, emotionslos, wogegen seine Emotionen in missmutiger Weltsicht und Zynismus ohne Hoffnung verfangen waren.

In jeder Gruppe herrscht ein Ton. Im Labor war die Atmosphäre durch Binder geprägt. Er hatte gemeint, die offizielle

Mittagspause sei durch die Vielzuvielen, die zur Verdauung durch die Alleen schritten und umliegende Brachgebiete bevölkerten, vergällt. Stattdessen führte er einen Spaziergang am Nachmittag ein. Das passte zwar nicht in den Organisationsplan, aber das Labor ertrotzte sich immer wieder Sonderstellungen. So ging das Häuflein aus dem Labor nach dem Kaffee auf die Wege hinaus.

Das ist eine Unterbrechung. Denn sie sitzen an ihren Tischen, lesen, machen sich Notizen. Ab und zu steht einer auf, stellt den Fuß auf den Stuhl, stützt den Ellenbogen auf das Knie, legt das Kinn in die Hand und sucht blätternd in anderen Büchern. Oder er geht an die Tafel, schreibt eine Formel an, überlegt, die Hand noch zur Formel gehoben, und schreibt die Formel in anderer Gestalt an, bis ihre Teile ihn ansprechen wie Ikonen seiner Tätigkeit.

Der Raum ist ruhig, die Köpfe meist nachdenklich gesenkt. Eine Fußspitze oder ein Finger beschreibt in rhythmischer Bewegung ein Quadrat, als könnte so die Exaktheit der Gedanken unterstützt werden.

So spazieren sie in die Allee hinaus, aus der Sachlichkeit in die grüne Welt, und es darf in dieser halben Stunde nicht über Dinge ihres Fachs gesprochen werden.

Ein Gesprächsfetzen: „Jaja, Geld müsste man haben!" Darauf Binder, belehrend, aber schmunzelnd: „Wenn Sie Geld verdienen wollen, müssen sie mit Bananen handeln. Nein, ‚verdienen' ist nicht der richtige Ausdruck, sie können Geld ‚machen' mit Bananen."

Eine Replik, und wahrscheinlich eine, die schon oft gelaufen war, kommt aus einem anderen Teil der Gruppe: „Sie schlagen ein paar hundert Prozent drauf, und schon haben sie ihr Schwimmbad mit magischer Beleuchtung."

„Wenn sie ihr Schwimmbad haben, drehen sie die magische Beleuchtung an, spielen Feine Leute und laden sich andere Feine Leute zur Bewunderung ein."

„Irgendjemand muss die Bananen ja herbeischaffen, aber der Gewinn!"

„Der Mensch sollte nach seiner Anstrengung bezahlt werden, oder vielleicht nach seinem Verstand!"

„Das sagen Sie einem Politiker, der fühlt sich gleich angegriffen."

„Ich weiß gar nicht, was ihr wollt", sagte Binder, „wollt ihr denn wirklich alle ein Schwimmbad?"

So liefen die Gespräche der Nachmittagspause, variiert durch die Ereignisse des Tages, durch die Nachrichten der Zeitungen. Uhling ging jeden Tag ins Labor, aber dieser nachmittägliche Gang erreichte kaum sein Bewusstsein. So wie in seiner Kindheit frühmorgens, wenn er schon geweckt, aber noch halb schlafend war, das Pferdegespann des Milchmannes vor dem Haus vorbeitrabte und die Räder auf einer geflickten Stelle der Straße immer in gleicher Weise rumpelten, so ging er jetzt durch den Eingang der Firma für Steuergeräte, in das Gebäude, den Gang entlang, an seinen Platz. Der Tag kam wie ein gewohntes Geräusch, das man erst hört, wenn es unterbleibt.

Auch während der Arbeit des Tages war das Bewusstsein seiner Person nicht völlig wach. Wohl rechnete und überlegte er das, was seine Aufgaben erforderten, sprach auch mit anderen, lachte auch über einen Witz, der in die Stille fiel, aber es lag ein Schleier über dieser Welt. Als sei das Bewusstsein mit einem nervösen Blinzeln überzogen.

Das Bild des Labors war gekennzeichnet durch die Reihen der Labortische. Man sah sie schon durch die Verglasung des Ganges. Die Reihen erstreckten sich, drei Tische lang, bis zu den Fenstern. Kam man, in anderen Gedanken, den Gang entlang, so waren für das Auge zunächst die regelmäßigen Linien der Tischreihen das Wichtigste. Nur hier und da wurde diese Regelmäßigkeit durch die Versuchsaufbauten, Messinstrumente und Kabel unterbrochen. An jedem Tisch stand ein Stuhl. Kam man zur Tür herein, so blickte man zwischen zwei Tischreihen und sah sechs Stühle, drei zur rechten Seite gekehrt, drei zur linken. Die Rücklehnen standen einander in der Mitte gegenüber. Auf den Stühlen saßen Männer, und das Besondere des Bildes war, dass auch sie die Regelmäßigkeit des Bildes nicht auflockerten. Sie saßen, in weißen Mänteln, über ihre Tische gebeugt. Vom Sitz aufsteigend, bildete der Rücken einen Viertelkreis bis zum Genick. Drei weiße Rücken waren nach rechts gebeugt, und drei nach links. Hier saßen die hochqualifizierten Mitarbeiter der Firma für Steuergeräte an ihrer Entwicklungsarbeit.

Das Sitzen, das ohne wesentliche Veränderung vom Morgen bis zum Abend andauerte, machte das Blut lau wie abgestandenes Wasser. Nach der Regelmäßigkeit der Jahre gewöhnte sich der Körper an die geringe Tätigkeit und revoltierte nicht mehr, wie ein Schulkind revoltiert, das in der Pause auf den Hof stürmt. Vielleicht stand Uhling einmal auf und ging zu einem anderen Tisch, an dem ein Problem besprochen wurde, beugte sich zu den anderen, setzte einen Fuß auf einen freien Stuhl und gab seinen Rat. Oder hörte zu, wenn Binder eine seiner Geschichten zum Besten gab: Dass er eine kokette Hündin gesehen habe: in der Nähe sei ein Rüde gewesen, und die Hündin habe in einem unendlich harmonischen, lässigen, beinahe lieblichen Sprung über ein Mäuerchen gesetzt.

Über die Jahre änderte sich im Labor wenig. Freilich äußerten sich modische Entwicklungen auch hier. Stühle wurden ausgewechselt und hatten plötzlich eine andere Form. Die Drehknöpfe an Instrumenten bekamen expressivere Farben und eine griffigere Rändelung. Auch wurden die Funktionen der Geräte anspruchsvoller. Die Arbeit im Labor aber blieb für Uhling ein gut bekanntes Geleise. Er gab sich diesem Geleise hin, denn es ließ sich als eine Notwendigkeit deuten und es enthob ihn, scheinbar, des Ärgers, an Versäumnisse zu denken.

So schränkte sich unter Gewohnheit und verdecktem Zwiespalt Uhlings Lebendigkeit ein. Wenn er während der Arbeit eine Melodie summte, so war das nicht das Jauchzen eines übermütigen Herzens, sondern ein Stück der Gewohnheit. Der Rhythmus der gewohnten Melodie lief gleich dem der gewohnten Arbeit, als verträumte Abstraktion dieser Arbeit.

Nur manchmal noch weckte abends, wenn Uhling das Werk verließ, ein kühler Wind den Bereich der Sehnsucht in ihm. Es war vielleicht nach einem Regen der Wind, der den Abend plötzlich klar geweht hatte, so dass unter den verziehenden Wolken der Horizont in Farben aufleuchten konnte. Die Kräne auf dem Werksgelände schräg gegenüber und die Träger für die Schienen der Laufkatzen standen schwarz und bizarr vor dem Licht. Dann wurde Uhling erinnert an die Brükke über den großen Strom, auf der er täglich gegangen war, und in einem jäh aufflackernden Jammer stand sein Leben vor ihm.

An einem solchen Abend ging er zwar wie auch sonst über den Hof zu seinem Wagen, fuhr, rückwärts schauend, mit einer Hand am Lenkrad und der anderen auf der Lehne des Nebensitzes, zwischen den noch parkenden Wagen heraus, und dann, wieder vorwärts, durch das Tor, aber in seine Wohnung wollte er nicht. Er bog ab auf unbebautes Gelände und löschte das Licht. Er legte die Arme auf das Lenkrad, den Kopf auf die Arme und weinte. Es kam dann mit einem bitteren Licht die Erinnerung an ganz frühe Tage, als die Möglichkeiten für unbegrenzt galten, und der Ehrgeiz sich auf Entdeckungen richtete.

Aber die Tränen mussten mit einem Achselzucken vertrocknen. Er fuhr dorthin, wo er wohnte; allein. Es bildeten sich Nachlässigkeiten aus, beim Schuhwerk, beim Geschirr. Er trug seinen Rücken nachlässig und musste Ärzte aufsuchen.

Sein Nest war das Labor. Das trug ihn auf dem Rücken der Arbeitsabläufe, durch die Wiederholung der Griffe und die Vertrautheit der Schrammen auf dem Tisch. Er schrieb manche Aufsätze in Fachzeitschriften. Aber das war kein Ehrgeiz, das waren Mitteilungen an andere. Er wurde Nachfolger von Binder. Aber das ernährte nicht einen Ehrgeiz, es war Ablauf. Streben galt in diesem Kreis als Hochmut, inhaltlose Eitelkeit.

Und dann, nach einem unerwarteten Anruf, kam Ermelinde mit dem Kind im Tragekorb. Wie Atemnot, sie nach so langer Zeit wieder zu sehen. Sie hatte die Spur eines Lächelns als Entschuldigung. Aber: Sich zu entschuldigen, stand Ermelinde nicht. Die Züge ihres Gesichts waren ein plötzlich wieder aufgeschlagenes Kapitel. Ob er ihr aushelfen könne, sie habe gerade keine Bleibe für das Kind.
„In zwei Stunden!", sagte sie.
Ob es ihr schwer gefallen war, wieder bei ihm anzuklopfen? Wahrscheinlich nicht. Nur eine rationale Überlegung. Ein Organisationselement.
Mitten in der nicht bereiten Wohnung, unüberlegt gekleidet, nur für sich selbst, hatte er unvermittelt das Kind. Er zog sein Hemd zurecht, bevor er sich über den Korb beugte. Das Kind schaute mit Selbstverständlichkeit. Die Fokussierung der Augen war noch ungewiss, die Welt noch zu neu. Der kleine Kopf machte ruckende Bewegungen hin und her. Auch die Arme. Und die Finger in ihrer Winzigkeit schienen sich an Bewegungen, auch Bewegungen einzelner Finger, zu freuen. So rau und knapp wie je war Ermelinde, aber auch so aufrecht, so königlich – vielleicht wegen der Rauheit. Kurz war ein altes Zuhause eingetreten und wieder weggegangen.
Uhling war über das Kind gebeugt und streckte, er wusste das gar nicht, den Finger nach der so kleinen Hand, und sein Fin-

ger wurde fest umgriffen. Plötzlich hatte Uhling ein Gegenüber, Etwas, Jemanden, der Antwort gab in dieser Wohnung, die seine Unterkunft war.

In dieser Wohnung hatte er – vorwiegend ernste, sparsame – Musik gehört, hatte Zeitschriften gelesen, um informiert zu bleiben, hatte aufgeräumt, mindestens zur Hälfte, und sich für den nächsten Tag fertig gemacht.

Jetzt wurde Uhling auf dieses Kind geprägt, wie ein Küken auf den Ton der Mutter. Auf den suchenden Blick der noch nicht ganz fokussierenden Augen, auf die Stimme. Nach zwei Stunden kam Ermelinde und holte das Kind wieder ab. „Bring sie wieder!", sagte Uhling. Es blieb ein überwältigender Durst nach dem Kind zurück. Der Finger, den die kleine Hand festgehalten hatte, brannte nach dieser Berührung.

Aber wenn sie schon beschlossen hatte, ein Kind zu bekommen, ein neues Experiment, sozusagen, um ihr Leben allseitig auszuloten, warum dann nicht von ihm? Künstlich? Nein, das widerspräche ihren Prinzipien, ihrer ‚Orthothymie'. Wen hat sie so nahe an sich herangelassen, sie hat diesen ja nicht mehr, sie kommt ja zu ihm, Uhling, mit dem Kind. Sie gibt ihm das Kind nicht so, als sei er ihr unsympathisch. Wen hat sie so nahe an sich herangelassen?

Einmal legte ihm Erml die Hand auf den Unterarm. Üblicherweise – wenn sie das Kind brachte – gab es einen Routinegruß. Er öffnete die Tür, Ermelinde trat an ihm vorbei in die Wohnung, und sie sahen einander schräg. Es ergab sich aber einmal, wie das so geschieht bei häuslichen Kleinigkeiten, Übergabe von Windeln und Kindesnahrung, dass Ermelinde und Uhling einander direkt und nahe gegenüberstanden. Die Augen waren unmittelbar aufeinander gerichtet. Sie senkte den Blick schnell und stieß ein kleines ‚Hm' aus. Sie legte ihre Hand auf seinen Unterarm, als sollte das bedeuten: ‚Es ist schon gut!'. Aber was war gut?

Das Kind wuchs zu einem Mädchen, das sich um Blumen kümmerte und in heller Freude Ameisen verfolgte. Uhling war mitten ins Leben gezogen und alle Register von Freude, Bangen, Hingebung und Hoffnung waren aktiv. So wurden auch seine alten Denkwege wieder lebendig, aus der Zeit, als er den Hypnomaten konzipierte. Und als er mit dem kleinen Mädchen in kaltes Wasser sprang und als völlig Verwandelter wieder aus dem Wasser stieg, da begannen seine Gedanken an Psyris. Elektroden und Signalverknüpfungen waren sein tägliches Brot. Was das Wasser kann, das können auch Elektrodensignale. Missmutig und übellaunig, nur durch das Kind gezogen, war er ins Wasser gegangen: und hatte plötzlich Spaß herumzutollen. Wenn das Wasser über die Haut bis ins Gemüt wirken kann, dann müssen das auf die Haut aufgesetzte Elektroden auch können. So entstand Psyris. Jetzt verwenden sie Psyris, um Menschen zu verdrehen.

Ich hätte Psyris nicht veröffentlichen sollen. Und Dagmar, das Kind, ist herangewachsen, hat sich entfaltet ‚wie eine Blume‘; so sagt man, und es stimmt. Die Kapazitäten der Hoffnung, der Liebe, der Sehnsucht, der Zuversicht haben sich in den letzten Jahren entfaltet wie Blütenblätter. Nun steht die Pflanze da in ihrer Pracht, nun ist das Bauwerk fertig. Und sofort kommt es in Gefahr, beschädigt zu werden oder gar zu zerbrechen.
Und nun kann ich, obwohl das Gefühl meiner Einbildung sagt, ich hätte das Kind erschaffen, redlich habe ich mich ja bemüht, nun kann ich nicht helfen. Ich weiß nicht, ob Dagmar irgendwelche Worte akzeptieren würde. Aber nicht einmal den Versuch kann ich machen. Ich kann nicht mehr sprechen. Ich liege hier ohne Berechtigung.

34

Ilona tat, was sie vielleicht noch nie getan hatte: Sie setzte sich an einen Tisch eines Straßenkaffees und schaute auf die Passanten und auf den Verkehr. Ihre Haare waren ein dichter Bausch um ihr Gesicht. Wie damals, als sie zum Kanzler in die Kabine des LKWs gestiegen war. Das Haar hielt sie nach wie vor schwarz. Sie trug auch eine schwarze Hose und eine schwarze Bluse, aber darüber einen grünbraunen Blazer. Ihre Augen begleiteten den Verkehr, das braune Auge und das grüne. Oft fing sich in diesen Augen ein Blick Vorübergehender. Dieses Mädchen Dagmar hatte zu ihr gesagt: „Sie wissen nichts, und Sie verstehen nichts!"

Sie ist ja ein delikates Geschöpf, sagte sich Ilona. Ob der Kanzler sie angegangen hat oder ob das Mädchen dem Kanzler Augen machte? Ermelinde hatte sie auf einen der Kongresse mitgebracht. Und der Kanzler schmuggelte uns hinein. Vielleicht war das Mädchen Dagmar durch die lachend-raue Art des Kanzlers hypnotisiert. Er saß in der für ihn zu engen Bankreihe, drehte sich mit verschmitztem Gesicht hierhin und dahin, machte einen Witz in die Stille, immer knapp am Skandal in der akademischen Ruhe der Kongressteilnehmer. Solch ein witziger Unhold bestrickt.

Ilona wusste, dass mit dem Mädchen nicht zu reden war. Würde sie sagen: „Lass vom Kanzler ab!", dann wäre da nur ein hasserfüllter, vielleicht verachtender Blick gekommen und der Hinweis: „Sie verstehen nichts!"

Und mit ihm selbst? Der Kanzler ist einer, der glaubt, nie nachgeben zu dürfen. Er hat natürlich einen Punkt, an dem er weich werden kann, seine Kugelstoßer. Diese Burschen hegt er und pflegt er, und bevor seinem Philipp etwas passiert ...

Ilona saß mit übergeschlagenem Bein am Straßentisch des Kaffeehauses. Sie hatte immer schon eine starke Figur gehabt, jetzt war sie vielleicht etwas stärker, aber es stimmte alles, der Körper war, man könnte sagen, gebündelt, im Griff, so wie sie ihre Geschäfte im Griff hatte.

Kann sein, sagte sich Ilona, für Philipp lässt er das Mädchen vielleicht fallen. Aber wenn er sie wegschickt, wird sie ihm das nicht glauben. Sie wird wiederkommen, so als wäre nichts gesagt. Sie glaubt, der Kanzler sei ihr von den Überirdischen zugesprochen. Dagmar zu beeinflussen, ist kein möglicher Ablauf, er dauert zu lange.

Ilona rief Nico an: „Komm und hol dir dein Psyris!" Ilona war mit ihren Gedanken noch nicht fertig, da kam Nico schon die Straße herauf, schaute hastig, sah sie, schaute nur flüchtig auf den Verkehr und hastete in der spastisch anmutenden Weise eines dünnen Unsportlichen über die Straße. Er stand vor Ilona, zu erregt, um zu grüßen, und streckte die Hand aus, so als müsse Ilona das Gerät schon bereit halten. Sie sah Nico abschätzend an, schien nochmals nachzudenken und sagte: „Tu Dein bestes, Nico, damit Eurem Philipp nichts passiert!". Dann griff sie in ihre Tasche und reichte Nico den kleinen Elektronik-Kasten. Wie ein Buch aus graumetallischem Lochblech, das an der Schmalseite viele kleine Stifte von Steckerleisten zeigte, leblos ohne die weiterführenden Kabel.

Nico griff hastig danach und hastete fort, mit hochgekipptem Kopf über den sich krümmenden Schultern. Für den Flug hatte er alles bereit. Aber er musste das korrigierte Programm aufspielen. Er jagte das Taxi zum Bürogebäude, stand fiebernd im Lift und musste mit Mühe seine fahrigen Bewegungen beherrschen, als er an seinem Computer saß und das Gerät in die Ladeposition steckte. Die Überspielung des Programms kostete kaum Zeit. Den bereitstehenden Taxifahrer feuerte er an, mehr Gas zu geben, und steckte ihm 100,- extra zu, was weder nötig noch wirkungsvoll war. Die möglichen Flüge hatte er im Kopf, und er kam zu einer vor-

läufigen Beruhigung, als er schon zum zweiten Flug einchek-
ken konnte.

Während des Wartens bis zum Aufruf kam ihm das zwingen-
de Bedürfnis, Philipp anzurufen. Er schaute auf seine Uhr
und rechnete, ob es bei Philipp Tag oder Nacht war. Dann
wählte er und grüßte Philipp und kündigte mit freudigen
Worten an, dass er unterwegs sei und zum Wettkampf zurecht käme.

Während des ersten Fluges hatte Nico sich mit diversen
Lektüren zerstreut. Für den Anschlussflug musste er, sein
Köfferchen nach sich schleppend, durch lange Korridore
ziehen, andere neben ihm. Oder auch vor ihm: Eine weibliche Gestalt in einer hellen, eng passenden Hose machte
ihre Schritte vor ihm, der Stoff der Hose war weich und
schmiegsam. So zeigte die weibliche Rückseite, rechts und
links, über die vielen Schritte im langen Gang ihre Bewegungen. Die Gleichmäßigkeit des Rhythmus zog Nico beinahe in einen Traum. Es störte ihn nur, dass die auf dem
harten Kunststoffboden hart gesetzten Schritte auch unter
den glatten Hosenwölbungen Erschütterungen zeigten. Ein
Mangel an Festigkeit.

Im Strom der dahinstrebenden Reisenden stieß jemand gegen
Nicos Ellenbogen. Seine Papiere hatte Nico nicht fest genug
gehalten, sie flatterten, beinahe wie Papierflieger segelnd, zu
Boden. Nico, wegen seiner nervösen Grunddisposition immer schnell reagierend, tauchte in einer linkischen Bewegung
nach der Bordkarte. Er erreichte sie auch, bekam sie aber
nicht zu fassen, stattdessen erhielt das schlanke kartonartige
Papier einen weiteren Stoß. Es fuhr noch einmal hoch und
traf dann mit der Schmalseite auf den Boden. Es glitt, noch
beinahe aufrecht, weiter, bis es sich am Schlitzgitter eines Lüf-
tungsschachtes, das glatt in den Boden eingelassen war, verfing. Dort wippte das Papier, und rutschte, in einen Schlitz,
und Nico erreichte es nicht mehr.

In diesem Moment schon sprangen Bilder von Hilfsmannschaften und technischem Gerät vor Nicos Auge. Aber Nico wusste auch, das Anlaufen der Hilfsmaschinerie des Flughafens werde eine Welt von Zeit kosten. Seine Beteuerungen am Gate, er habe ja eine Bordkarte, nützten nichts. Im Gegenteil, je jämmerlicher er wurde, je hysterischer er wurde, desto argwöhnischer schaute das Aufsichtspersonal. Sein Koffer wurde geholt und geöffnet. Was zunächst aussah wie eine Jeans-Jacke mit vielen Nieten, wurde bald als elektronische Gerätschaft verdächtigt, und Nico wusste, noch bevor die Beamten um ihn die Brisanz erkannten, dass die Fäden hier bis zum Kanzler und dort bis zu Philipp verfolgbar waren.

Philipp stand am Tag seines Wettkampfes auf, beinahe wie an anderen Tagen. Er war nicht der Typ des Rennpferdes. Hochgespannte Wettkämpfer verfehlen leicht im kritischen Augenblick den Tritt. Philipp wollte gerne gewinnen, aber mit treuherzigem Vertrauen, so wie man in Gedanken schönes Wetter auf sich zukommen sieht. Dazu kam ein Selbstvertrauen, das auf seinem ruhigen, gut bemessenen Körper aufbaute. Sein Kopf war wie der Kopf des jungen Nero, mit breiten Muskeln ruhte er auf den Schultern. Aber dieser Nero-Kopf hatte keine Brutalität, sondern gutmütige, junge Zuversicht.
Er ging hinaus auf den weiten Platz, neben ihm andere Sportler, auch Kugelstoßer und Trainer. Er hatte erwartet, dass Nico in die Kabinen kommen würde. Seltsam schon, dass der Kanzler fehlte. Philipp schaute hinauf in die Ränge der tausend Köpfe. Einer davon musste Nico sein. Aber sein Mädchen, das Flüssige Gold, fand er, und sie winkte ihm. Für sein rundes Gemüt war auch die Liebe eine ungeteilte Sache, die Lust seines Körpers und die pure Freude an seinem Flüssigen Gold waren ununterscheidbare Lebendigkeit.
Philipp stand auf dem kleinen Basiskreis, den Rücken zur Rasenfläche des Stadions. Die Kugel hielt er zwischen Dau-

men, Zeigefinger und Mittelfinger an den Hals gelegt. Seine Technik war das zweimalige Drehen vor dem Abstoß. Er hatte sich diese Technik nicht ausreden lassen. Er stand hoch aufgerichtet. Schließlich ging er etwas in die Knie, drehte sich etwas rechts, holte auch mit dem linken Arm nach rechts aus und begann dann einen doppelten Linkswirbel, in dem er seine Kraft explodieren ließ. Aber in diesem Wirbel musste Präzision eingehalten werden, die Richtung des Stoßes und die Balance; er durfte sich nicht aus dem Trittkreis katapultieren. Die Gleichzeitigkeit von Kraft und Präzision brachte für Philipp auch die Liebe zu diesem Sport.

Er war im Wirbel, er setzte die Füße richtig, er setzte, zugleich automatisch und bewusst, den Stoß an. In diesem Augenblick kam von irgendwoher ein panischer Schreck mit dem Gefühl, mit einer Art Maßgabe, dass nur der Stoß befreien könne.

Ein Schrei ging durch das Stadion, denn die Kugel flog weit über die Zone der übrigen Meisterschüsse. Philipp aber drehte sich und drehte sich, den rechten Arm weit vorgestreckt, so als wolle er die Kugel immer noch weiter und weiter stoßen. Er kam in den Drehungen vom Basiskreis ab und drehte auf dem Rasen weiter, er stürzte und drehte weiter. Viele liefen auf ihn zu und versuchten, ihn zu halten. Es gelang nicht, in seinen spastischen Drehungen war er zu stark. Das Mädchen, sein Flüssiges Gold, rief ihn vergeblich beim Namen. Ein Sanitäter konnte dann eine Spritze setzen.

Für die Komitees war es schnell deutlich, dass Philipp manipuliert worden war. Die Nachricht lief in die internationalen Kanäle und wurde verknüpft mit dem Aufgriff von Nico.

Der Kanzler hatte sich zu dieser Zeit in sein Glasbüro gesperrt. Der Fernseher stand auf der rechten schwarzen Aktenkonsole, dahinter die Karte des Kontinents. Den schwarzen Drehschwenksessel richtete er auf den Fernseher. Mit dem linken Ellenbogen konnte er sich auf die Schreibtischplatte stützen. Fürs Hochlegen der Füße hatte er einen zweiten Stuhl herangezogen.

So begann er die Verfolgung der Übertragung. Seit Nico ihm gemeldet hatte, dass er Psyris wieder hatte und dass er auf dem Weg zum Flughafen war, löste sich der Krampf der Hilflosigkeit, der ihm Tränen abgepresst hatte. Er konnte wieder denken. Flink war sein Denken immer gewesen. Es kam auch im Hintergrund das Gefühl zurück, immer alles erzwingen zu können, immer siegen zu können. Und jetzt würde bald Philipp ins Kamerafeld kommen und siegen, für ihn siegen, sein Philipp.

– 35 –

Wiederholungen. Immer wieder. Immer wieder wache ich auf und sehe das Fenster. Und immer wieder ist das Gefühl eingeschaltet, „Ha! Ein neuer Tag, neue Entwicklungen, neue Möglichkeiten, besser als gestern!". Für mich wird nichts besser sein. Doch obwohl ich das weiß, lebe ich von diesem Gefühl. Sonst könnte ich den kommenden Tag ja nicht lieben. Vielleicht sollte ich das auch nicht. Er wird ja nichts bringen. Nur Mühe und Kosten in diesem Gebäude. Aber ich kann mir nicht helfen, ich bin in widersinniger Weise neugierig auf den Tag. Wiederholungen sind etwas Seltsames. Man möchte meinen, eine Wiederholung sei unsinnig. Ich freue mich auf ein Festmahl, ich trinke das erste Glas, ein Freund prostet mir zu, ich esse Leckerbissen. Ich habe das Festmahl erlebt. Warum jemals ein weiteres? Es ist doch schon erlebt. Aber das ist der Standpunkt der Reflexion, und Reflexion bringt den Menschen durcheinander. Ich lasse dieses Kreisdenken. Der Morgen hinter dem Fenster darf mich freuen. Und Wiederholungen sind willkommen. Das Grau ist noch sehr dunkel.

Es scheint, dass niedere nasse Wolken über die Hügel ziehen. In das Haus hier kommt Wetter nicht herein. Es ist immer mäßigwarm. Und das Haus ernährt immer meine grünen Lichter. Vorerst. Die grünen Glanzlichter auf der Chromstange an meinem Fußende und am Aluminium des Fensterrahmens sind immer da. Sie vermitteln Beständigkeit.

Der Wind wirft Tropfen an die Fensterscheiben. Teils sind sie noch dunkler als der Himmel, teils fangen sie ein ganz zartes grünes Leuchten. Die Tropfen lassen mich zurückfallen in eine mythische Verfassung. Es drängt sich mir auf, die Tropfen seien ein Anklopfen der Welt draußen. Dort werde ich nicht mehr hingehen. Ich werde nur mehr in geregelter Temperatur liegen. Diese Gleichmäßigkeit ist ein laues Gelieren für den Körper. Die Säfte beginnen in allen Ecken zu stocken, und da doch der Geist, oder wie man das nennen soll, mit dem Körper verbunden ist, werden meine Gedanken ebenfalls bald stillstehen, in einem austrocknenden Sumpf. Regentropfen hatte ich immer gern. Es gibt so ein Gefühl der Freiheit und des Übermuts, den Regen auf sich fallen zu lassen.

Wir fuhren hinaus, der Weg führte zunächst durch Laubwald. Der Weg war so schmal, dass die Kronen der Bäume ihn nicht zur Kenntnis nahmen. Sie bildeten ein gleichmäßiges Gewölbe. An diesem Morgen schien die Sonne. Die Blätter der Buchen waren altgrün, die Ahornblätter hellgelb. Wenn Himmel durch das Laub sichtbar wurde, schien das Blau stechend scharf. Dann senkte der Weg sich zum See.

Aber erst als wir ganz hinunter kamen, als wir unter den am Ufer tiefer hängenden Zweigen durchblicken konnten, zeigte sich der See. Die Wasserfläche war weit und still. Auf dem Weg war außer uns niemand zu erwarten, und doch gingen wir eine Strecke am Ufer entlang, bevor wir einen Platz suchten, der sich fürs Zelten eignete. Obwohl wir viel vorhatten, schien es, wir würden den Rest des Tages nichts tun. Wir zogen die Schuhe aus und saßen am See. Es gab gar keine Absprache darüber, dass wir an diesem Tag nichts mehr machen sollten. Wir waren einfach mit Wahrnehmung beschäftigt. Die Weite des Wassers, das rechts weit auslaufende Ufer, durch kleine Landzungen, von Bäumen und Sträuchern bewachsen, unregelmäßig gegliedert; links ebenso weit auslaufend. Es muss eine Kategorie der ruhigen Weite geben. Das diesbezügliche Ganglion wurde gezündet. So wie Honig die Empfindung der Süße zündet. Psyris ist so unheilig: Es wird erzählt, sie hätten bei einer Versuchsperson Neid in Freude verdreht. Die Person empfand hasserfüllten Neid beim Anblick schöner Gärten. Nach der Behandlung mit Psyris freute sich derselbe, der äußerlich selbe Mensch, wenn er andere, hinter Zäunen, in schönen Gärten sah. Umgekehrt könnte man wahrscheinlich das Gefühl der Weite in Angst vor Enge verwandeln.

Der Tag am See war für uns unbelastet. Die Weite konnte wirken. Wasser und Bäume und Himmel müssen noch eine Reihe von anderen Kategorien ansprechen. Meine Gedanken begannen zu überlegen, welche Ganglien durch Wasser, durch Himmel, und welche durch Bäume erregt würden. Aber diese beginnenden Analysen wurden gleichsam überholt durch die gesamte Szenerie. Die Szenerie sprach mich an, als sei sie selbst eine Person. Das Gefühl der Schönheit trat ein. Wir können zwar mit Psyris das Gefühl der Schönheit in Abstoßung und Ekel verwandeln, aber wir wissen nicht, was Schönheit oder Ekel ist.

Das Marionettenmädchen war ganz sicher, zu wissen, was Schönheit ist: Ein lebendiges Wesen, das in vielen Dingen wohnt, eine körperlose Person, die wirken kann. Das Marionettenmädchen war mir unerwartet auf der Brücke entgegengekommen. Ihr brauner Schal lag um die Schultern, aber auch wie eine Kapuze um den Kopf. Es wurde schon Abend, und der Schal schien violett-braun. Wir kannten uns kaum und hatten noch keine persönlichen Worte gebraucht. Aber ihre Hand kam, sehr kalt, als Faust herauf und berührte vorsichtig

meine Wange. Die Hand öffnete sich nicht. Aus Vorsicht. Die
Spur der kalten Berührung blieb lange.
Wir sprachen über Wolken. Sie sagte, diese sei gutwillig und
jene eitel-schön und eine dritte sehnsüchtig. Wir sprachen
auch über die Schönheit von Kristallen. Ich beging die Un-
vorsichtigkeit, zu sagen, ein Kristall werde als schön empfunden, weil seine Form einer im menschlichen optischen System
vorgegebenen Form entspreche. Die Gestalt des Kristalls sei
wie ein Wort, das in der Sprache unseres Auges vorhanden ist.
Die Schönheit existiere nicht, solange wir den Kristall nicht
sehen.
Dies löste heftigen Protest aus. Es sei vermessen und – das
Mädchen konnte in seinen Worten auch erbarmungslos sein
– es sei tollpatschig, primitiv, nicht zu sehen, dass Schönheit
etwas Lebendiges sei, eine Lebendigkeit des Kristalls.
So geht die Wahrnehmung seit Urzeiten diametral liegende
Wege. Auf dem einen Weg werden hinter den Erscheinungen
gesetzliche Abfolgen gesehen oder gesucht, auf dem anderen
Weg werden in allen Winkeln der Welt mit Gemüt und Willen ausgestattete Lebendigkeiten gesehen. So steht in einem
dieser Tage verfassten dogmatischen Dokument, das Böse sei
nicht ein Unvermögen, ein Unglück oder eine berechnete
Tat, nein, das Böse sei ein lebendiger, tagtäglich agierender,
den Menschen drangsalierender Geist, eine geistige Person.

Der Regen kam am Nachmittag über den See. Tristesse ist das
Wort für den Blick aus dem Zelt heraus auf das Wasser, das,
so weit das Auge reichte, von unzähligen, von Myriaden von
Tropfen aufgestachelt, aufgezupft war. Der Regen auf dem
Wasser brachte eine ruhige, angenehme, eine erhebende Traurigkeit. Die Charaktere in unserer Gruppe aber waren sehr
verschieden: träge, skurril, träumerisch, laut-und-lustig.
Der Lustige unter uns hatte keinen Sinn für Ruhe. Der auf
das Wasser niederrauschende Regen war für ihn eine Leere,

eine Pause im Leben. Er sprach mit wachsender Agilität von dem und dem. Dann schlug er vor, in den Regen hinauszuschwimmen. Kaum planschten wir im Wasser, setzte er noch eins drauf: Wer könne am weitesten tauchen?

In einiger Entfernung vom Ufer lag eine kleine Insel, nur etliche Bäume und altes Holz. Wer taucht bis zur Insel? Wir lachten ihn aus: Das sei unsinnig, völlig außerhalb der Möglichkeiten. Sein Übermut war durch die Untätigkeit aufgestaut. Er sprang und tauchte. Das Wasser des Sees war schwarz, nur durch den Regen von einem silbrigen Schleier überzogen. Lange sahen wir nichts von ihm. Eine Minute war vergangen, und wir schauten uns an. Noch mehr Zeit verging. Dann war sein Kopf zu sehen; und wieder nicht zu sehen. Nach kurzem, wortlosem Warten sprang einer ins Wasser und kraulte mit äußerster Kraft, die anderen ihm nach.

Der Taucher hing, wenn man so sagen kann, im Wasser. Wir hoben ihn, sodass der Kopf übers Wasser kam. Wir brachten ihn nicht zur Reaktion. Da schlug ihm einer mit aller Macht, und das ist schwer unter Wasser, in die Weichteile, um ihm den größtmöglichen Schmerz zuzufügen. Er zuckte, fing an zu spucken und ließ sich auch beatmen. Das gab uns die Minuten, die wir brauchten, um ihn an Land zu bringen.

Das Atmen ist ein halbautonomes Geschehen. Irgendwo auf halbem Wege hatte es sich sicherlich beim Schwimmer gemeldet. Er unterdrückte es, denn er wollte ja beweisen, dass er zur Insel tauchen konnte. Der Kampf muss immer heftiger geworden sein, und sein Wille so auf stur geschaltet, dass der Sauerstoffmangel plötzlich alles auslöschte. Auch die Atemnot konnte sich nicht mehr melden.

Es ist also möglich, die Lebensautomatik des eigenen Körpers außer Kraft zu setzen und selbst mit anderen Befehlen zu überspielen.

Daran sollte ich denken. Ich hatte das vergessen.

Die Regentropfen werden jetzt gegen die Scheiben meines Zimmers gepeitscht. Unregelmäßig. Windstöße platschen konzentriert Wasser gegen das Glas. Wenn die Tropfen einzeln kommen, aber schnellfliegend, klicken sie wie Graupelkörner. Die Tropfen, die an der Scheibe hängen bleiben, sind optische Linsen. Wie ein Fischauge enthalten sie die ganze äußere Welt. Sehr hell sind sie, wo sie den Himmel konzentriert enthalten, und dunkel, wo die noch dunklen Hügel eingefangen sind. Der Himmel ist zwar nass und grau, aber jetzt heller.

Monique kommt. Sie trägt etwas Großes, in oranges Papier gewickelt. Sie lächelt, konspiratorisch, beinahe hexisch. Sie muss sehr aufgeregt sein. Zu normalen Zeiten ist ihr Gesicht ausdruckslos, regungslos, reaktionslos. Irgend etwas hat letzte Spuren ihrer früheren Lebendigkeit aufgerufen.
Sie haben diesen ganzen Raum in einem Weiß mit grünem Schatten gestrichen. Sie nennen dieses Weiß auch Umbra-Grün. Nur die Decke ist reines Weiß, hartes Weiß. Warum verwenden sie hier so ein grün-gebrochenes Weiß? Warum nicht Ocker? Ocker war immer die Farbe des Lebens, schon als man noch nicht viele Farbstoffe hatte. Ich bin froh, dass das zweite Bett hier leer ist. Man kann nicht verhindern, dass ein Mensch in der Nähe einen in Anspruch nimmt. Auch wenn er nichts sagt. Ein Nachbar, der spricht, wäre für mich eine Folter. Das ist jetzt nicht meine Marotte, weil ich gerne Ruhe habe. Es ist meine Wehrlosigkeit, weil ich nicht zurücksprechen kann. Ich kann es ja nicht mehr.
Es gibt so viele Arten von Fenstern. Dieses hier ist so groß und ruhig. Ich mag es. Es streckt sich über die ganze Breite des Raumes. Es öffnet sich so weit auf die Welt wie die Fenster eines Speisewagens. Man sieht eine ganze Seite der Welt. Im Speisewagen sieht man beide Seiten. Am schlimmsten waren die stechend blendenden Fenster damals im Konzern am

Fluss. Und die Scherenschnitte der Kollegen, schwarz gegen das blendende Licht. Zuwidere, eigenartige Schreibtischnachbarn; hämisch. An die Fenster in Binders Labor, in meinem Labor, kann ich mich gar nicht deutlich erinnern. Sie scheinen keine Rolle gespielt zu haben, ich weiß gar nicht mehr, was außerhalb lag. Mein Interesse war innen, bei den Geräten auf den Tischen, den Rechnern und den anderen, die da saßen, jeder an seinem Tisch, und ab und zu ihre Kommentar-Eigenheiten und Witz-Eigenheiten fallen ließen. Diese Räume, jetzt weiß ich es erst, sie waren auch grün gestrichen. Und all die Tischflächen und Tischfüße und Geräteknöpfe und Beleuchtungskörper und Oszilloskopschirme, das war Jahrzehnte meine optische Heimat, für mich eine angenehme Heimat, ein Nest.

Bevor mir Ermelinde das Kind brachte, war mein Leben nur dort. In der Wohnung war ich lediglich, um zu schlafen, Ordnung zu machen. Gelesen habe ich viel.

Draußen scheint jetzt schon die Sonne. Monique hält noch immer diesen verschrumpelten Kegel aus orangem Seidenpapier. Es müssen Blumen sein. Habe ich heute Geburtstag? Ihr Gesicht ist jetzt apathisch, wie im Koma. Nur die Wangen sind noch leicht verzogen, ein Rest ihres konspirativen Lächelns. Sie war nicht hexisch, damals im Restaurant. Das war eine geradeaus überquirlende Person, wenn ihre Kontraktionen sie losließen. Das Hexische wird hervorgerufen durch ein duckmäuserisches Aufbegehren.

Wir gingen damals an hochehrwürdigen Gebäuden der Stadt entlang. Zur Linken ein üppiger Park in der Sonne, wir im Schatten. Es war ein Flanieren. Unser Verhältnis entwickelte sich zweigleisig: Ich hatte sie zu meiner Schutzbefohlenen gemacht, um ihr über die Zeitstrecken ihrer Krämpfe hinwegzuhelfen. Aber zugleich stieg Gemeinsamkeit auf. Wir hatten eine breite Straße zu überqueren. Dort traf die Sonne auf Moniques Kopf. Mir kommt diese Szene immer und immer wieder in den Sinn. Monique spürte die Wirkung sofort. Natürlich versuchte sie, dieses ihr Gebrechen, das ihr peinlich war, zu verbergen. Aber es hielt viele Stunden an. Übelkeit, ein Druck auf den Kopf, wo die Sonne getroffen hatte. Bis tief in die Nacht war sie starr; verknäult nannte sie es.

Es ist von ihr nur ein anhängliches Dämmern übrig geblieben. In der Nacht kann sie tröstende Wärme geben. Eine zuneigungsvolle Wärme. Davon bin ich jetzt getrennt. Aber sie bewacht mich den ganzen Tag.

Warum wartet sie mit den Blumen?

Ich warte auch. Gibt es einen andern Zustand als das Warten? Nur wenn ich döse, wenn ich halb schlafe.

Wenn ich wach bin, warte ich auf das Resultat meiner Arbeit, das Wegschnippen des Astes, den ich absäge, auf meine Stellungnahme zu dem Brief, den ich lese; ich weiß ja noch nicht, wie ich reagiere. Es ist immer das Warten auf das Erscheinen der Zukunft. Wenn ich morgens aufwache, erwarte ich etwas, erwarte ich Monique, erwarte ich einen anderen Besuch, erwarte ich, dass der Arzt etwas sagt, erwarte ich Sonnenschein am Fenster. Wenn ich aufwache und gar nichts erwarte, dann bin ich gar nicht.

Man ist immer empfängnisbereit. Das ist die Grundhaltung des lebenden Geistes. Man will wissen, wie das Spiel weitergeht, wie sich das Märchen entwickelt. Auch der Bussard, der auf der Thermik des Abhangs schwebt, mit kunstvollen kleinen Verstellungen der Flügel und der Schwanzfedern, wartet. Er weiß nicht sicher, ob sich etwas zeigen wird. Er hofft. Und der Blütenbaum wartet auf Pollen. Vielleicht kommen sie, vielleicht nicht. Die Grundhaltung ist das Inkaufnehmen des Zufalls. Ich habe noch diese Grundhaltung. Ich weiß nicht, ob sie für mich noch Wert hat.

Ob Ermelinde heute auch kommt, zum Geburtstag? Ich warte. Ich freue mich auf diesen Geburtstag. Seltsam.

Zum Warten gehört die Unsinnigkeit des Hoffens ohne Zusage, des Hoffens ohne Berechtigung. Ohne diese Unsinnigkeit würden wir aber wenig unternehmen.

Als ich noch nicht hier lag, erwartete ich morgens die Schmerzen im Rücken. Schon beim Aufrichten aus dem Bett setzten sie ein. Die habe ich jetzt nicht. Nachlässigkeiten waren das. Ich saß immer falsch. Ich ließ mich auf dem Drehsessel so hängen. Ich hätte ja auch anders sitzen können. Nach den Übungen während der Kur ging es besser. Aber die alten Gewohnheiten waren wieder gekommen.

Ermelinde parkte in den weitläufigen Stellflächen unter dem Spital. Beim Schließen der Wagentür ging ihr Blick über die näheren und ferneren abgestellten Fahrzeuge und die Pfeiler, weiß, in einem nicht hellen, doch harten Licht.

Angenehm farbig die wenigen Hinweisschilder auf Ausfahrt und Lifts. Ermelinde schritt. Sie ging wie zu einer Sache, die getan werden muss, nicht gern, aber schlecht vermeidbar, wenn auch kaum nützlich. Ihre Schritte ließ sie ohne Rücksicht auf den Nachhall fallen. Als sie den Lift in einem hochgelegenen Stockwerk verließ, stand dort Albert und suchte das Zimmer auf dem Stockwerksplan. Dieser Albert veränderte sich nicht. Sein Haar war weiß, getrimmt aber, wie man einen Zwölfjährigen stutzt. Sie gingen als gute Bekannte durch die Gänge dieses Stockwerks in Weißgrün. Aber ohne zu sprechen.

Uhlings Augen sind offen. Nicht weit, aber für den Beschauer erkennbar. Seine braunen Augen scheinen beinahe schwarz, glänzend, beinahe bittend, betroffen, beinahe um Hilfe rufend, etwas unruhig. Aber die Bewegungen der Augen oder des Kopfes sind sehr geringfügig.

Dies ist Uhling. Er hat über den Knochen des Schädels dünne Haut. Wie oft bei Menschen, die viel denken und kein überbordendes Leben führen. Der Ort seines Lebens war der Labortisch und der Schreibtisch. Mit höchstem Einfallsreichtum und mit höchster Akribie arbeitete er an den Steuerungen und Systemen, auf die sich der Alltag der gesamten Gesellschaft stützt. Er ist an allem interessiert. Es kann Liebe in ihm entstehen, die ist aber nicht fordernd, eher abwartend. Er ist unscheinbar.

Ermelinde kommt also. Und Albert. Sie schauen zwar in meine Richtung, aber sie kommen nicht an mein Bett. Sie gehen zu dem kleinen Abstelltisch und sind beschäftigt, ihre Blumen auszuwickeln. Ihr Blick streifte nur über mich. Was bringen sie mir Blumen, wenn sie meinen, ich sehe nicht. Ich weiß, dass meine Augen heute offener sind. Ich bin aufgeregt. Ich war doch all diese Wochen ganz ruhig, nur betrachtend. Jetzt will ich. Was will ich? Ich habe Sehnsucht nach Ermelinde, nach Lindis. Sie ist so unerreichbar. Sie war immer das Symbol, nein, das Bild des Schönen, des Klaren und Strebenden, für mich auch des Lieblichen. Aber das lässt sie nie aufkommen. Sieht sie nicht, dass ich sie mit meinen Augen zu mir zwingen will? Um irgend etwas zu retten.
Monique kann sich nicht mehr halten. Sie nimmt ihren übergroßen Strauß in beide Hände und tritt an mein Bett. Ihr in der Grundhaltung lebloses Gesicht hat einen Schimmer von geniertem Lächeln, das Lächeln eines Kindes, das es über sich bringt, dem Jubilar ein Geschenk zu überreichen.
Schließlich tragen auch Erml und Albert ihre Blumen zum Bett. Alberts Blick streift die Tafel mit ärztlichem Protokoll an meinem Fußende. Sie sprechen Glückwünsche. Albert ergreift meine Hand wie ein Arzt, der am Puls oder an der Temperatur oder an der Faltigkeit der Hand etwas erkennen will. Albert ist Arzt.
Albert geht hinaus, wahrscheinlich um Vasen zu besorgen. Ermelinde hat sich an das Tischchen gesetzt. Um die Zeit zu nutzen, denkt sie sicherlich an anderes, an ihre Arbeit.

Das hätte ich nie gedacht! Das freut mich! Findet Atarax meinen Tag wichtig genug, um von seiner Insel zu kommen! Das ehrt mich, wenn auch zweifelhaft. Es schmeichelt mir, ich blähe mich auf in dieser Ehre. Sie ist unreflektiert. Atarax fliegt von seiner Insel zu meinem Geburtstag! Sie müssen ihm doch gesagt haben, wie viel man mit mir anfangen kann. Ich hätte Psyris nicht veröffentlichen sollen. Ich weiß gar nicht, wer den Namen aufgebracht hat. Vielleicht einer von seinen Elektronikern oder Programmierern. Oder ich selbst?

Atarax spielt schon lange mit Psyris, aber, man könnte sagen, in harmloser Weise. Er macht Psyris zur Glücklichkeitsdroge. Es fragt sich, was der Unterschied ist. Ich kann es nicht sagen, was der Unterschied ist zwischen Glücklichsein ohne Droge und mit Droge, mit Verschaltung, mit Verprogrammierung. Atarax. Er schaut betroffen drein. Eigenartig, wie Menschen, die, wie man den Eindruck hat, immer ein glückliches Gesicht machen, in bestimmten Situationen dann unvermittelt ernst und betroffen sein können. Oder auch Leute, die immer beschimpft wurden als Playboys, als oberflächlich, als unseriös, in einer ernsten Situation die besten Helfer werden können. Er hat die weite Reise auf sich genommen. Finanziell für ihn kein Aufwand. Aber jetzt sitzt er da. Welchen Sinn hat sein Kommen? Er kann nichts tun. Er kann mich anschauen. Er schaut mich auch an. Es hat ihn damals gereizt, mein Aufsatz, meine Veröffentlichung hat ihn damals gereizt. Ich. Ein anderer hätte ja auch Ähnliches erfunden.

Sein eirunder Kopf, eigentlich so wie damals. Wie mein Großvater. Ob er jetzt für mich Epikur formuliert? Ob er immer noch nach dem epikureischen Prinzip lebt? ‚Nachher ist nichts mehr, und jetzt ist der Tod noch nicht da.‘

Mein Instinkt sagt: Ich muss das und das noch fertig machen in meinem Leben. Ich muss Dagmar retten. Oder trösten.

Mein Instinkt, zu wollen, gibt mir Inhalt. Wenn ich nicht mehr bin, und es nicht getan habe, und es ist nachher nichts mehr: Wozu will ich es dann? Das verstehe ich nicht, und deshalb will ich es immer noch. Aber es nützt mir ja nichts, dass ich es will.

Ich will auch Lindis. Immer noch. Atarax sieht mich an, vielleicht inzwischen, ohne es zu wissen. Ermelinde sieht mich nicht an. Sie spricht mit Albert. Monique, in ihrer Ecke, existiert für beide nicht.

Ich nehme immer noch wahr, wie Ermelindes gutes Kostüm um ihre Hüften, ihre Schenkel spannt. Ich will immer noch, dass ich ihre Schenkel spüre. Und dass Lindis mich haben will. Will, will, will! Aber für Ermelinde war das vielleicht nie so.

Als sie plante, ein Kind zu bekommen, suchte sie sicher ganz ruhig nach einem Spender. Er war ein Mittel. Wenn nicht, wie bin ich dann eingeordnet? Das Kind gab sie mir. So viel doch.

Atarax soll sie zu sich nehmen. Wenn ringsum Männer und Frauen glücklich über die Wiesen der Insel schweben, kann Dagmar doch nicht in apokalyptischer Traurigkeit bleiben. Und wenn sie sich nicht herausreißen lässt? Wie denke ich darüber, wenn Atarax sein Psyris anwendet und sie auf glücklich schaltet? Psyris war zwar meine Idee, aber ich will nicht, dass es angewendet wird.

Atarax weiß jetzt nicht, wozu er gekommen ist. Er kann nichts tun, und ich bin kein Partner für ein Gespräch. Er sitzt da, seine Hose spannt über seine dicken Beine, und er schwitzt. Die anderen schwitzen nicht. Hat Atarax für sich selbst die Ataraxie erreicht? Er scheint ruhig. Ob hinter der Ruhe auch Heiterkeit ist?

Sie müssen eine bestimmte Zeit ausgemacht haben. Ich habe hier keine Uhr. Ich weiß nicht, wie spät es ist. Irgendwann am Vormittag. Denn jetzt kommt Elmar. Er bringt nichts. Er überlegt logisch: Schokolade kann er mir nicht bringen, Blumen werden schon genügend da sein, ein Buch kann ich nicht lesen. Deshalb bringt er nichts. Er lächelt auch nicht. Er macht keine Mimik aus Gefälligkeit. Man hat lieber Leute um sich, die eine freundliche Maske vorschützen als ehrliche Gesichter, die hart und ernst sind. Ernste Augen kann man nicht so leicht übergehen. Man ist angesprochen. Insbesondere wenn in diesen Augen etwas Unbedingtes ist, ein Wille. Es gibt Leute, die, sozusagen, aus Prinzip ernst sind. Solche Augen haben einen leeren Ernst, es kann apathischer Ernst sein. Elmars Augen sind groß und ernst offen, aber die unteren Lider haben sich insbesondere in den Winkeln etwas hochgezogen, gespannt.

Ermelinde und Albert sind von Elmar abgewandt. Sie sprechen über Philipp. Von Elmars Politik halten sie nichts. Sie könnten ihm sehr schaden, mit ihrem Wissen über Psyris. Aber alten Studienkollegen schadet man nicht. Das ist in den Gedanken ein Konflikt.

Dass auch der Kanzler kommt, hätte ich nicht gedacht. Er ist außer Atem und nervös. Ilona zieht er an der Hand in den Raum herein. Er muss auf der Flucht sein. Sein Charakter bleibt doch unverwüstlich: Er ist auf der Flucht, aber er macht für mich einen Umweg. Meinetwegen verzögert er seine Flucht. Seine Überzeugungen, seine Herzenswünsche, waren ihm immer wichtiger als ein Risiko. Dieser grobschlächtige Mann hat, hatte viele Herzenswünsche.

Sind jetzt alle da? Und Dagmar? Sie schauen einander an und sie schauen in meine Richtung. Das ist eine peinliche Minute. Albert weiß, was zu tun ist: Die Routine hilft. Sie singen ‚Happy Birthday'. Ziemlich lächerlich, hier, an diesem Bett. Aber besser noch als ‚Hoch soll er leben!' Sicher nicht ‚Hoch'. Dagmar kommt. Sie schleicht hinter dem Kanzler und Ilona zu Monique. Die Stationsschwester kommt und bittet mit entschiedener Gestik hinaus. „Das muss reichen". Sie trotten hinaus. Jeder von ihnen kann jetzt entspannen. Ein Seitenblick noch zu mir. Einzig Dagmar. Sie kommt an mein Bett.

Ist denn gar nicht zu erkennen, dass ich sehe? Sie streicht sehr vorsichtig mit der Rückseite ihrer Hand über meine Wange. Das tut gut! Das ist herrlich! Welchen unendlichen Charme dieses Mädchen hat, mit den Augen, in denen Tränen beginnen. Wie gut das tut! Jemand ist persönlich zu mir! Dagmar geht zur Tür. Halb draußen, winkt sie noch. Und auf einmal kann ich es! Meine Hand macht eine kleine Bewegung des Winkens. Und Dag sieht es. Sie zuckt erschrocken und geht. Es ist still.

Ich glaube, ich fahre. Ich stehe am Heck und sehe das Kielwasser, das Heckwasser. Das Land und der Hafen und die Landungsbrücke, an der sie standen, weichen zurück. Wenn ich zum Bug schaue, sehe ich die Mächtigkeit des Wassers und darüber ein milchiges Weiß, in dem nichts zu erkennen ist. Das Heckwasser zeigt einen sprudeligen Weg. Jemand hatte mir noch Blumen hineingeworfen. Manchmal meine ich, ein rotes Blütenblatt in den Wirbeln zu sehen. Aber das sind meine Gedanken. Die Hügel hinter dem Hafen werden ein dunkelgrauer Schimmer.

Um diese Zeit lag Philipp in einem Spital, umgeben von Sportärzten. Zunächst hatte man keinen anderen Rat gewusst, als mit mehrfacher Dosis ruhig zu stellen. Rätselhaft war auch, dass die Kugel weit über alle Rekorde geflogen war. Der Sportkinematiker sagte, so etwas könnten Muskeln nicht leisten. Die Rätsel riefen zahlreiche Funktionäre auf den Plan. Die Verbindung zum Kanzler war schnell gefunden, und die Datenbanken lieferten früheren Verdacht auf die Verwendung von Psyris. Die transkontinentale Suche nach dem Kanzler wurde eingeleitet.

Nico, der seinen Flug verpasst hatte, sah die Wettkämpfe auf einem Monitor im Flughafen. Er wusste, dass es in Philipp beim Ansatz des Stoßes eine prekäre Reaktion geben würde. Aber als zu sehen war, mit welch zerreißender Vehemenz

Philipp der Kugel einen Nachstoß versetzte und darnach in einen Veitstanz von Drehungen geriet, nützte es ihm nichts, dass er die Situation vorausgesehen hatte. Er eilte aus dem öffentlichen Areal der wartenden Passagiere, eilte zu den Waschräumen und versuchte hinter einer geschlossenen Tür, seine Nerven in den Griff zu bekommen. Mit größter Intensität sah er sich, wo alles angefangen hatte, im Operationssaal, wo er die Klemme vergessen hatte, sein Davonlaufen, und all die Jahre seither: untergetaucht. Er wusste nicht, wo er jetzt noch unterkommen konnte.

Im Lift, als sie von der Station, in der Uhling lag, herunterfuhren, bot Atarax dem Kanzler seine Insel an. Dort hätte wohl keiner Zugriff. Und Ilona könnte den LKW-Hof weiterführen. Der Kanzler dankte, sprach aber sonst nicht. Er sah sich dort, er sah sich aber auch im schwarzen Lederdrehsessel an seinem Tisch mit der gläsernen Platte, und sah die großen Fotos seiner Burschen an den Wänden, seiner Kugelstoßer, die er liebte, und sah sich einfach warten.

Elmar war offenbar durch andere Korridore gegangen. Im Lift erschien er nicht. Elmar fuhr zügig über die Waldstraße zu seinem Berghotel. Der Ministerialrat war dort noch sein Gast.

Das Netz der Sprengelwächter, der Elmire, wie das Volk sagte, wurde schon dicht, und wenn die Sprengelwächter Personen ausgrenzten oder Personen verurteilten, so ganz einfach an den Gesetzen vorbei, dann gab es selten von irgendeiner Seite Aufmucken oder Anzeigen oder Kommentare. Aber die letzte Sicherheit hatte Elmar noch nicht, die musste durch die Konvertierung des Justizministers gelingen.

Es war schon möglich, dass der Staatsanwalt, aus Anlass des Falles PHILIPP von neuem, wie damals, als die ‚Lex Elmar' entstand, alle Wohnsitze Elmars durchkämmen ließe. Damals hatten sie Psyris nicht gefunden. Es war ein Kästchen wie auch andere medizinische Geräte.

Trotzdem, Eile war geboten. Renommierte Ärzte behaupteten, an Personen, die Elmar nahe standen, besondere Starrheiten in den Augen festzustellen. Das schürte den Argwohn. Auf der anderen Seite half Elmar der allgemeine Zorn über neue Vorfälle jugendlicher Unberechenbarkeit und von Exzessen durch Beliebigkeit: Sechzehnjährige hatten einen Freund nach spöttischen, beinahe träumerischen Diskussionen zum Objekt erkoren, niedergeschlagen, mit glühenden Eisen gebrannt, an den Füßen aufgehängt und gewartet, einfach gewartet, an gefärbten Getränken nippend und rauchend, um zu sehen, wie denn so ein Ende aussehe. So lautete ihre Aussage: „… wie so ein Ende aussehe.“
Alle, so stand in den gedruckten Blättern, alle waren entsetzt, und beinahe alle Kommentare gaben der Lässigkeit die Schuld, mit der die Erziehung von der Kindheit bis zur Adoleszenz betrieben werde. Dies bedeutete Feuerwasser auf die Mühlen der Sprengelwächter, alias Elmire, die argwöhnisch auf alle nicht deutlich ernst arbeitenden Personen schauten und sie auch ohne Formalitäten festnahmen und in Arbeitsinstitutionen schafften. Irrtümlich wurden auch Leute, die ihrer Arbeit fröhlich nachgingen, verurteilt. Unglücklicherweise. Die Elmire erwarteten, dass Elmar bald volle Macht bekäme.

So also ist das: Die Ärzte kommen als ein Pulk von weißen Mänteln herein. Sie sprechen lebhaft miteinander, und sie sehen mich nicht, ihre Augen nehmen meinen ganzen Raum nicht wahr, während sie sich, wenn möglich zu mehreren, durch die Tür bewegen. Ich kann nicht erkennen, ob das nach Rangordnung geschieht. Vielleicht achten sie nicht auf die Reihenfolge. Das Gespräch ist zu intensiv. Es scheint um die Konsequenzen eines Umbaus zu gehen. Sie kommen zu meinem Bett, und einer greift nach meinem Puls. Aber er sieht mich nicht an und spricht weiter über Umbau. Einer, nicht der Oberarzt, blickt auf die Tafel an meinem Fußende, wo meine Lebensdaten aufgezeichnet werden. Auf der Liste, die er mitführt, macht er einen Haken.

Auch Ermelinde kam zu meinem Bett und sah mich nicht an. Lindis war für mich immer eine Königin. Aber Königinnen gehören mir nicht.

Die ärztliche Meinung ist also, dass mein Zustand stabil ist. Das heißt: es wird sich nichts ändern. Ich werde hier liegen. So wie jetzt, ohne Sprache. Dabei ist mein Leben unfertig. Ich habe nicht für Dagmar gesorgt, nicht bis dorthin, wo sie selber weiterleben kann. Ich habe für das Kind gesorgt und für das werdende Mädchen gesorgt. Für mich war das ein Geschenk und eine Herrlichkeit. Für sie einfach das Groß-Werden. Jetzt lasse ich sie sprachlos im Stich. In ihrem Alter sind die Ideale nicht kompromissbereit. Es mag die Überzeugung entstehen, dass das Leben ohne überbordende Herrlichkeit, ohne Erfüllung der Wünsche, sinnlos sei.

Komm, ich bin nichts mehr für die Ärzte, und meine Freunde haben mich gefeiert. Sie haben mich pro forma gefeiert, sie wussten nicht, dass es für mich eine Freude war. Ich konnte nicht mitfeiern. Wenn sie noch einmal kämen, wäre das wie ein neuerlicher Versuch an einer Tür, die man nicht aufsperren kann. Ein zweiter Versuch, wohl wissend, dass auch dieser vergeblich sein wird.

Die Gedanken hier, hinter dem Fenster, das mir die Hügel zeigt, beginnen, sich zu wiederholen. Es waren sehr viele Gedanken. Die fröhlichen waren schön und die traurigen waren schön, ein Reichtum. Aber ich hatte auch viel Zeit, sie vorbeiziehen zu lassen.

Die Gedanken sind auf den Körper angewiesen. Wenn der Körper so regungslos liegt, und sich gar nicht erregen kann, dann verebben die Gedanken, sie werden zu einem verklingenden Refrain. Gedanken brauchen Wut, Zorn, Hoffnung. Emotionen. Und das Gemüt hat seinen Sitz im Körper.

Mein Leben ist unfertig. Ich werde nicht fertig werden mit meinem Werk. Falls man das Leben ein Werk nennen kann. Ein Werk hat einen Zweck. Ein Werk hat den Sinn, für etwas anderes da zu sein. Für welches Andere ist mein Leben da? Augustinus meint, der Sinn des Lebens sei es, die Sünde zu überwinden. Und wenn sie überwunden sein sollte, welcher Sinn bleibt dem Leben dann? Welchen Sinn hat das Leben in Glückseligkeit? Die Frage ist nur auf später verschoben.

Und er benötigte für die Konstruktion seines Heilsweges die angeborene Sünde. Vierhundert Jahre nach seinem Heiland erfand er die Erbsünde. Sie ist ein Artefakt seiner so praktisch bestimmten Logik. Alles muss zu verstehen sein. Gott ist. Und Gott ist gut. Daher muss das Böse anderswoher kommen. Wie viele Generationen hat er damit in bizarre Niedergeschlagenheit gebracht!

Aber ich will ja ruhig werden. Dieses Werk werde ich nicht zu Ende führen.

Komm, schlag ruhig. Das hat Ermelinde gedacht und geübt und mir beigebracht: in alle Winkel des Körpers hineinzudenken und den Körper in den Griff zu nehmen. Komm, schlag ruhiger.

p-P, p-P, p-P, ja, langsamer. Ja, es wird dunkler, und ich fließe weg.

Aber es peitscht sich hoch und pumpt wild. Es will das Werk weiterführen. Es beharrt auf der Hoffnung, das Werk sei zu einem sinnvollen Ende zu führen.

Es gibt so viele Berichte über den Fall von hohen Gebäuden. Unten, in den Straßenschluchten, wühlt der Verkehr. Wenn ich dieses Fallen mitdenke, dann spüre ich den Stich der Angst, aber ich sehe im Fallen, wie sich Wolken mit hellen Rändern in den Schachbrettern der Glasfassaden spiegeln, und ich freue mich daran. Und ich entwickle den Gedanken, unten sei ein Lastwagen umgekippt. Riesige Wollballen seien auf den Asphalt gerollt, und dorthin werde mein Fall gehen.

Aber ich will ja ruhig werden. Kein Wortgewässer mehr, kein Gedankengewässer. Komm, tu es langsamer. Ja, es soll dunkel werden. Ich sehe jetzt die Brücke. Aber die Streben und das Geländer sind grell weiß, von unnatürlichen Schweinwerfern erhellt. Dazwischen ist das Wasser unten dunkel. Es dringt feuchte Herbe zu mir, ein Geruch von feuchtem Moos, welken Blättern und von bewegtem Wasser. Komm!
p-P, p-P, p.

So kam die Gegenwart Uhlings, der geliebt hatte und gehofft hatte, zum Stillstand.

Walther Menhardt

Mein Vater war in der Sprache der Minnesänger zuhause und im Gotischen der Bibel Ulfilas. Meine Mutter hatte ihre eigene, wärmere Sprache.

Ich allerdings wurde Physiker, in der Hoffnung die Welt zu verstehen. Die Industrie führte mich nach Hamburg, nach Wien, nach Amerika, nach Hong Kong und in viele Verwicklungen, Erfolge und Bedrängnisse.

Meine Frau ist Malerin. Wir bekamen vier Kinder und die Bilder machen das Leben bunt.

So schreibe ich über Menschen mit alten Gefühlen in neuen Zeiten, über Eigenes und Fremdes, oder über die Spärlichkeit möglicher Gemeinsamkeiten.

Georg Orlow
Salomonnum
Band I und II

In erfrischend fließender Form skizziert und vereint der Autor Georg Orlow in seinem Debütroman Begebenheiten verschiedener Zeitfenster aus dem Leben seines Freundes Alexander. Kontroverse Veranschaulichungen unterschiedlichster Lebensformen verzweigen sich in schier beängstigende Labyrinthe, fantastische Welten und unmittelbare Umfelder. Analytisch und kritisch destilliert er die Motive verschiedener Individuen, deren Verhaltensmuster und ihre Resultate.
Wozu tut er das? Finden Sie es heraus.
Nur mit Herz und Verstand werden klar definierte Ziele für jeden einzelnen Betrachter erkennbar sein.
Ein Buch, das man immer wieder nachdenklich aus der Hand legen wird. Da bleibt kein Auge trocken – so oder so.
Ein Kuss für die Seele! Tag für Tag, Jahr für Jahr.

Band I
Preis: 14,90 Euro   Hardcover
ISBN 978-3-86237-098-6   194 Seiten, 20,2 x 14,5 cm

Band II
Preis: 14,90 Euro   Hardcover
ISBN 978-3-86237-099-3   200 Seiten, 20,2 x 14,5 cm

Jan-C. Sachse
Der Hinterhalt
Roman

Der zu einem jungen Mann heranwachsende Felix entscheidet sich nach einigem Hin und Her für die Laufbahn als Lehrer. Nach absolviertem Hochschulstudium beginnt für ihn das Referendariat und damit eine Odyssee. Felix ist ein Kämpfer, und so steht er nach Niederlagen immer wieder auf, erreicht sein Ziel. Was Felix nicht ahnt, er hat einen Widersacher, der ihn jahrelang verfolgt und aus dem Hinterhalt und unerkannt immer wieder für harte Rückschläge in Felix´ Laufbahn sorgt und schließlich zum finalen Vernichtungsschlag gegen Felix ausholt. Dieser Antagonist kann sich dabei auf Strukturen und Dynamiken unserer Gesellschaft verlassen und diese für seinen hinterhältigen Plan missbrauchen.
Der Leser begleitet Felix durch das Schulwesen und lernt die Ursprünge und den fruchtbaren Boden für Mobbing, Stalking und Dissing in unseren Schulen und in der Lehrerausbildung, sowie eine sich dabei verselbständigende Dynamik kennen.

Preis: 15,00 Euro   Hardcover
ISBN 978-3-86634-700-7   263 Seiten, 20,2 x 14,5 cm